CW00751474

*14 Dec
much Covent
garden

Sonja Delzongle

Récidive

Denoël

Diplômée des Beaux-Arts de Dijon, Sonja Delzongle est une ancienne journaliste installée à Lyon et passionnée d'Afrique.

Née en 1967 d'un père français et d'une mère serbe, Sonja Delzongle a grandi imprégnée des deux cultures. *Récidive* est son troisième roman à paraître en Folio Policier après *Dust* et *Quand la neige danse*.

Aux morts du Hilda.
À Scott, Fanny et Jesse.

« Il n'y a qu'une minute de la vie à la mort. »

François-René de CHATEAUBRIAND,
Pensées, réflexions et maximes.

18 novembre 1905, peu avant 23 heures,
récif des Portes, au large de Saint-Malo

Cette nuit-là, une neige drue et un épais brouillard enveloppent les abords de l'une des passes de Saint-Malo. La mer est grosse, les vagues bouillonnent, coiffées d'une écume blanchâtre. La lumière du phare du Grand Jardin, perché sur son rocher à environ six cents mètres au sud-ouest de l'île de Cézembre, n'est plus visible, engloutie par les ténèbres. Les lames viennent frapper le récif du Courtil de claques monumentales.

Pour le *Hilda*, ça se présente plutôt mal. Aux commandes, le capitaine William Gregory, cinquante-six ans, la barbe fournie, le regard doux, plus de mille traversées à son actif, a déjà tenté plusieurs fois de s'engager dans la passe pour atteindre le port. En vain.

Le paquebot vapeur est parti de Southampton la veille à 22 heures en direction de l'ancienne cité corsaire avec cent trois passagers et une trentaine de membres d'équipage. Mais un brouillard dense a contraint Gregory à prendre la décision de faire escale à hauteur de Yarmouth, sur l'île de Wight. Le paquebot n'a pu repartir qu'à 6 heures du matin ce 18 novembre.

Après une traversée de la Manche sans encombre, le temps est soudain devenu incertain et un vent d'est glacial s'est mis à souffler par rafales, entraînant de fortes chutes de neige. Dans cette atmosphère fantomatique, la mauvaise visibilité a empêché toute approche. Le capitaine a donné l'ordre de repartir vers le large dans l'attente d'une accalmie.

Dans la nuit noire, un grain oblige Gregory à renoncer une nouvelle fois à la manœuvre d'approche, faute de repères d'alignement pour entrer dans les passes. Il en est déjà à sa quatrième tentative. Sans succès. La tempête rend l'opération trop périlleuse.

Les plus jeunes des passagers de salon, Edmond et Joyce Rooke, ont sept et cinq ans. Ils sont accompagnés de leur mère, Mary. Ils sont britanniques et résident à Dinard, à l'instar du lieutenant-colonel Spencer, un quinquagénaire vigoureux, et de Laura Gaisford, trente-neuf ans. Cette dernière, veuve du lieutenant-colonel Gilbert Gaisford, s'est installée à Dinard avec ses trois enfants.

La plus âgée des passagers, Elizabeth Montier-Hutchinson, soixante-quinze ans, habite en Écosse et se rend en villégiature dans la même ville, où elle a loué une jolie maison avec vue sur la mer. Parmi les passagers, deux gouvernantes, un étudiant, un pasteur, un avocat, une nourrice, un ingénieur de la Marine, un skipper, un autre gradé, le major Augustus Price, de Londres, ainsi qu'un banquier britannique, sir Adam Doyle et deux gardes du corps.

Tout ce beau monde aspire à arriver au plus vite, maintenant. Le *Hilda* a pris assez de retard. La petite Joyce, une blondinette aux joues d'habitude fraîches et rosées, ne cesse de vomir sous l'œil dégoûté de son frère. Mary Rooke essaie de tenir le coup pour ses enfants, mais la nausée la gagne elle aussi, surtout lorsqu'elle doit régulièrement essuyer le visage de sa fille. D'autres passagers commencent à être malades et, bientôt, les sols des cabines et des salons, souillés de vomissures, deviennent impraticables. Il est plus que temps d'accoster.

Le capitaine Gregory le sait, pourtant il est difficile d'aller contre les éléments déchaînés sans risquer de mettre tout le monde en danger. Car outre les passagers de salon, il y a soixante-treize autres voyageurs, les passagers de pont, beaucoup moins bien lotis. Ces passagers qu'on appelle Johnnies, pour la plupart des jeunes gens et des hommes dans la force de l'âge, sont des paysans du Finistère qui, chaque automne, font le voyage en Angleterre en vue de vendre leur récolte d'oignons. Ce sont de rudes gaillards, rompus aux travaux agricoles et aux intempéries, habitués à cette traversée. Mais eux non plus ne sont pas épargnés par les violentes secousses infligées au deux-mâts qui se débat dans la houle sans visibilité aucune.

Malgré tout, personne, dans les salons ou sur le pont, ne se doute que dans quelques minutes sonnera l'heure de la mort. Tous ont confiance en William Gregory, le capitaine, qui doit les mener à bon port. Parce que tel est le rôle et le devoir d'un commandant de bord. Tout à leur mal de mer, à leurs prières ou à leurs pensées pour la terre ferme, ils ne peuvent voir les traits tirés de Gregory, son front soucieux et son regard qui scrute l'obscurité.

Le brouillard s'intensifie, les chutes de neige redoublent. Il est 22 h 53. Le capitaine a les yeux rivés sur le rocher où se trouve le phare. Ses paupières brûlent. Une fraction de seconde, il croit distinguer une lumière. Enfin ! Mais aussitôt, une nouvelle nappe de brouillard la voile. Puis elle réapparaît. Un faisceau lumineux qui passe du rouge au vert.

C'est lui, c'est le phare du Grand Jardin ! On est sauvés ! exulte William Gregory. C'est le moment, la chance d'entrer dans la passe et d'arriver au port. Le capitaine donne ses ordres, la manœuvre délicate est amorcée.

Et soudain, le choc, d'une violence inouïe, dans un fracas épouvantable. La coque du navire se déchire sur les arêtes des récifs sombres émergeant des flots à tribord. Les passagers sont propulsés dans tous les sens comme des pantins. Des têtes heurtent le sol, les tables. Le sang jaillit déjà sur le *Hilda*. Des étagères se décrochent et vont s'écraser les unes sur les autres, des piles d'assiettes valsent, des vitres explosent. Des pleurs, des cris de détresse emplissent l'intérieur du paquebot. On cherche ses proches, on tombe, on tente de se relever, tombe de nouveau pour, parfois, assommé, ne plus se relever.

Mary serre ses deux enfants contre elle, les battements de son cœur soulèvent sa poitrine. Elle sent les leurs sur son ventre. Elle sait qu'ils vont mourir. Tous les trois, ensemble. Le pasteur, à genoux, une tempe en sang, prie peut-être pour la première fois avec autant de ferveur. Mais l'espoir fuit à la même vitesse que l'eau s'infiltre partout.

Les gardiens du phare ne voient pas les feux de détresse du vapeur et n'entendent rien, pas même le bruit des machines qui explosent juste après le choc.

En haut, le capitaine distribue les ordres et organise l'évacuation dans les canots de sauvetage. Or rien ne se passe comme cela devrait. La marée descendante aspire le navire qui, planté sur les récifs, continue à se disloquer. Des six canots mis à l'eau, un seul réussit à déborder. C'est la catastrophe.

Le *Hilda*, long de soixante-dix mètres, finit par se briser en deux. La proue tombe de l'autre côté du rocher et le gaillard d'arrière est englouti par les flots remontés. Mais une partie du bateau demeure à la surface.

Une vingtaine de passagers, dont cinq Johnnies et un marin, James Grinter, trouvent refuge dans le mât arrière. Pour eux, trempés jusqu'aux os, gelés, la nuit sera des pires. Six d'entre eux survivront, six survivants du *Hilda* sur cent trente et un passagers, membres de l'équipage compris.

L'aube se lève enfin sur une mer calme et neuve, dans l'indifférence d'un soleil pâlot, comme si rien ne s'était passé. Une bruine froide balaie les rochers où s'accrochent encore les restes de l'épave déchiquetée. Joyce fixe le ciel gris de ses yeux grands ouverts que recouvre une fine membrane blanche, son visage a pris les teintes grisâtres de l'eau devenue son linceul. Le petit corps flotte à la surface, tel un tronc mort. Non loin, le cadavre de sa mère et celui de son frère dérivent en silence.

Enfermée dans sa cabine, Mary Rooke avait, une dernière fois, habillé Joyce et Edmond de leurs manteaux de laine, pour qu'ils n'aient pas trop froid dans l'eau glacée.

MOURIR

1

*2 avril 2014, Centre pénitentiaire de haute
sécurité de Sacramento, Californie*

Il la toisait d'un regard cru, un rictus lui entaillant le bas du visage comme une vieille cicatrice. Le crâne rasé et attaqué par les pelades, un visage encore congestionné d'une jeunesse d'alcoolique et de toxicomane. Sur ses avant-bras, tatoués en lettres gothiques, sous la forme d'un ambigramme, les mots «SAINT» qui, lus à l'envers, formaient «SINNER» — pécheur — et «FAITH» — la foi — qui en lecture inversée donnait «HOPE» — l'espoir.

En quoi un tel être pouvait-il croire? se demandait Hanah Baxter. Quant à l'espoir, il était clair qu'il s'agissait de celui d'être libéré un jour, à moins que ce ne fût un espoir de rédemption, mais elle en doutait fortement.

Elle regrettait presque d'avoir accepté de venir. D'avoir fait tout ce voyage pour le voir. À cause d'une lettre. Plutôt, une phrase à l'écriture maladroite et à l'orthographe très approximative : *Je vé*

21

être exécuter. J'aimeré vous voir et aussi que vous
assister à mon exécution. Jimmy Nash.

Mais en réalité elle savait quelle avait été sa vraie
motivation. Ce qui l'avait poussée à accéder à la
demande du tueur. Le fantôme d'un autre meurtrier. Son père. Erwan Kardec. L'assassin de sa
mère. Libéré récemment après avoir purgé une peine
de vingt-cinq ans sur trente écopés. Depuis qu'elle
avait appris la nouvelle par Marc Carlet, son ancien
professeur de français au collège, ses nuits étaient
altérées par des visions, des cauchemars récurrents.
Ce raclement au sol… puis les pas, lourds, dans le
jardin. Elle les entendait toujours.

Hanah aurait souhaité voir son père à la place de
Nash. Elle devait bien se l'avouer.

Dans sa combinaison orange, entravé de la tête
aux pieds par de lourdes chaînes, à sa façon de se
mouvoir, les pieds en dedans, Nash avait l'air d'un
gamin dans le corps d'un géant. Un sale gosse.

Dans ses prunelles dansait cette flamme juvénile
qui avait été l'une de ses meilleures armes. La plus
trompeuse. Quand il se déplaçait, c'était une montagne gigantesque d'os et de muscles qui bougeait,
une montagne de mal.

Qui aurait cru, en plongeant dans le bleu-opale de
son regard, que ce type avait tué plus d'une centaine
de jeunes enfants?…

Jimmy Nash, surnommé «Babies Killer», avait
été arrêté au Canada, grâce au profil établi par
Baxter. Mais le tueur étant natif de Californie, les
États-Unis avaient exigé et obtenu au terme d'une
longue bataille juridique son extradition à destination de Sacramento. Chacun des États dans les-

quels il avait sévi le voulait. Il avait été finalement condamné à plus de deux mille ans de prison pour tous ces meurtres ignobles. La plus lourde peine à ce jour aux États-Unis.

Son avocat, Jeffrey Peterson, la quarantaine et une calvitie naissante, avait plaidé la *life without parole*, la perpétuité réelle, une peine incompressible. En vain.

Nash fut condamné à recevoir l'injection létale et, depuis l'âge de vingt-huit ans, il moisissait dans le couloir de la mort, dans le quartier de haute sécurité d'incarcération de la prison de Sacto. Ses pelades, des champignons, de la moisissure. Outre les lenteurs administratives, faire mariner les condamnés à mort dans leur jus et leur conscience faisait partie de la torture psychologique. Du châtiment infligé.

À la veille de son exécution, ce jour d'avril 2014, il avait trente-neuf ans.

Onze années pleines. Onze années d'une attente qui serait venue à bout de plus d'un homme.

Il était 9 heures, la mise à mort aurait lieu à 10 heures. Nash avait refusé l'absolution. Jeffrey Peterson avait dû faire la demande au procureur pour obtenir que Baxter puisse voir le prisonnier seul à seul. Selon les volontés de Babies Killer.

Maintenant qu'elle l'avait en face d'elle, Hanah doutait. Lui devait-elle *vraiment* ça? Le petit jeu de la culpabilité transpirait du message de Nash. *Viens voir ce que tu as fait et assume! Tu as conduit un homme à la mort, regarde-le crever droit dans les yeux*, fallait-il lire entre les lignes. Mais peut-être y avait-il autre chose. Baxter voulait en avoir le cœur net. Même si l'effort était considérable.

— Je suis sûr que, comme tes petits potes de la flicaille, tu brûles d'envie de savoir, Baxter. Savoir pourquoi j'ai fait ça. Pourquoi des bébés. Hein, pas vrai ?

Savoir pourquoi un homme en arrive là. Tuer. Enlever la vie sans raison concrète. Pourquoi son père avait tué sa mère, cette nuit-là. Comprendre un tel acte. Dans la mesure du possible.

La voix de Nash, abyssale, atteignit Hanah au plexus. Ses mots la frappèrent avec la violence d'un boulet. Elle le laissa poursuivre.

Il se pencha vers elle, dans un cliquetis, par-dessus la table métallique soudée au sol. Pris dans les chaînes, il n'aurait pas pu esquisser un geste contre elle. Mais il n'avait pas besoin de ça pour la toucher.

— Ton silence, alors, c'est un oui ? Par amour, ouais. Je les ai tués par amour. L'amour de tuer. Haha ! Aussi con que ça, ma poulette. Et là, tu te dis, putain, pourquoi tous ces kilomètres, le cul dans un zingue, pour entendre ça !

Baxter se débattait dans un bain d'eau glacée. Elle s'était imaginée face à lui. Avait envisagé toutes les réactions possibles. Y compris interrompre brutalement l'entretien et sortir. Toutes, sauf celle-ci. Être dans l'incapacité de proférer un mot, un son. Mais Nash parlait pour deux.

— T'es déçue, hein ? continua-t-il. Alors pour que le jeu en vaille la chandelle, je vais te dire un secret. J'en tue toujours.

Hanah frémit. Nash jouissait.

— J'ai jamais arrêté de les tuer, même au fond de ce trou. Ouais, et putain ce que c'est bon ! Ils sont là, j'ai qu'à me servir.

Il pointa un index sur son crâne nu. Au coin des yeux, des pattes-d'oie lui striaient la peau.

— Ils y seront jusqu'à la fin. Personne, t'entends, chérie, personne ne pourra me les enlever. Je les sens bouger, remuer leurs petites pattes toutes roses, ils s'agitent dans ma tête, j'entends leurs cris, ça m'excite. Ensuite, je les prends, je plonge la lame dans la chair, ça rentre comme dans du beurre. Les os, le cartilage, c'est pareil, c'est tendre, à cet âge-là…

Baxter se mit à trembler. Une violente envie de vomir lui remonta des tripes. Pourtant elle resta. Elle ne partirait pas. Ne lui ferait pas ce plaisir. Mais maintenant elle voulait le voir convulser, attaché sur le lit d'exécution, les veines gonflées par les sangles, prêtes à recevoir le liquide mortel.

— Tu n'avais rien d'autre à dire, Nash? l'interrompit-elle, surprise d'entendre sa propre voix.

— Qu'est-ce que t'espérais, poupée? Des regrets? Que je me jette par terre et que je demande pardon à la société? Ça n'existe pas, tout ça, à Nashville. Ah si, encore une chose, Baxter. Une chose que je voulais te donner. Pour que tu comprennes mieux qui je suis. Tiens, c'est pour toi.

Les mains de boucher lui tendaient un livre que Baxter reconnut tout de suite. *L'Attrape-cœurs*, le chef-d'œuvre de Salinger. Le roman qui avait bouleversé son adolescence. Celui que lui avait fait découvrir Carlet dans un de ses cours.

Elle sentit un nœud coulant serrer sa gorge.

— Holden, c'est moi, reprit la voix de ferraille. Sa vie, c'est la mienne. Tous ces enfants, qui s'approcheraient un jour du bord de la falaise, au bout du champ de seigle, comme dans le bouquin, je voulais pas qu'ils tombent. Je voulais juste les protéger.

Une autre voix vint se ficher entre les omoplates de Baxter, qui la fit tressaillir.

— Madame, je suis obligé de vous demander de sortir. Ça va être l'heure. On doit le préparer.

Hanah ne put réprimer une bouffée de compassion. Comme on doit se sentir seul, à l'instant de sa propre exécution. Le «préparer»… Comment prépare-t-on un homme à mourir, quoi qu'il ait fait? À tous ces meurtres, dans trop d'États encore, la réponse de la loi est finalement la même chose, un meurtre, une exécution. Rayé purement et simplement de la carte de la vie. Éliminé, tel un nuisible.

Pour leur entretien, Nash avait été conduit enchaîné dans un parloir sécurisé. Mais cela faisait bientôt vingt-quatre heures qu'il se trouvait dans la chambre de la mort à l'équipement sommaire. Un lit, une cuvette, un petit évier, une glace, une tablette sur laquelle était posée habituellement la Bible. Un lieu dépouillé et calme, où le prisonnier était censé trouver un peu de paix dans le recueillement et méditer sur ses actes une dernière fois. Il pouvait y recevoir des visites, sa famille, sa petite amie, sa femme. Mais Babies Killer n'avait personne. «Ils» étaient sa famille. Eux, «ses» bébés dans le champ de seigle.

L'ogre allait mourir. Emportant ses proies avec lui. Au fond du néant.

Hanah fut invitée à prendre place dans un box vitré qui donnait sur la chambre d'exécution. Celui de la famille et des proches du condamné. Il n'y avait personne d'autre qu'elle et Jeffrey Peterson, assis au premier rang. Elle ne voyait que sa silhouette sombre sans visage se découper sur la vitre. L'avocat avait vieilli, lui aussi. Vieilli de onze ans, avec son client qu'il n'avait pu soustraire à une fin misérable. L'abattoir.

Un autre box était destiné aux familles des victimes. Vide. Aucun des proches des petites victimes n'était venu assister à l'exécution. En dépit du plaisir que cette vision aurait pu leur procurer. Personne ne voulait remuer un passé d'horreur, risquer de croiser le regard vide du tueur. Ils l'avaient assez vu, à la une des journaux et lors des procès.

Sur un écran, Baxter et l'avocat purent assister à la pose de l'intraveineuse dans le bras de Nash. Son visage ne trahissait aucune émotion, aucune peur. Un sourire tordu flottait sur ses lèvres, comme un déchet à la surface d'une eau croupie.

Baxter, au bord du vide, ne pensait plus à rien. Elle voyait l'autre, son père, un être sans humanité. Mais libre, lui. Libre de retrouver celle qui l'avait dénoncé. Sa propre fille. Son unique rejeton à qui il devait vingt-cinq ans de captivité.

Elle ne pouvait cependant se résoudre à prendre parti pour cette peine capitale qui avait fait disparaître trop d'innocents. Même si, parfois, elle devait bien se l'avouer, lorsqu'il s'agissait de monstres avérés, d'assassins irrécupérables, cette solution était la plus rassurante pour les familles endeuillées et pour une société inquiète, à juste titre, d'une possible récidive.

Le géant Nash arriva, menotté et encadré de deux matons noirs qu'il dépassait d'une tête. Ce fut comme s'il entrait sur scène. Irréel.

On le coucha sur la table matelassée inclinable, dont la ressemblance avec un fauteuil de dentiste était presque ironique. Il y fut solidement arrimé, prêt à recevoir par cathéters les trois injections qui lui conduiraient à la mort.

L'aumônier se tenait dans un coin de la pièce, la Bible entre ses mains croisées. Le procureur lut une dernière fois la sentence, pendant que les seringues étaient installées. Tout se faisait manuellement. Avec lenteur et précision. On avait déjà vu des condamnés à mort branchés aux cathéters bénéficier d'un sursis de dernière minute. Et plus rarement, d'une grâce.

La première seringue contenait un puissant anesthésique à base de thiopental sodique et de pentobarbital, qui ferait perdre conscience au condamné en quelques secondes. La deuxième lui enverrait du bromure de pancuronium, un curare dont les effets étaient paralysants, pour éviter les mouvements involontaires. L'arrêt cardiaque surviendrait à la troisième injection, cette fois du chlorure de potassium.

Baxter savait que l'état d'inconscience du condamné n'était qu'apparence. Une technique de camouflage des dégâts internes sur les organes vitaux. Elle savait que, à la deuxième injection, les poumons et le foie subiraient un court-circuit, que les douleurs seraient atroces, malgré l'anesthésiant. La preuve en était les grimaces, pas toujours visibles par les témoins, qui tordaient le visage du prisonnier dans ses derniers instants et les convulsions dont son corps était traversé de part en part, comme des ondes électriques.

De la première à la troisième injection, la mort survenait au bout de sept minutes. Sept minutes d'agonie. Une éternité.

— Jimmy Nash, avant votre exécution, avez-vous quelque chose à dire ?

À cette seconde, le visage impassible du tueur, dont le regard était rivé au plafond, parut s'animer.

— Ouais, toute ma haine pour ce que vous êtes devenus ! Regardez-vous, vous avez tout perdu, en traversant le champ ! Vous êtes tombés de la falaise dans le vide, vous ÊTES ce vide ! Moi, ça fait onze ans que je suis mort, aujourd'hui c'est qu'une formalité, alors je vous emmerde TOUS, vous entendez, je vous EMMERDE !

Il cria ces derniers mots, les deux majeurs dressés vers le plafond, carotides prêtes à exploser.

Très haut, au-dessus des barbelés, au-dessus de la carapace de béton, il y avait le ciel, que le prisonnier n'avait pas vu depuis des années. Mais son cri resta pris dans le béton armé. Étouffé par la vitre blindée. Personne ne l'entendit.

La main du bourreau appuya sur le poussoir de la seringue. L'anesthésique se répandit dans le sang. Au bout d'une dizaine de secondes, Nash sombra, les majeurs dressés encore raides, les yeux exorbités. Il avait fallu des doses de cheval pour terrasser le colosse.

Au bout de sept minutes et sept secondes exactement, Jimmy Nash fut déclaré mort.

C'est à cet instant que Peterson se retourna et regarda Hanah pour la première fois. Un regard aussi bleu et inexpressif que celui de son client qui la frappa avec la violence d'un uppercut.

Elle eut l'impression furtive que les yeux de Nash puis de son père se superposaient à ceux de son avocat. Le malaise ne dura que quelques secondes, mais elle en ressortit défaite. C'était comme si le tueur avait déteint sur son défenseur. À force de se voir en huis clos, ils avaient peut-être fini par se ressembler physiquement.

Une fois dehors, à l'air libre, Hanah s'abandonna à son émotion. Les larmes coulaient sans discontinuer, malgré elle.

Elle s'aperçut qu'elle tenait le livre de Salinger dans une main. Corné, jauni, souillé, elle préférait ne pas savoir de quoi.

Nash s'identifiait au jeune Holden, le héros du roman. Un adolescent que l'idée de devenir adulte terrorisait. Un adolescent qui, alors qu'il erre dans un musée, compare sa vie à celle des statues, immuables, figées dans l'éternité de la pierre. Qui n'a de réelle communication qu'avec sa petite sœur, Phoebe, sa «petite crevette».

En privant ces bébés de leur avenir, encore des «crevettes», Nash leur évitait le passage chaotique à la vie d'adulte. «Je tue par amour. L'amour de tuer», assenait-il. Mais c'était parce que Jimmy Nash ne savait pas identifier l'amour. Personne ne le lui avait appris. Amour compulsif du meurtre et amour du prochain étaient en réalité étroitement mêlés. Confondus, dans son esprit.

Contrairement à ce qu'elle avait cru, au travers de ces nourrissons, ce n'était pas sa propre enfance que

Nash tuait. Il arrêtait le temps. Comme Holden, il avait refusé de grandir.

Pourquoi avait-il choisi des nourrissons et non pas des enfants plus grands ? Parce qu'il jugeait que ceux-ci étaient déjà pervertis. En proie au tourment de devenir adultes. Les nourrissons, eux, étaient vierges de tout ça.

Nash n'y avait pas échappé. Il était devenu, bien malgré lui, un adulte. Et un tueur.

Elle commença la lecture de *L'Attrape-cœurs* dans le taxi qui l'emmenait à l'aéroport de Sacramento et la termina dans l'avion pour New York.

Nash avait entouré des passages, souligné des mots. Laissé son empreinte sur le roman. Ce n'était pas le roman de Salinger, qu'elle connaissait par cœur, que lisait Hanah, mais le livre de Jimmy Nash. Son histoire, sa folie.

Lorsqu'elle le referma, ses yeux embués s'attardèrent sur la tranche gondolée. On l'aurait dite teintée d'un pigment ocre ou mouchetée de rouille. Des auréoles de la même couleur constellaient les pages. En y regardant de plus près, Hanah frémit d'horreur.

C'était bien ce qu'elle redoutait. Du sang séché. Peut-être celui de ses jeunes victimes. Les âmes pures. Nash reprenait sa lecture après ses meurtres. Il lisait, les mains couvertes de ce sang.

Combien de fois avait-il lu et relu ce livre ? Le livre de sa vie.

Elle le balança loin d'elle, sur un siège libre.

— Excusez-moi, madame, vous avez oublié quelque chose.

Un jeune homme brun à lunettes lui tendait *L'Attrape-cœurs*.

— Non, je ne l'ai pas oublié. Je l'ai laissé. Vous pouvez le prendre, si vous voulez.

Les yeux du jeune brillèrent derrière ses lunettes.

— Ben merci. C'est cool.

— Pas de quoi !

Puis Baxter se fondit vite dans le flot de passagers qui se dirigeaient vers la sortie.

2

Avril 2014, Brooklyn, Jay Street

Le corps massif de Nash se décolla de la table d'exécution, dans un mouvement d'automate, puis se dirigea vers Hanah, clouée sur son siège de l'autre côté de la cloison vitrée, incapable de bouger. La vitre de séparation censée protéger ceux qui assistaient à l'exécution ne résista pas sous la pression des paumes du tueur. Des mains énormes, monstrueuses, par lesquelles le mal était arrivé.

Les mains de boucher se posèrent sur son cou, resserrant leur étau autour de sa gorge. Elle ne parvenait plus à déglutir, bientôt l'air ne passerait plus.

Comment était-ce possible ? Comment pouvait-il être encore en vie après l'injection létale ?

Animé d'une force inouïe, Nash avait rompu ses attaches sans effort et sans que personne intervienne. Ils étaient seuls. Lui et Hanah. Même son avocat était reparti.

La clarté bleue de son regard fixé sur elle la glaçait. *Tu croyais t'en tirer comme ça, salope ? Après avoir détruit ma vie, tu pensais vraiment pouvoir retourner tranquillement à la tienne ?*

Il serrait, serrait de plus en plus fort, écrasant la trachée. Alors que, prise de convulsions, elle ne respirait presque plus, les mains desserrèrent légèrement leur étreinte, permettant à l'air de passer de nouveau.

Dans un râle désespéré, Hanah en goba une bouffée à pleins poumons, comme sortant la tête de l'eau, mais déjà le tueur lui comprimait la gorge une nouvelle fois. Elle comprit qu'elle ne s'en sortirait pas. N'eut que le temps, avant de sombrer dans la nuit froide de la mort, d'entrevoir, penché sur elle, le visage dur et fermé d'Erwan Kardec. *Alors, ça fait quel effet de mourir ?*

Hanah ne put le lui dire et émergea enfin de ce cauchemar, ses cheveux courts plaqués de sueur sur la nuque.

Tout en regardant autour d'elle dans la pénombre, elle se palpa la gorge avec une étrange sensation de douleur. Jetant un coup d'œil aux chiffres luminescents de son réveil, elle sentit son cœur exercer un petit à-coup dans sa poitrine, comme un fœtus qui donnerait du talon dans la matrice. 3 h 02. Sa mère était morte à la même heure sous les poings de son père. La petite fille alors réveillée par les éclats de voix dans la cuisine, suivis d'un silence assourdissant, avait vu l'heure à sa montre d'enfant, une montre à quartz qui s'allumait, que ses parents lui avaient offerte pour son anniversaire et dont elle ne se séparait jamais. Elle indiquait 3 h 02 au moment où les bruits cessèrent.

Maintenant il est libre. Libre.

Elle avala péniblement un peu de salive, constata que ses muscles œsophagiens fonctionnaient et chercha à tâtons le pied de sa lampe de chevet. Il lui suffisait de l'effleurer pour que l'ampoule éclairât la pièce. Son regard croisa celui, ahuri, de Bismarck, son compagnon de solitude, un chat de la race des sphynx, à la peau totalement glabre. Lové sous la couette, il aurait volontiers prolongé sa nuit.

Hanah mit plusieurs minutes à réintégrer la réalité et se réapproprier l'espace familier de son loft perché à quelques dizaines de mètres au-dessus du sol, aménagé dans une ancienne usine de Jay Street, une rue de Brooklyn, dont l'architecture était fortement marquée par l'ère industrielle. Façades de brique rouge que l'on retrouvait à l'intérieur. C'était d'ailleurs dans les aspérités de ce mur, creusées par un ancien locataire dont la folie consistait à ingurgiter de la poudre de brique, qu'Hanah planquait ses réserves de coke à la grande époque. Mais ce temps-là était révolu, après un sevrage qui avait fait de son corps un sac de nœuds transpercé d'aiguilles pendant ses crises de manque.

Impossible de se rendormir comme si de rien n'était. Désolée, Bis, la nuit est terminée. Quoiqu'un sommeil de chat trouvât sa place le jour aussi.

Hanah était revenue très marquée de sa dernière mission, qu'elle avait acceptée en dérogeant à la règle qu'elle s'était imposée de ne pas faire de profilage sur le sol américain où elle avait choisi de s'établir. Elle avait donc connu l'hiver de Crystal Lake en banlieue de Chicago. Le gel, des températures négatives de − 30 °C. Des rencontres aussi, des relations humaines qui l'avaient réchauffée. Et puis, la résolution de l'enquête, une issue heureuse, malgré des pertes comptant dans les dégâts collatéraux. C'était à la veille de son départ pour Crystal Lake que la nouvelle de la libération de son père était tombée. Son travail l'avait aidée à l'affronter, à surmonter l'angoisse, mais le Xanax était réapparu dans son quotidien.

Sortant un comprimé de la plaquette, Hanah l'avala avec un grand verre d'eau glacée. Puis ouvrit une canette de sa bière blonde japonaise préférée, l'Asahi. Sa légère amertume doublée d'un arrière-goût de miel acheva de la reconnecter à la réalité. Jimmy Nash était bel et bien mort et ne pouvait ressusciter ailleurs que dans ses fantasmes et ses peurs.

En tenue de nuit, caleçon et tee-shirt Abercrombie, debout devant la baie vitrée ouverte sur un horizon de tours et de gratte-ciel réfléchissant la douce lumière rosée du jour naissant, Hanah savourait sa bière comme si elle revenait de loin, comme si ces sensations étaient une découverte. Cette aube aurait été parfaite si la douleur qu'elle ressentait sous l'omoplate depuis quelques semaines ne l'avait soudain embrochée, lui arrachant une plainte.

Elle n'en avait pas parlé à Karen. Son ex, avec qui elle entretenait encore une relation sporadique, n'aurait pas manqué de lui presser le citron jusqu'à ce qu'elle daigne consulter. Et pour une fois Karen aurait eu raison, Hanah devait se résoudre à voir un médecin. Aussi se promit-elle de prendre rendez-vous dès que le monde se serait éveillé à son tour.

Dans une dernière goulée de mousse, son regard embrassa encore une fois la scène urbaine, où béton, métal et verre s'accouplaient dans une anarchie maîtrisée. Par endroits émergeaient des îlots de verdure, ultime résistance à l'avancée des tours en rangs serrés.

Son esprit alla se perdre au-delà des contours flamboyants de Big Apple, de l'autre côté de l'Atlantique, vers une petite ville française, au bord de l'océan. Où était-*il* maintenant? Était-il retourné dans la maison de son crime?… Qu'allait-il faire? La retrouver? La tuer à son tour, comme il le lui avait crié juste après l'énoncé du verdict? Tu me le payeras! Tu es morte pour moi, tu entends? MORTE! avait-il hurlé, emmené par deux policiers.

Elle savait qu'elle ne pourrait pas vivre avec ce doute. Qu'elle allait devoir le muer en certitude.

Les derniers mots de sa mère avant le choc mortel résonnaient encore dans ses nuits. «Je vais lui dire, si tu ne le fais pas, elle doit connaître la vérité, Kardec! Elle a l'âge de savoir!» Qu'aurait-elle dû savoir? Quel secret, assez terrible pour causer la mort de sa mère, ses parents lui avaient-ils caché? Seul son père détenait la réponse. Et pour la connaître, il n'y avait qu'une solution. L'obtenir de sa propre bouche.

La bière terminée, Hanah froissa la canette avant de la jeter dans la poubelle à ouverture automatique, la broyant d'une seule main, comme Nash avait commencé à le faire avec sa gorge… Mais ce n'était qu'un cauchemar, tentait-elle encore de se persuader en gagnant la salle de bains.

Alors qu'elle s'apprêtait à se brosser les dents face à son reflet fatigué dans la glace, Hanah demeura pétrifiée. Incrédule, ses yeux suivirent sur son cou, comme un chemin sur la peau, une trace de strangulation, nette et rouge.

Un autre cauchemar, pensa-t-elle à haute voix. Ils sont parfois à tiroirs. Je vais me réveiller pour de bon, cette fois.

Mais le contact de sa peau sous ses doigts tremblants était bien réel. Tout comme son image dans le miroir qu'éclairaient quatre leds.

S'était-elle fait ça elle-même dans son sommeil agité? Le pouvoir d'autosuggestion de l'esprit était tel qu'il arrivait à certaines personnes de se réveiller couvertes de cloques et de brûlures après avoir rêvé qu'elles prenaient feu. Avait-elle elle-même produit ces traces sur son cou, tant la sensation de réalité de son cauchemar avait été forte? Pourtant, un détail clochait. Ses doigts étaient trop fins, comparés à l'empreinte violacée. Des traces de doigts, nettes et profondes. Un frisson glacé lui parcourut la nuque, se propageant dans le dos. Non… non, non… impossible, Nash était mort. Elle avait assisté à son exécution. Ses yeux l'avaient vu mourir.

D'un bond, elle fut hors de la salle de bains, récupéra son Glock dans le coffre-fort, le chargeur dans un tiroir et, le tenant à bout de bras, elle entreprit de passer en revue tout le loft, y compris le plateau supérieur, là où elle avait aménagé son bureau, sous le puits de lumière.

De retour au point de départ, vers le coffre, sans avoir rien remarqué de suspect ou d'anormal, elle sentit un filet d'air frais sur ses mollets nus. Tournant vivement la tête vers l'issue de secours qui menait à un escalier métallique destiné à prendre la relève si le monte-charge tombait en panne, Hanah vit avec effroi qu'elle était entrebâillée. Elle n'était pas sortie depuis la veille et utilisait de toute façon le monte-charge qui donnait directement dans le loft sans avoir besoin d'ouvrir cette porte, la plupart du temps verrouillée. Elle la referma après un regard sur le palier. Devenait-elle folle? Son cœur tapait entre ses côtes, à lui faire mal. Se pouvait-il que ce fût *lui*? L'avait-il retrouvée?

À cet instant, le téléphone fixe sonna. Chancelante, la main gauche refermée sur la crosse du Glock, elle tendit la droite pour appuyer sur la touche verte, puis se ravisa. À la dixième, les sonneries cessèrent. Elle regarda l'heure à son Omega Seamaster, une petite folie qu'elle s'était offerte avec l'argent touché de sa dernière mission à Crystal Lake. 4 h 46.

La dernière fois que quelqu'un l'avait tirée du lit à l'aube, c'était Ti Collins, le chef du CID à Nairobi, il y avait deux ans de cela. Seule la contrainte d'un grand décalage horaire pouvait justifier un appel aussi tôt. Quelqu'un qui se trouvait loin, à l'étranger, peut-être de l'autre côté de l'Atlantique.

Terrassée par l'angoisse, elle s'affala sur un des fauteuils en cuir, le pistolet posé sur une cuisse. On avait voulu l'étrangler. C'était plus qu'un avertissement.

3

Enfin libre. Après vingt-cinq années d'enfermement. Deux fois dix et cinq passés entre les murs.
C'est derrière lui, maintenant. Et pourtant si présent. Il a le sentiment qu'il sera enfermé jusqu'à la
fin de sa vie. Enfermé dans une autre prison. La
sienne. Sa solitude de damné. Sa haine.

À la main un sac plastique contenant deux che-
mises, un pantalon, trois caleçons, deux paires de
chaussettes, deux tee-shirts et au fond d'une poche
de pantalon son Higonokami, un petit couteau
japonais qu'il a récupéré lors de sa sortie en même
temps que le reste, il reçoit la liberté en pleine gueule.
Comme un vent violent, glacé, qui le fait hésiter à
s'éloigner. Ses pas sont ceux d'un petit vieux. Mais il
n'a pas le choix. Avancer dans un monde hostile ou
retourner dans sa cellule.

C'est le deuxième jour de janvier 2014 et il est
exactement 13 h 37. Il a passé le Nouvel An en prison. Où l'aurait-il fêté s'il avait été libre? Quelque

part dehors, sous la neige ou chez lui, au coin du feu. Il n'avait pas neigé depuis longtemps sur le littoral, mais cet hiver, tout est blanc.

L'espace qui s'offre à lui paraît démesurément grand, vertigineux. Les flocons tombent inlassablement sur l'océan qui les absorbe, granuleux, hérissé d'écume. Il y sera bientôt de retour, à Saint-Malo, sur la côte d'Émeraude, entre la Manche et la mer Celtique. Sa côte.

Il y possède toujours sa maison, la maison du drame, mais dans quel état au bout de vingt-cinq ans… Il n'ose imaginer. Scellée depuis ce matin d'octobre 1989, quand la police est venue le chercher. Mis en examen pour le meurtre de sa femme, survenu trois ans auparavant. Dénoncé par sa propre fille qu'il avait élevée et aimée. S'il avait su cette nuit-là, si seulement il l'avait surprise en train d'écouter aux portes… il l'aurait tuée, elle aussi.

Sa haine est intacte, oui. Et elle lui tient chaud. Elle est son oxygène, son souffle, son unique compagnie. Où qu'elle soit, il retrouvera cette garce et lui fera payer. Il le lui a promis.

Tu me dois vingt-cinq ans. Vingt-cinq années de ma putain de vie.

Il gobe une bouffée d'air froid, le laisse pénétrer jusqu'au fond de ses poumons. Ne sait même plus quel âge il a. Il a cessé de compter. Ses cheveux gris rasés et ses rides qui coupent son visage parlent d'eux-mêmes. Il doit avoir entre soixante-cinq et soixante-dix ans. Des frissons le saisissent. C'est juste, une simple veste sur un sweat à capuche, par ce temps. Aux pieds, une paire de baskets déjà trempées.

Erwan Kardec est une force de la nature. Un corps d'environ 1,85 m, 95 kg dont 60 % de muscles, pointure 44, des mains aussi larges et puissantes qu'une planche à battre le linge, une mâchoire aux dents si saines qu'elles pourraient broyer un fémur, un regard clair et perçant qui vous donne l'impression d'être quantité négligeable. Rien d'étonnant à ce qu'il ait assommé sa femme d'un seul coup à la tête. Mais ça, c'était avant. Vingt-cinq ans de détention lui sont passés dessus.

Cette force physique, il l'avait nourrie par son travail de manutentionnaire au port de Saint-Malo. Charger et décharger des cargos qui transportaient des métaux, du bois, des barils de pétrole. Entre ce job et celui qui l'avait occupé des années à l'usine de pièces détachées d'avions, où il avait perdu l'auriculaire droit sous les dents acérées d'une machine, Kardec n'avait pas chômé. Ses os, sa carcasse entière s'en ressentaient. Toutes ces années de prison avaient en quelque sorte mis son corps au repos. Retardé l'usure prématurée due aux activités physiques lourdes. Mais si son enveloppe charnelle avait trouvé ce répit, en revanche, le ressentiment mobilisait son esprit aussi vivement que le jour de son arrivée au pénitentiaire de Rennes.

Kardec fait péniblement quelques pas qui l'éloignent de la porte de l'établissement. Sa cellule. Une matrice en béton. Il s'était senti protégé, hors du temps.

Lui a été libéré, mais pas l'autre, son compagnon de captivité arrivé presque au même moment, pas au même âge. Dix-huit ans à peine. Ils en avaient au compteur, des heures de conversation, de silence aussi, comme jamais il n'avait partagé avec personne.

Halifa, un Arabe. Mais né à Saint-Malo, plus breton que Kardec. Tombé pour la France, non, ça, c'était plutôt son grand-père, un harki. Halifa, lui, est tombé pour assassinat dans le cadre d'un trafic de came sur le port. Héroïne. Il réceptionnait la marchandise qui arrivait par la mer et revendait dans les terres. Un type avait eu le malheur d'être témoin d'une transaction. Il avait été saigné par le couteau de Halifa.

Kardec avait pris le jeune sous son aile, comme un fils qu'il n'avait pas eu, un petit frère. Tant d'intimité partagée. Le quotidien d'un taulard. Dormir, ronfler, pisser, chier, péter, dégueuler, pleurer, se taire, plus rarement rire. Tout ça ensemble. Une proximité comme il n'en avait jamais eu avec sa propre femme.

Qu'est-ce que t'as fait, toi? l'avait questionné Halifa. Ça ne se demande pas. Son sourire, des dents pourries de toxico. Le peu qui tenait encore dans la gencive. *J'ai tué ma femme*, avait répondu Kardec. Simple. La vérité. Pas de quoi avoir honte. Kardec avait toujours assumé ses actes. Y compris le meurtre d'Hélène.

Un accident, avait-il pourtant déclaré aux enquêteurs en maintenant sa position devant le juge. Une simple dispute conjugale qui avait viré au drame. Il n'est pas responsable de sa force. Mais le juge, un gaulliste aussi sec et intransigeant qu'un coup de trique, n'avait pas cru à l'accident. Or il n'y avait aucune preuve du contraire. Que Kardec ait enterré le corps de sa femme dans le jardin n'en constituait pas une. J'ai paniqué, avait-il dit. Il avait réponse à tout. Un homme comme Kardec, paniquer ? Pour le juge, ça ne tenait pas.

Son premier désir est de tirer sur une cigarette. Il a arrêté, en prison. Sa vie derrière les barreaux a été une sorte d'ascèse, de purification. Mais il s'était juré de recommencer, s'il sortait un jour. Recommencer à fumer, et d'autres choses encore.

À quelques pas, un SDF fait la manche, les reins calés contre un énorme sac à dos, à ses pieds un bâtard aux allures de molosse, dont seule la tête dépasse d'un plaid à carreaux. L'homme aspire la nicotine à s'en remplir les poumons. Kardec le regarde, envieux. Le SDF, qui l'avait calculé bien avant, sur un signe de tête, l'invite à s'approcher. Il sait. Des gars comme Kardec, leur air perdu, il en a vu plein, depuis son poste d'observation. Un point stratégique. Il s'est même fait des copains. Certains, incapables de reprendre une vie normale, ont fini par rejoindre la rue.

L'homme, lèvres gercées et fendillées par un froid alcoolisé, lui tend sa clope à moitié fumée. Sans un mot, Kardec la prend, la coince entre ses dents, referme la bouche sur le filtre baveux et pompe, paupières closes sur son plaisir. Dieu que c'est bon et douloureux ! Vingt-cinq ans d'abstinence… La fumée lui râpe la gorge, il tousse, mais y revient.

— Ça fait combien de temps que t'as pas vu la rue, mec ? lui lance le SDF.

— Un quart de siècle. Merci pour la sèche.

— De rien. La loi antitabac est tombée, interdiction de fumer dans les lieux publics, les bars, les boîtes.

Kardec le salue en s'éloignant. Il va aller s'acheter un paquet et remettre ça. Après, il verra.

Ses yeux clairs se lèvent vers le ciel bas. Un vent sec saupoudre de neige les toits, les rues de Rennes. Il a tout juste de quoi prendre le train jusqu'à Saint-Malo. Une vingtaine d'euros. Le billet de TER est à quinze, il ne lui restera en tout et pour tout que cinq euros en poche. À peine de quoi acheter un paquet de cigarettes. Mais il est libre. Libre de crever. C'est bien pour ça qu'ils l'ont relâché. Réduction de peine pour un condamné à mort. Le toubib du centre l'a envoyé à l'hôpital passer quelques examens et analyses pour finir par lui apprendre qu'il est atteint d'un cancer de la prostate stade 4.

Là encore, Kardec a encaissé le choc sans broncher, refusant la chimio. Il ne va pas mourir. Pas encore. Pas avant de régler une affaire qui le fait tenir depuis vingt-cinq ans. Il va la retrouver, dût-il se foutre en orbite autour de la Terre.

4

Avril 2014, hôpital de New York,
service de pneumologie

Ce doux matin de printemps avait cueilli Hanah
en bas de l'immeuble, dans une effusion d'essences
végétales mêlées aux remugles urbains. Fixés à leur
branche comme des chrysalides pointaient les premiers bourgeons, luisants au soleil.

La vie coulait de nouveau dans les artères de la
ville, même si elle ne s'était jamais tout à fait arrêtée.
L'hiver avait été long et rude, et Big Apple avait vécu
au ralenti. La reprise se faisait sentir, un flot humain
incessant au milieu des voitures, taxis, trams, vélos,
motos, avait commencé à l'assaillir. Et puis, tout
s'était figé dans l'espace aseptisé du service de pneumologie où elle avait rendez-vous avec Fred Dantz,
son pneumologue et ami.

Elle apportait les radios qu'elle avait passées la
veille dans un cabinet privé. Au terme de la séance, le
radiologue avait analysé les clichés d'un air perplexe
sans trop se prononcer et avait conseillé à Hanah de
prendre d'urgence un rendez-vous chez un chirurgien

thoracique. Sous le coup, elle avait appelé Dantz. Pour elle, il se rendait souvent disponible malgré sa charge de travail. Les pathologies pulmonaires étaient en nombre croissant dans les mégapoles. Pollution, particules fines, gaz, poussières et pollens formaient un cocktail nocif. Prudente, Hanah avait arrêté de s'empoisonner davantage avec la cigarette depuis des années, se rabattant plus récemment sur le vapotage aux arômes de vanille, caramel, cannelle, gingembre et autres épices.

Silencieux et concentré, un sourcil relevé, sa mèche blonde lui balayant le front à la Redford, Dantz observait avec attention les radios alignées sur le tableau rétroéclairé. Assise sur un siège à côté de lui, Hanah attendait, l'estomac noué.

Les traces de strangulation qui dataient d'une semaine s'étaient partiellement estompées, ne formant plus qu'une traînée bleuâtre. Elle n'avait pas souhaité que Karen la découvre dans cet état et ne l'avait pas encore revue. Comment expliquer à son ex qu'elle s'était réveillée avec ces traces de doigts au cou après avoir rêvé que Jimmy Nash l'étranglait ? Qu'elle avait éprouvé une sensation vraiment réelle ? Comment lui dévoiler, surtout, le fond de sa pensée ? Qu'elle était presque convaincue qu'elle n'en était pas l'auteur.

Tu ne penses tout de même pas que…, se serait exclamée Karen qu'elle connaissait par cœur. Hanah aurait été obligée de lui répondre que si, justement, elle avait supposé qu'on s'était introduit chez elle, qu'*il* était peut-être là… venu pour la menacer, pour lui faire peur ou pire encore.

La lumière bleutée du tableau réunissait Hanah

et Dantz dans une intimité d'autant plus troublante qu'elle n'était que provisoire et forcée.

— C'était donc ça, la douleur dont tu t'es plainte…, commenta le pneumologue d'une voix douce.

Il n'aimait pas ce qu'il allait devoir confirmer à Hanah. En même temps, il n'avait jamais vu ça. Sauf dans les cas de blessures de guerre, lorsqu'il s'était rendu deux ans en Irak pour se prouver je ne sais quoi. Il en était revenu avec la certitude que la folie de l'homme n'avait de limites que celles des technologies qu'il inventait dans tous les domaines, y compris les armes.

— Un truc de dingue, Hanah, dit-il en secouant la tête. Comment cet éclat de métal, provenant probablement d'une balle, a-t-il pu arriver là sans que tu en aies le moindre souvenir ? Une cicatrice ?

— Je t'assure, Fred, que c'est vrai. Et je n'ai pas remarqué de cicatrice.

— Ça n'aurait pas pu se produire au cours d'une de tes missions ? Tu en es certaine ?

— Là, pour le coup, je me le rappellerais… C'est sûr, alors ?

— Pratiquement. Seules une intervention chirurgicale et une analyse de ce fragment pourraient le confirmer. Mais la seule fois où je me suis trouvé face à ce type d'imagerie, c'était sur des soldats blessés par balles. Heureusement que tu n'as pas passé d'IRM, à cause du métal…

— Pourtant, dans la seule ville de New York, il y en a tous les jours, des gens atteints par des balles, tu as dû en voir défiler dans ton service, dit Hanah d'une voix altérée.

Dantz la regarda avec une grimace.

— Hmmm… En général, ces victimes-là sont envoyées d'office chez le légiste.

— Fred, je dois vraiment passer sur le billard ?

Les yeux de Baxter l'imploraient de lui répondre le contraire. Dantz inclina la tête vers son amie. Il aurait bien voulu lui annoncer autre chose. Il était marié à une neurologue reconnue, grande et élancée, pourtant, ce modèle réduit au corps compact, doté d'un regard pétillant et d'un sourire tout aussi craquant avec ce minuscule espace entre les incisives, l'avait charmé dès leur première rencontre. Mais il savait que les préférences de Baxter allaient aux femmes et n'avait pas tenté la moindre approche. Parfois l'amitié reste l'option la plus sûre. Le médecin n'entendait surtout pas gâcher la leur.

— Il vaudrait mieux. On ne sait pas depuis combien de temps cet éclat se trouve dans ton corps, ni s'il va rester en place. Il peut très bien prendre le… le mauvais chemin et causer des lésions. Il a commencé à te faire mal. Ce qui signifie qu'il a bougé. De quelques millimètres, sans doute, mais c'est un début.

— Ça pourrait m'être fatal, c'est ce que tu penses ?

Fred se caressa la joue recouverte d'une fine barbe dorée, d'un air embarrassé.

— Je ne dis pas ça. Mais ce n'est jamais bon de laisser un corps étranger dans un organisme vivant. De surcroît du métal, qui ne peut se dissoudre ou se désagréger, même avec le temps. C'est pourquoi je préconise l'opération. Tu dois voir un chirurgien sans tarder.

Hanah reçut ces mots en plein ventre. Vu la position de l'éclat métallique, l'intervention risquait d'être longue et délicate. Nul besoin d'être médecin pour le prédire.

Elle plongea dans un profond silence, le regard rivé aux radios sur lesquelles apparaissait nettement, en négatif, un fragment plus dense et plus blanc, de quelques millimètres, logé dans un muscle intercostal, entre les quatrième et cinquième côtes gauches. Hanah avait eu de la chance. Une chance inouïe que le poumon n'ait pas été atteint.

— Ton père… Il chassait? demanda soudain Dantz en passant derrière sa patiente.

La question fit à Hanah l'effet d'une deuxième balle. Mais cette fois en plein cœur.

— N… Non, pas… pas à ma connaissance, bafouilla-t-elle sans se retourner. Pourquoi penses-tu à mon père, tu ne le connais même pas!

Sa voix s'était faite plus agressive qu'elle ne l'aurait voulu. À cet instant, elle ne souhaitait qu'une chose, rentrer chez elle, s'enfouir sous sa couette et ne plus penser à rien.

Le pneumologue parut surpris, puis s'excusa.

— Je suis désolé, Hanah, si j'ai touché un point sensible. Ou commis une maladresse. C'était juste pour établir un lien éventuel avec cette ancienne blessure.

— C'est… c'est moi qui ai réagi un peu vivement, Fred. C'est un sacré choc. Si tu m'avais annoncé une tumeur, je crois que…

— Allons, ne dis pas de bêtises! Ta réaction est tout à fait légitime. Je vais t'envoyer chez le professeur Branagh, un excellent chirurgien thoracique, un des meilleurs. Je vais lui passer un coup de fil et…

— Merci, Fred, vraiment, mais un courrier de ta

part suffira. J'ai besoin… d'un peu de temps pour digérer tout ça.

Dantz, les mains dans les poches de sa blouse blanche, la regardait avec douceur et compassion.

— Ne traîne pas, Hanah. Je ne voudrais pas qu'il y ait des complications. Ça peut aller très vite.

— J'en prends l'entière responsabilité. Tu as fait le nécessaire, comme toujours. Merci de m'avoir reçue aussi rapidement. Il faut que j'aille respirer dehors. Du moins, que j'essaie.

— Ah oui, encore une chose… Pense à l'hypnose, c'est un bon recours dans les chocs amnésiques, un moyen très efficace de remonter aux origines d'un événement qu'on a occulté.

— C'est noté, Fred. Merci pour tout. Prends soin de toi aussi.

C'est ainsi qu'Hanah se retrouva de nouveau, une volée de minutes plus tard, dans les senteurs printanières, mais cette fois lestée d'un poids et de questions : quand, comment et où avait-elle reçu cet éclat de métal, de surcroît susceptible de provenir d'une balle ?

Sonnée, dans un état de semi-ébriété alors qu'elle n'avait pas bu une goutte d'alcool, elle mettait un pied devant l'autre de manière mécanique. À chaque pas elle se demandait si son hôte minuscule allait rester sagement en place ou bien s'il remonterait au cœur, se frayant un chemin à travers les muscles et le poumon, et en combien de temps. Car elle n'était pas prête pour l'opération. Non seulement par crainte d'y rester, mais parce qu'il fallait qu'elle sache, qu'elle trouve ce qui s'était passé.

Dantz avait évoqué son père, un hypothétique accident de chasse, mais il n'avait jamais été chasseur, d'ailleurs il avait tué sa mère de ses seules mains. Et pourtant… si, d'une certaine façon, Dantz avait raison, si, d'instinct, il avait perçu une éventualité?… Un événement qui se serait déroulé dans un passé lointain, quand elle était encore avec ses parents, enfant. Ou alors plus tard, mais comment aurait-elle pu oublier?

«Pense à l'hypnose», lui avait glissé le pneumologue avant qu'elle ne quitte le service. Une technique qui l'avait aidée à décrocher de la cocaïne en se débarrassant des symptômes du manque, à mieux les affronter pour s'en détacher. Cette fois, c'était différent. Il ne s'agissait pas d'une addiction qui n'impliquait qu'elle, mais d'un événement dont elle avait été la victime, ou l'une des victimes.

Que trouverait-elle dans son passé? Que gagnerait-elle à remuer la vase? Pourtant, la mémoire ne lui reviendrait pas toute seule et ce fragment fiché à l'intérieur de son corps le lui rappellerait désormais par cette douleur lancinante. Il pourrait peut-être même la tuer, un jour. Un meurtre abouti des années plus tard, le crime parfait, à l'insu de son auteur.

Pour toutes ces raisons, Hanah devait en avoir le cœur net. Dût-elle y consacrer les mois à venir, en refusant des missions rémunérées. Elle avait mis assez d'argent de côté pour vivre confortablement en autarcie quelque temps. Et puis, elle donnait toujours des cours et des conférences en criminologie et sciences du comportement pour lesquels elle était plutôt bien payée.

Portée par toutes ces réflexions, Hanah arriva

devant son immeuble sans même avoir eu conscience d'avoir pris le tram et marché depuis la station.

De retour chez elle après une lente ascension dans le monte-charge jusqu'au quarante-deuxième étage de sa tour de brique, elle jeta sa sacoche sur un fauteuil et, prenant soin cette fois de verrouiller la porte donnant sur l'escalier, se défit de son cuir avant de troquer ses Converse contre des tongs.

Hébétée, elle se dirigea vers la poubelle, passa la main au-dessus du couvercle qui s'ouvrit instantanément et, sur le point d'y bourrer les radios dans leur grande enveloppe, elle se ravisa. Ce n'était pas le moment de mettre la tête dans le sable.

Talonnée par Bismarck que l'arrivée de sa maîtresse venait d'extraire de son sommeil de chat, Hanah grimpa à l'étage, poussa sa chaise de bureau sous le velux, monta dessus, un rouleau de scotch entre les dents et, se hissant encore sur la pointe des pieds, entreprit de fixer les radios sur la vitre.

La clarté du jour les éclairait comme sur le tableau lumineux, rendant visible, entre les côtes, l'éclat de métal. Le fragment d'un épisode de son passé que sa mémoire avait censuré. Qu'allait-elle découvrir ? Un lien caché avec le meurtre de sa mère ? Un autre fragment de son existence dont la pointe s'était fichée à jamais dans son cœur…

À cette pensée, son regard se porta sur une petite étagère à côté du bureau où, entre un gigantesque *Attacus atlas* — le plus grand papillon nocturne du monde — en sous-verre, que lui avait offert Karen peu de temps après leur rencontre, parce que Hanah lui évoquait un papillon de nuit, et un crâne de dauphin trouvé sur une plage californienne, était posé un coffret en bois à plusieurs compartiments. Une vitrine à bijoux ancienne dans laquelle Hanah rangeait sa petite collection de météorites commencée un an auparavant.

Elle s'en approcha et prit doucement le coffret pour le déposer sur le bureau. Elle ouvrit le couvercle vitré. Le matériel extraterrestre ne devait être manipulé qu'avec des gants et beaucoup de douceur. Là aussi, des éclats, des fragments de roche tombés de l'espace. Chaque météorite dont provenaient ces morceaux avait son histoire propre, elle-même inscrite dans celle de l'univers. Chaque morceau, accompagné de son étiquette, était à lui seul un voyage.

Hanah avait commencé sa collection avec une poussière, un minuscule éclat de Lune, le Moon Rock, de la météorite lunaire NWA 4881. Deux millimètres qui émanaient de l'astre le plus familier et le plus mystérieux. Un grain de cette même teinte gris argent visible depuis la Terre.

Comme une caresse, ses doigts effleurèrent une autre boîte, contenant un fragment plus grand, de Dar al Gani 476, une météorite martienne vieille de 474 millions d'années, une shergottite issue de la collection Hupé, un chasseur de météorites reconnu, et payée au prix fort. Celui d'une pierre précieuse.

Hanah avait réussi à s'en procurer une dizaine d'aussi rares, la plus récente étant la Tcheliabinsk qui, après avoir traversé le ciel de Russie, blessant par onde de choc un millier d'habitants, s'était écrasée dans l'Oural. À côté de ces météorites aussi précieuses que célèbres, Hanah possédait encore une vingtaine d'autres infimes portions d'étoiles dont certaines provenaient de la ceinture d'astéroïdes de Jupiter. Toute une aventure spatiale et temporelle, jusqu'à l'enfance de la Terre.

À partir d'un seul fragment déchiffré, la science parvenait à déterminer et dater les événements cosmiques, les traumatismes ou les collisions subis lors de la rencontre avec la Terre. Il en irait sans doute de même de son éclat de métal, une fois prélevé et analysé. Surgi de nulle part, il devenait le témoin clef d'une histoire à laquelle Hanah avait été mêlée malgré elle, elle en était quasi certaine.

Alors qu'elle refermait doucement le couvercle du coffret, son téléphone fixe sonna sur le bureau, en même temps que retentissait la musique jazzy du second combiné, en bas.

Un appel secret s'afficha sur la fenêtre lumineuse. Hanah avança une main hésitante vers l'appareil, prête à s'en saisir et à décrocher. Après quelques sonneries dans le vide, portant le combiné à son oreille, du pouce elle appuya sur le bouton.

— Allô? finit-elle par articuler, retenant sa respiration.

Mais seul un lourd silence lui répondit.

— Allô? Karen, c'est toi? lança-t-elle d'une voix troublée par une émotion qu'elle tentait de maîtriser.

Non, ce ne pouvait être Karen, elle ne l'appellerait pas en numéro privé et la contacterait plutôt sur son portable, à moins que celui-ci ne fût déchargé, ce qu'Hanah vérifia aussitôt. Avisant d'un coup d'œil la batterie presque pleine, sa nuque se contracta.

Soudain, dans un faible grésillement de la ligne, elle crut percevoir un souffle lointain, à peine audible. Comme une respiration étouffée.

Se sentant blêmir, elle coupa et plaqua le combiné sur sa poitrine toute résonnante des battements affolés de son cœur. *C'est lui, c'est sûrement lui… Il m'a retrouvée.*

5

Janvier 2014, Rennes

Avisant un bar PMU au coin d'une rue, Kardec s'y dirige, serrant le billet de vingt euros dans son poing fermé. Rennes n'est pas son fief, ici il n'est personne. Pas plus qu'en prison d'ailleurs. Kardec n'est pas ni caïd ni un mafieux, ni un terroriste ou un braqueur récidiviste. Juste un homme qui, un jour, a tué sa femme et a dû payer pour ça. Ça ne lui donne aucune envergure, aucune légitimité dans le «milieu». Il n'a donc pas frayé avec des voyous. Halifa, c'était différent. Affectif. Fraternel. Comme dans la vraie vie. Mais se seraient-ils liés s'ils s'étaient rencontrés ailleurs qu'en prison? Leurs routes ne se seraient jamais croisées. Avant le drame, Kardec était un mari et un père de famille comme tant d'autres. Son travail à l'usine lui laissait peu de temps pour vraiment profiter de sa femme et de sa fille. Toutes ces heures passées dans le bruit des machines le rendaient peu disert; de retour à la maison, il n'avait qu'une envie, se vider la tête devant la télévision en buvant une bière fraîche ou un verre de calva. Et puis, certains week-ends de repos, il y avait ces sorties en mer, seuls vrais moments durant lesquels la petite famille était réunie.

Il pousse la porte du bar comme s'il poussait la porte de l'enfer. À l'intérieur, ça braille, ça crie, ça boit, ça se bouscule au comptoir, on dirait que toute la lie humaine s'y concentre. Il a envie de faire demi-tour, de ressortir. Mais le contact du billet que sa main réchauffe lui rappelle pourquoi il est entré.

Tel le Christ multipliant les pains devant cinq mille hommes, il va partir d'un seul billet. Les paris hippiques, il maîtrise et en a une connaissance solide. Avec la Bible, le journal des courses était sa seule lecture dans sa cellule. Le reste, il le puisait dans ce que lui racontait Halifa, dans la vie, et non pas dans les écrits de ceux qui, la plupart du temps, essayaient de la retranscrire sans s'y être vraiment frottés. Certains passaient carrément à côté. La Bible, il l'a lue plusieurs fois, Ancien et Nouveau Testament, afin d'y trouver toutes les bonnes raisons de ne jamais pardonner. Ni à ceux qui l'avaient condamné, ni à sa propre fille.

Grâce à différents travaux rémunérés effectués en prison — nettoyage, menuiserie, réparations diverses —, Kardec a pu économiser sur un compte épargne sans jamais y toucher, se constituant au fil des ans un pécule d'environ vingt mille euros, gonflé par les paris hippiques. Dérisoire sur vingt-cinq ans, mais inestimable pour un homme qui vient d'être libéré.

La chaleur du bar, où se mêlent relents âcres de sueur et d'alcool, gagne peu à peu ses membres gourds. Il commande un café, puis un calva. Le premier pour se réchauffer, le deuxième pour se détendre un peu. Rester au milieu d'ivrognes gesticulants qui lui crachent leur haleine chargée en pleine figure lui demande un gros effort.

Son crâne ras se fraye un passage parmi les casquettes, les bonnets en laine, quelques têtes hirsutes, frisées ou dégarnies. Il se sent ballotté, pris dans la gangue humaine, commence à comprendre certaines pulsions de meurtre apparemment sans mobile. En a-t-il seulement eu un, valable, de tuer sa femme? Disons que les choses se sont faites. Il ne se rappelle pas avoir prémédité quoi que ce soit. N'a gardé du déroulé de leur dispute qu'une image confuse. Mais ce qui a déclenché le coup mortel, le coup de folie, ça oui, il s'en souvient comme si c'était hier.

Un écran retransmet les courses en direct et deux autres les résultats en temps réel, accueillis, comme à la Bourse, par des cris et des exclamations, plus souvent des injures. Kardec connaît les chevaux et leurs jockeys sur le bout des doigts. Il a tout appris, sait par cœur leur fiche, avec leur taille, leur poids, leur alimentation, leur âge, leur lignée et leurs origines, les courses gagnées et perdues, leurs points forts, leurs faiblesses. Il a parié dans l'ordre sur le 16, le 7, le 20 et le 1. Trois juments et un cheval. La 16, Attraxione, une jument de quatre ans, a déjà gagné une vingtaine de courses. Le 7, Chasse au Trésor, un selle anglais de trois ans, est une graine de champion et les deux autres, des juments aussi, Tamara de la Folie Douce, venue de Hongrie, et Asse de Cœur, arrivée des États-Unis, se trouvent en bonne posture derrière les deux premiers. L'élégance et la rapidité caractérisent ces quatre chevaux, Chasse au Trésor étant l'outsider du groupe.

Kardec, toujours sûr de ses choix, sent malgré tout l'adrénaline lui picoter la nuque et se répandre dans son corps en un agréable shoot qui le stimule jusqu'au bout. Et le voilà qui gagne encore, aussi suant que ses quatre favoris soufflant et écumant, aussitôt recouverts d'un padd bien chaud.

Il va encaisser, 2 800 euros, croise le regard perçant du barman, un gaillard trapu, une tête de ballon de foot, qui fait aussi office de bookmaker. L'autre lui tend les billets en le dévisageant comme s'il le reconnaissait.

Tu veux ma photo ? est prêt à lâcher Kardec, mais surtout pas de vagues ici. La prison n'est pas loin. C'est peut-être une stratégie pour qu'il y retourne. La présence de ce PMU à deux pas du centre pénitentiaire n'est peut-être pas un hasard.

Les billets en poche sous quelques regards concupiscents, sur le point de quitter les lieux, Kardec sent une voix s'accrocher à son dos. Gluante, acide.

— Je te connais pas, toi, vrombit le barman, un torchon crasseux sur l'épaule. T'as jamais foutu les pieds ici et tu gagnes un fric pareil à peine arrivé, t'as un truc spécial ? T'es magicien ? Tu nous le montres, ton tour ?

Le silence gagne peu à peu les clients, parieurs ou simples consommateurs au comptoir. Chacun attend la suite.

Kardec s'arrête net, reste immobile quelques secondes avant de se retourner lentement. À son tour, il fixe le barman sans un mot, puis :

— Le seul tour que j'aie à te montrer, c'est celui

qui m'a conduit en taule pour trente ans. Je viens d'en sortir il y a dix minutes et j'ai rien à perdre. T'y tiens vraiment?

Ses mots balaient l'assemblée tel un vent glacé. Les visages se ferment tout à coup. Chacun évalue en silence ce qu'il vient d'entendre. Quand on en prend pour trente ans, ce n'est pas pour le braquage d'une épicerie. Personne, visiblement, à part le maître de céans, n'a envie de se mesurer à cet ancien taulard de presque 1,90 mètre, le visage émacié mais la mâchoire puissante, qui paraît encore bien costaud pour son âge. Et surtout, très déterminé.

Humilié dans son propre établissement, le barman crache de côté. Lui aussi semble taillé pour la lutte. Les bras le long du corps, il serre et desserre les poings. Une allure de boxeur prêt à en découdre.

— Allez, dégage, grince-t-il. Je veux pas de gars comme toi dans mon bar. Ici, on est entre gens bien.

Entre gens bien. Tu parles… Kardec l'a percé à jour. Les gars comme lui, qui en sortent en essayant de donner le change face à la société, il les flaire.

Lui laissant le mot de la fin, Kardec le dévisage une dernière fois, le regard chargé de mépris, et pousse la porte dans le sens inverse, vers le froid et la solitude. Mieux vaut ça que parler à des cons.

Il se dit qu'il n'a finalement pas raté grand-chose en vingt-cinq ans de réclusion. Des présidents se sont succédé, quatre au total, comme les chevaux du quarté, sauf qu'il n'y a pas eu de gagnant. Pas de quoi se taper le cul par terre. Mitterrand, élu pour un deuxième mandat un an avant son incarcération, Chirac, de 1995 à 2007, deux mandats aussi. Et après, ça a été la débandade avec Sarkozy et Hollande dans le rôle de l'outsider.

Erwan Kardec se repasse le film. Le 11-Septembre, la crise, la misère croissante, le chômage, les guerres… Il a été à l'abri, tout ce temps, à l'abri des agressions extérieures, mais pas de lui-même. Sa haine l'a rattrapé. Ou bien est-ce la culpabilité? Un détonnant mélange des deux? Quoi qu'il en soit, il est condamné. Il va l'avoir, la peine capitale qu'il s'inflige tout seul.

La neige lui fouette le visage et il a envie de pisser, mais elle n'est pas assez dense ni froide pour effacer son sourire naissant. 2 800 euros, de quoi voir venir pendant deux ou trois mois sans toucher à ses économies. Il a un toit qui ne lui coûtera rien, c'est déjà ça. Et il sait se contenter du minimum vital. Or ce qui est vital désormais, c'est de *la* retrouver.

Arrivé à la gare, il cherche les toilettes et entre. Il baisse vite sa braguette, il est temps. Dans la cuvette, un jet sporadique, rouge. Il a l'impression de pisser de la limaille de fer. La douleur lui coupe le souffle, il se plie en deux. Respire entre deux poussées. Il devient de plus en plus difficile d'uriner. Un jour, il s'empoisonnera avec sa pisse, se noiera dans ses râles et ses souvenirs, et ce sera fini.

Dans le train qu'il a fini par prendre et qui l'emmène à Saint-Malo, il a le temps de réfléchir, une petite heure de méditation sur des années de captivité et sur les moyens de débusquer celle qui fut sa fille. Il n'a aucune idée de ce qu'elle est devenue. Elle doit avoir la bonne quarantaine, 43 ou 44 ans. Tout ce qu'il sait d'elle, grâce à un article dans *Libération* que lui a montré Halifa en mai 1994, c'est qu'elle a été entendue par la police belge sur les circonstances de la mort suspecte d'un criminologue flamand renommé, Anton Vifkin, avec lequel elle travaillait.

«Ce serait pas quelqu'un de ta famille, cette Hanah Kardec?» lui avait demandé le jeune homme en lui tendant le canard. «Non, mais fais voir», s'était contenté de répondre Erwan. Une photo noir et blanc de Vifkin en compagnie de son associée Hanah illustrait l'article.

Calé dans son siège de train, c'est cette photo sur papier journal passablement jaunie qu'il regarde, la rage au ventre. Une rage froide, qu'il a eu le temps d'apprendre à maîtriser et canaliser. Il sait à quoi ressemble sa fille adulte. Elle était encore jeune, son âge a doublé depuis, mais, à moins qu'elle soit défigurée ou qu'elle ait subi une chirurgie esthétique, il la reconnaîtrait aujourd'hui. La Belgique n'est pas si loin, si elle s'y trouve toujours.

Purgeant sa peine, il s'est inscrit à des cours d'informatique, uniquement sur l'Intranet de la prison, car il n'était évidemment pas question de connecter les détenus au monde extérieur. Mais il en connaît assez pour effectuer de vraies recherches, maintenant. Sa première acquisition pour ce qui lui reste de sa nouvelle vie sera un ordinateur. Même d'occasion. Internet lui livrera sa fille. Et le délivrera du poids de sa haine. Si ça ne marche pas, il a un autre plan.

Sur le quai humide de la gare de Saint-Malo, une heure plus tard, Kardec peine à retrouver ses repères. Un vertige le saisit. Il lui semble ne rien reconnaître d'un lieu qui lui était malgré tout familier. Chaque pas lui coûte. De retour chez lui, dans une ville qui lui est devenue étrangère. Il sent la fatigue s'abattre sur ses épaules comme une cape trop lourde. Il n'a pas la force d'affronter la foule entassée dans les bus. Il préfère une bulle, un espace réduit où il serait seul.

Le chauffeur du taxi qui l'emmène rue de la Montre, anse des Sablons, un Antillais, suppose-t-il, n'est pas plus bavard que lui. De temps à autre, Kardec croise son regard couleur havane dans le rétroviseur. Peut-être l'observe-t-il en douce, peut-être s'assure-t-il tout simplement de la circulation derrière. C'est le premier homme à qui il s'est adressé, ici. De retour dans sa ville enneigée. Sans les tours et les remparts crénelés, on se croirait dans une des bourgades des toiles de Sisley. Le sable des plages est entièrement enseveli sous une fine couche immaculée.

La maison occupe un espace étroit entre la rue de la Montre et la rue de la Cité, au fond d'un cul-de-sac. Un modeste pavillon des années cinquante, des balcons en fer forgé à la peinture verte écaillée, un crépi d'un blanc sale, entouré d'une ceinture végétale, un jardin de huit cents mètres carrés, assez grand toutefois pour y installer une aire de jeux, mais également y enterrer un cadavre. La police l'avait mise sous scellés.

Il a donné au taxi un autre numéro de rue. Ne veut pas que le type le voie descendre devant sa porte. Le chauffeur lui apprend que, dans le quartier, des maisons ont été rasées pour laisser place à un ensemble immobilier. Des villas neuves. Mais il ne sait pas exactement où. Kardec accuse le coup et se tait. S'il n'a plus de toit à cette époque de l'année, ça risque de se corser, pour lui.

La voiture s'arrête devant le n° 21, en réalité c'est

avant, au 17. Kardec règle sa course en sortant une liasse de billets de cent devant les yeux écarquillés de l'Antillais, descend, manque glisser sur une plaque de neige et attend que le taxi se soit éloigné pour revenir sur ses pas.

Les maisons, par ici, semblent encore debout. Leurs toits sont d'un blanc duveteux. C'est la première fois que Kardec voit autant de neige à Saint-Malo. Arrivé devant le 17, il s'immobilise, foudroyé par ce qu'il aperçoit. Devant lui, de l'autre côté de la grille, sa maison, dont les murs sont entièrement tagués. Des inscriptions en noir, rouge, bleu ou vert, des dessins obscènes et provocateurs et des signatures recouvrent le crépi et les volets en bois dont la couleur a disparu. Fixée aux fenêtres sur toute la largeur de la façade, une banderole portant l'inscription à la bombe rouge : « SQUAT DE LA MONTRE ».

Levant les yeux vers le toit, Kardec remarque tout de suite la fumée qui sort de la cheminée. La mairie a laissé faire. Personne n'a bougé dans le voisinage. Quant aux scellés, bien sûr, ils ont sauté. Son nom sur la sonnette a été arraché. Exproprié de fait, expulsé de sa propre maison. À ses yeux, il est clair que son crime est lié à ce traitement. Ils ont voulu lui faire payer jusqu'au bout. L'humilier, l'écraser, l'anéantir.

Bouillonnant de colère, des picotements salés en bordure des paupières, Erwan Kardec pousse la grille qui s'ouvre en grinçant. Montant les cinq marches du perron d'un pas lourd, il s'arrête devant la porte, dresse l'oreille. Des sons discordants de guitare électrique lui parviennent. Il va tous les virer de là, il va récupérer son bien ou il y aura un autre meurtre.

Il tourne la grosse poignée en laiton et entre. Une odeur suffocante le saisit à la gorge. Des relents de cannabis, d'urine et d'ordures. D'ailleurs celles-ci, débordant de sacs plastique éventrés, jonchent l'entrée et les sols.

— Y a quelqu'un ?

La voix de Kardec résonne comme un cri de guerre. La guitare s'arrête un instant, puis reprend de plus belle.

— Vous entendez, espèces d'enfoirés !

Cette fois, la basse s'interrompt, bref silence suivi d'un raclement et de murmures étouffés. Kardec se retrouve tout à coup face à deux jeunes types. La tête du premier est recouverte de lourdes dreadlocks, à tel point qu'il a du mal à la tenir, tout comme son jean qui dévoile la raie des fesses. Le second, vêtu d'un survêtement gris à capuche et d'un pantalon informes, a le crâne rasé d'un côté et de l'autre les cheveux longs et filasses, d'un rose fuchsia qui agresse les yeux. Deux secondes plus tard, un troisième surgit, une fourchette à la main, de la cuisine où il était en train de faire griller des steaks hachés à la poêle. Ils ne devaient pas avoir plus de cinq ans quand les flics sont venus chercher Kardec ici même. Et il revenait, vingt-cinq années plus tard.

— T'as bien dit enfoirés, papy ? ricane le premier.

— Ceux qui ont foutu ma maison dans cet état ne peuvent être que des enfoirés. Ou peut-être des petits cons, c'est ce que je me dis maintenant, quand je vous vois.

— Ta maison ? fait le scalp rose. C'est écrit où, ça ? Moi je suis mère Teresa !

C'est à sa voix haut perchée que Kardec réalise

que le deuxième est en fait la deuxième. Une jeune femme très maigre, à l'allure androgyne. Avec leur façon de se fagoter et leurs coupes, on ne sait plus très bien, se dit l'ancien taulard.

— Je ne pense pas que tu sois mère Teresa, tu n'as pas le dixième de ses couilles, réplique-t-il.

Son regard se pose sur la main du troisième individu, qui serre la fourchette. Une arme potentielle. Il n'oublie pas l'argent qu'il porte sur lui. Il y en a qui se sont fait saigner pour beaucoup moins. Mais lui aussi est armé. Ses doigts effleurent l'Higonokami au fond de sa poche. Une lame japonaise au tranchant redoutable, dont la forme rappelle, en plus petit, celle du katana. Une petite arme efficace que lui a offerte en prison un détenu condamné lui aussi pour meurtre, qui avait vécu au Japon où il avait côtoyé les yakuzas. Le type en avait ramené un souvenir indélébile sur tout le dos, un Irezumi, tatouage géant en forme de geisha colorée, elle-même tatouée de fleurs de la nuque aux pieds. Un maton l'avait surpris en possession du couteau, et on le lui avait aussitôt confisqué.

— Écoutez, reprend-il, je sors de prison et je suis très fatigué, alors j'aimerais bien récupérer ce qui est à moi. Vous allez donc prendre vos cliques et vos claques et déguerpir vite fait !

— Déguer quoi ? Trouduc ! Il cause même pas français ! glousse Dreadlocks.

— Ta gueule, c'est toi qui sais pas parler, intervient le cuistot, jusque-là muet, un grand échalas à casquette et bouc fauve dépassant du menton. Alors comme ça, tu sors de tôle, le vieux ? Qu'est-ce que t'as fait ? Braqué un sex-shop ?

Kardec pousse un long soupir. Il va falloir qu'il s'allonge. Pour la bonne cause.

— Je m'appelle Erwan Kardec et tu étais encore en couches-culottes, mon gars, quand j'ai tué ma femme, là, à côté, dans cette cuisine. Si on passait le carrelage au Bluestar, on y trouverait sûrement encore des traces de sang.

La fille se met à pouffer. Ses yeux brillent. On dirait que l'idée du sang l'excite comme une jeune lionne.

— Oh putain ! s'écrie Dreadlocks, portant une main à ses lèvres. C'est lui ! C'est vraiment ce keum, putain ! Le monstre des Sablons ! Ma reum arrêtait pas d'en parler quand l'affaire a éclaté… Elle découpait même les articles ! OK, mec, on a compris, c'est ta baraque, nous, on a fait que passer, hein ! Allez, les gars, on se tire !

— Et ma viande ? riposte le cuistot en brandissant sa fourchette en direction de la cuisine d'où commence à s'échapper une épaisse fumée.

— Elle doit être bien cuite, tu peux l'emporter, dit Kardec. Allez, du balai avant que je m'énerve… Et estimez-vous heureux que je ne vous fasse pas lécher votre merdier.

Quinze minutes plus tard, il regarde les trois squatters partir sous la neige, des tortues ninja, sac sur le dos et guitare à l'épaule. À quoi leur sert-il d'avoir des pantalons à l'entrejambe aussi profond s'ils n'ont rien à mettre dedans, se dit-il, un rictus lui soulevant la lèvre supérieure. Peu importe, il est chez lui. Enfin.

REVIVRE

6

Avril 2014, Brooklyn, Jay Street

De retour chez elle, Hanah avait encore du mal à se remettre de ce qu'elle venait de vivre en l'espace d'une heure. Soixante minutes avaient suffi à la projeter dans les strates d'un passé que sa mémoire avait complètement refoulé.

Lavés et astiqués la veille par l'employé de l'entreprise de nettoyage, les baies vitrées et le velux de l'étage dispensaient généreusement dans tout le loft une douce lumière printanière. Hanah avait éprouvé le besoin de s'y abandonner, affalée dans sa chaise longue Le Corbusier, avec vue panoramique sur les gratte-ciel de New York, et une tasse de thé vert fumant posée à côté d'elle sur la table basse.

À la recherche d'une séance d'hypnose le plus rapidement possible, elle avait trouvé sur Internet l'adresse d'un thérapeute, une femme, Virginia Folley, à Brooklyn, à quelques rues de Jay Street. Elle bénéficiait de nombreux avis positifs qui la recommandaient sans réserve. Bien qu'Hanah ne fût pas naïve au point de croire aveuglément à leur authenticité, elle décida que, pour une fois, la première adresse pouvait très bien être la bonne et prit rendez-vous dans la foulée.

Virginia Folley recevait ses patients à son domicile. Lorsqu'elle ouvrit la porte à Hanah, celle-ci découvrit une femme encore jeune, la quarantaine au plus. Cheveux d'un blanc argenté qui attirait d'abord l'attention, très vite captée par le regard bleu intense aux nuances de gris que soulignaient de longs cils sombres. Les traits de son visage étaient fins et harmonieux. Une beauté lunaire. Si son corps svelte et longiligne, presque maigre, n'avait pas eu besoin de s'aider d'une canne pour marcher, il aurait sans doute touché à la perfection dans ses proportions et son élégance. Quelque chose d'altier émanait de chacun de ses gestes et de sa façon de se mouvoir, même avec sa canne.

En la voyant apparaître dans l'embrasure de la porte, Hanah ressentit comme un glissement de terrain dans tout le corps. Même lors de sa rencontre avec Karen, elle n'avait jamais éprouvé ça, et avec les autres femmes, les *passagères*, n'en parlons pas.

L'émotion qui s'en rapprochait le plus était celle qui l'avait saisie à Nairobi lors de sa mission kenyane, quand elle avait accepté de dîner avec une jeune métisse aux yeux vert émeraude, Kate Hidden. Aussi faillit-elle tourner les talons, de peur que son trouble ne devienne trop visible et, surtout, ne parasite la séance.

Il n'y avait pas de salle d'attente, Hanah comprendrait plus tard pourquoi. Folley estimait qu'un thérapeute, quel qu'il soit, a un devoir essentiel envers ses patients, qui relève de la bonne communication et peut conditionner leurs rapports : les recevoir à l'heure, sans les faire attendre. Par conséquent, chez elle, cet espace où le patient se trouve déjà à la merci du bon vouloir et des horaires du praticien s'avérait inutile.

Un vague sourire aux lèvres, Folley lui désigna un fauteuil en cuir chocolat, près d'une plante verte dont les bulbes hérissés de minuscules piquants laissaient supposer qu'il s'agissait d'une plante carnivore, et prit place elle-même en face, dans son jumeau. Elle lui expliqua qu'elle pratiquait l'hypnose eriksonienne associée à l'EMDR, technique du mouvement rétinien, efficace dans les traumas du passé, entre autres les traumas de guerre.

— Que souhaitez-vous traiter précisément ? lui demanda Folley après les présentations d'usage.

Hanah lui avait dit le strict minimum en prenant rendez-vous. La voix de la thérapeute, chaude et douce, ne fit qu'accentuer son trouble. Elle évitait son regard, tout en se disant que Folley finirait par s'en apercevoir.

— J'avais, depuis quelque temps, une douleur récurrente dans le dos, juste sous l'omoplate, ici, fit Baxter, deux doigts posés sur le point douloureux dans une gymnastique du bras inconfortable. J'ai fini par consulter et passer des radios que j'ai montrées à un ami pneumologue. Ses conclusions rejoignent celles du radiologue : il s'agit d'un morceau de métal provenant d'une balle de fusil ou d'une arme de poing. Or, je n'ai pas le moindre souvenir d'avoir été blessée, malgré une profession à risque. Je suis profileuse et je vais sur le terrain la plupart du temps, où les enquêteurs sont exposés. Ce qui me laisse supposer que ça s'est produit dans un passé lointain, plutôt l'enfance, la toute petite enfance, même. Cet ami m'a conseillé la régression par l'hypnose.

— Ce que vous m'aviez dit au téléphone, en effet, acquiesça Folley en consultant ses notes.

Au vu de la page presque entièrement noircie de son Filofax, elle semblait avoir déjà recueilli des éléments sur Hanah. Plus que celle-ci ne lui en avait donné. Certainement via Internet.

— C'est presque incroyable, reprit Baxter, mais une pièce à conviction est logée là, à l'intérieur de mon corps.

— Quand on sait ce dont le cerveau est capable et tout ce qu'on en ignore encore, dit Folley, ça n'a finalement rien d'étonnant. Le vôtre a décidé d'enfouir un événement qui aurait pu vous être fatal. Simple question de survie.

— Je vois un psy de temps à autre, pour justement m'aider à survivre, avoua Hanah. Je veux dire, à ne pas me laisser envahir par la noirceur, à mieux encaisser la violence de chaque mission que j'effectue. Mais depuis quatre mois, il m'aide aussi à surmonter le choc ressenti à la nouvelle de la libération de mon géniteur.

Hormis Katz, son psychanalyste, et Karen, personne n'était au courant du crime qu'avait commis son père. En quelques mots, Baxter relata l'histoire à Folley. Quand elle se tut, la thérapeute garda un silence déconcertant, comme happée par une autre dimension. Une absence qui dura plusieurs minutes.

— C'est atroce, déclara-t-elle soudain, les yeux humides, sembla-t-il à Hanah. Et cette douleur physique s'est réveillée en même temps que l'autre, la douleur mentale qui vous a saisie quand vous avez appris que votre père avait retrouvé sa liberté?

— L'autre douleur, comme vous dites, comme une meurtrissure à l'âme, ne m'a jamais vraiment quittée, mais oui, je pense que la douleur dans le dos est sans doute liée au choc psychologique.

— Peut-être plus que ça. Vous connaissez tout le travail du subconscient… Il vous envoie des alertes, des signaux qu'il faut savoir écouter et interpréter. Ce qui se révélera, ou ressurgira, au cours de cette séance risque de vous perturber. Il vous apparaîtra peut-être qu'en réalité, la présence de ce fragment, potentiellement un éclat de balle, est liée au meurtre de votre mère. En tout cas à votre père. Et qu'au fond de vous, vous le saviez. C'est enregistré sur votre disque dur, stocké dans votre subconscient.

— Le plus incroyable, c'est que je n'ai même pas de cicatrice apparente.

— Vous venez de le dire, la cicatrice est ailleurs. Êtes-vous prête à remonter en vous pour la rouvrir, madame Baxter?

— Je veux connaître la vérité. C'est pour cette raison que je suis ici.

Virginia Folley posa encore à Hanah quelques questions d'ordre personnel tout en cochant de petites cases sur un questionnaire avant de lui demander de mettre un casque stéréo relié à un amplificateur.

Naturellement observatrice, Baxter s'attardait sur chaque geste de son interlocutrice, chacune de ses mimiques qui en révélaient plus sur sa personnalité que tout ce qu'elle aurait pu dire. Hanah décelait peu à peu un profil riche, d'une grande intelligence, solitaire, indépendant mais pas froid, et de toute évidence empathique.

Au cours de son observation, Hanah avait remarqué, en plus des photos noir et blanc sous verre qui tapissaient les murs, des revues de photographie professionnelle sur une table basse. Il y avait surtout des portraits d'animaux, un koala albinos, un orang-outan aux yeux aussi petits et luisants que des boutons de bottine, une mère kangourou et son petit dont la tête dépassait de la poche, un ornithorynque, principalement des animaux que l'on trouve en Australie.

Quelques secondes plus tard, dans ses oreilles mais aussi dans son cerveau lui sembla-t-il, pulsait une série de sons à intervalles réguliers, passant d'un écouteur à l'autre, tandis que, les yeux fermés, elle écoutait les consignes de l'hypnothérapeute.

Au bout d'un temps indéfini, Hanah se sentit glisser dans un état de semi-conscience, proche de la transe. La voix de Virginia lui paraissait de plus en plus lointaine, comme une image qui se brouille, et seul le boum-boum d'une oreille à l'autre lui parvenait distinctement, rythmé, presque tribal.

Puis, comme dans un rêve éveillé, elle entendit sa propre voix :

— Un vent froid, glacial… Il y a beaucoup de vent, il m'empêche de respirer. Avec la neige et le brouillard, on ne voit pas à un mètre. Une rafale me soulève les cheveux, manquant me faire perdre l'équilibre. Mon corps… mon corps est celui d'une enfant. Je dois avoir quatre ou cinq ans. Sous mes pieds, le sol est instable. On dirait le pont d'un bateau. La neige drue tombe sans discontinuer et des gerbes d'eau éclaboussent mon visage... J'entends des cris... Je suis secouée, ballottée comme un sac, le vent et l'eau balaient tout avec une force décuplée. Autour de moi, je ne vois qu'une profonde obscurité traversée d'éclairs et de clignotements rouges et verts.

On est foutus! Au secours, à l'aide! On vient de s'écraser sur les rochers! Venez à notre secours! On va tous se noyer! J'entends hurler de toutes parts. Des plaintes et des gémissements incessants. J'ai envie de vomir. L'eau monte, gronde, menaçante. Une force inouïe me propulse par-dessus bord, je traverse les ondes glacées, mon corps se tend tout entier, j'ai froid... j'ai très froid...

Hanah tenta de se débattre encore, n'eut que le temps de distinguer, avant de sombrer, deux lettres énormes en rouge, un H suivi d'un I, puis ce fut le trou noir.

— Ouvrez les yeux, Hanah, vous pouvez vous réveiller, entendit-elle au loin. Revenez ici. Maintenant.

— Que... que m'arrive-t-il?

— Beaucoup de choses, apparemment. Un peu trop. J'ai préféré interrompre la séance. Êtes-vous avec moi?

L'air hagard, Hanah semblait remonter d'un puits. Elle finit par émerger de sa transe.

— Est-ce que ça va? s'enquit Virginia, tout en douceur.

— Comme quand on vient d'échapper à une noyade dans des eaux glacées.

— C'est ce que vous avez revécu, à l'instant?

— Revécu, je ne sais pas, eu l'impression de vivre,

oui. Un naufrage en mer. Les gens criaient autour de moi. J'étais seule dans la nuit, j'entrevoyais des lumières, tantôt verte, tantôt rouge, comme… comme celle d'un phare. Puis, soudain, plus rien. Mais le plus incroyable, c'est que… je me voyais gamine, vraiment toute petite, cinq ans au plus.

— Oui, vous le racontiez en même temps. Vos parents vous ont-ils parlé d'un naufrage ? Est-ce quelque chose que vous auriez pu vivre réellement ?

— Je… je ne me rappelle pas. Je suis d'origine française. Nous habitions à Saint-Malo, sur la Manche, en Bretagne. Si je n'ai pas vécu un naufrage, j'ai pu tout aussi bien y assister depuis la côte ou en entendre parler et en avoir été marquée. Pourtant, je n'en ai aucun souvenir.

— Ce qui veut dire qu'il faut approfondir, essayer de vous faire régresser plus loin encore. Pas forcément dans ce passé, mais dans votre mémoire, jusqu'à toucher à l'événement au cours duquel vous avez pu recevoir cet éclat. Êtes-vous disposée à y retourner ? Ou bien préférez-vous revenir une prochaine fois ?

Hanah aurait été tentée de sauter sur ce prétexte pour être sûre de revoir Virginia Folley lors d'une autre séance. Mais l'urgence de découvrir une vérité possible, en tout cas une piste, l'incita à rester.

Elle replaça le casque sur ses oreilles et essaya de se détendre en se concentrant, bien calée dans son fauteuil.

La voix aux inflexions si douces de Virginia la guidait.

— Visualisez l'éclat de métal dans votre chair et partez de lui en remontant jusqu'à ce qui s'est passé ce jour-là. Tendez votre main vers le fil qui vous y conduira. Vos doigts se resserrent autour et vous avancez... avancez...

Le vent sur son visage, de nouveau. Mais cette fois il n'est pas glacé et il ne neige pas. L'air est plutôt tiède et humide. Sur sa langue, un goût salé. Elle est assise sur du bois, une sorte de banc, et se sent bercée par un tangage régulier. Elle porte un petit gilet orange gonflable, un gilet de sauvetage à sa taille, celle d'une enfant de cinq ans environ. Elle est encore sur un bateau, mais il paraît petit, un genre de vedette équipée d'une cabine. La mer est calme et le bleu d'un ciel sans nuages s'y reflète. Le bateau se trouve à quelques mètres d'un ensemble rocheux où se détache un phare blanc et rouge. Sa base est plus large que son sommet. Il a une forme de cornet renversé et semble désaffecté.

Une silhouette sombre surgit de l'eau et se hisse sur le bastingage, suivie d'une autre, qui exécute les mêmes gestes. La première porte un objet qui semble peser lourd, une mallette.

Une fois sur le bateau, les deux plongeurs se débarrassent de leurs bouteilles d'air comprimé et de leurs longues palmes à bout arrondi. Une femme les accueille. Hanah ne peut la voir que de profil, mais en a le souffle coupé. Elle reconnaît sa mère, ses cheveux aux reflets fauves maintenus par un bandana rouge. Les deux autres lui tournent le dos, préoccupés par le contenu de la mallette dont ils ont fait sauter les cadenas. Pourtant, Hanah sait qu'elle les connaît.

Des voix diffuses lui parviennent. Tout le monde parle en même temps. Elle ne distingue pas ce qui se dit. Les esprits s'échauffent, le ton monte, devient virulent, ça tourne à la dispute. Des bribes de mots, d'insultes. Il est question d'argent, de partage autour de la mallette. Le flash s'arrête. Tout se brouille, Hanah ne voit plus rien.

— Essayez encore, vous y êtes presque, distingua-t-elle, reconnaissant la voix de Virginia Folley.

Son amarre. Si elle la perd, elle perdra la suite, ce sera fini.

Des fourmillements lui parcoururent tout à coup les membres. Nouveau flash.

Elle voit, braqué devant elle, un objet métallique. Son scintillement sous le soleil lui fait mal aux yeux. Elle cligne des paupières, entend sa mère crier. Non! Qu'est-ce que tu fais! Mais le coup part, accompagné d'une détonation assourdissante. L'un des deux plongeurs en combinaison, touché à l'épaule, vacille en rugissant de douleur. Encore debout, il trouve la force de bondir sur son adversaire. Celui-ci, surpris par la riposte, appuie de nouveau sur la détente, mais l'autre l'attrape par le bras qui tient l'arme et le détourne de sa cible. Un deuxième coup part quand même et cette fois la balle va ricocher sur le surbau en acier. Des fragments de métal jaillissent. À cet instant, Hanah ressent une douleur aiguë dans les côtes et s'effondre, inconsciente, dans les bras de sa mère qui se met à hurler son nom.

Son corps, devenu aussi léger qu'un nuage, flotte dans une intense lumière. Une paix incoercible l'envahit et la porte. Plus rien ne peut l'atteindre.

— Hanah? Revenez. Revenez et ouvrez les yeux, maintenant.

Ce n'était pas un ange, mais presque, que Baxter

aperçut à travers ses paupières entrouvertes en reprenant ses esprits. Le visage bienveillant et grave de Virginia Folley.

— Ça va?

Malgré elle, des larmes coulèrent sur ses joues. Elle se mit à sangloter.

— Ex… excusez-moi, hoqueta-t-elle. Ce… ce n'était pas prévu au programme.

— Vous l'avez vue, c'est ça? Vous avez revécu la scène, sourit Folley.

Hanah hocha la tête en prenant le mouchoir que lui tendait la thérapeute, qui paraissait sincèrement touchée par son émotion.

Tandis qu'elle racontait à voix haute et à la première personne la scène qu'elle revivait, Folley n'avait cessé de prendre des notes.

— Vous ne savez pas qui était avec vous et votre mère sur le bateau? lui demanda-t-elle.

— Je n'ai pas vu les visages. Ils étaient deux, en tenue de plongée. Des hommes-grenouilles. Mais je crois pouvoir identifier l'endroit où se trouvait le bateau grâce à un élément. Le phare. Je l'ai nettement vu, derrière nous, sur son rocher. C'est un des quatre phares de Saint-Malo. Le seul qui soit en mer. Le phare du Grand Jardin. Tout ça est vraiment très troublant. Est-il possible que j'aie réellement vécu cet événement? Ça pourrait être une simple production de l'esprit en veille avec l'hypnose, une façon de trouver une explication à ce… cet éclat de métal dans mon corps.

— Non, je vous assure, Hanah, qu'il s'agit bien d'une méthode régressive qui a déjà fait ses preuves. Vous n'êtes pas la première.

Baxter leva les yeux sur Folley et les plongea dans les siens. La thérapeute venait de prononcer distinctement son prénom. De Mme Baxter, on était passé à Hanah. Un signe patent pour la profileuse qu'un degré dans l'intimité était franchi.

— Il y a quelque chose d'étrange, reprit-elle. En revoyant le naufrage, lors de ma première régression, j'ai noté que les gens autour de moi, les passagers et certains membres de l'équipage, portaient des vêtements et des uniformes qui ne sont pas de notre époque. Je les daterais des années 1900.

Un petit sourire éclaira l'expression de Folley.

— Croyez-vous aux vies antérieures ?

Hanah prit une seconde pour réfléchir. Bien qu'elle se servît, sur le terrain, d'un précieux allié qui lui valait parfois de passer pour une illuminée, un pendule en cristal de Herkimer, son esprit était avant tout scientifique et cartésien. Depuis quelques années, cependant, elle versait dans le bouddhisme, plus par hygiène de vie que réelle adhésion à ces croyances. Or la notion de karma et de vies antérieures y était très présente.

Elle hésita à répondre. Son regard s'attarda sur le koala blanc au mur. Sa drôle de frimousse à la truffe foncée et aux yeux clairs. Il avait un air fripon et, à côté, l'orang-outan, celui d'un vieux sage. Peut-être avait-elle été comme eux, dans une vie antérieure, un animal, à moins qu'on ne reste cantonné à une seule espèce.

— Rien n'est à exclure, se décida-t-elle. Beaucoup de mystères ne sont pas encore percés, à commencer par celui de la première vie sur Terre et, au bout, la mort. Mais il est à ce sujet des théories aussi séduisantes que fumeuses.

— Et vous pensez que l'idée de vie antérieure en fait partie, répliqua Folley.

— Je suis quelqu'un qui doute, à commencer de moi-même. Affirmer qu'il n'y a pas de certitudes en est déjà une. Toutefois, si vous suggérez que j'aie pu, au cours de cette séance, régresser dans une vie antérieure en 1900 et quelque et ainsi revivre ce naufrage terrifiant, je n'y crois pas trop, non. C'est peut-être un souvenir induit, donc un faux souvenir.

— Vous verrez par vous-même, Hanah. Je crois que vous devez laisser tout ça mûrir, vous habiter, plus encore, vous réintégrer.

— Vous avez sans doute raison. Quoi qu'il en soit, cette séance m'a beaucoup apporté. À commencer par pouvoir envisager comment j'ai été blessée et par quoi. Ça ne serait pas un éclat de balle, mais un fragment de bateau. Je porterais donc en moi le précieux témoin d'un drame dont j'aurais été une victime collatérale. Et le gilet de sauvetage m'a sans doute sauvé la vie. Sans lui, le métal aurait perforé le poumon.

Les deux femmes se levèrent en même temps. Folley s'aida de sa canne. Accident ou maladie, dans tous les cas, elle était trop jeune pour ça, bien que ce léger handicap n'altérât en rien sa grâce naturelle, pensa Hanah.

Au moment de franchir la porte dans l'autre sens après s'être acquittée de cinquante dollars, Baxter, après une courte hésitation, s'arrêta et se retourna vers la thérapeute.

— Une autre séance sera-t-elle nécessaire? demanda-t-elle.

— Ce sera à vous de voir, si vous éprouvez le besoin de compléter celle-ci.

— Bien, merci en tout cas, Virginia. Vraiment, je ne vous remercierai jamais assez. Un tel résultat était plutôt inespéré.

— L'espoir est partout. Même quand on se persuade qu'il n'y en a plus, il est là, prêt à surgir, si on lui en donne les moyens et l'occasion.

Une fois dehors, Hanah fut happée par le déferlement urbain, mais elle marchait dans un état second.

Les vibrations de son smartphone dans sa poche l'arrachèrent à ses pensées.

— Alors, cette séance d'hypnose ? souffla la voix sensuelle de Karen. Tu es enfin réveillée ?

— Plus que jamais. Dire que j'ai dormi toutes ces années…

— Tu m'intrigues, là. Tu veux en parler ?

— Je vais devoir partir, K. Ça s'est passé en France. C'est là-bas, à bord d'un bateau, que j'aurais reçu ce morceau de métal. Un fragment du bateau, sous l'impact d'une balle perdue. Il y avait ma mère avec moi.

— Ta mère était sur le bateau ? s'écria Karen, incrédule.

— Oui, et deux types en combinaison de plongée. Ils venaient de remonter une mallette et ça a dégénéré entre eux au moment où ils l'ont ouverte. L'un a sorti un flingue et a tiré sur l'autre en le blessant à l'épaule. L'autre a riposté et a réussi à esquiver la deuxième balle qui est allée frapper contre le surbau du bateau.

— Le quoi ?

— Le surbau. C'est le cadre, en bois ou en métal, qui entoure l'ouverture dans le pont qui mène à la cale. Là, il était en métal. C'est un fragment de ce métal que j'ai peut-être pris dans les côtes.

— Comment est-il possible que tu n'en aies eu aucun souvenir? Aucune cicatrice?

Hanah changea son smartphone d'oreille. Son bras commençait à s'engourdir.

— J'ai occulté cet événement au point d'avoir tout effacé. Même la cicatrice, apparemment. Mais c'est arrivé, Karen. Et maintenant, ce fragment dans mon corps est le témoin d'une tentative d'homicide, peut-être même d'une scène de crime.

7

Janvier 2014, rue de la Montre, Saint-Malo

Après le départ des squatters, Kardec peut enfin mesurer l'ampleur du désastre. Des mois, des années peut-être, d'occupation sauvage, anarchique, de sa maison. Sans se poser de questions, on s'empare du bien d'autrui s'il semble désaffecté, comme si c'était un droit. Pour Kardec, c'est un viol. Un deuxième, après la perquisition qui a précédé son incarcération. Les équipes avaient retourné le jardin à coups de pelleteuse, ses fleurs, son potager, tout avait été dévasté. Jusqu'à ce que, sous la machine, apparaisse le crâne d'Hélène, aussi lisse qu'un œuf et souillé de terre.

Où que ses yeux se posent, ils rencontrent des auréoles brunâtres, des jets de pisse contre les murs dans les coins du salon, des déchets répandus sur le sol, des brûlures de cigarette sur la moquette, des sacs plastique éventrés, des mégots partout. Même des porcs n'accepteraient pas de vivre dans cette bauge, se dit Kardec, écœuré.

La plupart des meubles ont été soit saccagés soit

déménagés. Ou même revendus. Au premier étage, dans les chambres, les matelas sont défoncés, percés de toutes parts avec un acharnement barbare, et les cadres de lit ainsi que les lattes des sommiers ont dû servir à faire du feu dans la cheminée. Du miroir de la salle de bains il ne reste qu'un morceau au mur, la cuvette des w.-c. déborde et une eau saumâtre où flotte un mélange de merde et de mégots remplit la moitié de la baignoire.

Si Kardec avait eu un fusil, il leur aurait bien envoyé du plomb dans le cul, à ces trois petites racailles, vu qu'ils n'en ont pas dans leur cervelle.

Tel un survivant au milieu des décombres d'un tremblement de terre ou d'une guerre, Kardec, comme anesthésié, enjambe les détritus, les sacs-poubelle, faisant attention à ne pas glisser sur des pelures, retraverse le salon et se dirige vers la cuisine.

Il n'entre pas tout de suite, immobile dans le chambranle. C'est ici que ça s'est passé. Leur dispute, des mots plus hauts que les autres, des insultes, puis les coups. Elle lui a craché à la figure alors qu'il tentait de l'immobiliser. Il n'a pas supporté. Personne ne crache à la gueule de Kardec. Encore moins sa propre femme.

Il l'a poussée violemment, elle est tombée, la tête en arrière. Le premier choc a été brutal, mais ne l'a pas assommée. Il s'est précipité sur elle et, l'empoignant par les cheveux, il s'est mis à lui taper le crâne sur le carrelage, jusqu'à le fracasser, le fendre comme une bûche. Il revoit la flaque écarlate s'élargir sous sa tête, son regard vitreux, fixe. Il l'a regardée mourir entre ses mains sans broncher. Ça ne lui a pas déplu.

Après, tout est allé très vite. Il a enveloppé le corps

encore chaud dans une bâche, a récuré le sol méticuleusement, jeté les éponges et la serpillière dans
la cheminée, est allé creuser un trou assez profond
dans la terre meuble du jardin, est revenu chercher
le corps qu'il a traîné dehors jusqu'à la fosse. Pour
faire tout ça, il fallait la force physique d'un type
comme lui. Son sang-froid et sa détermination aussi.

À la question «a-t-il éprouvé du plaisir?», il a
mis plus de vingt ans à pouvoir répondre. Oui, il
en a éprouvé. Un plaisir bien réel. S'il le pouvait, il
recommencerait. Il a aimé cette femme comme il l'a
haïe. Elle était à lui. Lui appartiendra toujours. Il
n'était pas possible qu'elle le quitte.

Il regarde sans le moindre regret l'endroit où elle
est tombée et où il l'a achevée. Ou bien si, un seul,
que ce soit fait et plus à faire. A-t-il ressenti cette
délectation, a-t-il eu cette sensation d'accomplisse-
ment parce que c'était sa femme ou bien pourrait-il
éprouver la même chose avec une autre? Cette inter-
rogation l'habite depuis toutes ces années sans vraie
réponse. Maintenant, il a une urgence. Retrouver la
garce qui lui a fait perdre vingt-cinq ans de sa putain
de vie. Il aurait dû la tuer à l'époque, elle aussi. Une
gamine de dix ans, ça aurait été facile. L'étouffer
dans son sommeil, avec l'oreiller.

Il sait à présent qu'il pourrait recommencer. Après
la mère, revivre cet instant de grâce avec la fille. La
vie qui s'échappe sous ses coups, assister au dernier
souffle d'un être vivant, en être l'unique témoin et
initiateur. Un privilège divin.

Allégé d'un poids par sa décision, Kardec a autre
chose à voir avant d'entamer le grand nettoyage. Il
cherche la clef du sous-sol mais elle n'est pas à sa

place. La flicaille a dû visiter aussi cette partie de la maison. Ils n'allaient certainement pas la raccrocher gentiment à son clou dans l'entrée. Espérant qu'elle soit ouverte pour éviter d'avoir à la défoncer ou à faire sauter la serrure, il descend les quelques marches en prenant garde de ne pas se cogner le front au chambranle très bas.

La porte est entrouverte. Outre le froid humide qui le saisit, il sent ses pulsations cardiaques augmenter. En bas, les seuls outils qui n'ont pas été «récupérés», une vieille scie, des clous, deux tournevis, une pelle — celle qui a servi à creuser le trou dans le jardin —, un râteau à feuilles, sont rouillés et inutilisables. Mais ce qu'il cherche, c'est une masse. Elle n'est pas à sa place. Il poursuit ses recherches dans le sous-sol pillé. Finit par la trouver sur un tas de débris qu'il identifie comme les restes d'une étagère en pin qu'il avait descendue autrefois. Les petits salopards l'ont cassée pour en faire du bois de chauffage sans doute.

Prenant la masse, il se dirige vers un pan de mur tagué lui aussi de signes anarchistes ou de dessins obscènes recouvrant l'affiche d'*Apocalypse Now* de Coppola, le film fétiche de Kardec. «ENCULÉ DE MILITARISTE» bombé en lettres blanches barre le poster sur toute sa largeur. «Petites merdes», dit Kardec tout haut.

D'un geste rageur, il arrache l'affiche, découvrant un carré du mur plus clair, trace une croix au milieu et, dans un élan, il abat la masse à cet endroit précis. La cloison cède aussitôt sous l'impact, formant un trou circulaire. Quelques coups supplémentaires découvrent bientôt une cavité dans laquelle est encastré un coffre au blindage en acier.

Avec application, Kardec, les mains couvertes de plâtre, compose le code : 300447. La date de naissance de sa femme. Une belle preuve de l'amour qu'il lui portait. Même les enquêteurs qui l'ont interrogé n'ont pas pu deviner la présence d'un coffre-fort emmuré dans le sous-sol de la maison des Kardec, «une famille modeste et irréprochable jusqu'à ce drame», disaient les journaux. Et ils auraient encore moins imaginé que ce coffre renferme, outre des papiers d'identité, une arme et une carte topographique marine.

Qui s'y trouvent toujours. Le pistolet, un Sig Sauer calibre 9, est enveloppé dans un papier journal jauni taché de graisse. Kardec le sort de sa cachette et entreprend de le déballer.

L'objet, froid et lourd, pèse dans sa main. Le poids du métal, mais aussi de ce qui s'est passé. Bien des années plus tôt. La seule fois de sa vie où il a dû s'en servir. Sans regrets. Il n'a fait que défendre son bien. Et se dit qu'il pourrait, là aussi, recommencer, s'il le fallait, pour empêcher un intrus d'approcher une nouvelle fois de sa maison.

Sur la carte, le cercle esquissé au stylo-bille est encore visible. Reliquat d'une entreprise inutile et vaine, qui finira dans la cheminée avec les vieux papiers.

Maintenant, il lui reste à redonner belle allure à cette maison. Il ne sait pas clairement s'il y demeurera, mais les attaches y sont encore vivaces. Il doit aller jusqu'au bout, faire venir la garce ici, de gré ou de force, et revivre la scène.

À cette pensée, sa main se referme sur la crosse de l'arme dont il caressait le canon du bout des doigts.

Non, il n'utilisera pas de balle, le fera à mains nues. Sentir le contact de sa peau hérissée d'effroi, lire cette même peur dans ses yeux avant que la petite lueur de vie ne s'éteigne, serrer, serrer fort et frapper, encore et encore, à lui faire éclater la tête. Détruire ce qu'il reste de ces marécages qui l'aspirent avant de partir pour le grand voyage.

Il en est là de sa rêverie, les yeux sur le Sig Sauer, lorsqu'il entend des coups répétés à la porte d'entrée. Ce qui lui vient en premier à l'esprit, c'est un retour des trois squatters qu'il a chassés un peu plus tôt. On vient peut-être lui casser la gueule. En tout cas lui casser les roustons, ça, c'est sûr, se dit-il la mâchoire raide.

Vite, tandis qu'on frappe encore là-haut, il replie la carte, la range dans le coffre et referme la porte en même temps qu'il glisse le pistolet dans le dos, sous son sweat, le coinçant entre son maillot de corps et sa ceinture. S'il le faut, il n'hésitera pas à s'en servir. Faut pas le chercher non plus.

Devant lui, coiffé d'une épaisse casquette en laine, engoncé dans un trench en cuir d'un marron patiné, se tient un homme d'une soixantaine d'années, dont le visage aussi tanné que celui d'un vieux marin et le regard bleu piscine lui sont familiers. Ils ont trois ans d'écart. Kardec est l'aîné. Une relation particulière s'était tissée entre eux, autrefois. Ils se tutoyaient. Une réciprocité peu évidente, entre un militaire et un condamné.

Kardec le dépasse d'une tête au moins, mais l'autre, outre sa courte barbe blanche, a quelque chose d'intimidant qui force le respect. L'expérience de la vie et de l'humain.

— Tu me reconnais ? demande le capitaine de gendarmerie, Léon Maurice, en esquissant un geste vers sa barbe.

Un prénom en guise de patronyme, comme c'était l'usage pour les pupilles de l'État. Son arrière-grand-père paternel était orphelin.

— Si on n'était pas en janvier, je t'aurais pris pour le Père Noël, réplique Kardec, sur ses gardes.

— Sauf que je viens les mains vides. Je peux entrer quand même ?

Erwan fait la moue. Son regard qui jauge l'intrus reste froid.

— Désolé, je n'ai pas eu le temps de faire le ménage.

— Entre nous, on ne se gêne pas, dit Maurice en avançant d'un pas.

Mais Kardec, dos à la porte, ne bouge pas d'un pouce. S'il a décidé que personne n'entrerait chez lui, personne, pas même le président de la République, n'entrera. Il sent son arme, là, au creux de ses reins.

— Qu'est-ce que tu me veux, Maurice ? Tu crois que je n'ai pas vu assez de flics et de matons, là où j'étais ? Tu me crois en manque de conversation ?

— Peut-être bien, oui.

— Les nouvelles vont vite, grince Kardec, un brin d'amertume au coin des lèvres. Tu dois donc savoir que ma maison est devenue un squat. Ils l'ont transformée en un vrai taudis, ces petites ordures. Et vous avez laissé faire. Alors, tu vois, non seulement j'ai pas le cœur à tenir le crachoir, mais j'ai du pain sur la planche. Au moins une semaine de travail.

— Ça t'occupera. Je vois que tu as déjà commencé, tu es couvert de plâtre.

Les petits yeux clairs de husky, plantés dans ceux de Kardec, sont deux forets.

— On ne veut pas d'histoires, par ici, Kardec. Saint-Malo tient à sa bonne réputation et à sa tranquillité.

— Ce qui veut dire en clair ?

— C'est juste un conseil d'ami que je te donne, parce qu'on se connaît bien tous les deux, depuis longtemps. Une fois que tu auras remis de l'ordre dans tes affaires, il vaudrait mieux que tu déménages.

— Déménage ? répète l'ancien détenu avec une pointe de mépris.

— Partir d'ici, t'installer ailleurs, où il te plaira.

— Et si c'est ici, chez moi, que je me plais ?

L'officier de gendarmerie prend un air faussement embarrassé. C'est lui qui s'était occupé de l'arrestation de Kardec, lui faisant franchir pour la dernière fois le seuil de sa maison, les pinces aux poignets. Il connaît le sujet sur le bout des doigts. La personnalité de Kardec. Ce dont il est capable.

— Alors tu devras faire face à tes responsabilités.

— Qu'est-ce qui peut m'arriver de pire, Maurice ?

— Je ne fais que t'avertir. Pour ma part, je suis à la retraite depuis huit ans. C'est mon fils qui a repris le flambeau à la gendarmerie. Il a été à bonne école.

— Tu peux dire à ton gnard que si on m'a libéré de façon anticipée, c'est pour que je parte crever tranquille. C'est pour ça que je suis revenu. Cancer de la prostate, dernier stade. Vous ne m'aurez pas longtemps sur le dos. Mais ici, je suis chez moi et je compte bien y passer ce qu'il me reste à vivre. Avec ou sans votre permission… Maintenant sors de ma propriété. Et à mon tour de te donner un conseil d'ami. Ne te repointe plus jamais devant cette porte.

Dans le regard bleu de l'ancien gendarme nagent quelques ombres. Il n'a jamais trouvé de preuves, mais il est persuadé que la femme de Kardec n'était pas sa première victime. Des types comme lui, il n'en a pas croisé beaucoup au long de sa carrière, mais il les flaire de loin et celui-là, il le connaît depuis toujours. Des hommes dont les pulsions enfouies se réveillent un jour à la vue du sang. Kardec pourrait récidiver, Léon Maurice le sent. Et il compte bien l'avoir à l'œil.

— Je t'aurai prévenu, Kardec, je t'aurai prévenu, balance-t-il par-dessus son épaule alors qu'il regagne le portail, les mains dans les poches.

Immobile sur le perron de sa maison dévastée, Erwan suit l'homme du regard. À cet instant, il sent remonter en lui le sentiment qui l'avait saisi en entendant les mots qu'Hélène lui lançait en pleine face. Des menaces. Personne n'a le droit de le menacer comme ça, sans raison.

Une fraction de seconde, il se voit rattraper Maurice, le saisir par la gorge et serrer. Il a ce pouvoir-là, d'anéantir une vie en une poignée de minutes, sans hésitation, alors qu'eux se contentent de le menacer, incapables d'aller plus loin. De tuer de leurs propres mains sans ciller.

Lui, Erwan Kardec, il sait faire.

8

Avril 2014, Brooklyn, Jay Street

La douleur l'a réveillée dans la nuit. À 3 h 02, précisément. Aussi vive que si une flèche lui transperçait le thorax. *Tu ne peux pas rester comme ça,* se dit-elle entre deux quintes de toux. Toujours la même heure, mais cette fois, ce n'était pas un cauchemar. Ou plutôt, il continuait, alors qu'elle était éveillée.

Chancelante, Hanah alluma sa lampe de chevet et se redressa, le dos calé sur l'oreiller, pour reprendre son souffle. Elle fit quelques respirations profondes apprises au yoga et son pouls revint à la normale. En revanche, une pointe restait plantée entre ses côtes.

Je ne vais pas y couper, soupira-t-elle, jetant un coup d'œil à son téléphone en charge à côté d'une plaquette de Xanax. Au lieu de prendre un antalgique, elle aurait voulu appeler Karen, entendre sa voix la rassurer, lui dire qu'elle était là. Mais elle s'abstint, pour ne pas affoler son amie. À ses pieds, la couette se soulevait et s'abaissait légèrement, à un rythme régulier. Bis devait dormir à pattes fermées.

Hanah savait que Dantz l'avait ménagée. Qu'elle

allait devoir se faire opérer sans tarder. Elle avait mis toute son énergie à combattre la douleur, de plus en plus présente, dans l'espoir qu'un sursis lui permettrait de mener son investigation avant de passer sur le billard. Mais elle devait se décider, maintenant. Peut-être était-ce mieux ainsi. Au moins, elle pourrait récupérer le fragment et le faire analyser.

Sa respiration apaisée, abandonnant Bis à ses rêves de chat sous la couette, elle se glissa dehors, pieds nus sur l'épaisse moquette qu'elle avait fait poser à son retour de mission à Crystal Lake. Un contact doux et réconfortant dans ses heures d'insomnie.

Un verre de lait à la main, elle gravit le colimaçon aux marches en verre, se tenant de sa main libre à la rampe en acier, et gagna le plateau supérieur, où l'attendait son ordinateur en veille. Chaque marche lui demandait un effort.

Au-dessus d'elle, dans le rectangle du velux, la nuit pâlissait imperceptiblement. Une nuit sans étoiles, comme souvent à Big Apple. Les étoiles étaient dans la ville. Brillant de mille artifices, trompeuses, envoûtantes et vides.

Tirant son ordinateur de sa somnolence, encore essoufflée, elle tapa « naufrage baie de Saint-Malo 1900-1930 » dans la fenêtre du moteur de recherche. Au résultat qui apparut presque aussitôt, son cœur se dilata. Plusieurs liens étaient en rapport avec un naufrage survenu le 18 novembre 1905, un peu avant 23 heures, au large de Saint-Malo, au niveau du récif des Portes.

Le lien sur lequel Hanah cliqua l'entraîna vers le site d'un petit groupe de passionnés qui avaient monté une association dédiée à cet événement et à tout ce qui l'entourait.

Le *Hilda*, un bateau à vapeur transportant des passagers civils et des marchands depuis Southampton jusqu'à Saint-Malo, avait heurté un ensemble de rochers en effectuant une manœuvre désespérée en pleine tempête de neige. Le *Hilda*! s'exclama Hanah en se renversant sur son dossier de chaise. Bon sang… le H suivi d'un I. Les deux lettres qui lui étaient apparues lors de sa première transe hypnotique. Il s'agissait bien du *Hilda*, de ce même naufrage, dont le récit était rapporté en détail, du moins ceux dont on disposait.

Hanah le lut d'une traite. À la fin de sa lecture, incrédule et abasourdie, elle dut se rendre à l'évidence. Elle avait, au cours de sa séance d'hypnose, «vécu» la catastrophe, ressenti jusque dans sa chair et ses os tout ce qu'avaient dû vivre les pauvres gens avant d'être engloutis dans les ondes glacées et noires. Mais elle n'était pas au bout de ses surprises. La liste complète des passagers figurait sur le site, accompagnée de photos pour certains d'entre eux, ainsi que d'une courte biographie.

Ainsi lut-elle, entre autres passagers : Isabel Cavendish-Butler, 33 ans, Alice, Mary Denham, 17 ans, Helen Vivienne Eckford, 24 ans, lieutenant-colonel Spencer, 50 ans, Laura Gaisford, 39 ans, veuve, Mme Kirby, Mary Miles, 19 ans, Elizabeth Montier-Hutchinson, 75 ans, apparemment la doyenne, sir Adam Doyle, major Augustus Price, Mary Rooke, 26 ans et ses deux enfants, Edmond et Joyce Rooke, 7 et 5 ans.

À bout de souffle, Hanah s'arrêta net en lisant ce

dernier nom et, surtout, l'âge de la fillette. Cinq ans. Justement l'âge que s'était attribué Baxter en revivant la scène du naufrage. Elle en était certaine, elle était alors une petite fille de cinq ans, vêtue comme sur la photo, un manteau de laine bleu marine, les cheveux retenus par un catogan. Pourtant, le visage rond de Joyce Rooke, une blondinette aux yeux clairs, ne lui évoquait rien de familier. Une chose était sûre, aujourd'hui, il n'y avait aucun survivant de cette tragédie vieille de plus d'un siècle.

Totalement dingue, murmura-t-elle.

Sur le point de réveiller Karen pour lui raconter, elle se retint cette fois encore. Son ex risquait de croire qu'elle nageait en plein délire. Un instant, d'ailleurs, elle se demanda si tel n'était pas le cas. Il était notoire que Karen était la plupart du temps l'amarre qui la retenait à cette société de performance où tout allait si vite. À peine savait-on maîtriser une technologie, un portable, une tablette, une montre connectée, des applications, que tout ce petit monde devenait obsolète. Hanah se sentait parfois dépassée à l'idée que son bel iMac à écran ultraplat faisait presque figure de dinosaure. Mais c'était dans cette instantanéité qu'elle trouvait les réponses qui la faisaient avancer, comme sur le Net, sans perdre de temps en déplacements et en recherches dans des archives ou des bibliothèques.

Pourquoi était-elle remontée jusqu'en 1905, au cœur de ce naufrage ? Qu'est-ce qui pouvait bien la relier à des événements aussi lointains ? La religieuse de l'internat où elle avait échoué à l'âge de treize ans lui avait offert le pendule en cristal de Herkimer, qu'elle nommerait Invictus, en lui disant qu'elle pressentait en elle des dons. Un objet devenu un précieux allié malgré les récriminations et les railleries dont il faisait souvent l'objet.

La servante de Dieu avait-elle vu juste ? Hanah possédait-elle vraiment des aptitudes médiumniques ? Plus que de voyance, dans la bouche de la religieuse il s'agissait de clairvoyance. Mais sur le terrain, sur une scène de crime, la profileuse pouvait sentir les « vibrations » auxquelles réagissait Invictus. Les échos du drame qui s'y était déroulé. Elle n'avait pourtant jamais eu de visions. L'hypnose régressive lui avait peut-être ouvert une voie…

Elle se dit qu'elle devait absolument en savoir plus à ce sujet. Sur sa présumée médiumnité. Cette religieuse était-elle encore de ce monde ? Tant d'années s'étaient écoulées.

Si Hanah retrouvait la religieuse, elle pourrait peut-être obtenir d'elle des éclaircissements qui lui permettraient de mieux identifier la nature de ce qui lui était arrivé sous hypnose. Vision médiumnique ou régression dans une vie antérieure, comme semblait le lui suggérer Virginia Folley.

Elle préférait écarter cette hypothèse. Son esprit scientifique et rationnel refusait une telle possibilité.

Après avoir enregistré le site dans ses favoris et le contact de l'association dans son répertoire, Hanah tapa le nom de l'institut religieux où elle avait passé cinq ans, jusqu'à sa majorité, avant de voler de ses propres ailes. Le couvent du Mont-Saint à Saint-Malo.

Elle sourit quand apparut à l'écran le lien vers le site de l'établissement. Là-bas aussi, on s'était mis à la page du Net. Le monde de Dieu était très au fait des techniques modernes de communication et savait s'en servir. Il n'y avait qu'à voir le Vatican. L'État le plus riche de la planète. Dieu transmettait-il ses consignes via la fibre ?

Elle mémorisa les coordonnées dans son portable. Pas à pas, son expédition pour la France, son retour sur les rives de sa Bretagne natale, prenait forme. Cette fois, ce serait une enquête pour son propre compte. Peut-être serait-elle enfin libérée de ce passé dont un éclat s'était logé dans sa chair…

De l'autre côté de la vitre du velux, les teintes rosées de l'aube se superposaient aux radios thoraciques. Un avion traçait tranquillement sa route au-dessus du monde en une traînée de fumée blanche. Bientôt elle serait dedans, traversant l'Atlantique.

Elle se sentit soudain oppressée. Comme si on comprimait ses poumons dans un étau. *Si c'est déjà l'idée de prendre l'avion qui me provoque ça…*, se dit-elle en cherchant de l'air en même temps qu'une douleur aiguë lui transperçait les côtes.

Ne tardant pas à comprendre ce qui lui arrivait, économisant son souffle, elle parvint à saisir le combiné du téléphone fixe sur son bureau et à composer le numéro de Karen.

— Vite, K, app… appelle les urgences et… viens vite…

C'est tout ce que put dire Hanah dans un râle, avant de perdre connaissance.

TUER

9

Février 2014, Saint-Malo

Il a fallu à Kardec une bonne semaine de travail pour remettre la maison en état, conformément à ses estimations. Il repeindrait la façade aux beaux jours, mais il a déjà ramassé au moins quarante sacs de détritus, débouché la baignoire et les sanitaires, la bouche et le nez protégés par un masque, il a balancé de vieux tapis et des meubles inutilisables à la déchetterie dans un van loué à l'hypermarché. Tous ces efforts lui ont coûté et, au terme de ce grand nettoyage, il ne se sent plus que la moitié de lui-même. Il y a laissé quelques kilos et a l'impression d'avoir des clous plantés dans le bas-ventre. Il continue à pisser du sang, lorsqu'il parvient à se soulager. Mais a renoncé à suivre une chimio. À quoi bon, se dit-il, ce serait une contrainte de plus. Sa rage sourde le tient debout plus efficacement qu'un traitement d'attaque. Il aura tout le temps de se reposer, sous terre. Personne ne le pleurera, personne ne le regrettera et lui-même ne pleurera pas sur son sort ni sur son départ d'un monde qu'il n'a connu finalement que sous son pire aspect.

Celle qu'il veut retrouver est peut-être toujours en Belgique, ou revenue en France. Il se fait confiance pour lui mettre la main dessus. Il ne sait pas ce qu'elle est devenue, mais au début de son incarcération son avocat lui avait appris qu'elle avait été placée par les services sociaux dans un internat religieux de Saint-Malo. Une sorte d'orphelinat. Il a décidé de s'y rendre, dans les jours qui viennent, au cas où quelqu'un pourrait le renseigner sur Hanah.

Il doit entreprendre ses recherches sans tarder. Un ordinateur lui sera indispensable pour ce qu'il a à faire. Les rudiments d'informatique acquis au cours de sa captivité suffiront.

Il a fait venir un technicien qui lui a installé les prises ainsi qu'un boîtier Internet lui permettant d'avoir la WiFi. Il s'est également acheté un portable sans abonnement à carte jetable. Et est passé à la banque avec l'intention d'effectuer un transfert d'argent du compte sécurisé qu'on lui a ouvert pendant ses années de prison vers son compte personnel de Saint-Malo. Mais celui-ci avait été clos sans sommation. Lorsqu'il a voulu en rouvrir un dans la même banque, on lui a clairement fait comprendre qu'il n'était pas le bienvenu.

Kardec s'est contenté de serrer les dents et est sorti de l'agence sans un mot. Les vingt mille euros d'économies resteront à la banque de Rennes le temps qu'il trouve une autre solution.

Parmi les achats effectués, le strict nécessaire, des antalgiques, une doudoune bleu ciel, des bottes fourrées, un bonnet de laine de marin, de quoi remplir le frigo, des conserves, des produits ménagers, des gants de ménage et des outils — une perceuse, des tournevis, une scie à métaux, une ponceuse — pour remplacer ceux qu'on lui a volés, ainsi qu'un appareil à musculation avec des haltères, un téléviseur à écran plat et un VTT d'occasion. Sans oublier trois stères de bois pour encore un mois et demi d'hiver. Et il a fini par opter pour une voiture, un Kangoo de seconde main à sept cents euros. Il voulait un coffre avec une grande contenance. Avec tout ça, sur l'argent gagné au PMU, il ne lui reste plus que huit cents euros.

Peu à peu, Kardec revient à la vie normale, avec la ferme intention de se fondre dans la population comme un habitant lambda. Il se laisse pousser la barbe, une barbe grisonnante qui lui dissimulera la moitié du visage. Il pourra sortir sans craindre qu'on reconnaisse le monstre de Saint-Malo.

Les douleurs se rappellent à lui dès la fin de l'après-midi, ce qui lui laisse quelques heures de répit dans la journée. Il n'a pas encore eu le loisir de faire un tour sur le port. Il aime cette atmosphère humide, saturée de départs et d'arrivées ponctués par le mugissement des sirènes de cargos, d'aventures maritimes au rythme des saisons. Ces odeurs d'iode, de poisson et de pétrole. Ça lui manque. C'est là qu'il a passé plusieurs années de sa vie. Les plus belles. Celles qui avaient encore du sens.

Il se promet d'y aller aujourd'hui. Revoir l'océan aux teintes d'acier se perdre à l'horizon. Se remplir de sa musique, vibrer au bouillonnement incessant de la houle dans laquelle, bien souvent, un bateau n'est plus qu'un jouet. Quelque part au fond de cette mer de souvenirs, une part de lui est ensevelie.

Vêtu de sa doudoune, le bonnet enfoncé jusqu'aux yeux, les pieds au chaud dans ses bottes, il prend le chemin du port sur son VTT. Le ciel est si bas qu'on croirait pouvoir le toucher du bout des doigts. Les rues sont devenues un mélange de flotte et de neige souillée.

Kardec reçoit des gerbes d'eau à chaque passage de voiture, mais il rit. Il rit au vent froid qui lui cingle le visage, il rit comme un gamin qui ne craint pas d'être arrosé, il rit d'être libre et de ne rien devoir à personne. Pas même à la putain de Faucheuse qui l'attend bras ouverts.

Le VTT file à travers les flaques huileuses. Arrivé au rond-point de l'île Maurice, il s'engage sur le quai Saint-Louis, le long du bassin Vauban qui s'ouvre sur le port. Pêcheurs, commerçants, plaisanciers et voyageurs s'y déversent au quotidien en même temps que des tonnes de poisson et de marchandises.

Au fur et à mesure qu'il approche, Kardec sent son cœur bondir comme un faon. L'air de Saint-Malo lui donne une seconde jeunesse. C'est ça qui coule dans ses veines, le vent, le sel et la liberté.

Alors qu'il n'entendait que leurs cris au loin, maintenant il peut voir les goélands raser les vagues et attraper au vol, avec une incroyable précision, une proie visible d'eux seuls. Une aptitude qu'il admire et dont il compte s'inspirer. Les oiseaux l'accueillent bruyamment, le port qui résonne de leurs ricanements est leur territoire depuis toujours. À la fois leur garde-manger et leur aire de repos ou de jeux. Les volatiles le criblent de taches blanchâtres que le visiteur malchanceux ne parvient pas toujours à esquiver.

En une configuration stratégique, la vieille ville fortifiée que, depuis la mer, on peut embrasser tout entière du regard, sépare les bassins en demi-lune du grand large. Le port est donc à l'intérieur, protégé, et les bateaux y accèdent par les passes.

La mer est grosse depuis la veille. Sur le port, les visages sont fermés, sous les casquettes. Un chalutier a disparu depuis bientôt vingt-quatre heures avec à son bord cinq pêcheurs. On s'interpelle, on vient aux nouvelles qui n'arrivent pas. Le mauvais temps ne laisse pas grand espoir. Les équipes de sauvetage sont sur le terrain, en mer et dans les airs et font comme elles peuvent.

Le cliquetis des mâts et le grincement des amarres forment un orchestre de percussions familier à Kardec, qui sourit dans sa barbe. Il y est, il est enfin de retour dans sa ville, dans son port, après l'exil. On ne la lui ravira plus, sa liberté, on ne la lui volera plus, sa vie, ou ce qu'il en reste. Il serait prêt à tuer pour la défendre. Il est prêt à tuer, quoi qu'il arrive.

Mais c'est sans compter la crise d'angoisse qui le frappe, syndrome, il le sait, de beaucoup d'anciens détenus quittant le milieu confiné et protecteur de leur cellule pour se retrouver livrés à eux-mêmes dans un monde devenu hostile. Imprévisible, sournoise, elle comprime la poitrine de Kardec. Pris de vertiges, il sent une sueur froide glisser de sa nuque et se propager à ses membres tétanisés.

Il s'arrête, descend de vélo et tente de reprendre son souffle. À cet instant, il se dit qu'il serait mieux entre quatre murs, dans sa maison, avec ses repères peu à peu retrouvés en une semaine passée à s'en occuper.

Il fait quelques pas à côté de son VTT, en tenant le guidon à pleines mains, comme un vieillard accroché à son déambulateur.

Respire, Kardec, respire, tu es ici chez toi, un enfant du pays, tente-t-il de se convaincre. Mais il sait qu'après toutes ces années de rupture, il est devenu un étranger, un indésirable.

Remonté sur son vélo après avoir réussi à calmer sa crise, Kardec roule au ralenti, hume les remugles portuaires, s'en met plein les poumons, laisse le vent lui tanner la peau, quand il aperçoit à quelques mètres, de dos, marchant la tête rentrée dans les épaules, une sorte de flamant rose étique, les cheveux fuchsia rasés d'un côté. Une silhouette qu'il reconnaît.

Sa vue lui rappelle son retour chez lui, lorsqu'il a retrouvé sa maison transformée en poubelle. Un instant, il sent la colère sourdre dans ses artères. Et puis, vite, elle laisse la place à une intense réflexion. La fille est seule, un rapide coup d'œil aux alentours le lui confirme, elle est à pied, même si elle avance d'un bon pas il n'aura aucun mal à la suivre et, face à un homme de la trempe de Kardec, elle ne fera pas le poids.

Sa décision est prise. Cette salope sera la première. Pour fêter son retour au pays.

De l'autre côté des remparts de la vieille ville, en pleine mer déchaînée, se joue au même moment un autre air.

Suspendu dans le vide au-dessus des vagues comme une araignée au bout de son fil, Maël Galien, un pompier secouriste, casque sur la tête et vêtu d'une combinaison rouge et noir moulante qui lui donne une allure de superhéros, guidé par ses collègues à bord d'un zodiac, se prépare à la manœuvre périlleuse d'hélitreuillage d'un corps. On ne sait pas si l'homme est encore en vie. Sans doute un des marins pêcheurs du chalutier qui a chaviré non loin l'île de Cézembre.

Une vedette de la gendarmerie maritime transportant le jeune capitaine Yvan Maurice et ses hommes vient d'arriver. Les deux bateaux tanguent autour du corps qui flotte, inerte, dans le vide gris de l'océan.

Attaché à son câble qu'un pompier descend avec précaution depuis l'intérieur de l'hélicoptère, la pluie lui fouettant le visage, Maël Galien se rapproche peu à peu de la cible qu'il peut enfin distinguer. Quelque chose cloche.

— Les gars, crie-t-il dans son micro, il y a un problème ! Le noyé, c'est pas un pêcheur du chalutier.

— Qu'est-ce qui se passe, Galien ?

Il se passe que… plus le pompier sauveteur se rapproche de l'objectif, plus son trouble croît. Pour se muer en effroi.

— C'est quoi ce bordel ? hurle-t-il.

Maintenant, il est assez proche pour voir son visage. Et justement, l'homme n'en a plus.

— Tu me reçois, Galien ? Parle !

Le vent le crible d'aiguilles glacées, le câble balance, mais Maël Galien n'entend plus rien. Il est comme hypnotisé, dans un état second.

— C'est un squelette, les gars ! Un putain de squelette en combinaison de plongée, parvient-il à dire, le souffle coupé.

10

Service de chirurgie thoracique,
centre hospitalier Bellevue,
Manhattan, 1st Avenue

— Vous devriez rentrer chez vous, vous reposer un peu.

Karen qui, après une nuit blanche passée sur un siège dans l'espace d'attente du service de chirurgie thoracique, s'était enfin assoupie, ouvrit les yeux dans un sursaut.

Une infirmière d'une trentaine d'années, vêtue de bleu et chaussée de sabots de travail en caoutchouc, était penchée vers elle, l'air bienveillant, une main sur son épaule.

— Mon amie est sortie du bloc? demanda Karen, le visage défait.

— Non, pas encore…

— Ça fait quatre heures qu'elle y est!

— Ça peut être long, en chirurgie thoracique. L'intervention est délicate.

— Alors je resterai jusqu'à ce que je puisse voir le chirurgien qui l'a opérée.

110

— Je ne sais pas si…

— Et moi je sais que je le verrai, ou bien j'entame à la seconde, ici même, une grève de la faim.

Si Hanah avait pu entendre les mots de son ex, elle aurait secoué la tête en disant que c'était du grand Karen.

— Vous voulez un café, au moins ?

— Volontiers, oui, merci.

Karen se prit le visage dans les mains. Il était presque 9 heures. Elle avait annulé ses rendez-vous à la galerie pour la journée. Car le plus important était Hanah. *Mon Dieu, pourvu qu'elle s'en sorte… Voilà ce qui arrive, à ne pas écouter son corps !* Karen lui en voulait presque de sa négligence.

Transportée d'urgence à l'hôpital Bellevue suite à l'appel de Karen, Hanah avait été aussitôt admise au service de chirurgie thoracique où elle devait être opérée par l'éminent professeur Akiro, un ponte dans son domaine et tout aussi bon client de la galerie d'art de Karen. Il lui avait acheté au moins six tableaux, et ils avaient noué une amitié épisodique mais sincère. Ses origines eurasiennes attisaient un charme particulier et des yeux noirs à peine tirés brillaient d'une intelligence que l'on percevait au premier regard.

Clarence Akiro était une pointure en chirurgie thoracique. Il s'était spécialisé dans les tumeurs du poumon mais si quelqu'un était capable d'en retirer une aiguille de quelques millimètres, c'était lui.

Karen finissait son gobelet de café — au moins un quart de litre de liquide sans goût — lorsque Akiro vint la trouver. Rien ne transparaissait sur son visage fermé. Aucune émotion, à peine quelques traces de fatigue.

Karen remarqua avec angoisse les gouttelettes écarlates qui maculaient le masque chirurgical qu'il portait autour du cou, ainsi que sa blouse.

L'ex d'Hanah fut incapable de se lever de son siège. N'ayant ni vraiment dormi ni mangé depuis la veille, avec l'émotion, ses jambes ne la portaient plus.

— Clarence, alors ? Ne me cache rien, je t'en prie…

— Elle n'est pas encore tirée d'affaire, Karen. L'éclat de métal, logé dans un muscle intercostal, a fini par faire pression sur une artère pulmonaire, ce qui a provoqué une embolie. Elle a eu une chance inouïe qu'il n'ait pas fait plus de dégâts. Mais son organisme est très éprouvé. Dix minutes de plus et elle y passait. Heureusement qu'elle a réussi à t'appeler. Maintenant, c'est à elle de jouer, de se battre. Tiens, l'objet du délit.

Au creux de sa paume tendue se trouvait un petit tube fermé en verre qui contenait un minuscule fragment métallique. *Comment une si infime brisure peut-elle enrayer une machine aussi perfectionnée que le corps humain ?* se demanda Karen.

— Je ne veux pas qu'elle meure, Clarence…

— Va te reposer, maintenant. C'est important, pour toi, pour elle.

— Non… si… s'il lui arrivait quelque chose en mon absence, je m'en voudrais toute ma vie ! Non, je reste !

Baissant la tête en signe d'impuissance, le chirurgien soupira.

— Comme tu veux, je comprends.

— Ce que je veux, c'est être près d'elle.

— Impossible, pas maintenant. Elle est en salle de réveil, mais ça peut basculer à tout moment. Voilà, tu voulais la vérité. Je te ferai appeler. J'ai une autre intervention dans dix minutes, je dois te laisser. Fermer les yeux ne serait-ce que cinq minutes dans un endroit calme me permet de rattraper autant d'heures de sommeil.

— Comment tu fais, Clarence ?

— Je préfère ne pas me poser la question, dit Akiro en s'éloignant dans le couloir.

Vers midi, enfin, l'infirmière qui lui avait proposé le café vint trouver Karen faisant nerveusement les cent pas devant le distributeur avec un quatrième gobelet de caféine à la main. La fille était plutôt jolie, blonde, le visage rond et le teint frais, des yeux d'une couleur étonnante, un bleu profond tirant sur le violet.

— Vous pouvez venir voir votre amie, madame, dit-elle en souriant. Elle s'est bien réveillée, mais est encore assez faible. Il ne faudra pas rester trop longtemps.

Un instant, Karen crut que c'était un ange qui lui apportait cette bonne nouvelle. *Pas longtemps…*, se répéta-t-elle en lui emboîtant le pas.

Karen serrait dans sa main le petit tube en verre, tout chaud à son contact. Arrivée devant la chambre n° 16, l'infirmière la laissa entrer seule.

À la vue d'Hanah, la galeriste, tout en éprouvant un soulagement immédiat, crut défaillir. Trop de sentiments se superposaient, se mêlaient dans son cœur. Ça bouillonnait, sur le point de déborder.

Et là, tu réalises que tu as failli perdre l'ex-amour

de ta vie, qui est sans doute l'amour de ta vie tout court, pensa-t-elle en s'approchant doucement du lit.

Croisant un instant le regard d'Hanah, vitreux, dans le vague, perdu dans une pâleur extrême, des canules véhiculant de l'oxygène lui sortant de chaque narine, Karen sentit un vide au niveau de l'estomac en même temps qu'un nœud au plexus. On aurait dit que la mort était encore penchée sur elle.

C'est ça qu'ils appellent « réveillée » ? Un être inerte incapable de prononcer un mot ?

Maîtrisant son émotion, Karen tira un fauteuil à la tête du lit et s'assit.

— Je suis là, ma douce, c'est fini, maintenant, je suis là…, murmura-t-elle à l'oreille de son amie, une main sur son front moite. Tu m'entends ?

Seul un léger râle filtra entre les lèvres sèches et exsangues d'Hanah. C'était presque comme si elle n'était plus elle-même. Où était la femme pétillante et battante avec laquelle Karen partageait ses bières nippones en refaisant le monde ? *Reviendra-t-elle ? Sera-t-elle comme avant ?*

— Tu vas bientôt être sur pied, je te fais confiance, ma chérie.

Ses doigts caressaient les cheveux courts et le front d'Hanah, déjà replongée dans le sommeil. Des mots, la douceur d'un contact physique l'aideraient à émerger de cette torpeur artificielle.

Karen resta ainsi, alternant paroles encourageantes et silences, encore une demi-heure, jusqu'à ce qu'une autre infirmière, plus expéditive que l'ange blond, entrât dans la chambre pour lui demander de bien vouloir laisser la patiente se reposer.

Dans un soupir, Karen se leva. Elle aurait aimé

assister au réveil complet de son amie. Qu'en savent-ils, ici, de ce dont le patient a réellement besoin ? De repos, certainement, mais celui-ci n'en est que meilleur s'il est entouré de ses proches, de ceux qu'il aime. C'est de cela qu'il a besoin, surtout, le patient : de la présence des êtres chers pour veiller sur lui. Mais cette notion n'était pas toujours intégrée dans les hôpitaux. Le bon déroulement du service et des actes médicaux avant tout. Pas de famille dans les pattes.

Avec sa structure en verre que la lumière naturelle irisait de reflets polychromes, l'hôpital Bellevue, qui portait bien son nom pour son concept architectural axé sur la transparence, était un des établissements hospitaliers les plus réputés et les plus demandés de Manhattan. Les tarifs sélectifs filtraient naturelle-ment les entrées. Karen savait qu'elle pouvait partir sereine, Hanah serait très bien prise en charge, avec le chèque qu'elle avait déjà donné.

S'apercevant qu'elle tenait toujours dans sa main refermée le petit tube, un instant elle hésita entre le remettre à Hanah plus tard, lorsqu'elle serait en état, ou bien le laisser dès maintenant en évidence sur la table à la tête du lit. Et si quelqu'un le jetait en faisant la chambre ?

— Ceci est l'éclat de métal que le chirurgien a extrait, finit-elle par dire à l'infirmière qui changeait la perfusion en quelques gestes précis. Je le laisse ici, pour que mon amie le trouve à son réveil. C'est très important pour elle.

— Je le lui dirai, quand elle sera bien réveillée.

— Et demandez au professeur Akiro de me faire prévenir dès qu'elle sortira de son état comateux.

Le cœur lourd, après une caresse sur sa joue et un dernier regard à Hanah, Karen sortit de la chambre pour emprunter le long couloir jusqu'aux ascenseurs.

Après son départ, alors que l'infirmière, ayant vérifié les constantes de la patiente, venait de ressortir de la chambre où trois leds encastrées au-dessus du lit dispensaient une lumière intime, la porte s'ouvrit puis se referma doucement. Une ombre noire s'étira au-dessus du lit, jusqu'à recouvrir presque entièrement Hanah endormie.

11

Février 2014, brigade de recherches
de Saint-Malo, avenue Franklin-Roosevelt

Les restes du plongeur ont pu être remontés à bord de la vedette de la gendarmerie maritime avec les plus grandes précautions en raison de l'état du corps. Les os tiennent encore entre eux, mais le squelette a été fragilisé par un séjour prolongé dans l'eau, malgré la combinaison ou ce qu'il en restait. Car elle était déchirée en plusieurs endroits. Le jeune pompier, dont c'était la première sortie sur le terrain après un entraînement intensif de deux ans, a mis quelques heures à récupérer.

En attendant l'arrivée du légiste de Rennes, la dépouille, au préalable shootée sous tous les angles par un technicien de la brigade scientifique, vient d'être mise sous clefs dans l'un des tiroirs de la morgue. La découverte de ces restes de corps humain, un corps adulte à l'état de squelette, vêtu d'une combinaison de plongée, a provoqué l'émoi de toute la Brigade de recherches de la gendarmerie.

La BR a élu domicile dans des locaux sans âme de

l'avenue Franklin-Roosevelt, de l'autre côté du port de Saint-Malo. Yvan Maurice a pris, deux ans auparavant, la tête de cette équipe, constituée en tout et pour tout de sept gendarmes, six hommes et une femme, qui s'occupe essentiellement des enquêtes à caractère financier, moral et, accessoirement, pénal, disputant parfois le terrain et la résolution des affaires aux inspecteurs de la PJ.

Que ce soit par vocation ou un pis-aller, tous, à la BR, sont à bord du même navire et tendent vers le même objectif : la sécurité de la population et l'ordre. Yvan est là par tradition familiale : son père, le capitaine Léon Maurice, a passé plus de quarante ans à la BR, dont une vingtaine au commandement.

Le bureau du capitaine, dix mètres carrés tout au plus, a vite fait d'être rempli, lorsqu'il y convoque ses quatre équipiers. Le bleu est de rigueur et, malgré la porte ouverte, il y fait une chaleur à crever, où flottent des relents de sueur, de vieille moquette et de menthol. Du temps de Léon, s'y ajoutaient ceux de tabac froid. Yvan Maurice rêve de restructurer l'ensemble en open space, mais ce n'est pas à l'ordre du jour, vu le budget dont il dispose.

Assis devant son ordinateur allumé, le front en accordéon, le jeune capitaine, un beau gaillard d'un blond anglais, le teint frais, les yeux d'un vert pâle et la peau des joues imberbe, lève sur ses hommes un regard interrogateur.

— Selon vous, à quoi peuvent bien correspondre ces initiales « KK » ? demande-t-il.

Les initiales en question apparaissent sur la combinaison du plongeur mais ne sont visiblement pas une marque qui, elle, figure en toutes lettres à l'intérieur d'un sigle imprimé au niveau du bras droit.

Les gendarmes secouent la tête. Personne n'a de réponse. De l'autre côté de la fenêtre tombe une neige fondue qui transforme la ville en une vaste patinoire. Dans le même temps pleuvent au standard les coups de fil signalant un peu partout des accidents, pour la plupart sans réelle gravité.

— Et si tu jetais un œil aux archives, fiston ?

Le capitaine Maurice junior accueille d'un air furibond son père qui vient d'entrer dans le bureau, sa pipe plantée au coin des lèvres.

L'ancien officier n'a plus rien à faire là, pourtant, au lieu d'aller pêcher en mer ou jardiner, il ne peut s'empêcher de traîner ses guêtres à la BR et de donner son avis sur les nouvelles méthodes qu'il est loin de cautionner.

Combien de fois Yvan lui a-t-il demandé de ne pas l'appeler fiston devant ses hommes et de ne pas saturer de tabac brun l'air déjà confiné… À croire que le vieux prend un malin plaisir à l'infantiliser. Et, contrairement à son fils qui met un point d'honneur à représenter la BR en uniforme, Léon Maurice, cette vieille bourrique, n'y a jamais consenti, s'obstinant à porter un velours râpé, un pull marin à peu près dans le même état et un trench en cuir marron gris aussi épais qu'une peau de rhinocéros. Certains jours, c'est à peine s'il ne vient pas en pyjama et charentaises. Mais ces fantaisies vestimentaires, le retraité peut se les permettre. Il n'y a pas un officier de gendarmerie à la ronde qui puisse afficher un tel taux de réussite dans les enquêtes et les recherches.

— Je suis en réunion, lâche Yvan sur un ton sec.

— Je vois, fiston, j'y étais bien avant toi! Alors je tombe à pic pour répondre à ta question sur les initiales KK. Si... tu le permets, bien entendu, ajoute-t-il avec condescendance.

— Fais comme chez toi, grince Yvan en fuyant le regard amusé de ses subordonnés.

— En juin 1975 a été porté disparu un certain Killian Kardec. Kardec, ça te parle?

Yvan Maurice fronce les sourcils.

— Kardec, dit «le monstre de Saint-Malo»? Celui que tu as fait coffrer en 1989 pour l'assassinat de sa femme?

L'ancien officier hoche la tête d'un air sentencieux tout en sortant de sa poche intérieure une flasque dont le métal est quelque peu altéré. La tête renversée, il s'envoie une bonne rasade d'alcool dans le gosier.

— Killian Kardec était son frère, dit-il dans un claquement de langue, sûr de son effet. On n'a jamais su ce qu'il était devenu. On dirait qu'il vient de nous donner de ses nouvelles.

— Les initiales peuvent très bien signifier autre chose, appartenir à quelqu'un d'autre, une femme, rétorque Yvan en tapotant sur son bureau.

Sous sa main nerveuse, dans l'un des tiroirs fermés à clef, se trouve une photo qu'il regarde au cours de ses rares moments de solitude ou d'inactivité, et où il puise les forces qui, parfois, lui manquent pour s'impliquer dans ce métier. La photo d'un homme. Yvan Maurice ne peut pas la laisser en évidence sur son bureau, comme d'autres le font avec celle de leur copine, leur femme ou leurs enfants. Personne ne comprendrait. Surtout pas ses gars, surtout pas ici.

Quant à son père… sans doute le renierait-il jusqu'à la fin de ses jours.

— Ces initiales *sont* celles de Killian Kardec. Et à ta place, fiston, j'irais interroger son frangin, qui vient de sortir de la prison de Rennes et est de retour chez lui…

— D'où tu tiens cette information ? bondit Yvan.

— Je suis allé lui rendre une petite visite l'autre jour, élude l'ancien gendarme.

— Messieurs, pouvez-vous nous laisser quelques instants, je vous prie ? dit soudain Maurice fils à ses collaborateurs. La réunion est suspendue. Merci.

À peine se retrouvent-ils seuls qu'Yvan se lève et s'approche de son père. Cette fois il ne détournera pas son regard, cette fois il va braver, en le prenant de front, l'aura paternelle dont il n'a pas encore su s'affranchir.

— Quel est ton problème, Léon ?

La question claque comme un coup de fusil dans l'espace confiné.

— C'est toi qui as un problème, fiston. Un gros problème à résoudre. Je suis venu t'aider.

— Non, tu veux *te* faire plaisir, nuance, avoir l'impression d'être encore utile, parce que tu n'as pas digéré ton départ à la retraite et, surtout, ma promotion à la tête de la BR au même grade que toi !

— Tu ne veux pas en savoir plus sur ce macchabée ? C'est certainement encore un coup d'Erwan Kardec. On verra ce que dit le légiste, mais je te parie que son frère a été tué et que c'est Kardec l'assassin. C'est lui qui a signalé sa disparition. Au sujet de sa femme, plus tard, il avait prétendu qu'elle les avait abandonnés, lui et leur fille, pour partir avec un hypothétique amant. Alors que la malheureuse pourrissait six pieds sous terre dans le jardin du pavillon familial rue de la Montre. Ça n'a pas empêché Kardec de s'y installer de nouveau. Pour son frère et sa pseudo-disparition, c'est pareil. Seulement là, pas de preuve, pas d'arme du crime, et pas de témoin ni de fille pour le dénoncer.

Yvan soutient le regard de son père.

— Écoute-moi bien, Léon, dit-il d'un ton froid. Ce n'est pas en la jouant solo que tu m'aideras. C'est en premier lieu à moi que tu dois donner tes sources et tes informations avant de les balancer devant tout le monde. Sinon je te fais interdire l'accès de la BR, tu m'as compris ?

Ses mots, aussi cinglants que des grêlons. Cette fois, Léon Maurice blêmit et se met à trembler légèrement des mains. Ce n'est pas seulement la bibine.

— Tu oublies que c'est grâce à moi, si tu en es là aujourd'hui, dit-il d'une voix blanche.

— Tu insinues que j'ai été pistonné ? explose Yvan. Que je ne dois rien à mon mérite personnel ?

— Tu as raison, fiston, soupire Maurice à contre-cœur, je n'ai plus ma place ici. Mais si tu acceptes ce conseil de ton vieux père, Kardec, je le connais, il va recommencer. Son frère et sa femme, ce n'étaient pas de simples accidents. Ce type, il aime tuer. Il a le goût du sang, de la mort. Garde un œil sur lui, sinon il remettra ça.

Debout au milieu de la pièce, tournant le dos à la fenêtre griffée de pluie, Yvan regarde son père se diriger vers la porte. Il se rappelle encore ce jour où le vieux a franchi celle de la maison pour la dernière fois, abandonnant femme et enfants après s'être entiché d'une prostituée. Sa jeune sœur n'a plus jamais voulu entendre parler de lui. Quant à Yvan, il se demande encore si s'engager dans la gendarmerie n'a pas été une façon de garder un lien avec ce père défaillant ou de lui prouver qu'il pouvait réussir aussi bien que lui sans son aide.

Il retourne s'asseoir à son bureau, quand un coup résonne à la porte.

— Mon capitaine, lâche, essoufflé, le brigadier qui entre en trombe. Un appel des pompiers. Une fille vient d'être retrouvée morte sur le port, derrière des conteneurs. Apparemment, une SDF, en tout cas une marginale, les cheveux rasés d'un côté.

— Bien, merci Garnier. J'envoie tout de suite une équipe sur place. Vous, avec Gorniak et Le Fol. Je dois rester ici, le légiste ne devrait pas tarder, pour le plongeur.

Le regard d'Yvan va se perdre de l'autre côté de la fenêtre, dans la neige qui tombe, de plus en plus drue. Ça fait longtemps que Saint-Malo n'a pas connu de tel hiver.

Il aime tuer. Il a le goût de la mort. Il remettra ça.

Les mots de son père tournent en boucle dans sa tête. Une fille retrouvée morte, Kardec de retour. Et si, après tout, le vieux avait raison ?

12

Avril 2014, service de chirurgie thoracique,
centre hospitalier Bellevue, Manhattan,
1st Avenue, chambre 16

— Bon retour parmi nous, ma chérie! Comment te sens-tu?

La voix douce et réjouie de Karen à son oreille. Ses baisers dans son cou, sur ses lèvres desséchées. Le retour à la vie.

Vingt-quatre heures après l'opération, Hanah se sentait encore faible et endolorie, mais trouvait, malgré tout, la force de parler un peu. Les morphiniques administrés en perf l'assommaient, elle n'avait qu'une hâte, rentrer chez elle et retrouver Bis, la vue sur les tours, un verre de whisky latte à la main, bercée par la voix de BB King sur *The Thrill is Gone*.

Elle l'entend encore… *The thrill is gone away… You know you done me wrong, baby, And you'll be sorry someday… The thrill is gone away from me, Although, I'll still live on, But so lonely I'll be… Oh I'm free, free, free now.*

— Mieux, mais ce n'est pas ce soir que j'irai danser la salsa…

— Tu as pu te reposer, au moins. Et tu vas continuer, pour vite te remettre sur pied. En tout cas tu parles beaucoup, en dormant.

— Ah? Qu'est-ce que j'ai dit?

— Oh… c'était un peu décousu.

Maintenant qu'elle avait recouvré une vue correcte, et non plus troublée par la sédation et les restes d'anesthésiant, Hanah pouvait voir à quoi ressemblait la chambre individuelle où on l'avait placée. Assez spacieuse, pourvue d'une belle fenêtre par laquelle le soleil venait lui rendre visite, des murs d'un beige crémeux, des toilettes-douche fermées et, sur un petit meuble à roulettes qui occupait un coin, le pot d'orchidées bicolores que lui avait apporté Karen ainsi qu'un bouddha en jade en cadeau de bon rétablissement.

— Je sais qu'avec toi elles ne tiennent pas longtemps, mais je n'ai pas pu résister, lui avait-elle dit en arrivant, un large sourire aux lèvres.

Le regard de Karen s'attarda sur la petite table, à la tête du lit, où, la veille au matin, avant de partir, elle avait déposé le tube contenant le fragment. Celui-ci n'y était plus.

— Tu as trouvé le petit tube que m'a donné le chirurgien? Il a récupéré ton éclat de métal. Je l'avais laissé ici, dit-elle.

— Que… quel tube? Y a pas de tube, ici…, répondit Hanah d'une voix pâteuse.

Malgré la perfusion qui l'hydratait, elle avait une sensation de soif en permanence.

— Comment ça ? J'ai pourtant bien demandé à l'infirmière de te dire que je l'avais laissé ici pour toi.

— Eh bien… une aide-soignante l'aura balancé, sans doute…

— Dans ce cas, il est peut-être encore dans la poubelle, dit Karen en y jetant un œil. Non… Zut ! Je lui ai précisé que c'était important pour toi. Je vais lui demander.

Cinq minutes plus tard, Karen revenait, déconfite. Elle reprit place auprès d'Hanah.

— J'ai vu l'infirmière à qui j'avais parlé du tube. Elle m'assure qu'il était sur la table lors de sa dernière tournée et qu'elle n'y a pas touché. L'aide-soignante non plus. Elle va demander à l'équipe de nuit, mais comme elle avait laissé la consigne, elle ne pense vraiment pas qu'une de ses collègues ait pu passer outre.

— … Ce fragment était une pièce à conviction essentielle… maintenant, je n'ai plus rien, souffla Hanah le regard fixe, un peu perdu.

— On va le retrouver… Qui aurait pu s'en emparer ? À qui ça pourrait servir et à quoi ?

Ces questions tirèrent un instant Hanah de sa léthargie. Sans le vouloir, Karen venait de soulever les mêmes interrogations qu'un enquêteur. Qui, en effet ? Et pour quelles raisons ? Les médicaments présents dans son organisme contribuaient à relâcher toute vigilance. Elle avait dormi longtemps, lui semblait-il. Et l'objet aurait donc disparu pendant son sommeil. La chambre n'étant pas fermée à clef, n'importe qui aurait pu s'y glisser en l'absence du personnel soignant occupé ailleurs. Malgré sa torpeur, l'angoisse s'insinuait peu à peu dans ses pores, tel un reptile.

Qui d'autre que *lui*? Comment l'aurait-il retrouvée? Un père retrouve toujours ses enfants. Surtout s'il est animé d'un sentiment qui le tient au-delà de tout, au-delà de la raison, comme la haine ou le désir de vengeance.

— Ça va, ma chérie? Tu as l'air si sombre, d'un coup…

La voix de Karen la rappela à l'instant présent. Son amarre. Celle qui la comprenait, qui la connaissait le mieux.

— Je me sens vidée…

— C'est normal, la rassura Karen, pressant sa main dans la sienne.

Elle était si froide…

— Tu reviens de loin, mais ça ne te change pas beaucoup… Je vais te laisser, je dois filer à la galerie. À ce soir, mon cœur. Repose-toi bien.

Après un baiser sur le front et un deuxième au coin des lèvres, Karen prit son sac doré à la feuille d'or et, perchée sur les talons de quinze centimètres de ses escarpins faits sur mesure, disparut dans le couloir.

Hanah se sentit soudain affreusement seule. À la merci de cette présence qu'elle percevait bien avant d'être hospitalisée d'urgence. Était-ce un fantôme, celui de Nash, ou un être bien réel et dans ce cas, lui, son père, le monstre de Saint-Malo? Peut-être ni l'un ni l'autre, peut-être quelqu'un dont elle n'aurait plus le souvenir, qui se rappellerait en revanche très bien celle qui avait permis son arrestation. En tout cas, quelqu'un qui connaissait ses faits et gestes et savait où elle vivait.

Elle en était là de ses pensées lorsqu'elle entendit frapper à la porte si légèrement qu'elle se demanda une seconde si elle avait rêvé.

— Virginia…, dit-elle dans un souffle en voyant entrer l'hypnothérapeute, appuyée sur sa canne.

Son regard était lumineux, tout comme son sourire.

— Bonjour, Hanah, heureuse de vous revoir. J'aurais préféré le faire dans d'autres circonstances.

— Comment avez-vous su ? interrogea Baxter, qui sentait un trouble la gagner.

Dans sa veste bleu ciel assortie à ses yeux portée sur une chemise blanche à motifs avec un jean pattes d'éléphant et des bottines beiges, Virginia avait une certaine allure malgré son handicap.

— Votre amie Karen m'a appelée pour me dire que, peut-être, une séance pourrait vous faire du bien. Mais cette fois, pas de séance régressive. Seulement pour vous aider à surmonter le traumatisme de l'opération et vous rétablir dans les meilleures conditions.

— C'est un beau cadeau qu'elle me fait.

— Elle semble beaucoup tenir à vous, sourit Virginia Folley en s'asseyant là où, quelques minutes auparavant, se trouvait Karen.

— Nous avons vécu ensemble, mais nos modes de vie, nos caractères assez différents nous ont séparées. Nous nous accordons bien mieux ainsi, chacune chez soi.

— C'est peut-être la meilleure façon d'entretenir et de faire perdurer les sentiments amoureux, ajouta Folley, avec un regard appuyé sur Hanah.

La profileuse y perçut une question personnelle.

— Ce que nous éprouvons l'une pour l'autre n'est plus de cet ordre. Nous avons chacune notre vie, à côté. Il y a de l'amour entre nous, de la tendresse bien sûr, mais plus de désir.

En même temps qu'elle parlait, Hanah s'étonnait d'éprouver le besoin de donner ces précisions à Folley, de la rassurer, d'une certaine façon, sur l'état de ses sentiments à l'égard de Karen.

— C'est bien noté, dit Virginia en découvrant ses dents blanches.

Quel sourire ! pensa Hanah dont les mains étaient aussi moites que si elle les avait trempées dans l'eau.

— Votre amie m'a raconté ce qui s'est passé. Vous n'auriez pas dû attendre aussi longtemps, Hanah.

Il y avait, dans les propos de Folley, comme un doux reproche. Son expression se fit grave.

— Elle a dû être folle d'inquiétude, enchérit l'hypnothérapeute. Heureusement, tout s'est bien passé, et vous êtes maintenant débarrassée de cet éclat de métal.

— J'en suis tellement débarrassée qu'il a disparu, dit Hanah, amère.

— Comment ça ?

Baxter se mit à lui raconter l'histoire du tube remis à Karen, en terminant par son étrange disparition.

— Très bizarre, en effet, convint Folley, perplexe. Vous pensez sérieusement que votre père pourrait en être à l'origine ? Cela voudrait dire qu'il vous a retrouvée, qu'il suit chacun de vos pas, bref, qu'il est au courant de tout ce qui se passe dans votre vie ! Ça me paraît improbable, tout de même.

— C'est parce que vous ne le connaissez pas. Je ne pense pas le surestimer. Si vous aviez vu son regard, au procès, quand je suis venue témoigner à la barre. Contre mon propre père. J'y ai lu une promesse. Celle de me le faire payer un jour.

— Il avait tué votre mère, c'était normal que vous témoigniez.

— Il arrive que des enfants demeurent dans le déni du crime d'un de leurs parents et qu'ils le protègent, même. Ce qui n'a pas été mon cas. Enfin, je me suis tue pendant trois ans, avant de me décider à parler grâce à un de mes professeurs. C'est lui qui s'est aperçu d'un changement dans mon comportement en classe. Les autres attribuaient sans doute ça à une crise d'adolescence. Pas lui. Il était fin psychologue et s'intéressait vraiment à ses élèves.

Hanah s'interrompit, essoufflée. L'effet de la morphine était en train de s'estomper et la douleur revenait, sous ses côtes. Il lui faudrait bientôt une nouvelle dose dans la perfusion.

— Parler vous fatigue, Hanah, je vais vous laisser vous reposer, dit Folley avec douceur.

Son regard se posait sur Baxter comme une aile.

— Non, pas tout de suite, Virginia… J'aimerais que vous me fassiez une séance d'hypnose, mais comme la première fois. De l'hypnose régressive.

— Pas question ! s'écria Folley, un peu plus vivement qu'elle ne l'aurait souhaité.

Accompagnant son sursaut, une mèche blanche tire-bouchonnée dégringola sur son front. Hanah réprima l'envie de la lui remettre en place, geste qu'elle n'aurait sans doute pas pu faire de toute façon.

— Je vous en prie, Virginia, insista-t-elle. C'est important pour moi.

— Et votre santé aussi. Encore plus, je dirais. Je ne peux pas, Hanah. C'est prématuré, dans votre état. Vraiment désolée. Venez me voir lorsque vous serez rétablie.

Hanah secoua la tête, les yeux humides.

— L'un n'empêche pas l'autre. Il faut que je revoie la scène. Peut-être obtiendrai-je un nouvel indice sur ce qui s'est réellement passé. Je *dois* savoir, mettre à profit ma convalescence pour réfléchir, trouver une piste.

Son ton était implorant, mais ferme.

— D'accord, se décida Folley, à une condition. Si je vois que parler vous fatigue, j'arrête tout de suite.

— Merci, Virginia.

— Mettez ceci, dit l'hypnothérapeute en sortant de son sac un petit casque relié à un iPod.

Baxter ne tarda pas à entendre, faible d'abord, pour finir par s'intensifier, le battement, passant d'une oreille à l'autre, qui allait peu à peu la plonger dans un état de transe en même temps que la voix de Folley la guiderait.

— Vous êtes sur le bateau près du phare, vous portez un gilet de sauvetage, commença doucement la thérapeute sur un ton monocorde. À bord, il y a votre mère et vous. Puis deux hommes, des plongeurs, remontent de l'eau avec une mallette. Vous ne voyez pas leur visage en un premier temps. Ils vous tournent le dos, occupés à ouvrir la mallette. Bientôt, le ton monte, une dispute éclate. L'un des deux hommes sort une arme et tire. Vous y êtes, Hanah. Vous allez bientôt entrevoir son visage, avant de recevoir un éclat métallique. Suivez le fil de ma voix.

Il vous conduira à cet instant, dans vos souvenirs.
N'ayez pas peur. Avancez. Maintenant.

Baxter, les yeux fermés, bien calée contre l'oreiller,
restait immobile, plongeant en elle.

— Que voyez-vous, Hanah?

— Je… je suis sur le bateau, ça balance doucement. Ma mère est assise près de moi. Nous regar-
dons les deux plongeurs qui viennent de ramener
une mallette toute recouverte d'une mousse verdâtre.
Elle est fermée comme un coffre-fort. Un des deux
hommes la force à l'aide d'une pince. Elle s'ouvre
enfin.

— Que voyez-vous à l'intérieur?

— Je… je n'arrive pas à voir.

Sur son front, la sueur commençait à perler.
Attentive et concentrée, Folley guettait le moindre
signe de faiblesse.

— C'est bien, continuez, Hanah. Où se trouvent
les deux plongeurs?

— Ils sont penchés sur la mallette et discutent.
Leur voix est couverte par le bruit des vagues et les
cris des goélands. On dirait qu'ils se disputent. L'un
d'eux a une arme à la main, un pistolet, et menace
l'autre type. Une détonation me troue les tympans,
il a tiré! On dirait que… on dirait que l'autre est
touché, ma mère crie: «Non! Arrête! Ne fais pas
ça!» Celui qui tient l'arme tourne alors la tête vers
elle, vers nous, mon Dieu, c'est lui! Je le reconnais,
c'est… mon père! L'autre est touché à l'épaule,
mais il en profite pour tenter de le désarmer… Je
vois aussi son visage, c'est mon oncle Killian! Un
nouveau coup de feu part… ça m'assourdit, je reçois

quelque chose dans les côtes, ça fait mal… Je… me sens partir…

— Revenez, Hanah, c'est fini, vous revenez vers moi, vous êtes dans la chambre d'hôpital, dans votre lit, revenez, maintenant.

Sur ces mots, Folley appuya sur le bouton de l'iPod pour l'arrêter et Hanah ouvrit les yeux. Elle était pâle, les traits tirés, mais ne paraissait pas trop mal.

— Comment vous sentez-vous? s'inquiéta la thérapeute.

— Ça va, merci. Je l'ai vu. Je les ai vus. Mon père et son jeune frère. C'est mon père qui a tiré les deux fois! Mais je ne sais pas si mon oncle est mort.

— L'avez-vous revu, par la suite?

— Non, reconnut Hanah. Mon père ne voulait plus le voir. C'était ce qu'il disait.

— Et votre mère?

— Elle se contentait de se taire. Jusqu'au jour où elle en a eu assez. C'est pour ça qu'il l'a tuée, elle aussi. Apparemment, ils ont trouvé quelque chose qui a causé leur accrochage. Sauf que ce que j'ai «revécu» n'a aucune valeur auprès d'un tribunal, soupira Baxter. Ce qu'il faut, ce sont des preuves matérielles.

— Vous y arriverez, Hanah. Je vous fais confiance. Et maintenant, je vous laisse vraiment vous reposer. Promettez-le-moi.

S'aidant de sa canne, Folley venait de se lever, avec quelque difficulté à prendre appui sur sa jambe affaiblie.

Elles se regardèrent un moment en silence, puis Virginia fit un petit pas vers le lit et se pencha sur

Hanah. Si près qu'elle pouvait sentir son haleine fruitée.

— Votre amie m'a dit que vous avez beaucoup parlé dans votre sommeil, et qu'à plusieurs reprises vous avez prononcé un prénom. Le mien… Elle a aussitôt fait le rapprochement puisque vous lui aviez parlé de notre séance et m'a appelée. C'est ça, la vraie raison de ma présence, mon prénom que vous avez répété en dormant.

Suivant Folley du regard sans rien pouvoir répondre tandis qu'elle se dirigeait vers la porte en claudiquant, Hanah se sentit terriblement rougir. En si peu de temps, beaucoup d'émotions étaient venues la troubler et, visiblement, ce n'était pas près de s'arrêter.

13

Février 2014, Saint-Malo, rue de la Montre

Le lendemain de son escapade au port, Kardec reçoit, à la première heure, trois stères de bois qu'une remorque, basculant en arrière, déverse pêle-mêle devant le perron. Face au tas de bûches qui le dépasse largement en hauteur, Kardec éprouve un léger découragement, puis il s'y met après avoir avalé deux tasses de café chaud.

Aujourd'hui, le ciel est comme décapé, le bleu est revenu, bistre, balayé par un vent encore froid mais l'air sent, malgré tout, la fin proche de l'hiver. Dans le jardin à l'abandon, que son propriétaire s'est promis de remettre en état dès qu'il en aura terminé avec le bois, pointent les premiers bourgeons. Un camélia couvert de fleurs y côtoie un érable et un magnolia. Ces derniers n'ont hélas pas échappé aux inscriptions sauvages et aux entailles dont leur tronc est recouvert.

De retour du port la veille, Kardec s'est débarrassé de la paire de bottes neuves qu'il avait aux pieds. Il l'a fourrée dans un sac-poubelle avec quelques affaires et est allé jeter le tout à la déchetterie. Au cas où des empreintes seraient visibles dans la fine couche de neige sur le quai, derrière les containers. Ensuite, il a fait un détour par une grande surface où il a acheté de quoi remplir le réfrigérateur, une brouette, ainsi qu'une nouvelle paire de bottes doublées de polaire, un modèle différent des autres.

Économisant chacun de ses mouvements et allées et venues, vêtu d'une chemise chaude et d'un pull, Kardec dépose les bûches d'environ 50 cm de long une à une dans la brouette, les mains protégées par d'épais gants de jardinage pour éviter les échardes. Le bois est encore humide et il doit le stocker à l'arrière de la maison, sous un abri. En une journée de travail, s'il en a la force, il devrait venir à bout du tas.

Maintenant, il a enlevé ses gants dans lesquels il transpire, en dépit de la fraîcheur matinale. La bûche qu'il tient entre ses mains est douce et chaude. Il lui semble même qu'elle palpite. C'est presque imperceptible, mais lui le sent. Son cœur se met à battre plus fort. Ses mains se resserrent autour du tronçon de bois. Les pulsations se font plus nettes. Il serre plus fort. Sous ses doigts, c'est mou, ils s'enfoncent jusqu'à sentir craquer à l'intérieur. Les cheveux, d'un rose vif, s'enroulent autour du cou de la fille. Elle hoquette, sa gorge émet des gargouillis infâmes. Il veut les faire taire, il veut les étouffer dans le silence. Peu à peu, le visage de la fille se congestionne et bleuit. Il sent le plaisir monter. Cette fois, il va le vivre. Il en aura le temps. La pleine conscience. Cette fois, il ne passera pas à côté de lui-même. Ses mains resserrées se mettent à trembler. Il va jouir.

— Elle te fait de l'effet, cette bûche, Kardec.

La voix aussi familière que désagréable le frappe en pleine nuque. Mais il ne se retourne pas tout de suite. L'indésirable risque de surprendre son émotion, de voir les gouttes salées accrochées à son front où ses cheveux, qui ont repoussé de quelques centimètres, sont collés, humides de sueur. Quelques secondes seulement pour se reprendre et pivoter lentement. Surtout, maîtriser son souffle.

— Tu es venu me filer un coup de main, Maurice? lance Kardec à l'ancien capitaine de gendarmerie qui, ayant franchi la grille sans permission, s'avance vers lui, les mains dans les poches de son vieux trench en cuir, coiffé de sa casquette de marin.

— Tu vas bien t'en sortir tout seul. Moi, mon genou rouillé ne me permet plus ce genre d'exercice.

— En attendant, ta langue n'est pas rouillée, balance Kardec d'un ton aigrelet.

— J'ai encore cette chance, c'est vrai, et elle va justement me servir à te poser quelques questions.

Léon Maurice se plante face à Kardec, à la limite de son périmètre intime. Le coup d'œil qu'il lance au rondin que tient encore l'ancien taulard est à peine perceptible. Il connaît l'homme. Il l'a surpris, absorbé dans ses pensées, immobile, avec cette bûche entre les mains dans un élan suspendu. Il sait qu'il doit se montrer prudent, pour ne pas trop éveiller les soupçons de Kardec, mais ses questions seront directes. Il veut lui faire sentir qu'il n'est pas dupe et que Kardec n'a qu'à bien se tenir s'il ne veut pas retourner à l'ombre.

— Allez vas-y, si ça t'amuse et si tu n'as pas mieux à faire de ta retraite, lâche Kardec, un brin agacé, en jetant le rondin dans la brouette vide avant de se frotter les mains l'une contre l'autre.

Le fond métallique résonne comme un gong.

— Tu as peut-être déjà lu dans le journal qu'hier on a repêché les restes d'un plongeur, vers le phare du Grand Jardin, non loin de Cézembre.

Kardec vacille intérieurement, mais son visage demeure impassible. Pas un roulement de maxillaire, pas un battement de cils. Un masque. Trop de contrôle, se dit Maurice.

— Non, je n'ai rien lu. Le rangement du bois m'occupe depuis mon réveil, c'est-à-dire environ 7 heures ce matin.

— Le pauvre est à l'état de squelette, c'est sans doute sa combinaison qui l'a empêché de tomber en poussière. Mais il y a des initiales dessus, KK. Comme Killian Kardec, dont la disparition a été signalée en juin 1975. Et qui nous l'avait signalée ? Toi, Kardec.

Erwan ne bronche pas. Il se contente d'attendre la suite.

— Tu te rappelles ?

— Oui, je m'inquiétais pour mon frère. Quoi d'anormal ?

— Tu sais bien que dans 70 % des cas, celui qui signale une disparition en est à l'origine.

— Peut-être, mais dans les 30 qui restent, non.

— Je reconnais qu'*a priori* tu peux tout aussi bien être dans les 30 que dans les 70, dit Maurice.

— Je te suis bien obligé, grince Kardec. C'est juste pour ça que tu es venu jusqu'ici ?

— On dirait que ça ne te fait rien d'apprendre que ton frère est mort.

— On sait ce qu'il en est, si quelqu'un ne refait pas surface. Mon frère était majeur et vacciné. Alors s'il a voulu qu'on l'oublie, c'est son droit. Et puis, ce n'est peut-être pas lui, il n'était pas le seul à avoir ces initiales, KK…

— Les familles gardent toujours espoir, le plus mince soit-il, réplique Maurice. Alors que toi, tu sembles t'être résigné facilement. Comme si tu savais déjà que ton frère ne reviendrait jamais.

— Je m'étais fait une raison, depuis toutes ces années. Où veux-tu en venir, Maurice ?

— Ce qui me gêne, dans l'histoire, c'est que quelques années plus tard, cinq exactement, tu as tué ta femme.

— Au cours d'une dispute, précise-le. Oui, et je me suis acquitté de ma dette. Je ne vois donc toujours pas le rapport avec le corps d'un plongeur même pas identifié.

Maurice fait un pas en avant vers Kardec. La crispation soudaine de celui-ci ne lui échappe pas. Mais il veut l'acculer. Malgré le danger. C'est plus fort que lui. Des types comme Erwan Kardec ne devraient jamais être libérés. Il le fera tomber, coûte que coûte.

— Le rapport, ce sont ces initiales qui, j'en suis convaincu, sont celles de ton frère, dont tu as pris soin de signaler la disparition après l'avoir tué pour une raison qui m'échappe encore.

— Ah, la fameuse intime conviction de l'enquêteur, raille Kardec en soulevant une autre bûche. Mais c'est aussi une grave accusation, Maurice.

Le tronçon de bois pèse, dans une seule main. Il pèse de tout son poids, mais aussi des intentions troubles de l'homme qui le tient.

— En effet, et cette conviction ne s'arrête pas là. Que faisais-tu, hier après-midi, entre 15 et 17 heures ? demande l'ancien gendarme, les yeux rivés sur le VTT presque neuf constellé de boue, appuyé contre le perron.

— Des courses. Pourquoi ? s'étonne Kardec.

La bûche qu'il tient finit par rejoindre les autres dans la brouette.

Maurice prend le temps de répondre. Son flair aguerri perçoit la tension qui monte chez son interlocuteur. Il veut le laisser mariner un peu.

— Un autre cadavre, tout frais celui-là, a été retrouvé derrière les containers sur le port, hier, par des pêcheurs. Une fille, les cheveux rose fluo, rasés d'un côté, apparemment une zonarde. Selon un de ses amis, elle aurait été virée d'un squat récemment par son propriétaire de retour après une longue absence. Ce fameux squat, ce ne serait pas ta baraque, Kardec ? dit Léon Maurice en pointant du menton la banderole encore accrochée à la façade où est écrit «SQUAT DE LA MONTRE». C'est justement le nom qu'a donné le copain.

— Possible, j'ai viré trois squatters à mon retour, mais je ne me souviens pas de quoi ils avaient l'air, ni même s'il y avait une fille. C'était il y a plus d'une semaine.

— Pourtant, des cheveux rasés d'un côté et rose fluo, ce n'est pas courant, objecte Maurice, caressant pensivement sa barbe.

— Si tu crois que je me suis attardé là-dessus alors que je venais de découvrir ma maison saccagée…

— Ça a dû te foutre en boule, Kardec, coupe

l'ancien gendarme. Tu as dû avoir la haine, comme on dit, non ?

— Ce ne sont que des paumés, je les ai virés, point barre.

Le visage préoccupé de Maurice s'éclaire soudain.

— Ta femme, tu l'as tuée pour la faire taire, non ? Quelque chose en rapport avec le meurtre de ton frère ?

Les doigts de Kardec se resserrent sur le troisième rondin qu'il vient de récupérer dans le tas, encore plus lourd. Ce vieux con commence à les lui briser sec. C'est lui qu'il aimerait faire taire une bonne fois pour toutes.

— C'est du bluff, Maurice, tu n'en sais fichtre rien si c'est mon frère. Quand tu en seras sûr, d'ailleurs, passe-moi l'info. De toute façon, je ne l'ai pas tué.

— On verra ça, Kardec, on verra ça. Et pour la fille aussi. Tiens, je vois que tu as un VTT… Ça me rappelle que des traces de pneus du même genre ont été découvertes à proximité du corps.

Gros malin, ça m'étonnerait, vu que j'ai garé mon VTT et que je l'ai suivie à pied, pense Kardec, les lèvres pincées sur un rictus. Il ne tombera pas dans le piège que lui tend le vieux renard.

— Je ne dois pas être le seul à avoir ce genre de vélo. Et par ce temps, je me déplace en voiture, réplique-t-il.

— C'est pour ça que le tien est couvert de boue séchée…

— Rouler à vélo est interdit maintenant ?

— Rouler… jusqu'au port par exemple ? Tu es tombé sur la fille, alors tu as senti monter en toi le désir de tuer, Kardec, de te venger de cette humiliation subie par le saccage de ta maison. Je te connais par cœur, n'oublie pas, je sais d'où tu viens, l'enfance que tu as eue, le fils chéri de sa mère qui lui pardonnait tout, n'est-ce pas... et plus encore ? Tout comme je sais que tu as tué ton frère et cette zonarde. Pas vrai ?

Kardec regarde de l'autre côté du grillage, dans la rue. Elle est déserte. Un rapide coup d'œil de côté lui indique qu'il n'y a pas de voisin non plus dans le jardin. Un seul coup suffirait à fendre le crâne de ce vieux bouc. Ensuite, il s'occuperait du corps. Tuer est si simple, au fond. Ce qui l'est moins, c'est tout ce qui suit. Effacer les indices, faire disparaître les preuves. Il s'en serait bien tiré, pour sa femme, sans cette petite garce qui l'a dénoncé.

Le rondin est prêt à frapper, dans sa main. Pourtant, il attend quelque chose qui ne vient pas. Ce n'est peut-être pas le moment. Deux meurtres consécutifs risqueraient d'attirer les soupçons.

Et puis, il ne déteste pas le fait qu'il y ait au monde quelqu'un qui le connaisse aussi bien que Léon Maurice. Qui le devine depuis longtemps. Si ce n'était pas une menace, ça serait presque rassurant. L'ancien gendarme est une gêne, mais il lui sert aussi de garde-fou.

— Pense ce que tu veux, Maurice, répond-il. Face aux certitudes on est peu de chose.

— Je le prouverai, Kardec. J'y mettrai toute mon énergie et je le prouverai.

Eh bien, prouve-le et qu'on en finisse, pense l'ancien détenu en silence.

— Ah oui et... au moment de la disparition de ton frère, une autre a été signalée. Celle d'une jeune femme. Et il se trouve que cette gonzesse était la petite amie de Killian. Où est-elle passée ? Au fond de la mer, elle aussi ?

Après un dernier échange de regards tendus, Léon Maurice s'éloigne vers le portail d'entrée et disparaît comme il est venu, peut-être encore plus convaincu qu'avant de la culpabilité de l'homme dans les deux affaires.

14

Février 2014, soirée à Saint-Malo,
crêperie du Phare

Vidé par sa journée, Yvan repousse derrière lui la porte de la crêperie. Un endroit simple, rustique, sans fioritures, où l'on sert les meilleures galettes au sarrasin de Saint-Malo.

L'idée de la soirée et de la nuit qui l'attendent l'a réjoui toute la journée. Personne ne le sait à Saint-Malo, et personne ne doit le savoir, mais voilà deux mois qu'Yvan et Alexandre Le Dantec, le nouveau légiste de Rennes, ont noué une liaison.

Le légiste s'est déplacé pour l'examen du squelette découvert et a dû rester à cause de la jeune SDF. Ils sont convenus de dîner ici, dans cette crêperie où ils se sont rencontrés et où ils avaient passé un excellent moment qui leur avait confirmé ce qu'ils ressentaient déjà l'un pour l'autre.

À chacune de leurs entrevues publiques, ils doivent prendre d'infinies précautions pour que rien ne se remarque. Éviter les regards appuyés, les frôlements, les caresses à la dérobée, le mot de trop.

Aimer un homme est tout simplement inconcevable, dans sa famille, et pourtant, cela lui est arrivé dès l'adolescence. Yvan a essayé de se conformer à ce qu'on attendait de lui, il a même vécu huit ans d'un mariage sans enfants — tout pour essayer de rentrer dans le droit chemin — soldé par un divorce. Depuis, et jusqu'à Alex, Yvan se contentait d'un célibat émaillé d'aventures sans lendemain.

C'est dans cette même crêperie qu'Alex lui a fait un terrible aveu, au risque de le détourner de lui. Séropositif depuis cinq ans. «Ça arrive encore aux gays malgré la prévention?» a simplement répondu Yvan sans quitter Alexandre des yeux. Et très vite, de la maladie en veille qui touche Alex, ils ont décidé de ne plus faire cas.

En réalité, cet aveu les a doublement rapprochés. D'une part pour le courage et la sincérité d'Alex envers un homme qu'il venait juste de rencontrer, ensuite à cause de la séropositivité de la jeune sœur d'Yvan, en rupture avec sa famille, sauf avec son frère qu'elle contacte de temps à autre, lorsqu'elle le décide. Il ne connaît pas grand-chose de sa vie, à part, et c'est le plus important pour lui, son état de santé et son addiction à l'héroïne. Une aiguille souillée a suffi à faire de son sang un poison mortel. Pour Alexandre, la contamination s'est faite lors d'une relation amoureuse avec un homme bien plus âgé que lui, qui lui a tu son état, par lâcheté ou par perversion, il n'en sait rien.

Se reflétant dans des bols en grès remplis de cidre, la flamme de la bougie allumée sur la table réchauffe leurs traits tirés. Ils sont heureux d'être de nouveau ensemble, même pour un soir, une seule nuit, mais le sujet de discussion, cette fois, ne porte pas sur leur sphère privée. Les deux autopsies récentes occupent une bonne partie du dîner. D'ailleurs, ils n'ont pas très faim.

Dehors souffle une tempête glacée. La plainte du vent dans la cheminée ressemble aux hurlements d'une meute de loups affamés. Une pluie givrée frappe le verre épais des fenêtres à petits carreaux. Chacun, ici, est heureux d'y échapper, du moins pour une heure, ou deux. Dans l'espace réconfortant, ça sent bon l'âtre et la pâte cuite, dans les relents de pomme fermentée et de bois passé à la cire d'abeille.

Alex paraît un peu sonné de sa découverte au cours de l'autopsie de la dépouille du plongeur inconnu. Mais plus que tout, c'est l'époque à laquelle la mort remonte qui l'émeut.

— Incroyable, dit-il, qu'un être humain ait pu rester tout ce temps au fond de la mer. Un gouffre d'oubli… Même pas de sépulture. Ses chairs se sont décomposées, tout simplement, servant de pâture aux poissons et crustacés qui se sont chargés de le nettoyer jusqu'à l'os. Je n'avais encore jamais vu ça.

Yvan hoche la tête en silence. Il écoute, mais aspiré par le charme brut d'Alex, une certitude le détourne du sort de cette victime. Ils peuvent être aperçus ensemble, en train de dîner en tête à tête. Pourtant, plus le temps passe, plus il est prêt à affronter les soupçons et les regards, même les plus malveillants. La présence d'Alex à ses côtés est ce qui peut lui arriver de mieux. Si l'amour est voué à s'étioler un jour, il veut profiter de l'instant présent, de ce qui le lie déjà si fortement à son amant.

Outre son physique, le jeune légiste possède une

écoute et une ouverture au monde qui ont tout de suite su séduire Yvan.

— Tu sais, ce qui est dur dans ce métier, c'est de faire abstraction de ce qu'a été la personne sur laquelle tu pratiques une autopsie, reprend Alex après un bref silence. Quelqu'un comme toi et moi, de bien vivant, qui, un jour, bascule dans le camp des victimes d'accident ou d'homicide, ou qui en vient à se suicider sans laisser d'explication. Pour nous, légistes, ce ne sont pas que des corps sans vie à disséquer. Ce sont des morceaux d'histoire humaine. Ce plongeur, combien de personnes l'ont pleuré? Avait-il une femme ou une petite amie, des enfants? Ils doivent encore espérer le voir refaire surface, si ça se trouve.

— En général, les familles, au bout de tant d'années, plus de vingt ans, as-tu estimé, commencent à se résigner. À intégrer l'idée que le disparu est mort.

— Mais l'absence de corps, de dépouille sur laquelle se recueillir, est très douloureuse, réplique Alex entre deux gorgées de cidre.

Il sent les bulles pétiller sur sa langue dans un agréable picotement et ferme un instant les yeux. Il se sent bien, la douceur d'Yvan l'apaise. Il a passé au moins trois heures sur les restes du plongeur identifié comme étant de sexe masculin. Pour aboutir à deux découvertes cruciales.

La première, une atteinte de la clavicule gauche pouvant correspondre à un impact de balle. La seconde, une balle de calibre 9 mm retrouvée à l'intérieur de la combinaison, dans le chausson droit. La découverte d'un trou dans la combinaison de plongée à l'avant, au niveau de la clavicule, et d'un à l'arrière à la même hauteur laisse supposer que la balle a traversé le plongeur sans pour autant le tuer. Alexandre en a déduit que c'était sans doute la deuxième balle qui avait causé la mort de l'inconnu.

Yvan a chargé deux de ses hommes de mener quelques investigations sur la provenance de celle-ci. Peut-être a-t-elle été achetée dans une boutique du coin qui, avec beaucoup de chance, serait toujours en activité. Dans ce cas, on pourrait peut-être retrouver l'identité de l'acheteur. L'intime conviction de son père à ce sujet ne suffira pas. Il faudra des preuves tangibles qu'il s'agit bien de Killian Kardec. Le capitaine Maurice a attribué à deux autres gendarmes de la BR une enquête de voisinage et, afin d'éviter d'attirer les soupçons de Kardec, la recherche de parents ou proches de Killian.

— Et pour la fille? demande-t-il après avoir avalé une bouchée de galette de sarrasin farcie de fromage, épinards, champignons persillés et jambon.

Alexandre esquisse une moue. L'autopsie de la jeune SDF retrouvée morte derrière les containers du port a révélé une mort par strangulation. Trachée écrasée. Secondé par le lieutenant Gorniak, Yvan y a assisté. Saint-Malo est une ville plutôt tranquille, peu criminogène. Et les meurtres en une année se comptent sur les doigts d'une main. La population risque d'être très secouée.

— J'ai fait ma part, c'est toi le gendarme, sourit Alexandre.

— Tu peux aussi avoir ton avis sur la question, à partir de tes conclusions d'ordre médical sur les causes du décès, rétorque Yvan.

— Tout ce que je peux constater, c'est la force

impressionnante de l'assassin. Il l'a étranglée à mains nues. Avec un acharnement particulier. Pas d'empreintes, pas d'ADN. Tu es mal barré.

— Penses-tu que Kardec pourrait l'avoir tuée? Ce meurtre survient alors qu'il vient d'être libéré.

— Tu crois vraiment qu'un type qui a passé le quart de sa vie derrière les barreaux pour le meurtre de sa femme n'attend que ça, de recommencer avec une inconnue?

— Pas si inconnue que ça, elle fait partie de la bande de squatters qu'il a délogés de chez lui à son retour. Et mon père est persuadé qu'il a ça dans la peau.

— Ça?

— Tuer, l'envie de tuer, par pur plaisir. La récidive dans le sang. Il y en a que la prison ne guérit jamais. Qui n'attendent que de retrouver leur liberté pour replonger ou régler leurs comptes.

— Le cas de sa femme est différent, puisque tu m'as dit qu'il s'agissait d'une violente dispute, objecte Alexandre.

— Il cacherait ses pulsions meurtrières derrière des prétextes de vengeance.

Au-dehors, la tempête redouble de violence. À croire que les quatre vents se concentrent sur la petite ville de Saint-Malo pour en venir à bout.

— Mon père pense que les deux affaires seraient liées. Enfin… il «pense» qu'il sait.

— Intime conviction?

— Comme souvent, soupire Yvan. Mais on ne remplit pas les prisons sur la base de l'intime conviction.

— Vous voulez un dessert? Crêpe sucrée? Mousse

au chocolat? Profiteroles? intervient le serveur ino-
pinément, une carte à la main.

— Nous allons choisir. De toute façon, vous ne
nous chassez pas encore, avec ce temps, n'est-ce pas?
dit le légiste en prenant la carte.

— Il a un joli cul, bien moulé dans son slim,
ajoute-t-il tout bas, une fois le jeune homme reparti
vers une autre table. Je le croquerais avec plaisir.

— Alexandre! souffle Yvan, faisant semblant de
s'offusquer du libertinage verbal de son amant.

— Bien sûr, je préfère de loin le tien, poursuit son
amant, imperturbable.

— Ou le mien… de loin? rit Yvan.

Leurs regards se scellent dans un silence lourd de
sens. La distance géographique, même peu importante, entre Rennes et Saint-Malo, mais surtout
leurs vies professionnelles rendent moins fréquentes
les occasions de se voir et intensifient le manque. Ils
vivront ensemble un jour, c'est certain — en attendant, ils se rencontrent comme deux clandestins,
entre deux villes, entre deux trains. Dans les premiers temps à l'hôtel, depuis peu chez l'un ou chez
l'autre, en continuant à jouer de prudence.

Pas vraiment remise du divorce, l'ex-femme
d'Yvan le harcèle encore par périodes. Elle est
capable de faire le guet devant chez lui pour voir
s'il a refait sa vie. Si elle apprend sa relation avec un
homme, elle ne se privera pas de l'ébruiter jusque
dans les bureaux de la BR où elle connaît quelques
collègues d'Yvan.

— Tu as fait ton choix, à part le cul du serveur?
rigole Yvan en refermant la carte des desserts.

— Les poires Belle Hélène.

— Tu aimes le chaud-froid… Eh bien moi ce sera une crêpe cassonade, cannelle et citron.

Quelques minutes plus tard, dans la coupe posée devant Alexandre, le chocolat noir fondu épouse les poires gonflées de jus et va se mêler à la glace vanille faite maison. L'ensemble est chaud, sensuel et envoie des messages subliminaux. Les lèvres du légiste se referment sur un morceau de poire enrobé de chocolat tandis qu'Yvan engloutit une bouchée de crêpe. Les cristaux de sucre crissent sous ses dents et l'acidité du citron lui fait légèrement plisser les yeux. La langue tâte, goûte, la bouche se remplit puis se vide et recommence à la part suivante. Ils ne se quittent plus du regard. Ils ont déjà commencé à s'imaginer. Moites sous les draps. Chaque goulée avalée les rapproche. Le désir les envahit, sous la forme d'un tremblement imperceptible, d'un creux au ventre, d'un frémissement de menton ou de narine. Ils savent que la nuit qui cueillera leurs ébats sera trop courte, trop dense et qu'après, le vide sera trop grand. Et qu'ils devront respirer, vivre et travailler avec ce vide jusqu'à la fois prochaine.

— Tu penses que tu serais capable de tuer quelqu'un ? lâche soudain Alexandre.

La cuiller à mi-chemin entre son assiette et ses lèvres, pris au dépourvu, Yvan réfléchit quelques instants.

— Je ne me le suis jamais demandé, se décide-t-il. Pourquoi cette question ?

— Tu passes la plupart de ton temps en compagnie d'une arme. Ça ne t'a jamais effleuré l'esprit que tu pourrais avoir à t'en servir ? Ou… simplement envie.

— En réalité, je pense plutôt à comment ne pas m'en servir. Il y a une différence entre tuer en cas de nécessité absolue et tuer comme…

— Comme Kardec…

— Ou Fourniret, Guy Georges, Heaulme, Émile Louis, Thierry Paulin, Yvan Keller, Patrice Alègre…

Pensif, Alexandre s'essuie une trace de chocolat autour de la bouche. *Il suffit d'en être capable une seule fois…*

Les deux hommes échangent encore un peu sur les deux affaires en cours, Yvan paye l'addition, cette fois c'est son tour, puis ils sortent.

Repue elle aussi, après avoir dispersé quelques toits fragiles, la tempête s'est calmée et ne souffle que par bourrasques affaiblies. Le vent balaie les mèches brunes d'Alexandre qui lui retombent sur les yeux, lui donnant un air d'adolescent effronté.

Seuls dans la rue et seuls au monde, ils se dirigent vers la voiture d'Alex. Leurs épaules se touchent à travers leur doudoune matelassée. Alors qu'ils s'éloignent sur les pavés luisants de la chaussée dans la lumière pâlotte d'un réverbère, impatients de se plonger dans cette nuit d'amour arrachée au tourbillon du temps, ils sont loin de s'imaginer que, tapi dans l'ombre, un regard mauvais les suit implacablement.

VIVRE

15

Malgré les protestations de Karen et contre l'avis
des médecins, Hanah avait décidé de rentrer chez elle
quatre jours après l'opération. Elle avait dû signer
une décharge. Encore trop faible pour emprunter
les transports en commun, elle avait pris un taxi qui
l'avait déposée devant son immeuble sur Jay Street.

À peine avait-elle reçu l'air printanier et tiède de
ce début d'après-midi sur le visage qu'elle s'était sen-
tie renaître. Vivre, oui, voilà ce qu'elle désirait plus
que tout. Et ce n'était pas *lui* qui l'en empêcherait.
À maintes reprises, certaines situations périlleuses
lui avaient montré que son instinct de survie était le
plus fort.

Sous la poussée du monte-charge qui la transportait jusqu'à son loft, elle se sentit enveloppée d'une
sorte de griserie étourdissante. Elle s'adossa à l'une
des parois et ferma les yeux.

L'opération avait réussi, elle avait été sauvée
in extremis. Comment font-ils, ceux dont la mort
est proche et qui le savent, ceux pour qui elle est

prématurée et prévisible? Comment font-ils, ces condamnés à mort, soit par la maladie, soit par la justice? Hanah revit Nash attaché sur cette table, prêt à recevoir l'injection létale. Non, pas prêt, ce n'est pas possible. On n'est jamais prêt à mourir. Sauf pour ceux qu'on aime, la patrie ou Dieu.

Puis elle pensa à la vie. Tellement simple et réelle, aussi chaude qu'un corps de chat endormi sous la couette. Bis était encore chez Karen qui devait le lui ramener le soir même.

Le sourire d'Hanah s'élargit tandis qu'elle se rapprochait du ciel. Elle était convaincue que ses forces reviendraient plus vite si elle était dans un univers familier, chez elle, avec son compagnon de tous les jours. Elle pourrait ainsi reprendre ses recherches. Une incursion dans le passé. Dans une petite ville fortifiée du littoral breton posée sur la mer. Sa ville natale. Où elle n'était jamais retournée.

Encore cinq étages. Aucun affichage ne les indiquait, mais Hanah devinait rien qu'à l'oreille, sans compter.

Soudain, ce fut comme si ses jambes lui remontaient à l'intérieur du bassin. Le monte-charge venait de s'arrêter net entre deux étages, dans le noir complet. Les bras tendus de chaque côté, croyant une fraction de seconde être devenue aveugle, Hanah s'accrocha aux poignées pour ne pas tomber. Les battements redoublés de son cœur réveillèrent la douleur dans les côtes. L'éclat de métal n'y était plus mais les chairs traumatisées sous les instruments chirurgicaux restaient endolories.

À tâtons, elle fouilla dans sa besace à la recherche de son portable. Lorsqu'elle mit enfin la main dessus, elle l'alluma, puis cliqua sur l'application qui transformait l'iPhone en véritable lampe de poche.

À l'instar de nombreuses personnes atteintes de phobies, Hanah cumulait sa peur de l'avion, maîtrisée grâce aux stages, et une tendance à la claustrophobie.

Cette fois, à l'enfermement s'ajoutait l'obscurité, une situation qu'elle ne pourrait supporter longtemps. Son portable, dont la batterie n'était plus qu'à 10 %, n'allait pas tenir non plus sur le mode torche.

Depuis qu'elle habitait ici, le monte-charge, soumis, à sa demande, à des révisions régulières par un gars de la maintenance, un certain Teddy avec qui elle avait sympathisé, n'était plus tombé en panne depuis un moment. Une intuition lui soufflait que *ça n'était pas normal*. D'autant que par les ouvertures sur le haut du monte-charge, elle voyait bien que les étages étaient, eux aussi, plongés dans l'obscurité.

Dressant l'oreille, à l'écoute du moindre bruit suspect, Hanah s'employa tout d'abord à calmer son angoisse par une respiration lente et profonde. Son cerveau travaillait vite. Les conclusions qui, peu à peu, s'imposaient à lui n'étaient pas pour l'apaiser.

Les coups de fil anonymes, ce silence au bout de la ligne, son réveil brutal avec des traces de strangulation après un cauchemar au cours duquel elle avait rêvé que Nash lui serrait la gorge, la disparition du fragment extrait de sa chair et maintenant, à peine rentrée, cette panne subite du monte-charge, privant tout l'immeuble d'électricité. Si cette panne ne concernait que sa tour, cela voulait dire que «quelqu'un» l'avait provoquée, accidentellement ou volontairement. Hanah penchait pour la dernière option mais devait en avoir le cœur net.

Voyant qu'elle disposait encore d'un reliquat de batterie et d'un peu de réseau, elle appela le technicien qui décrocha rapidement. Entendre une voix connue la rassura. Elle lui expliqua la situation en deux mots, sans évoquer ses soupçons.

— J'arrive tout de suite, miss Baxter, je suis sur un dépannage, je termine, ça va aller pour vous ?

— Oui, l'écran de mon portable me renvoie encore un peu de lumière, mais la batterie ne va pas tarder à lâcher. Merci, Teddy…

Elle raccrocha et remit le portable en mode torche, en espérant qu'elle n'aurait pas trop longtemps à attendre. Se sentant chanceler, elle préféra s'asseoir dans un coin du monte-charge et se faire toute petite, les bras autour de ses jambes repliées, le souffle à peine perceptible. Était-ce l'obscurité humide, la peur — quoi qu'il en soit, elle commençait à frissonner. *The thrill is back*… Et, lorsque, quelques minutes plus tard, la batterie rendit l'âme, la plongeant dans le noir total, elle sentit son sang se glacer complètement.

Se rappelant la présence de sa montre à son poignet droit, elle y jeta un œil. Le cadran, phosphorescent, lui renvoya froidement l'heure. 15 h 33. Il n'était pourtant pas si tard et elle se serait crue en pleine nuit. Elle entreprit de se concentrer sur la trotteuse pour le décompte des secondes puis des minutes, dans l'espoir que ça l'aiderait à tenir.

Un bruit de pas, juste au-dessus d'elle lui sembla-t-il, la fit sursauter. Elle n'avait entendu personne monter. Un rapide calcul l'amena à l'effrayante conclusion que si elle était bloquée, comme elle l'avait estimé, quatre ou cinq étages avant le sien, aucun voisin ne risquait de descendre, puisque ces étages étaient inhabités. Ils avaient été occupés un temps par des bureaux, puis l'entreprise ayant fait faillite, avaient été remis sur le marché sans trouver de nouveau locataire.

Les pas se firent plus lourds et traînants, un raclement au sol qui lui était insupportable.

— Teddy ? C'est vous ? tenta-t-elle d'une voix altérée sans trop y croire.

Teddy ne serait pas arrivé d'en haut. Teddy n'aurait pas avalé presque quarante étages à pied sans essayer de faire fonctionner le monte-charge depuis la machinerie au bas de la tour.

Hanah pensa un instant à ce que deviendrait le monde sans ascenseur. Toute l'économie des mégapoles basées sur la verticalité et le tertiaire s'écroulerait. Dans ses très jeunes années, elle avait été marquée par un roman de Barjavel, *Ravage*, dans lequel le monde, soudainement privé d'électricité et donc d'eau, s'enfonce dans le chaos. Pour le moment, c'était elle qui allait sombrer, si Teddy n'arrivait pas.

Aucune réponse ne lui parvint, en revanche le raclement continuait, de plus en plus proche.

— Teddy, vous m'entendez ? C'est vous ? insista-t-elle un peu plus fort.

Seul un filet de voix sortit de sa gorge. Elle *savait* que ce n'était pas le technicien. Mais y croire malgré tout l'aidait à se donner une contenance et à ne pas devenir folle.

Elle essaya de rallumer son portable, au cas où la

batterie se serait un peu rechargée toute seule, mais il restait désespérément éteint.

Un autre bruit, plus proche, troubla le silence d'encre. Quelqu'un respirait, pas loin, tout à côté. Un faisceau lumineux balaya l'obscurité comme un pinceau. Sans doute la lumière d'une lampe torche. Toujours blottie dans son coin sans oser en bouger, Hanah fut subitement aveuglée.

Un cercle de lumière crue, blanche, la prenait pour cible. Elle en était sûre, maintenant, «on» était venu pour elle. «On» l'avait attendue avant de provoquer la panne par un court-circuit. Elle était visée et vulnérable, enfermée dans le monte-charge transformé en piège mortel.

Calme-toi, Baxter, tu as déjà fait face à des situations autrement plus délicates qu'être coincée dans un ascenseur, essayait-elle de se rassurer. *Oui, sauf que là aussi, on veut sans doute ma peau. Qui? Lui?* L'aurait-il enfin retrouvée? Ou bien un proche de Nash venu le venger? Ça aussi, c'était possible.

Au moment où un déclic qui ressemblait à celui d'un pistolet qu'on arme — elle aurait reconnu ce bruit entre mille — la fit frémir, la lumière s'alluma dans les communs et le monte-charge s'ébranla, poursuivant son ascension interrompue. *Oh, merci, Teddy!* souffla-t-elle en s'accrochant pour ne pas vaciller.

Alors qu'elle dépassait l'étage, il lui sembla entendre, dans le grincement de ferraille, un cri de rage. Un cri rauque, celui d'une bête sauvage à qui sa proie vient d'échapper.

Une minute plus tard, la grille du monte-charge s'ouvrait, la libérant directement dans son loft.

Hanah disposait d'une clef spéciale qui, une fois introduite à l'intérieur, lui permettait d'actionner le monte-charge. Personne d'autre qu'elle ne possédait cette clef, l'accès à son appartement se trouvait ainsi sécurisé.

Une fois chez elle, elle s'empressa de fermer à double tour les portes blindées du loft donnant sur l'escalier de secours et attendit quelques instants, tremblante, le front moite, avant de brancher son téléphone sur sa recharge.

En ouvrant le frigo pour y récupérer une canette d'Asahi, elle eut une pensée reconnaissante pour Karen. Celle-ci avait pris soin de le remplir de boissons et autres gourmandises qu'Hanah affectionnait, dont le foie gras mi-cuit pour la faire patienter, en attendant qu'elle vienne avec Bis.

Si K savait ce qui vient de m'arriver, elle m'étranglerait pour être sortie prématurément, se dit Baxter.

La canette fraîche à la main, Hanah tira de sa besace la liasse de courrier qu'elle avait prise dans sa boîte aux lettres avant de monter. Savourant la première gorgée avec le soulagement de celui qui revient de loin, elle consulta les enveloppes et leurs expéditeurs, l'une après l'autre, sans les ouvrir.

Au moment de les poser sur un petit meuble près de la porte, elle se pétrifia. Bien visible sur une console se trouvait un petit tube à essai. Et, à l'intérieur, l'éclat métallique qui avait failli la tuer.

16

Mars 2014, Saint-Malo,
couvent du Mont-Saint

— Je suis sœur Hortense, mère Thérèse vous
attend, je vais vous conduire.

La religieuse qui l'accueille est plutôt jolie et souriante, à la grande surprise de Kardec. D'un couvent
et de ses résidentes, l'on a souvent une vision austère,
dépourvue de charme et encore plus de sex-appeal.
Kardec éprouve donc un léger trouble.

Le rendez-vous avec la mère supérieure a été pris
quelques jours auparavant. Plaidant la volonté d'un
père repenti qui souhaite retrouver sa fille après une
trop longue séparation, Kardec a réussi à vaincre
les premières réticences de la religieuse lors de leur
entretien téléphonique.

Il a su toucher son interlocutrice par un récit aux
accents sincères, des mots chargés d'émotion.

— Renouer avec ma fille à qui j'ai pardonné de
m'avoir livré à la justice et pouvoir le lui dire, mais
aussi et surtout lui demander pardon de l'avoir
privée de mère est mon plus grand désir, a-t-il dit,

en ajoutant : Je n'ai plus longtemps à vivre, vous savez. Alors, durant le peu qu'il me reste, je voudrais accomplir quelque chose de bien.

Avec ces derniers mots, Kardec a fini de convaincre la mère supérieure de le recevoir.

Le couvent du Mont-Saint, édifié sur un rocher face à la mer, en dehors de la ville, sur la côte d'Émeraude, est facile d'accès et l'élégance discrète de son architecture du dix-septième siècle ne laisse aucun doute au visiteur sur le sexe de ses hôtes. Un lieu forcément destiné à la retraite d'une population féminine. Il peut arriver à ce même visiteur d'en croiser quelques membres s'égaillant sur la plage, par marée basse, équipés d'un ciré jaune sous la pluie, chapeau assorti, pantalon et bottes, pelle et seau à la main, jetant leur dévolu sur les fameux couteaux que l'on fait remonter du sable à l'aide d'une pincée de sel versée dans leur trou, ou encore sur des crustacés.

À cet endroit, comme par une intervention divine, l'eau qui façonne les falaises escarpées au rythme des marées se teinte d'un vert turquoise presque irréel, à côté de laquelle le sable de la plage ressemble à de l'or au soleil. Un paradis idéal où vivre… et mourir.

Le guidant dans l'interminable couloir dallé sous les arcades en pierre claire menant au bureau de la supérieure, la jeune nonne ne peut surprendre le regard qui pèse sur ses épaules, sur ses hanches dont le balancement régulier fait bouger sa robe d'un gris pigeon comme une tenture caressée par une légère brise. Ces yeux traversés d'ombres attachés à chacun de ses pas.

Kardec imagine la nuque exquise dissimulée

sous le tissu austère du voile qui garde sa chevelure captive. Il aimerait en éprouver la tendreté entre ses mains. La sentir palpiter comme la gorge d'un oiseau tandis qu'il resserre ses doigts autour.

— C'est ici, c'est ce bureau, il faut frapper avant d'entrer, dit sœur Hortense en se retournant pour gratifier Kardec d'un sourire charmant avant de s'éloigner dans le même balancement de robe, qu'une ceinture en cuir épais fronce à la taille.

Sa voix posée respire toute la paix de ce lieu. Elle ne se méfie pas des hommes. Kardec la remercie d'un regard prolongé qui s'attarde sur son corps jusqu'à ce qu'elle disparaisse.

— À bientôt, jeune fille, murmure-t-il dans son sillage, les lèvres retroussées.

Il frappe à la porte et entre sans attendre la réponse. La supérieure est assise derrière un bureau qu'il reconnaît comme étant taillé en chêne massif et à côté duquel la religieuse, mère Thérèse, petite et frêle, ressemble à un enfant déjà vieux.

— Entrez, chevrote-t-elle par-dessus ses lunettes en demi-lune alors que c'est déjà fait.

Bien loin des bonnes sœurs glamour et drôles de Saint-Tropez, songe Kardec dont l'unique référence en matière de religieuses est le film avec Louis de Funès dans le rôle du gendarme.

Dans la pièce, éclairée par une seule lampe à l'abat-jour d'un rouge passé, flotte une odeur d'humidité et de vieux papier, mêlée à des relents de cire. Derrière la supérieure, une bibliothèque occupe le pan de mur entier. Y sont alignés des traités écrits par des théologiens et ecclésiastiques. Une présence oppressante qui fait le même effet à Kardec qu'une rangée de tombes dans un cimetière à l'abandon. Au mur, un portrait du pape François, sans doute le seul homme autorisé à partager quotidiennement le même espace que la religieuse.

— Bonjour ma mère, fait Kardec en prenant place sur une chaise à l'assise aussi dure qu'un bât de mulet. Merci de me recevoir.

— Je ne sais pas si je pourrai vous être d'une grande aide, mon fils.

— Ma fille... Hanah est restée plusieurs années entre ces murs, après m'avoir envoyé en prison, comme vous devez le savoir, commence Kardec.

— C'est vous-même, mon fils, et vous seul qui vous êtes envoyé en prison, corrige la nonne, les mains jointes sous son menton recouvert d'une fine barbe en limaille de fer. Dieu vous pardonne.

Vieille chouette, je te tordrais bien le cou après t'avoir plumée, pense Kardec en serrant les poings sur ses genoux. Mais il doit se contenir pour obtenir ce qu'il veut. Le plus précieux des renseignements.

— Et justice est faite. Je sors au bout de vingt-cinq ans. Mais je n'ai aucun moyen de retrouver trace de ma fille. Alors je me tourne vers l'établissement qui l'a accueillie de son adolescence à sa majorité.

— Je me souviens de cette petite. Que puis-je pour vous, mon fils, à part prier ?

— Sauriez-vous ce qu'elle est devenue ? Où vit-elle ? Elle vous a peut-être donné de ses nouvelles...

La mère supérieure secoue la tête comme un vieux cheval.

— Je crains de ne pouvoir vous aider. Depuis qu'elle a quitté le couvent, dès sa majorité, pour suivre des études, elle n'est plus jamais revenue nous voir.

Comme je la comprends, se dit Kardec avec une moue dépitée. Pourtant, il n'a pas envie d'abandonner aussi vite.

— Mais peut-être y a-t-il quelqu'un, ici, avec qui elle aurait eu une relation privilégiée? Quelqu'un qui aurait eu de ses nouvelles, insiste-t-il.

La face de pomme flétrie semble replonger dans ses souvenirs.

— En effet, se décide-t-elle enfin. Sœur Anne avait noué avec votre fille un lien affectif. Elle la considérait un peu comme l'enfant qu'elle n'a jamais eue et que Dieu a placée sur son chemin.

— Et... cette sœur, qu'est-elle devenue? Je peux la voir?

— Je dois d'abord m'assurer qu'elle veut bien vous rencontrer. Je ne suis pas certaine qu'elle le souhaite. La situation de votre fille l'avait émue.

La respiration de Kardec se fait de plus en plus bruyante.

— Quand pensez-vous le lui demander? souffle-t-il, les poings toujours serrés sur ses cuisses.

— Eh bien... je ne voudrais pas que vous vous soyez déplacé pour rien. Je vais voir si elle peut vous recevoir. Un instant, je vous prie.

D'une main aussi noueuse qu'un cep de vigne, elle décroche le combiné et compose le numéro d'une ligne interne.

— Sœur Anne? dit-elle enfin. J'ai dans mon bureau quelqu'un qui souhaiterait vous rencontrer. Il s'agit du père d'Hanah Kardec, vous vous rappelez... Oui, oui, c'est ça.

Un long silence succède aux mots de la supérieure.

— Bien… Vous n'êtes pas obligée… Entendu. Merci, reprend-elle.

Puis, levant la tête dans une oscillation que Kardec n'avait pas remarquée de prime abord, la religieuse s'adresse directement à lui.

— Elle va venir, dit-elle sur le ton de la confidence, les paupières à demi closes.

Comme si les meubles ou les murs pouvaient entendre et comprendre.

Hochant la tête d'un air grave, Kardec inspire profondément. On y est presque, enfin. La sœur Anne saura des choses qui pourront l'éclairer, il en est persuadé.

Au bout de quelques minutes qui, pour le meurtrier, résonnent comme une éternité, trois coups retentissent à la porte du bureau.

— Entrez, coasse mère Thérèse dont les pieds touchent à peine le parquet.

Retenant son souffle, Kardec fixe la poignée que l'on tourne lentement. La porte s'ouvre finalement et sœur Anne fait son apparition. Elle paraît collectionner, sans répit, les années et les rides. Mais la vie la retient toujours, comme si la vouer à Dieu était un gage de longévité.

L'ancien détenu a devant lui le dernier témoin du passé de sa fille, une grande femme voûtée, d'une maigreur accablante, dont l'œil gauche semble regarder sur le côté en permanence, tandis que le droit reste rivé sur l'interlocuteur.

— C'est vous, alors, chuinte sœur Anne dans son dentier.

Rien de plus. Le ton est rude. Pas même une

poignée de main. Entre-temps, Kardec s'est levé. Il la domine de toute sa stature. Elle est plus grande que la moyenne, mais son dos courbé lui a fait perdre plusieurs centimètres.

— Je suis le père d'Hanah, oui, élude-t-il, feignant de ne pas comprendre le sens de ce «c'est vous, alors», aussi cinglant qu'un coup de fouet.

C'est *vous*, le meurtrier de sa mère. C'est *vous*, le monstre de Saint-Malo.

— Sortons, allons marcher, ordonne sœur Anne.

Son œil fuit dans une autre direction, mais celui qui, encore alerte, regarde Kardec, le transperce tel un courant d'air glacé.

Sœur Anne est ce genre de femme face à qui nombre d'hommes se sentent redevenir les petits garçons qu'ils ont été un jour avec leur mère ou leur maîtresse d'école. Pas Erwan Kardec. La religieuse est loin de lui renvoyer l'image maternelle dont elle est même à l'opposé. Samantha Kardec née Vrenken était une petite femme affable et effacée, totalement sous la coupe de son mari et devenue prématurément veuve. À cette domination masculine s'ajoutaient Erwan et son frère auxquels leur père passait tout, ne leur imposant jamais de limites ni de règles. Dès leur plus jeune âge, les deux fils s'amusaient à défier toute forme d'autorité, en commençant par leurs enseignants, ne respectant ni l'âge ni le statut social des objets de leur rébellion.

De ce fait, sœur Anne n'impressionnait d'aucune façon le père d'Hanah. L'attitude déférente qu'il affichait à son égard n'était que pure simulation dans un but bien précis. Et de cela, la religieuse octogénaire n'était pas dupe.

Tandis qu'ils longent en sens inverse l'interminable couloir sous les voûtes en pierre claire, la religieuse garde un silence obstiné. *Vieille bique, tu vas cracher le morceau*, pense Kardec en lui jetant des regards froids.

Soudain, elle s'arrête et tourne la tête vers lui. Seul son œil droit le fixe.

— Que lui voulez-vous, à Hanah? lâche-t-elle d'une voix sèche.

— C'est ma fille. Je ne l'ai pas vue depuis qu'elle a été prise en charge ici. Je souhaite la retrouver.

— Vous savez très bien, comme moi, que le vrai motif est tout autre. Vous ne lui avez pas pardonné, au fond de votre être.

— Selon vos préceptes, c'est à Dieu de le faire, répond Kardec, ironique.

— Elle a aidé la justice à vous juger et à vous condamner pour ce que vous avez commis. Dieu vous a pardonné et vous avez exécuté votre peine. Mais la haine ne vous a pas quitté. Je la vois, tapie dans vos yeux, dans votre âme. Si mère Thérèse s'y trompe, moi pas.

— Tôt ou tard, je retrouverai sa trace, grince Kardec. Vous feriez une bonne action, ma sœur, en me facilitant la tâche. Vous avez ma promesse que je n'envisage rien qui puisse lui nuire plus que je ne l'ai déjà fait. Et c'est assez cher payé, vingt-cinq ans en cellule.

— Pas assez encore pour avoir brisé deux vies, réplique sœur Anne.

— Trois, ma sœur, trois, si vous savez compter.

— De la vôtre, vous avez l'entière responsabilité. Celle d'Hanah est marquée à jamais.

— Je veux lui demander pardon. Vous avez le devoir de m'éclairer. De me donner tout renseignement susceptible de m'aider à la retrouver, si vous savez quelque chose. Ce dont je suis persuadé.

— Pour croire avec certitude, il faut commencer par douter, répond la religieuse, s'inspirant d'un proverbe glané au cours de ses lectures.

— Vous m'en direz tant, c'est ce que vous avez fait avec votre Dieu ? ricane Kardec. Sérieusement, ma sœur, avez-vous déjà douté de Son existence ? À vous voir, on ne dirait pas.

— Ne vous fiez pas aux apparences. Il m'arrive encore de douter, dans la voie que j'ai choisie. Chaque jour, même. Ne croyez pas que cela soit simple.

— Écoutez, ma sœur, dit Kardec à voix basse, dans une fausse connivence.

Il s'est penché vers elle et approche son visage tout près du sien.

— C'est malgré tout votre choix, d'être coupée du monde. Être enfermé n'a pas été le mien. J'ai fait une chose terrible, répréhensible aux yeux de la société et de la loi, sans mesurer les conséquences de cet acte. On commet tous des erreurs.

— Réduire un meurtre à une simple erreur en est une encore plus grossière et impardonnable, objecte la nonne en haussant le ton.

Elle est soudain bien loin du divin. Le teint jaunâtre de son visage semble recouvert de paraffine.

Sentant que cet échange ne le mènera pas là où il voulait, Kardec décide d'y couper court.

— Jurez devant Dieu, ma sœur, que vous n'avez aucune idée de ce qu'est devenue ma fille ni de l'endroit où elle se trouve, tranche-t-il.

— Vous voulez connaître la vérité? Je n'ai plus rien voulu savoir d'Hanah dès lors qu'elle a quitté le couvent. Parce qu'une chose était sûre : vous reviendriez nous demander des comptes. Et je préfère ne rien vous dire sans avoir à vous mentir ni vous cacher la vérité.

— Je te jure que je la trouverai, vieille corneille! crache alors Kardec, les traits déformés par la rage.

Sans un mot de plus, il franchit les quelques mètres qui le séparent de la sortie et part récupérer son VTT.

À peine dix minutes plus tard, après avoir roulé sur deux kilomètres de sable nu mouillé par la mer qui, peu à peu, se retire, Kardec s'arrête face à l'horizon. Au large, près de l'île de Cézembre, légèrement penchée, se dresse dans le soleil la silhouette évasée blanc et rouge du phare du Grand Jardin. Plus de trente ans qu'il n'y est pas retourné.

C'est là, dans le périmètre du phare, aux abords de l'île, que Killian a perdu la vie. Son frère s'est enfoncé ce jour-là dans les eaux obscures. Et voilà qu'il a la bonne idée de remonter maintenant. Les Maurice père et fils ne le lâcheront pas, il le sait.

C'est à cet instant que la lumière vient frapper Kardec jusqu'à l'éblouir une fraction de seconde. Il y a une personne qui doit savoir ce qu'est devenue la petite garce. Impossible que ces deux-là aient coupé tout lien. Cet homme, Marc Carlet, son professeur principal de quatrième, appelé à témoigner contre lui à la barre. Il avait à peine trente ans à l'époque et avait aidé Hanah à se confier aux gendarmes. Si ce mouchard est encore en vie, il saura le faire parler.

Alors que Kardec s'apprête à repartir en sens

inverse, sous un ciel passé au karcher où quelques avions laissent leur signature, une vedette de la gendarmerie maritime regagne le port avec à son bord deux techniciens de la Brigade scientifique. Ils reviennent de l'endroit désormais balisé en scène de crime, là où les restes de Killian Kardec ont été remontés. Élargissant leur champ de recherches à l'île et au phare et ratissant les lieux au détecteur de métaux en quête de l'arme du crime, ils n'ont rien trouvé de plus.

Pendant ce temps, à la BR, Yvan, assis à son bureau, est interrompu dans sa conversation avec le lieutenant Gorniak par la sonnerie de la ligne fixe. Le gendarme voit son supérieur se décomposer tandis que sa main qui tient le téléphone se met à trembler violemment.

— Qu'y a-t-il, mon capitaine ? Quelque chose ne va pas ? s'enquiert-il.

Yvan, qui vient de raccrocher, blême, tarde à répondre.

— C'était... le SRPJ de Rennes, finit-il par dire. Le légiste... Alexandre Le Dantec vient d'être retrouvé chez lui... On lui a tiré dessus.

17

Avril 2014, Jay Street, Brooklyn

Le soleil de fin d'après-midi avait cédé la place à une petite pluie fine et persistante qui pianotait sur le velux à l'étage. Encore sous le choc, Karen semblait soudée au lourd fauteuil club en cuir face à Hanah qui aspirait la dernière gorgée d'une Asahi fraîche, son iPad posé devant elle et Bis lové contre elle, heureux d'avoir retrouvé sa maîtresse. Bonheur qu'il manifestait par un abandon total, peau contre peau, accompagné d'un ronronnement sonore.

En ce début de printemps, les jours rallongeaient sensiblement, nimbant d'une lumière rose l'espace épuré du loft. C'était aussi cette belle luminosité qui avait poussé Hanah à opter pour cet endroit au moment où, ses moyens le lui permettant enfin, elle s'était décidée à devenir propriétaire.

— Tu es vraiment inconsciente, mais ça, ça ne changera pas, quoi que je te dise, vrombissait son ex, une jambe calée sur l'un des accoudoirs.

Outre un tee-shirt à tête de mort incrusté de strass aux épaules et au col et un rouge à lèvres aubergine, elle portait un jean dont les parties déchirées étaient aussi étudiées que le délavage à la pierre. Et, comme si ça ne suffisait pas, le tissu était couvert par endroits de mouchetures incolores simulant des taches de peinture blanche. Aux pieds, brillaient des baskets dorées à la semelle compensée rose fraise.

Hanah écoutait la litanie de son ex d'une oreille distraite, les yeux rivés à l'écran de la tablette ouverte sur des recherches qu'elle était en train de faire lorsque Karen était arrivée. À cet instant, elle se maudissait d'avoir appelé K à la rescousse, mais sa stupeur avait été telle à la découverte du petit tube qu'elle n'avait pas pu s'empêcher de l'appeler pour lui demander si, par hasard, après l'avoir finalement retrouvé, elle ne l'avait pas déposé là lorsqu'elle était passée remplir le frigo. Abasourdie, Karen lui avait assuré que non et avait aussitôt rappliqué.

— Déjà, le seul fait d'avoir choisi ce métier est une preuve d'inconscience, poursuivit Karen en secouant le tube renfermant l'éclat de métal.

Celui-ci heurtait les parois de verre dans un cliquetis incessant.

— Arrête ça, veux-tu, lâcha Hanah, agacée. Tu vas finir par le laisser tomber. Tu sais très bien ce qui m'a poussée dans cette voie, Karen.

Celle-ci releva la tête. L'instant était grave. Les deux femmes ne s'appelaient mutuellement par leur prénom, abandonnant les petits noms tendres ou les sobriquets affectueux, qu'en cas de désaccord ou de dispute, ce qui les conduisait en général à se retrancher chacune chez soi pendant un temps.

La réaction tendue d'Hanah lui sembla disproportionnée, mais elle l'attribua à l'angoisse qu'elle n'avait pas encore évacuée après l'épisode de l'ascenseur, suivi de la découverte du tube.

Aussi décida-t-elle de désamorcer par le silence ce qui s'annonçait comme une escalade dans la fâcherie et se contenta de hocher la tête en souriant, en même temps qu'elle reposait avec précaution le tube sur la table.

— J'ai envie d'un tatouage, déclara soudain Hanah sans détacher le regard de la tablette.

— Ah oui? C'est récent, cette envie? demanda Karen, en essayant de garder le ton le plus détaché possible.

Elle percevait ces derniers temps chez son amie un changement insidieux qui l'inquiétait.

— En fait non, pas vraiment. J'y avais déjà pensé. Mais je ne voulais pas me faire tatouer quelque chose que je regretterais ensuite.

— Ça me paraît raisonnable en effet. Toi qui crains toute forme d'engagement, se faire marquer comme ça en est un envers toi-même. Et qu'envisages-tu de te faire tatouer? Pas mon prénom, j'espère… ni même la première lettre, s'esclaffa Karen.

Hanah lui lança un regard si sombre qu'elle se demanda un instant si elle n'avait pas commis de maladresse avec cette dernière boutade.

— C'est sérieux, Karen. Ça ne se décide pas à la légère. Et là, enfin, je suis prête. Je reviens de loin, au cas où tu l'aurais oublié, ajouta-t-elle sèchement.

Karen se crispa mais n'en laissa rien voir. Elle changea seulement de position, ramenant sa jambe à côté de l'autre, adoptant une attitude moins nonchalante. En réalité, elle était sur ses gardes. Elle sentait monter entre elles quelque chose qu'elle n'avait encore jamais éprouvé. Comme une entaille dans leur vieille complicité. Elle préférait malgré tout se raccrocher à l'idée que l'humeur agressive d'Hanah était le résultat du traumatisme subi avec l'embolie et l'opération. Peut-être même une fragilité psychologique passagère induite par les produits anesthésiants, comme cela arrive parfois. Après tout, le sevrage de la cocaïne était récent. Hanah avait un passé encore tout frais de toxicomane. Il ne fallait pas se voiler la face. D'ailleurs, certains changements comportementaux suite au sevrage chez les consommateurs de drogues avaient été constatés.

— Non, ma chérie, je ne l'ai pas oublié et ça ne risque pas d'arriver, répondit Karen des larmes dans la voix.

Hanah la dévisagea froidement.

— Tu ne trouves pas pathétique de continuer à se balancer des «ma chérie» alors qu'officiellement on n'est plus ensemble? jeta-t-elle d'un coup.

Karen se décomposa.

— Je… on peut arrêter, si tu veux? esquissa-t-elle, prise au dépourvu.

— Ça fait longtemps qu'on a arrêté, nous deux, Karen. Mais on fait toujours semblant. Pourquoi? Parce que c'est rassurant? Confortable? Ça nous empêche de vivre, tu comprends? Vivre!

— Je… je n'ai pas réfléchi à la question, murmura Karen qui sentait l'émotion la gagner.

Elle avait les jambes en vermicelle.

— C'est précisément ça, nous n'y avons jamais réfléchi. Ni ensemble ni chacune de notre côté. Et voilà le résultat!

— Je pensais que ça te convenait, que tu trouvais du plaisir dans cette… amitié…

— Amitié! explosa Hanah en se levant d'un bond pour se diriger vers le frigo d'où elle sortit une nouvelle canette d'Asahi. Tu me parles d'amitié alors qu'il nous arrive encore de baiser!

Karen tourna la tête vers elle et lui lança un regard incrédule. Tout en revenant s'asseoir, Baxter ouvrit la canette dans un geste du poignet et balança nerveusement l'opercule métallique dans l'évier. Elle semblait vraiment à cran.

— Où veux-tu en venir, *Hanah*, puisque «ma chérie» t'indispose désormais?

— Je pense qu'on doit arrêter de se voir un temps.

Puis, devant la mine déconfite de Karen :

— Ne le prends pas mal, il faut que j'y voie plus clair dans tout ça. Dans notre relation aussi.

Karen savait que la plupart des gens qui optent pour un tatouage, quand ce n'est pas sur un simple coup de tête, sont en rupture avec une période de leur vie, avec eux-mêmes ou leurs proches. Une telle décision de se marquer la peau reflète une volonté de changement en profondeur. Peut-être Hanah était-elle en train de se trouver. Enfin, après tant d'années d'errance. Et Karen n'y ferait pas obstacle. Elle préférait encore s'effacer, malgré le déchirement qu'elle en éprouverait.

C'est pourquoi, un poids sur le cœur, elle rassembla ses forces et parvint à s'extraire du fauteuil et, bientôt, de la vie de celle qu'elle aimait le plus au monde. En franchissant la porte, elle savait que plus rien ne serait jamais pareil entre elles. Pourtant, par affection, elle partit, après avoir déposé un long et douloureux baiser sur le front de son amie sans que celle-ci ne se détourne un instant de l'écran de sa tablette.

— Je serai toujours là pour toi et Bis, prenez soin l'un de l'autre, lança Karen d'une voix chancelante avant de disparaître dans le monte-charge qui s'ébranla quelques secondes plus tard.

Une fois seule, Hanah leva la tête, le regard rivé au mur devant elle. Blanc, vide. C'est alors que les larmes jaillirent comme d'une outre percée. Des sanglots la secouaient de toutes parts. *Il le fallait, hein Bis, il le fallait…*, ne cessait-elle de répéter en léchant le sel sur ses lèvres, tandis que des enceintes s'échappaient les paroles de *Song for Someone*, de U2.

Tu as un visage que la beauté n'a pas gâté
J'ai des cicatrices de là d'où je viens
Tu as des yeux qui peuvent voir à travers moi
Tu n'as pas peur de ce que tu as vu
On m'a dit que je ne ressentirais rien
Rien la première fois…

Face à elle, comme un miroir sans tain, l'écran de l'iPad affichait la photo d'un dessin au style baroque. Un crâne enfoui dans un mélange de feuilles et de perles, une rose là où fut l'oreille, une tête d'oiseau dépassant d'un côté, le bec ouvert sur un chant silencieux. C'était ça qu'elle se ferait tatouer. Une vanité. Pour ce que cela représentait à ses yeux. L'insignifiance et la futilité d'un monde qu'elle se contentait de traverser. *Nous sommes des comètes surgies du néant pour y retourner après un bref passage dans la lumière.*

On m'a dit que je ne ressentirais rien…

AIMER

18

Mars 2014, service de réanimation,
hôpital de Rennes

Après une course folle sous la neige fondue, ris-
quant à chaque instant l'aquaplaning, Yvan est
enfin arrivé aux urgences de Rennes où se trouve son
amant, entre la vie et la mort.

Tous les sons dans les couloirs interminables lui
parviennent étouffés, il les traverse sans rien voir
autour de lui, comme à l'intérieur d'un tunnel.

Alex est en réa, plongé dans un coma artificiel,
attendant que l'on puisse extraire de son poumon
droit la balle qui l'a terrassé. C'est arrivé chez lui,
dans la salle de bains, où sa femme de ménage l'a
trouvé. Yvan n'en a pas appris davantage de la
bouche de celle-ci.

Durant tout le trajet, en même temps qu'il se
demandait *qui* pouvait bien en vouloir à Alex au
point de commettre un tel acte, une hypothèse sordide s'est installée dans son esprit. Son ex-femme.
Elle a tout découvert et est entrée dans une rage
meurtrière. Avec l'évolution sociale, les femmes

tuent aujourd'hui comme les hommes. À coups de pistolet ou d'arme blanche. *Exit* les empoisonneuses. C'est plausible et ça colle avec l'hystérie du personnage. Ou alors, un ancien amant d'Alex surgi d'un coin de son passé dont Yvan n'a pas eu vent. Ou encore, mais le fils Maurice frémit à cette idée, un homme qu'Alexandre aurait contaminé et qui aurait voulu se venger. Tout est possible. Surtout ce que l'on envisage le moins.

Devant la salle de réa, Yvan se heurte à une barrière humaine composée de deux flics armés en uniforme. La protection rapprochée d'Alex. Il sait qu'il ne pourra pas entrer en montrant patte blanche et doit réfléchir très vite à ce qu'il va leur dire. Ne pas leur donner l'impression qu'ils ont le pouvoir, s'en référer tout de suite à un supérieur.

— Bonjour messieurs, capitaine Yvan Maurice de la gendarmerie de Saint-Malo, Brigade de recherches, se présente-t-il sur un ton martial, dénué d'émotion, en exhibant sa carte sous leurs yeux.

Pour un peu, les deux policiers pourraient entendre résonner la majuscule.

— Le patient hospitalisé du nom d'Alexandre Le Dantec, médecin légiste, travaille avec nous. Où est l'officier chargé de l'enquête?

Les deux hommes échangent un regard qui semble dire: «D'où il sort, celui-là?» On dirait des buffles que viendrait agacer une mouche. Les rapports entre police et gendarmerie ne sont pas toujours des plus détendus sur le terrain. Mais Yvan reste un gradé.

— Vous le trouverez un peu plus loin avec le médecin, dans le couloir, fait enfin d'une voix de fausset le plus petit des deux, un moustachu avec un air de

Mario Kart, en désignant du menton la direction à prendre.

— Merci, dit Yvan en partant à la recherche du flic de la PJ.

Ce ne sera pas simple, il le sait. Contenir son émotion lui demande un effort surhumain. Il n'a qu'une envie, être près de celui qu'il aime et le lui dire. Même plongé dans le coma, il entendra, c'est sûr. Va-t-il s'en sortir? Yvan n'ose pas se poser la question.

Au bout du couloir, il aperçoit un homme et une femme en pleine conversation. L'homme, cheveux noirs et bouclés, de type méditerranéen, porte une blouse blanche. Le flic est donc une flic, en déduit Yvan en s'approchant. Il s'arrête à quelques mètres et attend qu'ils terminent.

Daignant enfin tourner la tête vers lui, la femme le regarde un instant d'un air interrogateur, puis, saluant le médecin, esquisse quelques pas en direction d'Yvan.

— Excusez-moi, l'aborde celui-ci alors qu'elle arrive à sa hauteur. Capitaine Yvan Maurice, de la BR de Saint-Malo. J'ai appris ce qui est arrivé à Alexandre Le Dantec, le légiste qui collabore avec nous. Il paraît que vous êtes sur l'affaire. Pouvez-vous m'en dire plus?

Se campant sur une jambe, l'inspectrice le toise cette fois avec gravité. De près, elle ne manque pas de chien et Yvan lui-même se laisse impressionner par son charme. Un visage à l'ovale aussi parfait que sa silhouette, des cheveux or blanc contenus dans un chignon, des pommettes hautes, une paire d'yeux bleu gris de Chartreux et la lèvre supérieure piquée d'un discret grain de beauté. Avec ce physique, Yvan parierait sur la trentaine célibataire — en l'absence d'alliance — et des origines slaves.

— Commandant Mira Eliade, de la PJ de Rennes, enchantée. Je suis en effet sur cette affaire.

Ces mots, dans un léger roulement de r qui rapproche Yvan d'un pari gagné, sont accompagnés d'une poignée de main ferme et décidée. Son français semble fluide, sans accrocs.

— Mais dites-moi d'abord ce qui vous lie au docteur Le Dantec, ce sera plus simple, ajoute-t-elle sans transition, laissant Yvan abasourdi.

— Je… je vous l'ai dit, une collaboration très actuelle, sur deux affaires, se défend-il.

— Vous mentez mal, capitaine Maurice, ou plutôt, vous omettez l'essentiel, sourit la flic, les mains dans les poches de son trench Burberry's noué à la taille et tombant sur un jean serré dans des bottes en daim aux talons biseautés.

Mal à l'aise, Yvan se sent violemment rougir.

— Il suffit de voir vos narines frémir, votre menton trembler et vos phrases se bousculer dans votre bouche avant de sortir péniblement, lorsque vous évoquez le docteur Le Dantec, poursuit Mira Eliade.

Le jeune officier reste sans voix. *Ça se voit donc tant que ça?* Quoi qu'il en soit, cette jeune flic fait preuve d'une belle perspicacité devant laquelle il ne peut que jouer le jeu de la vérité. Quitte à s'attirer des ennuis.

— Comme vous semblez l'avoir deviné, commandant Eliade, Alexandre Le Dantec et moi sommes liés, mais j'aimerais que cela reste entre nous.

— Je ne puis vous le promettre, tout dépendra du déroulement de l'enquête. Néanmoins, je ferai tout pour que ça ne s'ébruite pas jusqu'à Saint-Malo. Belle ville, d'ailleurs, j'aime beaucoup son caractère de cité fortifiée, son histoire de piraterie. C'est très romanesque.

Malgré la situation, Yvan ne peut s'empêcher de trouver Eliade sympathique.

— Peut-être y reviendrez-vous en touriste, dit-il tristement.

— Qui sait? Je vais devoir vous poser quelques questions un peu fâcheuses, capitaine. Depuis combien de temps connaissez-vous le docteur Le Dantec?

— Deux mois, enfin, je veux dire que nous nous fréquentons depuis deux mois.

— Quels étaient vos rapports? Plutôt bons, ces derniers temps ou, au contraire, tendus?

— Pas du tout… Tout va très bien, entre nous. Notre rencontre est… est une évidence. Nous envisageons de nous installer ensemble. Mais pas dans l'immédiat. Il faut d'abord que nos proches acceptent la situation. J'ai été marié huit ans.

Il sent que les yeux d'Eliade cherchent à déchiffrer son âme, à comprendre sans accuser. Aux derniers mots d'Yvan, son expression s'éclaire. Une porte s'ouvre, une autre possibilité que celle qui s'était imposée peut enfin être envisagée.

— Avez-vous quitté votre femme pour le docteur Le Dantec?

Yvan secoue la tête. Des blouses blanches ou vertes les frôlent, mais il ne sent rien, ne voit personne d'autre que son interlocutrice.

— Non. Mais le mensonge ne pouvait pas durer.

— Avez-vous eu des enfants ensemble?

— Non plus. Et heureusement.

— Avez-vous gardé de bonnes relations avec elle ?

— Sur le fil du rasoir… Elle ne connaît pas cette autre part de moi-même. Si elle l'apprenait, elle se sentirait doublement trahie et ça la rendrait hystérique.

— Hystérique ? répète Eliade un brin amusée. Au point de vouloir détruire l'objet de votre amour ?

— Marianne avait tout misé sur notre couple. Elle est issue d'une famille bourgeoise où les apparences priment. Les convenances. Être mariée à un officier de gendarmerie flattait son conformisme. Je dis ça en toute modestie.

— Vouloir tuer quelqu'un ne fait pas vraiment partie des convenances, réplique Eliade, dubitative.

— Je la connais bien. Elle déteste que ses projets soient contrariés. C'est plus fort qu'elle.

— Vous me direz où il est possible de la trouver. Et vous, où vous trouviez-vous avant-hier ?

On y est, se dit Yvan, les lèvres pincées. Cette question, il l'avait prévue, anticipée, mais elle le brûle malgré tout.

— À Saint-Malo, avec mon équipe à la BR.

— Ça, c'est la journée, et le soir ?

Yvan prend conscience qu'il n'a pas vraiment d'alibi. Il était chez lui, seul devant un DVD de *Queer as Folk*, une série gay américaine au succès planétaire qu'Alex lui a fait découvrir. C'est pourtant ce qu'il dit à son interlocutrice, tout en se demandant pourquoi elle ne prend aucune note.

— Vous… vous n'avez pas besoin de pense-bête ? lui fait-il observer.

— De quoi ?

188

— Vous n'avez rien écrit... Comment allez-vous tout retenir ?

— Oh, aucun problème, s'esclaffe-t-elle en captant soudain le sens de «pense-bête». J'ai fait pas mal de théâtre dans ma jeunesse. Je mémorise bien.

— C'est pratique, dans notre métier..., sourit Yvan malgré lui tout en pensant : *Drôle de fille*.

— Oui, mais dans certaines circonstances, on a juste envie de pouvoir oublier.

— C'est vrai...

Yvan se surprend à apprécier la compagnie de la jeune femme, à souhaiter que cet entretien se prolonge, en dépit de l'interrogatoire. Il a envie qu'elle en sache davantage sur lui et d'en découvrir plus sur elle.

— J'ai pratiqué des expertises criminelles pendant sept ans, à Paris, poursuit-elle comme si elle partageait son ressenti. Certains mots prononcés dans l'intimité de meurtriers, de tueurs récidivistes ou de violeurs résonnent encore dans ma tête comme si je les lisais. J'aurais voulu pouvoir les laisser reposer dans les dossiers, mais tout ce qu'ils décrivaient ou m'adressaient verbalement de façon plus personnelle m'accompagnait la nuit aussi. J'ai été obligée d'arrêter. J'ai passé le concours d'officier de police. Ce qu'on voit est dur, mais ce n'est quand même pas la même chose que ces face-à-face avec des esprits pervers à dominante psychopathique.

— Je veux savoir ce qui est arrivé à Alexandre et pourquoi, souffle Yvan, à bout. Et surtout, je veux qu'il s'en sorte.

— Nous ferons tout pour trouver le coupable, c'est pourquoi je dois écarter d'abord les pistes les plus évidentes, qui ne sont pas forcément les bonnes. Quant à votre ami, son salut dépend des chirurgiens et de sa détermination à survivre.

— Ne vous inquiétez pas, commandant Eliade, je comprends. Mais, si ça peut vous éviter une perte de temps et d'énergie, je n'ai pas tenté d'assassiner Alexandre.

— Vous me remettrez quand même votre arme de service et je vais devoir demander une perquisition à votre domicile, vous êtes une des personnes les plus proches de la victime, le prévient la flic.

Le fils Maurice peut presque déceler dans sa voix un ton d'excuse. Comme si elle allait ajouter «juste pour la forme».

Yvan hoche la tête. Il pense aux magazines gay et aux photos que la perquise risque de révéler. Il se dépêchera de les détruire avant. Peut-être Eliade l'a-t-elle averti contre tout règlement précisément pour cette raison.

— J'aimerais le voir, lâche Yvan du bout des lèvres, comme une expiration.

— Je ne m'y oppose pas, en revanche, le médecin, oui. Sauf pour les très proches. Souhaitez-vous vous présenter à lui comme le compagnon du docteur Le Dantec?

La question prend Yvan au dépourvu. Il aurait été bien d'en discuter avec Alex. Mais vu son état…

— Pas pour le moment, avoue-t-il en baissant la tête.

Quand… quand cette honte cessera-t-elle de l'entraver? Ne pas assumer ses penchants et chaque fois se réfugier derrière des prétextes n'appartient qu'à lui seul, au fond. Craindre d'être condamné par la société ou rejeté par sa famille est son propre fantasme. Cette peur qu'il se fabrique lui-même et qui le paralyse… Il vient de lui sacrifier ce qu'il a de plus cher.

Pourtant, après avoir pris congé d'Eliade devant les ascenseurs, tout en descendant au rez-de-chaussée, l'esprit mobilisé par la vision de son amant branché au monitoring en salle de réa, Yvan sent une émotion nouvelle en lui. Ça bouge, ça cogne, comme une vie naissante dans le ventre d'une femme. Bientôt, il sera prêt.

19

Marc Carlet, 12, rue Léopold-Brisard, 02 22 17 63 89. Ce sont les coordonnées de l'ancien professeur trouvées dans les pages blanches, que vient de noter Kardec sur un post-it. Il habite donc toujours à Saint-Malo. Le numéro de téléphone lui servira seulement à vérifier si le vieux est toujours de ce monde. Ensuite, il prendra rendez-vous et ira lui rendre visite.

Réprimant une grimace à la douleur qui lui vrille le bas-ventre ce matin, Erwan, assis à la table repeinte faisant office de bureau, face à son ordinateur allumé sur les pages blanches, prend son portable à carte jetable et, après avoir pris soin de masquer son numéro, compose celui du professeur.

Une voix féminine dont les trémolos trahissent un certain âge répond au bout de quelques sonneries.

— Bonjour, se décide Kardec après un bref silence, je souhaiterais parler à Marc Carlet.

— Vous avez de la chance que je réponde à un numéro masqué. Qui le demande?

— Frank Vandewalle, un vieil ami de passage à Saint-Malo.

— Ah... alors vous n'êtes sans doute pas au courant, monsieur Van... Vanderwalle... Notre Marc nous a quittés la semaine dernière...

La fin de la phrase meurt dans les larmes.

— J'en suis sincèrement peiné, répond Kardec, pris de court.

Il n'a pas besoin de simuler, la nouvelle l'accable réellement. Le dernier lien avec sa fille vient de lui échapper. Il doit se mordre la langue pour ne pas laisser partir un juron. Mais l'espoir ne le quitte pas pour autant.

— De quoi est-il mort?

— Un... AVC. Oh, excusez-moi, je ne peux pas m'empêcher de pleurer. C'est... tellement dur!

— Vous êtes sa femme?

— Non, sa sœur, je suis venue pour les obsèques et toutes les paperasses, j'habite dans le sud de la France... Christiane, la pauvre, est morte il y a quatre mois. Ils étaient inséparables depuis quarante ans!

D'instinct, Kardec sent qu'à défaut d'avoir le frère, il peut facilement obtenir de la sœur quelques renseignements. De son léger accent provençal, il déduit qu'elle est installée là-bas depuis longtemps. Il y a donc peu de risque qu'elle ait été à Saint-Malo quand l'affaire du meurtre d'Hélène a éclaté. Malgré tout il se doit d'être prudent. Carlet a très bien pu parler à sa sœur du drame qui avait touché une de ses élèves.

— Toutes mes condoléances, madame..., dit-il. Je suis bien triste pour mon ami. Moi qui pensais passer le voir et parler du bon vieux temps! Si je peux faire quelque chose... En fait, je voulais lui demander son aide pour une de mes connaissances, elle-même en sursis, se hâte-t-il d'enchaîner.

— Ah, en effet. De quoi s'agit-il, si ce n'est pas indiscret?

— Eh bien, un de mes anciens collègues de travail est... est en prison, se lance-t-il en se raclant la gorge, et il n'a plus longtemps à vivre. Sa fille était dans la classe de Marc, au collège, dans les années quatre-vingt et, lors de l'incarcération de son père, elle a été envoyée à l'assistance et sans doute placée en famille d'accueil.

— Mais... sa mère n'a pas pu s'occuper d'elle?

— Non, sa mère est morte accidentellement. Marc s'est pris d'affection pour cette fille qui était son élève, et j'espérais qu'il avait gardé le contact avec elle et pourrait me donner ses coordonnées. Parce que mon collègue ne l'a jamais revue et n'a jamais eu de ses nouvelles.

— Le pauvre. Qu'est-ce qu'il a donc fait pour aller en prison?

Les doigts puissants de Kardec se resserrent sur le portable. Il déteste les questions.

— Oh, vous savez, une erreur de jeunesse peut coûter cher. Il a été entraîné dans un braquage qui s'est mal terminé. Mais il reste malgré tout un bon père en manque de sa fille. Ça le mine toujours.

— Ça me dit quelque chose, votre histoire, mon frère m'en avait parlé à l'époque, dit la sœur de l'enseignant, d'un ton soudain méfiant. Ça l'avait vraiment marqué, mais s'il s'agit bien de la même chose, le père en question avait tué sa femme, la mère de l'élève de Marc. Ce n'était pas juste un braquage. Et cette pauvre gamine, après avoir eu le courage de témoigner contre son père, avait été placée en institution religieuse.

Kardec se sent bouillir. Il va devoir improviser avec subtilité.

— C'est curieux, en effet… Comme quoi, on ne connaît pas toujours les gens avec qui on travaille. Peut-être m'a-t-il menti sur les raisons de son incarcération. Mais ça ne change pas grand-chose, au fond. Sa fille doit avoir quarante-trois ou quarante-quatre ans et a avancé dans sa vie d'adulte. Peut-être souhaite-t-elle maintenant réparer le seul lien parental qui lui reste. Son père va mourir et je pense qu'il est légitime dans son cas de souhaiter revoir sa fille ou, du moins, lui parler une dernière fois après tant d'années et lui demander pardon.

Au silence qui s'ensuit à l'autre bout de la ligne, Kardec sent qu'il a touché une corde sensible. Cette femme vient de perdre son frère brutalement. L'argument peut faire écho en elle.

— Comment s'appelle-t-elle? demande-t-elle enfin.

Kardec pousse un soupir de soulagement.

— Hanah. Hanah Kardec.

— Kardec, oui, oui, c'est bien ce nom-là qu'avait mentionné mon frère. Vous avez sans doute raison… Marc est parti si brutalement… Il aurait peut-être aimé me dire des choses, lui aussi. Je suis justement en train de trier ses affaires et j'ai vu qu'il avait un portable. Je vais regarder dans son répertoire… si vous avez quelques minutes…

Oh, j'ai tout le temps qu'il te faudra, à condition

que tu me donnes un numéro, une adresse, n'importe quoi, songe Kardec en regardant sa montre.

À peine trois minutes plus tard, un bruit lui signale que son interlocutrice reprend le combiné. Il attend, le souffle court.

— Je viens de regarder et il y a bien un fixe et un portable pour une certaine Hanah. Mais ce n'est pas le nom que vous m'avez donné. Elle, c'est Baxter. Hanah Baxter.

Se serait-elle mariée ? s'interroge Kardec, sourcils froncés. *Baxter, c'est pas très français, ça.*

— Hanah, avec un seul «n» ?

— Oui.

Ce doit être elle, se dit Kardec.

— Elle s'est sans doute mariée, tranche-t-il pour finir. Donnez-moi quand même les deux numéros.

Mais la réponse, si proche, se fait encore attendre. Kardec enrage, réprime l'envie de grincer des dents.

— Hmm, c'est drôle, il y a un indicatif, avant le numéro fixe.

— On devrait s'en sortir, va, insiste Kardec. Je le note et le transmettrai à mon collègue. Il verra bien ce qu'il en fera.

Cette fois, ça y est, enfin ! Erwan en a les larmes aux yeux. Entre ses doigts tremble comme une aile de papillon le post-it sur lequel il vient d'inscrire avec application les deux numéros. Une rapide consultation sur Internet lui permet d'identifier l'indicatif 917 comme étant celui de quatre arrondissements de la ville de New York : Bronx, Queens, Staten Island, Brooklyn. Mais l'annuaire international n'affiche pas d'adresse ni de téléphone au nom d'Hanah Baxter. Pourtant, l'indicatif ne trompe pas. Si c'est bien elle, la garce est donc établie aux États-Unis. Quelle autre Hanah avec un «n» pouvait connaître l'enseignant?

En revanche, une surprise attend Kardec sur l'une des pages du moteur de recherche après qu'il a tapé les nom et prénom de sa fille. Sur Wikipédia France, il est question d'une femme profiler du nom de Hanah Baxter, en lien avec une atroce affaire de massacre d'albinos dans la région de Magadi, au Kenya, en 2012. Sur l'une des photos qui illustrent la page, des enfants albinos en uniforme d'écolier sourient à l'objectif et sur une autre, le portrait noir et blanc d'une femme au visage encore jeune, les cheveux très courts en brosse, vêtue d'un sweat à capuche, avec cette légende : *Hanah Baxter, la profileuse d'exception, une Française installée à New York, aide la police de Nairobi à démanteler un trafic humain à grande échelle.*

Kardec ne peut détacher les yeux de la photo. Malgré la faible définition, les traits du visage sont reconnaissables. Elle a un peu vieilli par rapport à la photo où elle apparaissait avec son associé Vifkin, mais c'est bien elle.

En même temps qu'une rage sourde, il ne peut s'empêcher d'éprouver quelque fierté en voyant ce que la fillette qu'il a élevée et en partie vue grandir est devenue. *Une profileuse d'exception, une Française installée à New York.* De l'autre côté de l'Atlantique, elle aussi, au bord de cet océan d'eau et d'énergie qu'il adore regarder bouger, bouillonner, se retirer comme si c'était pour toujours et revenir en force, cette puissance phénoménale dont il aime tant s'imprégner.

Celle qu'il découvre est une femme adulte, une étrangère et malgré tout sa fille. Il se rappelle l'avoir aimée avant le procès au cours duquel elle avait témoigné contre lui. Aimée comme il en était capable. Sa mère aussi, il l'avait aimée. Oh Dieu que oui... il aurait fait n'importe quoi pour elle. Pour elle, il avait fait n'importe quoi. Est-ce cela, aimer ? Aimer comme on tue ? Tuer comme on aime ? Aimer, puis haïr autant la même personne.

Les vols et les tarifs Paris-New York défilent sur l'écran de son PC. Il n'a jamais pris l'avion et n'a aucune adresse là-bas, mais il est décidé à s'y rendre et à la chercher, même s'il doit mettre des mois à ratisser la ville entière. Passer au crible quatre arrondissements, ce n'est pas la mer à boire. Seulement Erwan Kardec, qui n'a jamais quitté sa Bretagne natale, n'a aucune idée de la taille des villes américaines, ni de l'étendue de la tâche à accomplir.

Son portable dans une main, il appuie sur une première touche, puis une deuxième, compose le numéro entier, celui du fixe — il veut tout de suite pénétrer son intimité, appeler chez elle — et attend.

Enfin une sonnerie après le crépitement de la connexion, suivie d'une autre et ce n'est qu'au bout d'une dizaine de bips qu'il raccroche. Il réessayera jusqu'à ce qu'elle se manifeste.

Elle vit seule, il le sent. Elle a toujours été seule, préférant cette solitude au monde extérieur, comme lui. Comment peut-elle lui ressembler à ce point tout en étant si différente ? Elle perce les criminels à jour, elle a choisi ce métier pour ne pas basculer de l'autre côté. De son côté à lui. Mais elle aura beau s'en

198

défendre, c'est en elle. Il suffirait de peu de chose. De l'amour d'un père. Est-ce trop tard ?

Nous aurions fait de belles choses ensemble, toi et moi, ma petite fille, si tu avais gardé le silence, pense-t-il, amer. Point n'est de justice sans trahison. En me trahissant, tu as cru faire justice à ta mère. Si tu savais combien tu t'es trompée…

Il le lui dira, un jour, avant de mourir. Il le lui dira avant que ses mains ne se resserrent autour de son cou. Elle partira avec la vérité et il la suivra de peu et l'histoire s'achèvera comme elle avait commencé. Dans le néant.

20

Avril 2014, Brooklyn, Jay Street

De nouveau, ce coup de fil anonyme aux aurores, qui levait en elle le vent de l'angoisse.

— Pourquoi? Pourquoi faites-vous ça? Qui êtes-vous? Un lâche, en tout cas! avait-elle fini par crier. C'est toi, Kardec? Tu es libre et c'est toi, c'est ça? Tu te plais à me torturer… Parle, qu'on en finisse!

Mais cette fois encore, personne ne s'était annoncé. *On* préférait rester dans l'obscurité et l'anonymat. À l'évidence, le but était de la déstabiliser. Et ce but était atteint. Pour cette raison, pour ce trop-plein de peur, Hanah s'était enfin décidée à demander de l'aide. Une aide de terrain, compétente et professionnelle.

Ouvrant les contacts de son smartphone, elle avait cliqué sur un nom, Eva Sportis, détective privée. Eva, qui avait suivi ses cours de sciences criminelles des années auparavant… Et qu'elle avait revue récemment pour travailler sur l'affaire des petites disparues de Crystal Lake, en Illinois. Dans la neige glacée de la forêt d'Oakwood Hills, cette expédition en raquettes, à deux, jusqu'à la cabane de Gary Bates, le garde forestier. Eva et elle. Quelle sombre histoire…

— J'ai besoin de ton aide, Eva, c'est sérieux, dit Hanah sur un ton grave après avoir raconté à la détective en détail les événements antérieurs à son opération, puis l'épisode de l'ascenseur et de la découverte du tube chez elle. Je dois savoir qui m'épie ou me suit pour être ainsi au courant de tous mes faits et gestes, jusqu'à l'endroit où j'habite. Alors j'ai pensé à toi. Les filatures, c'est ton domaine. Ce serait un travail rémunéré, bien sûr, une mission. Il suffirait que tu prêtes attention à ce qui se passe dans mon sillage. Peut-être repéreras-tu une présence récurrente… Car je pense qu'il s'agit d'une seule et même personne.

Mais dans son récit, Hanah n'avait pas précisé à Eva ses craintes au sujet de son assassin de père. Elle ne se sentait pas la force d'aborder le sujet. Elle décida donc de présenter à Eva les choses d'une façon un peu différente.

— Tu as déjà ton idée, sans doute, répondit Eva.

— Oui… En mars, à sa propre demande, je me suis rendue à Sacramento pour assister à l'exécution de Jimmy Nash, dont j'avais dressé le profil avant son arrestation et qui était dans le couloir de la mort depuis plus de dix ans…

— Jimmy Nash, dit «Babies killer», le tueur de bébés? s'exclama la détective à l'autre bout du fil.

— Lui-même. Oh, si tu l'avais vu, Eva, le regard qu'il m'a lancé au moment de l'injection… Il avait tenu à me parler avant. C'était très éprouvant.

— J'imagine…

Eva semblait sincèrement impressionnée. Dans son métier, elle n'avait pas affaire à ce type de criminels dont les actes dépassaient l'entendement.

— Il y avait son avocat aussi. Nous n'étions que tous les deux à voir Nash mourir. C'était étrange. Même mort, Nash avait une telle présence que si j'étais moins cartésienne j'aurais tendance à croire que c'est lui l'auteur de ce harcèlement. Lui qui aurait ressuscité, ou son esprit.

Eva se prit à sourire. Au vu des méthodes peu orthodoxes d'Hanah sur le terrain, comme l'usage d'un pendule, elle ne pensait pas la profileuse très rationnelle de toute façon. Mais elle attendit la suite sans répliquer.

— Bien sûr, ce n'est pas lui… mais tout me laisse supposer que ça pourrait être un de ses proches.

— Son avocat, par exemple ? anticipa Eva.

— Par exemple, oui.

Baxter aimait la façon dont son ancienne élève percutait.

— Tu penses vraiment qu'il voudrait venger son client ? À quoi ça lui servirait ? demanda la détective, le ton légèrement incrédule cette fois.

— Je ne sais pas… C'est au-delà de la raison. Des liens incompréhensibles se tissent parfois entre les hommes dans certaines circonstances. Entre ce genre de criminel et son avocat, c'est plus courant qu'on ne le pense. À tel point qu'on aurait cru que Nash avait déteint sur Jeffrey Peterson, y compris physiquement, jusque dans son regard. Après la mort de son client, qu'il a accompagné et défendu avec une telle conviction, Peterson a très bien pu péter les plombs.

— Tu veux dire que Peterson se serait identifié à Nash ?

— Possible, oui, soupira Hanah en retirant de la machine la tasse pleine de café qu'elle venait de faire couler. Il s'agit d'une projection, j'en ai bien peur.

— Bon, j'irai voir sur le Net si je trouve une photo de ce Peterson. Comme ça, si c'est lui ton harceleur, je pourrai faire le rapprochement.

Hanah avait conscience d'escamoter une partie essentielle des éléments susceptibles de servir à Eva, à savoir son histoire personnelle et la libération de son père. Elle n'excluait pas la piste de l'avocat mais au fond, c'était bien autre chose qu'elle ressentait et redoutait.

Tenant la tasse d'une main et de l'autre le smartphone collé à son oreille, elle s'approcha de la baie vitrée. À ses pieds, un entrelacs de bitume animé de mouvements incessants, sur lequel se pressaient, semblables à des files de fourmis au milieu des voitures, petits cubes lointains, ceux qui peuplaient la Grosse Pomme. Lorsqu'elle relevait les yeux, plus loin, une forêt de tours de tailles et de matériaux différents, ayant la prétention commune de s'élever au-dessus du monde.

Elle se sentait mieux, se retapait de jour en jour, d'heure en heure, avec, plus que jamais, l'obsession de vivre. La perspective de bénéficier de l'aide d'Eva la rassérénait et elle se félicitait de son initiative.

— J'imagine que tu as besoin que je vienne au plus vite et, soit dit en passant, je n'accepterai qu'un défraiement de ta part pour l'avion, dit Eva.

— En effet, ça m'arrangerait que tu sois là

rapidement et pour le reste, il n'en est pas question…
mais je ne voudrais pas que…

Le grincement du monte-charge suspendit tout à
coup la conversation.

Surprise et sur ses gardes, Hanah se dirigea vers la
grille sans raccrocher.

— Un instant, ne quitte pas, glissa-t-elle à Eva,
puis plus fort : Qui est-ce ?

— Teddy, fit une voix d'homme plutôt jeune.

— Ah, c'est vous. Attendez, je vous ouvre la grille,
dit-elle, reconnaissant le technicien avec lequel elle
avait sympathisé et qui l'avait tirée de ce mauvais
pas dans l'ascenseur le jour de sa sortie de l'hôpital.
Eva, je suis obligée de te laisser. Tiens-moi au courant de tes horaires d'avion. Encore merci.

Elle toucha l'écran de son smartphone pour couper la communication et glissa l'appareil dans la
poche arrière de son jean.

Un peu surprise qu'il ait pu accéder à l'étage du
loft sans la clef, elle se dit qu'il avait dû actionner le
mécanisme de secours ou qu'il possédait un passe.

Une chaleur furtive passa entre ses mollets. Bis
était descendu de son fauteuil et venait aux nouvelles, les oreilles dressées.

— Qu'est-ce qui vous amène ? demanda-t-elle à
Teddy, aussitôt happée par son regard.

Elle n'avait jamais remarqué ce bleu vif, presque
translucide. À vrai dire, elle ne s'était jamais retrouvée face à lui, comme ça, chez elle. Ils s'étaient
toujours croisés en bas de l'immeuble, alors qu'il
vérifiait la machinerie du monte-charge, ou bien au
moment où, ayant terminé, il s'apprêtait à sortir.

Sans parvenir à lui donner un âge, elle l'évaluait

à environ une vingtaine d'années. Sa beauté animale la frappait maintenant. Brun, bien proportionné, de taille moyenne, une mâchoire carrée et virile, un nez plutôt fin et droit, de longs cils aussi noirs que les arcs sourciliers et des lèvres charnues que plus d'une femme devait avoir envie d'embrasser ou de sentir sur sa peau. Mais cet ensemble singulier n'éveillait chez Hanah qu'un intérêt esthétique et une sympathie dénuée d'arrière-pensée.

— Je suis venu pour l'entretien du monte-charge, depuis la panne de l'autre jour, commença-t-il, et je voulais voir si tout allait bien, miss Baxter. Vous avez dû avoir une belle frousse, coincée dans le noir !

— Ça va, merci Teddy, c'est gentil, je n'ai pas peur du noir, mentit-elle sans savoir pourquoi. À propos de noir, je vous sers un café ?

Le regard du jeune homme sembla s'illuminer à la proposition de Baxter.

— Oui, volontiers, merci.

Puis ses yeux vagabonds se posèrent sur les appareils de cardio-training et de musculation à l'autre bout du plateau.

— Vous en faites souvent ? Moi, j'aurais aimé, mais c'est trop cher en club, dit-il.

— Autant que possible, répondit Hanah en lui tendant une tasse de ristretto. Je vais m'y remettre bientôt. Là, je viens de subir une intervention et c'est encore un peu trop tôt. Je n'aime pas l'ambiance des salles. Si on ne porte pas la tenue dernier cri on est ringard, chacun est scotché à son image et préoccupé uniquement par soi. Autant rester à la maison.

— Merci pour le café. C'est cool, chez vous. Et votre chat aussi, il est cool. C'est quoi, cette race ?

— Un sphynx.

— Comme ceux qui gardent les pyramides et les temples, en Égypte?

— Un peu, oui, sourit-elle. Sauf que celui-ci est bien vivant!

— Et là, c'est vous qu'il garde, non? Mais un chien, genre pitt ou amstaff, ce serait peut-être plus sûr, pour une femme seule.

Puis, se retournant vers Hanah, il la toisa longuement sans rien dire.

— Vous êtes profileuse, c'est ça?

— Tiens, comment le savez-vous? Ça ne se lit pas sur mon visage, pourtant…

— J'aime bien parcourir les journaux, ça me détend. Ils ont parlé de vous dans un article sur l'affaire de Crystal Lake. C'est assez récent, je crois.

— C'est vrai? Ça m'a échappé alors. Je n'aime pas apparaître dans la presse. Nulle part, d'ailleurs. Je préfère travailler dans l'ombre.

— Là d'où on peut observer tranquille sans se faire remarquer. Moi aussi, je préfère l'ombre à la lumière. J'ai jamais aimé me faire remarquer. C'est pour ça que je fais ce boulot.

Ce fut au tour de Baxter de s'attarder sur lui. Ce jeune homme attisait sa curiosité. Il paraissait plutôt mature pour son âge. Comme si la vie ne l'avait pas épargné, lui non plus.

— Ça doit être dur, votre job, non? Des profilers, j'en ai vu dans des séries, c'est tout. Sinon, je connais pas vraiment.

— Ça a été la grande mode dans les séries et les thrillers, c'est vrai. Mais ce qu'on nous montre dans la fiction est assez éloigné de la réalité. D'ailleurs, il y a de moins en moins de profilers en Amérique. On en est revenu, semble-t-il, et la police ne fait plus autant appel à nous. Autrement dit, je crois que nous sommes une espèce en voie de disparition.

Teddy renversa la tête en arrière pour avaler le reste de café au fond de sa tasse.

— Merci, dit-il en posant le récipient sur le bar. C'est trop cool, chez vous, et vous aussi, vous êtes cool. Ce serait dommage si vous disparaissiez. Vraiment.

Cette fois, Hanah ne put s'empêcher de rire.

— Je n'ai pas encore dit mon dernier mot, jeune homme !

— Ça, j'en doute pas, miss Baxter. Si vous avez besoin de quoi que ce soit, n'hésitez pas. À un de ces jours.

— Teddy, si ça vous dit, vous pouvez venir vous entraîner ici, de temps en temps.

Nouvelle éclaircie dans le regard du jeune technicien.

— Merci, miss Baxter. Vous êtes sûre que ça vous dérangera pas ?

— Je ne vous l'aurais pas proposé.

— Vous êtes encore plus cool que je pensais.

Lui rendant son sourire, Hanah l'accompagna à l'élévateur et, après son départ, se promit la prochaine fois de le questionner davantage sur sa vie. Ce garçon, avec son air sérieux et intelligent, lui plaisait. Les jeunes de son âge, aussi serviables et attentionnés, se faisaient rares.

S'installant devant son Mac, elle lut le mail d'Eva qui venait d'arriver dans sa boîte.

« Je suis sur le vol de 12 h 40, demain. Ne te

dérange pas, je prendrai le taxi à l'aéroport. Ton harceleur ne doit pas nous voir ensemble ! Suis ravie de te revoir, même dans ces circonstances. Eva. »

Moi aussi, je suis ravie et soulagée…, murmura Hanah. Mais une autre pensée, inattendue, vint s'interposer. Karen. Ce fut comme si son cœur rétrécissait subitement. Elle regrettait de s'être montrée aussi dure, l'autre jour. Pourtant, elle savait que c'était mieux ainsi. Et, de façon logique, cohérente, à Karen dans sa tête succéda Virginia Folley. Quelque chose était en train de naître. Leur dernière entrevue dans la chambre d'hôpital le lui avait confirmé.

Elle se sentait prête. Prête à vivre et, de nouveau, à aimer.

21

Mars 2014, brigade de recherches
de Saint-Malo, avenue Franklin-Roosevelt

Comment continuer à faire semblant? Comment se concentrer sur son travail alors que l'être aimé lutte contre la mort, seul dans une chambre du service des maladies infectieuses où il a été relégué à cause de sa séropositivité? Comment parvenir à enfouir toute cette peine derrière un masque d'indifférence, donner le change devant ses équipiers et, surtout, cacher à son propre père qu'on est accablé de chagrin?

C'est pourtant l'effort que doit fournir Yvan Maurice sous l'œil inquisiteur du vieux à qui il vient d'apprendre la nouvelle. Du moins, croyait-il la lui apprendre. Car Maurice, ayant eu vent du drame par des connaissances à la PJ de Rennes avec lesquelles il est toujours connecté, s'est dépêché de revenir à la BR.

— C'est incroyable, qui a pu faire ça et pour quel mobile? demande Yvan sur le ton le plus détaché possible, assis à son bureau devant l'ordinateur allumé.

Autour d'eux flotte comme une brume la fumée de la pipe que Léon Maurice vient d'éteindre à la demande de son fils. Au-dehors, un soleil radieux révèle toute la crasse et la poussière des fenêtres. Le nettoyage serait aussi à moderniser, dans les locaux de l'avenue Franklin-Roosevelt.

— Du 9 mm. On lui a tiré dessus avec un 9 mm.

Yvan ne peut s'empêcher de frémir. L'odeur de tabac épicé le prend à la gorge et aux tripes. La même qui, autrefois, envahissait les pièces de la maison familiale, toujours associée aux rares moments de présence de son père et aux violentes disputes conjugales.

— Un calibre identique à celui qui a tué le plongeur sur lequel travaillait justement Le Dantec, constate-t-il.

— Exact. Et tu connais ma théorie à ce propos, dit Léon Maurice.

— Oui, d'après toi, c'est Erwan Kardec qui aurait assassiné son frère. Sauf qu'on n'a même pas encore l'identité du plongeur. Que le 9 mm est un calibre assez courant et que les deux balles ne proviennent peut-être pas de la même arme. On attend les résultats de la balistique.

— Dans une seule région, il n'y en a pas des tonnes qui sont en possession d'un pistolet 9 mm, objecte Léon.

Yvan lève les yeux sur son père. Celui-ci le fixe froidement. *Il m'en veut de lui avoir tenu tête la dernière fois*, ne peut s'empêcher de penser le jeune officier.

— Non, sauf dans la police et dans la gendarmerie et quelques criminels en puissance ou avérés, réplique-t-il en soutenant le regard paternel.

— Tu ne vas tout de même pas insinuer que ça pourrait être quelqu'un de la maison !

Yvan remarque soudain que son père s'est taillé la barbe presque à ras et que sa ressemblance avec Jean Gabin n'en est que plus frappante.

— Tenez, mon capitaine, voici un premier rapport d'analyses du squelette, dit le gendarme au crâne rasé qui vient d'entrer dans le bureau.

— Bien, merci Savioli. Frappez à la porte, la prochaine fois.

Savioli repart sans un mot, Yvan prend le document et commence à le parcourir en silence.

— Alors ? ne peut s'empêcher de demander Léon Maurice, la curiosité à vif.

— La victime, de sexe masculin, a entre vingt-cinq et trente ans.

— Tiens donc, ça correspondrait à l'âge de Killian Kardec à l'époque. Au moins, c'est pas le squelette de sa petite amie.

— Quelle petite amie ? C'est quoi cette histoire ? bondit Yvan.

— À l'époque, on nous avait signalé une autre disparition, peu après celle du frère de Kardec. Une jeune fille, et il se trouve que c'était la fiancée de Killian Kardec. Étrange coïncidence, non ? Je continue ?

Yvan esquisse un signe du menton.

— Pour moi, Kardec a balancé les deux cadavres après les avoir lestés ou bien il a plongé pour les attacher. Pour que le squelette du frère ne remonte que maintenant, il a dû être solidement arrimé. Et la fille, peut-être que tu devrais envoyer une équipe de plongeurs la chercher au même endroit.

— Attachés à quoi et où, exactement? Tu penses à quelque chose de précis?

Léon Maurice mordille sa pipe éteinte quelques instants avant de se décider à poursuivre. Le moment où jamais de montrer à son crétin de fils qu'il n'a pas encore dit son dernier mot.

— Tu as entendu parler du *Hilda*, non?

Yvan pince les lèvres en une moue dubitative.

— Vaguement…

— «Vaguement»? ricane Léon Maurice. Ces jeunes qui perdent la mémoire patrimoniale et historique de leur terre natale… Le *Hilda*, c'est notre *Titanic*! Un paquebot transmanche qui reliait Southampton en Angleterre et le port de Saint-Malo. En essayant d'entrer au port par une des passes, il a été pris dans une tempête de neige, un grain particulièrement violent, et il est allé se fracasser sur des rochers à proximité du phare du Grand Jardin. Celui qui devait lui indiquer sa route. Je me suis intéressé à la question quand j'étais jeunot et m'y suis de nouveau penché tout récemment après la découverte des restes de ce plongeur qui, pour moi, est Killian Kardec, ça ne fait aucun doute. Seulement aujourd'hui, c'est l'ADN qui doit parler. Au placard, les bonnes vieilles déductions fondées sur l'observation et les indices. Les initiales KK, le mobile ne suffisent pas. Bref, passons… J'ai consulté la liste des victimes, disponible sur le site d'une association spécialisée dans ce terrible naufrage qui a fait quand même cent vingt-cinq morts sur cent trente et un passagers. Parmi eux il y avait un banquier, eh oui, qui se rendait en France pour une transaction, sir Adam Doyle, accompagné de deux gardes du corps et d'une mallette remplie de lingots d'or. L'équivalent d'un million d'euros. Enfin, c'est ce que dit la légende.

— C'est une légende ou bien c'est vrai ? soupire Yvan en faisant tournoyer un stylo entre son pouce et son index.

— Il y a des chances que ce soit vrai. Cette histoire a attiré plus d'un chasseur de trésor et d'épaves, ici. Nombreux sont ceux qui ont cherché cette mallette et se sont cassé les dents sur l'épave du *Hilda*. Et puis les recherches se sont espacées pour finir par s'arrêter. Jusqu'à ce que les Kardec s'y intéressent. Pour moi, ça ne fait pas un pli. Ils ont dû la trouver, la mallette, et Kardec a tout simplement dézingué son frère et la fiancée pour ne pas avoir à partager.

Yvan est bien forcé de convenir que la thèse du vieux tient la route, à un détail près.

— S'ils ont vraiment mis la main sur tout cet or, après avoir éliminé son frère, Kardec aurait dû partir avec sa petite famille, changer de train de vie, objecte-t-il.

— Il est bien trop malin pour attirer l'attention comme ça. Il y aurait touché bien plus tard, mais il a de nouveau cédé à ses pulsions meurtrières, ce qui l'a, cette fois, expédié en prison, où il n'a pu profiter de rien d'autre que de ses souvenirs.

Quand bien même, cela n'explique toujours pas pourquoi on a tenté de tuer Alexandre. Mais, obstiné, l'ancien capitaine n'en démord pas.

— Ton légiste, là… c'est donc une balle du même

calibre que celle qui a été retrouvée dans la combinaison du plongeur. Je suis persuadé que les résultats de l'expertise montreront qu'elles proviennent de la même arme.

— Si le plongeur s'avère être Killian Kardec dont son frère Erwan a signalé lui-même la disparition, cela voudrait dire que celui-ci l'a tué en juin 1975, rétorque Yvan. Il a ensuite passé vingt-cinq ans en prison pour le meurtre de sa femme. On a tiré sur Alexandre Le Dantec en 2014. De 1975 à 2014, trente-neuf ans se sont écoulés. Il avait intérêt à bien entretenir son arme pour qu'elle fonctionne encore après tout ce temps. Et à avoir une excellente cachette où la garder. Une planque qui aurait échappé à la perquisition de sa maison que tu as toi-même menée. Tu en avais largement parlé à l'époque. Une planque où il aurait retrouvé son arme intacte pour pouvoir s'en servir de nouveau.

À son tour, Yvan marque un point, mais Léon Maurice ne se démonte pas.

— Et pourtant, c'est possible, persiste-t-il. Kardec est un malin. Il a très bien pu trouver une planque à laquelle personne n'aurait pensé.

Le portable d'Yvan se met à vibrer sur le bureau. À l'écran s'affiche un numéro de portable inconnu. Une suée commence à perler sur sa nuque.

— Capitaine Maurice?

— Oui? dit-il à la voix qu'il reconnaît aussitôt avec un petit coup au cœur.

— Commandant Eliade. Bonjour. Votre ami s'est réveillé. Il a été opéré ce matin. D'après les médecins il est tiré d'affaire, mais en aura pour trois semaines d'arrêt.

Yvan jette un coup d'œil à son père. Celui-ci, tête renversée, aspirant la dernière goutte de gnole dans sa flasque, semble ailleurs, mais ce n'est qu'un leurre, Yvan le sait. Le vieux renard ne perd pas une miette des bribes de la conversation qui se déroule devant lui.

Les nouvelles toutes fraîches de son amant ébranlent Yvan qui a du mal à cacher son émotion, malgré des années de dissimulation.

— Il n'y aura finalement pas de perquisition chez vous, poursuit Eliade, dans le silence tendu de son interlocuteur.

— C'est une autre bonne nouvelle, répond Yvan, malgré tout soulagé.

Entre la découverte du plongeur inconnu et le meurtre de la jeune SDF, il n'avait pas encore eu le temps de détruire ses magazines gay.

— Quelle est la raison de ce changement de programme ?

— Il a vu son agresseur. Celui-ci lui a même parlé avant de tirer. Il est ensuite reparti en le laissant pour mort, ne pouvant se douter que sa victime survivrait. Grâce aux indications du docteur Le Dantec, nous avons pu établir un portrait-robot. Je vais vous le faxer et voulais vous en informer afin que personne d'autre n'intercepte le fax. Peut-être reconnaîtrez-vous l'individu, s'il fait partie de l'entourage proche de votre ami. Ou du vôtre.

Hormis sa meilleure amie Adèle, Alexandre ne lui a encore présenté personne.

— Envoyez-moi le croquis par mail, je préfère, car je dois partir. Comme ça, je le recevrai sur mon portable.

Yvan lui donne l'adresse mail avant de raccrocher.

— C'était quoi ? demande son père.

— Le Dantec est sorti du coma, finit par dire Yvan sans plus de détails après une courte hésitation. Il faut que je file. Merci de ton aide.

Mais Léon Maurice ne répond rien. Il semble figé, incapable de bouger. Puis, secouant la flasque vide, se met à pester contre celle-ci en termes inintelligibles.

— Ça va, Léon ? s'inquiète Yvan en troquant son uniforme de gendarme contre son cuir de motard.

— Ça irait mieux si cette saloperie avait encore quelque chose dans le ventre, lance le vieux par-dessus son épaule en sortant du bureau.

À peine une heure plus tard, Yvan galope ventre à terre le long de la plage du Sillon, immense et déserte en cette période de grandes marées. La plus longue plage de Saint-Malo, qui s'étend sur trois kilomètres de sable.

La crinière fauve de sa jument, soulevée par le vent et la vitesse, danse devant lui comme des flammèches dans le soleil de fin d'après-midi. À l'horizon, la mer rougeoie, semblable à une gigantesque coulée de lave. Par endroits, des amas de roche d'un noir de houille semblent flotter sur l'eau.

Cézembre, c'est le nom qu'il a donné à sa jument en la rebaptisant. Le même que l'île au large de Saint-Malo. Il l'a rachetée à un jockey qui faisait des compétitions à Deauville. Si elle n'est plus assez performante pour gagner, en revanche, la jument, une anglo-arabe, s'est révélée une compagne idéale en sortie. Vivant en appartement et ne possédant pas de terrain où la garder, Yvan a été obligé de la confier en demi-pension à un club équestre à proximité de la ville en échange de soins. Il n'aime pas vraiment l'idée qu'un autre que lui puisse la monter, mais la directrice du club s'est arrangée pour que ce soient toujours de bons cavaliers qui la prennent et non des débutants.

Sa première rencontre avec un cheval s'est produite sur cette même plage. Il avait une dizaine d'années. Il se souvient encore du sentiment de crainte mêlé à la fascination que lui avait inspiré l'animal. Mais son trouble provenait-il seulement de ce qu'il percevait d'imprévisible et d'intimidant chez une bête aussi imposante, ou bien de l'émotion que son cavalier, un garçon à la peau mate, les cheveux longs et bouclés, avait insinuée en lui ?

La peur délicieuse ressentie alors que ses doigts d'enfant rencontraient le pelage frémissant juste au-dessus des antérieurs du cheval puis le velours de ses naseaux était en réalité la peur de ses propres pulsions, de l'étrange attirance, aussi forte qu'un aimant, qu'exerçait le jeune homme sur ses sens encore confus.

Ce n'est que des années après, alors élève à l'École de gendarmerie, qu'Yvan a voulu apprendre à monter. Ses progrès avaient été fulgurants, son équilibre et son assiette à cheval, naturels. Puis la moto est devenue sa deuxième passion et il s'est acheté une Honda 750 Africa Twin bleu électrique qu'il a gardée plus de dix ans avant de passer à la BMW R 1200RT, et de tomber en arrêt devant celle qui, pour lui, deviendrait Cézembre, une jument de cinq ans, déjà exclue de la compétition.

Contre ses cuisses, entre ses mollets que protègent

des chaps en cuir, ondulent à chaque foulée dans le sable les muscles gonflés sous la robe havane luisante de sueur. Il perçoit le moindre frémissement du cheval auquel il est soudé dans une course silencieuse. Seul le roulement feutré des sabots sur le sable, mêlé au souffle régulier de la jument, lui parvient. L'accord parfait entre le cavalier et sa monture. Ensemble, ils sont un tout.

Yvan aime la magie singulière de cette communion. Un ballet sauvage dans les forces telluriques. L'effort physique lui permet de décharger les tensions accumulées.

Alexandre est en vie. Il va s'en sortir. Yvan exulte, se met à crier sa joie, expulsant le trop-plein dans les larmes qui baignent ses joues, collées à sa peau par le vent salé.

Soudain, la jument ralentit alors qu'il ne lui en a pas donné l'ordre. À son trot nerveux, Yvan sent que quelque chose ne va pas. Devant eux, au sol, un obstacle. Cézembre est maintenant au pas et trépigne, les naseaux ouverts. Ses dents glissent sur le mors dans un raclement continu.

Cavalier et cheval s'approchent lentement de l'obstacle, tendus en un même pressentiment. Leur cerveau a déjà enregistré ce que leurs yeux distinguent encore mal.

Un corps gît, dans le sable. Un corps humain, qu'une eau mousseuse couvre et découvre au rythme du flux et du reflux.

Yvan arrête la jument à un mètre du cadavre et, nouant les rênes sur l'encolure, met pied à terre. Un coup d'œil lui suffit pour voir qu'il s'agit d'une religieuse, plutôt jeune, aux longs cheveux noirs. Le visage, d'un blanc bleuté, est tourné vers le ciel. Mais l'horreur est ailleurs que dans cette pieuse jeunesse fauchée en plein vol.

Le gendarme sent une nausée lui soulever les tripes. Sur le point de vomir, la main sur la bouche, il découvre ce qu'un être humain est capable de faire.

La femme a le cou brisé, les cervicales ont percé la peau et saillent, sanglantes, au niveau de la gorge, sous le menton. Le haut de son habit religieux a été fendu et le tissu noir de sang s'ouvre sur deux béances roses, la chair à vif déjà nettoyée par l'eau et le sel. Les seins ont été tranchés net, décalottés comme des oranges, et le tueur a dû garder la partie supérieure, surmontée des tétons. Ajoutant à l'horreur, les lèvres tirées sur ses dents apparentes et blanches, le cadavre semble sourire, indifférent à sa mort.

N'en pouvant plus, Yvan s'éloigne de quelques pas en chancelant et, dans un soubresaut, expulse tout le contenu de son estomac, un mélange de café et de la moitié d'un sandwich qu'il a peiné à avaler un peu plus tôt.

Au dernier jet acide, il entend dans la poche de son gilet le petit son métallique précédé d'une discrète vibration lui indiquant l'arrivée d'un mail sur son portable.

Dans sa messagerie, il trouve tout de suite le courriel que Mira Eliade lui a promis avec, en pièce jointe, le portrait-robot de l'agresseur d'Alexandre. Quelques secondes suffisent au téléchargement et le document s'affiche à l'écran sous les yeux incrédules d'Yvan qui, la tête entre les mains, tombe à genoux dans le sable tandis qu'autour de lui le monde se fissure.

22

Mars 2014, plage du Sillon, Saint-Malo

Deux lentilles grossissantes à l'intérieur desquelles évoluent le cheval et son cavalier. Celui-ci, à genoux, se tient la tête, un cri lui déforme le visage et la bouche, comme dans la toile de Munch. À ses pieds, un corps sans vie, fraîchement mutilé.

La scène se déroule dans chaque lentille de verre dont la réunion permet une vue d'ensemble, rapprochée et parfaite, si ce n'était le tremblement des mains qui tiennent les jumelles. Leur propriétaire se contente de regarder, impuissant, la rage au ventre. Celle d'un fauve dérangé en plein festin par un intrus et obligé de lui abandonner sa proie. Car c'est bien ce qu'il a fait, en apercevant de loin dans ses jumelles le cavalier et sa monture qui galopaient dans sa direction.

Bandant comme un taureau au-dessus de sa proie virginale, il n'a pas eu le temps de jouir. Coït interrompu, animal furieux. Un grain de sable à l'horizon et, dans sa rétine, un point mobile qui grossissait à vue d'œil lui ont signalé le danger. Avant de prendre la tangente en courant le long de la plage, il n'a eu que le temps de retirer ses gants en latex, écarlates du sang de la jeune nonne, de les fourrer dans le sac-poubelle où se trouvaient déjà les calottes mammaires saignantes qu'il venait de prélever à la lame de son Higonokami. Et de mettre le tout au fond de son sac à dos, sous une boîte où se serrent tomates et œufs durs.

Sa tenue de joggeur le dilue dans le paysage. Au bout de quelques foulées, essoufflé, un point de côté, Kardec est contraint de ralentir. Il parvient à gagner un monticule rocheux couleur charbon derrière lequel il s'arrête pour reprendre son souffle et observer dans ses jumelles ce qui va se produire.

Elle est découverte, maintenant. Trop tôt. Plus tôt qu'il ne l'avait prévu. Ce n'est pas faute de lui avoir procuré une esquisse de plaisir sexuel avec ce début d'orgasme.

Pourquoi a-t-il cédé à cette envie aussi nouvelle que brutale de lui trancher les seins après l'avoir étranglée? Il n'en sait rien et s'en moque, d'ailleurs. C'est venu tout seul. Par chance, il ne se sépare jamais de son couteau japonais, comme d'autres de leur Opinel ou de leur couteau suisse.

Le plaisir renouvelé qu'il a éprouvé à sentir les os craquer sous sa poigne ne lui avait pas suffi cette fois. Son Higonokami dans la poche de son sac à dos avait tinté comme une évidence. Il lui fallait un trophée. Une relique.

L'approche de la nonne Hortense a duré une semaine. Le temps d'évaluer, de repérer les habitudes de sa future victime et de choisir le moment où il opérerait.

Chaque après-midi à la même heure, 16 heures, la jeune religieuse qui l'avait conduit au bureau de la mère supérieure sortait du couvent, un livre épais à la main, et empruntait un chemin piéton sur le front de mer pour rejoindre la vaste plage du Sillon, encore très peu fréquentée à cette période trop froide, dénuement dans lequel l'espace donnait l'impression d'absorber tout mouvement.

Après une marche d'environ une demi-heure, Hortense, enveloppée d'une veste de laine par-dessus sa robe de recluse, s'asseyait sur des rochers et libérait ses cheveux, qu'elle avait longs et d'un noir d'onyx, de l'emprise du voile. Ce n'est qu'une fois ce rituel accompli, les mèches ondulant en cascade sur ses épaules, qu'elle ouvrait son livre.

Comme il a été curieux de cette lecture… Était-ce la Bible ? Un missel ou un quelconque livre de psaumes ? Sinon, quelque œuvre illicite qui aurait pu figurer dans le coffre scellé de l'enfer ? Ou un incunable, emprunté à la bibliothèque du couvent ? À quelles pensées ouvrait-elle son esprit ? Pures ou coupables ?

Pour le livre, Kardec n'a eu la réponse qu'une fois la nonne morte, étranglée sous ses neuf doigts, après qu'il l'a surprise en arrivant par-derrière, absorbée dans sa lecture sur le rocher.

Belle du Seigneur, d'Albert Cohen, dans un format poche aux pages jaunies, lui a glissé des genoux, tombant ouvert à la page qu'elle lisait.

« Bougez la main, dit-il. Elle obéit, et il sourit de plaisir. Admirable, elle vivait. Ariane, dit-il, et elle ferma les yeux. Oh, ils étaient intimes, maintenant. » Intimes… il buta sur ce mot. Eux aussi, étaient intimes dans la mort. Admirable, elle vivait. Et elle avait succombé, tout aussi admirable qu'Ariane, dans l'intimité de ses mains autour de son cou. Il avait souri de plaisir, lui aussi. En mourant, elle lui avait obéi. Belle du saigneur.

Sœur Hortense a choisi l'ascèse. Kardec a été condamné à l'isolement, à la captivité dans une cellule. La première, dans un couvent, le second, en prison. Tous deux derrière des remparts de solitude. Elle pouvait en sortir, aller et venir, de la plage au couvent, de sa chambre monacale à cet endroit du littoral où elle venait de trouver la mort. Lui a dû purger sa peine, enfermé, sans visites au parloir.

D'une certaine façon, il l'a libérée de ses vœux, se dit-il. Mais il n'a pas eu le temps de lui faire ses adieux convenablement. Le grain de sable arrivait déjà au loin.

Là, il l'observe, arrêtant son cheval, mettant pied à terre pour s'approcher du cadavre, puis, quelques instants plus tard, sortant son portable et tombant à genoux dans un cri après l'avoir consulté. Quelle est donc cette nouvelle? Pas bonne, assurément. Assez mauvaise, même, pour détourner son attention du corps qu'il vient de découvrir et l'empêcher d'alerter aussitôt les secours ou la gendarmerie.

À cet instant, dans la double sphère des jumelles qui en offre une vision tremblotante, Yvan, secoué de sanglots, se relève lourdement, prenant appui sur une jambe puis, ramenant l'autre avec effort, parvient à se mettre debout. Il semble supporter une montagne.

Cette fois, Kardec le regarde récupérer son portable qu'il a laissé échapper dans le sable et, après avoir nettoyé l'écran d'un coup de manche de son polo, appeler un numéro que l'ancien détenu ne peut distinguer. Mais Erwan s'en doute, le cavalier va alerter la gendarmerie. Dans quelques minutes, il ne fera pas bon être là.

Sans attendre la suite, dans un dernier regard au miroitement lugubre de l'eau devenue un linceul, remballant ses jumelles dans son sac, il quitte son poste d'observation et prend le large. Retour rue de la Montre, après avoir récupéré son VTT.

En route, mêlé à la circulation, voitures et deux-roues à moteur ou à pédales, Kardec croise deux voitures de gendarmerie, suivies des pompiers. Le bleu des gyrophares s'affole, immobilisant ou écartant au passage les véhicules qu'ils doublent. Ils n'ont pas perdu de temps. Sœur Hortense va bientôt être entourée d'hommes en bleu ciel et marine, avec toutes les précautions dues à son double statut de macchabée et de religieuse. Celui qui l'a aussi sauvagement assassinée a en même temps commis un acte blasphématoire. Les questions vont affluer… Est-ce un crime religieux ? Terroriste ? À caractère sexuel ? Un rituel satanique ? Une vengeance ?

Tellement plus simple que toutes ces élucubrations de flics et de criminologues, sourit Kardec, si simple… *Qu'en dirait la petite garce de New York ? Qu'en déduirais-tu, ma fille ? Remonterais-tu jusqu'à ton vieux père ? Imaginerais-tu un instant qu'il ait pu recommencer ? Ton pendule te mènerait-il à lui ? Un pendule…*, ricane-t-il en pédalant.

Cette vision de sa propre fille balayant une scène de crime au pendule comme il l'a lu dans cet article ne le quitte plus. Il la hait et il l'admire. Mais il devra le faire, il le sait. En attendant, il l'attire dans ses filets. Car elle viendra à lui, il en est sûr.

À quelques pas du corps de la jeune Hortense qui fait l'objet de la plus grande attention depuis que les équipes sont arrivées sur place, Yvan, laissant les rênes à son adjoint, rappelle le commandant Eliade sur son portable. Ses mains tremblent à tel point qu'il se demande s'il va réussir à composer le numéro. Pourtant, il doit l'avertir. Il doit lui dire. Mais au fond de lui, c'est le chaos. Des intentions opposées se heurtent et se combattent dans le plus grand désarroi.

Parvenant enfin à établir le contact, il entend le commandant de police se manifester au bout de quatre sonneries. La voix du capitaine Maurice se bloque dans sa gorge. Les mots ne viennent pas.

— Allô ? Allô ? répète Eliade. C'est vous, Yvan ? Je vous entends mal…

Je n'y arriverai jamais…, se maudit-il.

Une violente envie de raccrocher le prend. Raccrocher et partir loin avec Alexandre. Le plus loin possible de cette vérité qui blesse et tue.

Alexandre… Il doit le faire, pour lui.

— Oui, Mira… J'ai… j'ai bien reçu le… le portrait-robot. Je dois vous dire… Il s'agit de… de mon père.

HAÏR

23

Mai 2014, New York, Central Park

Protégé par une cellophane, tandis qu'elle s'entraînait doucement sur son rameur, vêtue d'un short et d'un maillot, le tatouage la brûlait encore à l'intérieur du bras. Abandonnant son projet initial de vanité, Hanah s'était finalement décidée pour un ours, son animal totem. Symbole chamanique de la force, de la sagesse et de l'opiniâtreté.

«Quand on décide de se faire tatouer, si ce n'est pas une provocation ou un signe d'appartenance à un gang, c'est pour deux raisons, lui avait dit un flic sur une de ses missions. La première, parce qu'on a rien d'autre à foutre, et la deuxième, pour marquer un changement de cap, de vie. Une renaissance, une rupture avec soi-même, avec quelqu'un ou sa famille, ou au contraire l'affirmation de soi, d'un amour, d'une sérénité acquise au bout d'années de remises en question.» Hanah s'était dit qu'en réalité le flic parlait de sa propre expérience.

Ces années écoulées depuis le meurtre de sa mère n'avaient pas été une errance pour Hanah, mais plutôt une construction qui lui avait sans doute demandé plus de temps qu'à quelqu'un n'ayant pas subi ce traumatisme. Quoi qu'il en soit, elle voulait que sa peau soit marquée, dans une douleur éphémère, de ce sceau-là. Elle voulait se retrouver seule avec cet ours nouveau-né qui allait l'habiter, l'accompagner toute sa vie sans faillir. Son double animal, sa part sauvage. Celle que l'homme civilisé néglige au point d'en crever à petit feu.

Être seule durant quelques heures pour s'en imprégner et lui apporter les premiers soins en appliquant sur la peau rougie une pommade apaisante. Teddy ne viendrait que plus tard s'entraîner sur les machines. C'était la troisième fois qu'il les utilisait et il semblait y avoir pris goût autant qu'Hanah de sa présence.

Quant à Eva, cela faisait bientôt une semaine qu'elle était arrivée à New York, logée dans un hôtel non loin de Jay Street, et qu'elle s'adonnait à une filature méticuleuse de sa «cliente», sans résultat. Il faut dire que Baxter, encore convalescente, ne bougeait pas beaucoup de chez elle, entre les visites attendues de Teddy et ses recherches pour quelques dossiers, auxquelles elle s'était remise parallèlement à ses investigations plus personnelles. À tel point qu'Eva, lors d'un de leurs courts échanges téléphoniques, lui avait suggéré, dans la mesure où son état le lui permettait, de prendre l'air un peu plus longtemps dans l'espoir d'obtenir un semblant de piste au cas où elle serait suivie par son mystérieux harceleur.

C'est pourquoi, depuis deux jours, Hanah sortait enfin de chez elle, profitant de la douceur de l'air et de la végétation printanière de Central Park où elle apportait de quoi lire, étendue dans l'herbe, face tournée vers le ciel où les nuages, façonnés par le vent, jouaient à se transformer en animaux fantastiques, en palais ou en monstres. Elle savourait même un cheesecake qu'elle s'était offert chez Magnolia Bakery, la fameuse pâtisserie de Manhattan où Carrie Bradshaw de la série *Sex and the City* allait se gaver de cupcakes.

Mais un fond d'angoisse rendait chacun de ses gestes un peu forcé et mécanique. Elle se poussait à faire tout cela, dans l'intérêt de la filature. Elle avait peur de la vérité que l'enquête d'Eva pourrait lui révéler. Son père avait-il réussi à la localiser ? Était-il possible qu'il fût à New York et qu'il surveillât ses faits et gestes ? Peut-être l'observait-il en ce moment même… La réponse, s'il y en avait une, ne tarderait pas à tomber.

Après une heure de musculation, Hanah gagna le parc, un livre à la main.

Elle savait qu'Eva et son zoom se trouvaient dans les parages, à scruter le moindre manège suspect autour d'elle. Peut-être avait-elle pris l'apparence de cette joggeuse un peu plus loin, qui faisait des étirements contre un banc, ou bien de cette jeune femme blonde plongée dans un magazine ou, plus simplement, d'une promeneuse parmi d'autres.

Il était certainement retourné rue de la Montre, dans la maison du malheur. Il n'avait pas où dormir ailleurs et Hanah le savait suffisamment dénué de scrupules pour céder à la culpabilité. Il avait pleine conscience de ce qu'il avait fait cette nuit-là et n'en avait exprimé aucun remords. Il semblait même sûr de son bon droit. Elle l'imaginait, seul et vieux, de retour entre les murs qui avaient hébergé son crime. Comment arriverait-il à y vivre ?

Incapable de se concentrer sur sa lecture — elle avait tenté de se replonger dans *Ulysse* de Joyce, sans doute par besoin qu'on lui parle de la vie et de la mort —, Hanah reposa le livre contre sa poitrine, sous ses mains croisées, et resta étendue dans l'herbe fraîchement tondue du parc.

Çà et là, des gens lisaient, comme elle, assis sur une veste ou une couverture, rêvassaient au soleil, prenaient des postures de yoga, rebondissaient sur de mini-trampolines ou bien mitraillaient des selfies sous toutes les coutures. Comme elle détestait cette mise en scène grotesque de soi-même postée sur les réseaux sociaux… Il fallait à tout prix que le monde entier fût le témoin d'un bonheur apprêté, de ces sourires béats ou grimaçants dans l'instantanéité, de ces langues impudiques qui semblaient lécher l'écran telles des limaces, dans une obscénité répétitive et figée… Même les politiques se prêtaient à ce triste jeu. À commencer par Obama, constatait Hanah. Elle vouait à l'homme qu'elle avait élu une grande admiration, renforcée par son lien particulier avec le Kenya. Mais peu à peu, l'image charismatique du président américain s'était étiolée, à force d'intrusions factices dans sa vie privée le présentant sous des angles racoleurs où il ne pouvait qu'être sympathique, ou de réalités arrangées. *Sauf qu'avant d'être « cool » ou « sympa », un chef d'État doit faire son job*, pensait Hanah.

Sur le dos, les yeux rivés à l'éther, elle se sentit dériver dans un espace liquide, peu à peu envahie par un froid pénétrant. Elle flottait, ballottée dans un mouvement continu et noir. Aux cris de terreur qui fusaient autour d'elle succéda un silence visqueux où elle s'enfonçait, comme dans de la vase. Était-elle en train de mourir ou était-elle déjà morte ? Ses cheveux collaient à son crâne comme des algues mouillées et ses cils poissaient. Sur ses lèvres, un goût salé. Elle vivait encore. Mais à cet instant, une vague plus haute que celles qui la faisaient tanguer comme du bois mort s'abattit sur elle avec une violence inouïe et la recouvrit tout entière. L'eau s'infiltrait partout, dans ses oreilles, dans ses yeux, à l'intérieur de son corps, lui remplissait la bouche, les poumons, alourdissant tout son être pour mieux l'aspirer. Ses cris n'étaient plus que des râles. *Mummy ! Mummy !* avait-elle hurlé avant de sombrer en se débattant dans un ultime sursaut de vie.

— Madame, ça va ? Madame ! Oh, vous m'entendez ?

Hanah ouvrit les yeux. À contre-jour, un grand Black en jogging et baskets était penché sur elle, la mine inquiète, roulant des yeux exorbités.

Vous m'avez sauvé la vie, j'étais en train de me noyer ! faillit-elle répondre.

— Ça va, merci, je crois que je me suis endormie, j'ai dû faire un cauchemar, dit-elle en se relevant.

Son livre glissa dans l'herbe en même temps que son portable à carte jetable se mettait à sonner. Eva.

— Excusez-moi. Ça va aller, je vous assure, lança-t-elle au sportif qui restait sur place, en lui montrant son portable dont l'écran s'allumait sur un appel.

— Oui, Eva ? Il y a du nouveau ?

— Rien, désespérément rien, à croire que je file un

fantôme! fit la détective à l'autre bout de la ligne. En même temps, c'est mieux, non?

— Moi-même je commencerais à me demander si ce n'est pas un esprit, en effet, sans ces marques de strangulation sur mon cou à mon réveil et la découverte du tube contenant le fragment dérobé…

En réalité, Hanah sentait bien que la motivation de la détective commençait à s'essouffler et qu'elle devait se demander si, perturbée par cette histoire de fragment métallique dans son corps et par les séances d'hypnose régressive qui n'étaient pas sans effets sur l'équilibre psychique, et enfin fragilisée par son opération, Baxter n'était pas la proie d'hallucinations ou de délires paranoïaques.

— Ce n'est pas ce que je voulais dire, protesta Eva. Mais soit notre «homme» est bien plus fin qu'on ne le pense, soit il se contente d'agir depuis chez lui.

— Sauf pour le vol du tube et pour l'épisode de l'ascenseur, avec cette panne dans l'immeuble, rappela Hanah en secouant les brins d'herbe accrochés à ses vêtements.

— C'est vrai, j'oubliais. Que veux-tu faire? On continue la filature ou on adopte une autre stratégie?

— Je réfléchis et je te dis ça demain. En attendant, tu as quartier libre pour visiter New York. Je peux te donner de bonnes adresses, si tu veux. C'est quand même un peu frustrant de te savoir dans le coin et de ne pas pouvoir te voir pour papoter un peu.

— C'est vrai, mais tu m'as semblé en bonne compagnie, il y a un instant… Il te draguait un peu, non? Mon appel t'a sauvé la mise? s'esclaffa Eva.

— Eh bien, figure-toi que je me suis endormie et que j'ai dû crier dans mon cauchemar, alors ce type s'est approché, me croyant en difficulté. Heureusement qu'il y a encore des personnes capables de s'inquiéter pour autrui, en ce bas monde ! Mais… tu as donc assisté à la scène ! Où tu te caches ?

Le portable à l'oreille, Hanah tourna sur elle-même, scrutant les alentours, mais elle ne vit que des promeneurs, des couples avec ou sans enfant, des têtes blanches et, assise sur un banc à une centaine de mètres, une femme voilée.

— Dans ta ligne de mire, mais ne t'inquiète pas, je ne me suis pas encore convertie.

La femme en burqa ! Hanah sourit.

— Visible-invisible ! Bon, je te tiens au courant de la suite demain première heure, conclut-elle en prenant la direction opposée à Eva pour sortir du parc… Profite bien de ta soirée.

Une demi-heure plus tard, elle ouvrait la porte de chez elle, accueillie par le ronronnement de Bismarck. Affection de chat exprimée sur ses chevilles, ses mollets. C'était bon de se sentir attendue.

En haut, dans son bureau, son ordinateur aussi l'attendait pour la seconder dans ses recherches. Après avoir ouvert une canette d'Asahi et jeté une poignée de noix du Brésil dans un bol, elle monta s'installer devant l'écran.

Retour sur le naufrage du *Hilda*. Elle ne comprenait pas la raison de cette nouvelle réminiscence, au parc. Comme si elle l'avait vécu, alors que c'était absolument impossible. Et pourtant, hors hypnose, elle venait de revivre la scène avec une telle intensité…

Sur le point d'ouvrir le dossier du *Hilda*, elle

s'interrompit. Une pensée venait de lui traverser l'esprit. Était-il possible que ce soit un souvenir induit ? Un faux souvenir, comme il arrive à certaines personnes entre les mains de psychologues douteux ou de charlatans ? Virginia Folley en était-elle responsable et pourquoi aurait-elle fait ça ? Après tout, elle ignorait si elle avait bonne réputation et l'avait dénichée sur le Net. L'emprise psychique est un commerce.

Depuis sa visite à son chevet d'hôpital, Hanah n'avait pas recontacté l'hypnothérapeute. Tout à fait consciente de la réciprocité de son trouble, elle aurait eu l'impression de remplacer Karen au pied levé. Une cigarette en allume une autre. Une femme en cache une autre. Un amour chasse le précédent. Toujours sa fichue culpabilité, aussi paralysante que du venin de mamba noir.

Ses doigts hésitaient encore à composer le numéro sur le téléphone qu'elle venait de saisir. Finalement, elle se décida, sans savoir exactement ce qu'elle allait lui dire.

24

Lorsque, n'obtenant aucune réponse, il a ouvert la porte d'un coup d'épaule, le temps s'est arrêté. L'odeur commençait déjà à envahir les lieux. Yvan ne la connaît que trop bien. Celle qui soulève l'estomac, fétide et entêtante. Celle dont on garde une mémoire inquiète, celle qui s'imprime dans la mémoire olfactive et dans chaque pore de la peau. Celle que tout policier ou gendarme redoute. L'odeur de la mort.

Comment as-tu pu faire ça, vieux salopard… La question pulse encore aux tempes d'Yvan. Il n'a pas touché au corps, suspendu au bout d'une corde, les pieds nus à un peu moins d'un mètre du sol, comme une vulgaire carcasse dans un abattoir. Il n'y a pas de sang, seule une flaque jaunâtre sous ses pieds. De la pisse.

Léon Maurice a eu la délicatesse de se pendre. Il l'a fait lui-même, c'est une certitude pour Yvan qui n'a pas mis longtemps à trouver la lettre. Posée sur la table du salon au milieu de cadavres de bouteilles de vin, d'eau-de-vie et de boîtes de sardines vides encore grasses, dans une enveloppe sur laquelle était inscrit son prénom. Il a tout de suite reconnu l'écriture inclinée de son père, comme une herbe couchée par le vent, la même qui avait envahi, au fil des ans, les dossiers traités à la BR qu'il avait ensuite fallu numériser.

J'ai fait ce que j'ai jugé bon de faire, écrivait-il. *Je quitte ce monde avec ma conscience pour moi. C'était l'un de nous deux. Toi ou moi. Quand je pense que mon propre fils, qui m'a succédé à ce poste, pour qui j'ai passé tout ce temps à tracer le chemin, n'est qu'une tante, une pédale! Toi, devenu la honte de ma vie! Oui, je t'ai filoché et j'ai découvert le pot aux roses. Votre petit manège ne faisait aucun doute. Il n'y a pas de pédé, chez les Maurice, tu sauras ça, petit enculé! Pourquoi je ne te tue pas au lieu de me pendre, je n'ai pas d'explication sensée. Quoi qu'il en soit, je te laisse avec le poids de mon cadavre sur la conscience. Il aurait finalement été trop simple de te délivrer d'elle. Maintenant tu vas vivre avec car, contrairement à Kardec, jamais je ne serais allé croupir derrière les barreaux. Plutôt crever! C'est chose faite. À bon entendeur. Et essaie de résoudre tes enquêtes aussi bien que ton vieux con de père.*

Yvan avait lu et relu la lettre de Léon Maurice, sous le coup d'une certaine incrédulité et d'un accablement qui avaient, peu à peu, cédé la place à une colère froide.

De la haine, du mépris et de l'aigreur, voilà ce qu'il lui léguait. Son entourage proche connaissait le racisme et la xénophobie du capitaine Maurice, dans une ville où, dans les années cinquante, croiser une personne de couleur était aussi peu probable que se trouver nez à nez avec un Esquimau dans le désert de Gobi. Plus tard, quand la vague d'immigration arriva jusqu'en Bretagne, Léon Maurice vit rouge et sa participation à une ratonnade alors qu'il était jeune gendarme ne faisait pratiquement aucun doute. Tout ce qui était trop différent lui était intolérable. Comme à Yvan la vue de ce visage violacé juste au-dessus de lui, incliné sur une épaule, les yeux révulsés et la langue sortie de la bouche, pendant sur le côté. Pourtant, après quelques instants de répulsion, il parvient à le regarder sans détourner les yeux. À affronter toute la suffisance et la hargne qui transpirent encore dans l'expression figée du pendu. Sa ressemblance avec ces gargouilles tirant la langue dans une expression obscène frappe Yvan. Une incarnation du Mal…

Au bout du compte, Alexandre et lui s'en tirent plutôt bien.

Léon Maurice et Le Dantec ne s'étaient jamais croisés à la BR de Saint-Malo, ce qui, au fond, n'avait rien de bien surprenant. Si l'ancien capitaine y traînait encore ses guêtres, le légiste, en revanche, ne s'y présentait que rarement. Mais pour Yvan une question demeure : avant de se donner la mort, ce lâche de Maurice s'était-il renseigné sur «l'homme» de la photo ? Connaissait-il son identité ? Les termes de sa lettre laissent croire que non. Pourtant, il avait réussi à trouver nom et adresse.

Yvan s'est maintenant suffisamment ressaisi pour inspecter les lieux. Le désordre et la saleté y sont indescriptibles. Le chat, une espèce de félidé tigré, obèse et à moitié aveugle, peut à peine s'y frayer un chemin. Partout, des détritus, de la poussière et des journaux découpés sur des articles qui intéressaient le retraité. À l'étage, ce n'est guère mieux. Des toiles d'araignées comblent l'espace entre deux colonnes de sacs-poubelle ou de vieux dossiers et les vêtements sales forment de petits monticules informes.

Yvan ne s'est rendu qu'une seule fois dans cette maison, prévenu par la femme avec qui le vieux couchait du coma éthylique de celui-ci. Il avait été admis aux urgences et sauvé *in extremis*. Mais cela ne l'avait pas calmé pour autant et il avait continué à boire.

S'il n'était pas impératif de laisser le cadavre comme il l'avait trouvé pour les premières constatations, il cracherait volontiers dessus. C'est là ce que lui inspire désormais le vieux. Et il prendra tout son temps avant de le livrer à la PJ de Rennes. Car son père étant l'agresseur d'Alexandre, l'enquête sera forcément du ressort d'Eliade. C'est elle qu'il va devoir appeler. Mais il ne se presse pas, veut attendre encore un peu et s'assied face au pendu, face à celui qui, au cours d'un accouplement avec une femme, avait engendré un être insupportablement différent à ses yeux.

C'est finalement leur premier véritable face-à-face, entre père et fils. Le vieux ne l'entend pas, mais qu'importe, Yvan a encore des choses à lui dire.

Que lui restera-t-il de ce père absent ? De ce père meurtrier qui a voulu le priver aussi arbitrairement d'un être cher. De ce père qui a hésité à éliminer son propre fils comme il l'aurait fait d'un nuisible. Pour sa propre réputation et son orgueil. Que lui restera-t-il, à part cette haine ? Le haïr l'aidera-t-il vraiment à surmonter la douleur de la révélation sur l'obscure facette de Léon Maurice ?

Lui reviennent en mémoire les paroles d'une chanson de Marvin Gaye, assassiné par son pasteur de père ulcéré que son fils mène une vie aussi dépravée, qui l'ont toujours profondément ému pour leur message d'amour et de tolérance. *What's going on…* Que se passe-t-il…

> *Father, father we don't need to escalate, you see,*
>   *war is not the answer*
> *For only love can conquer hate*
> *You know we've got to find a way to bring some*
>   *lovin' here today.*
> « Père, ô père, nous n'avons pas besoin de
>   monter ainsi sur nos grands chevaux. Tu
>   vois, la guerre n'est pas une réponse.
> Seul l'amour peut triompher de la haine.
> Tu sais que nous devons trouver le moyen de
>   donner de l'amour ici, maintenant. »

Le regard d'Yvan se porte machinalement au sol, juste sous les pieds du pendu où finit de sécher la flaque d'urine. L'officier gendarme remarque au centre un portefeuille ouvert, à moitié humide. Il se penche pour le ramasser entre le pouce et l'index recouverts d'un mouchoir en papier et le pose dans un geste de dégoût sur la table jonchée de papiers gras et de barquettes alimentaires moisies. Une rapide inspection du contenu, cartes bancaires, senior et Vitale, lui indique qu'il appartient bien à Léon Maurice. De l'une des poches intérieures dépasse le coin corné d'une photo qu'il sort doucement du bout des doigts après avoir enfilé une paire de gants de ménage.

Sous ses yeux, le visage souriant d'un homme assez jeune, les iris d'un gris bleu océan, plutôt beau gosse, une barbe courte et foncée, joue contre joue avec un gamin aux traits fins, dont les boucles blondes lui pleuvent sur le front.

Yvan met quelques instants à se reconnaître et à identifier son père dont il n'avait gardé, jeune, qu'une image très vague, aux couleurs un peu passées comme sur la photo. Léon Maurice devait avoir un peu plus de vingt ans et lui environ trois ans. Mais ce qui le frappe, c'est cette onde de bonheur dans laquelle semblent baigner père et fils. Un bonheur aussi intense qu'éphémère. Un bonheur nostalgique de photo jaunie. Qui lui est depuis longtemps étranger. Ainsi, le vieux la portait sur lui et l'avait gardée jusqu'au bout. Le portefeuille avait-il glissé de sa poche à son insu ou bien le vieux renard l'a-t-il placé là sciemment, prévoyant que son fils le découvrirait et regarderait à l'intérieur ?

Refoulant l'émotion qu'il ressent malgré tout, Yvan décide de remettre la photo à sa place. Avant d'appeler Eliade pour l'informer du suicide de son père, il jette un dernier regard au cadavre suspendu.

Le portefeuille restera sur la table, témoin ultime de la mort de son propriétaire, avant d'échouer dans une benne avec les autres effets personnels de Léon Maurice.

Il n'a pas d'autre souvenir d'un bonheur partagé — oserait-on parler d'amour — avec son père que cette photo. Mais il ne trouve aucun sens à la conserver telle une relique. Se recueillir devant en pleurant sur cet amour manqué, ce lien paternel raté? La vie ce n'est pas ça, ce n'est pas une vallée de regrets et de remords. Et d'avoir tenté de lui enlever le seul être qui compte pour lui, Yvan ne le lui pardonnera jamais.

Debout, immobile dans le chaos du salon, il prend son portable et compose le numéro d'Eliade avec ce détachement professionnel propre à tout enquêteur.

25

Mai 2014, Brooklyn, Jay Street.

Après avoir essayé en vain de joindre Folley, Hanah, un peu déçue, ouvrit le dossier du *Hilda* qu'elle avait créé juste avant d'être terrassée par l'embolie et cliqua sur les éléments téléchargés. Relisant d'un bout à l'autre l'histoire du naufrage du navire, son attention fut attirée par un détail sur lequel elle ne s'était pas attardée, sans doute détournée par sa douleur dans les côtes.

En plus de la tempête de neige et la forte houle, l'une des raisons de la perte de contrôle du bateau puis de la collision avec le récif des Portes avait été une absence intermittente de signalisation du phare. Ayant vécu toute son enfance et son adolescence en Bretagne, outre les légendes sur d'étranges phénomènes survenus en mer ou sur des phares, Hanah avait entendu parler de l'évolution de ces bâtiments au cours de l'histoire maritime. Ceux de Saint-Malo étaient tous automatisés depuis des années. D'ailleurs, très peu possédaient encore des commandes manuelles nécessitant une présence humaine.

Le phare du Grand Jardin avait été entièrement révisé et automatisé en 1982. En 1905, à l'époque du naufrage, il était sous gardiennage et la signalisation, qui se faisait par un feu à huile alternant entre éclats rouges et verts toutes les vingt secondes, dépendait de la vigilance de ses gardiens. Le grain avait-il été important au point de rendre impossible toute visibilité au capitaine du *Hilda* ?

Le récit, qui se fondait sur quelques témoignages de survivants et pas mal d'hypothèses, évoquait la probabilité que la tempête ait occulté la lumière du phare. Mais ses gardiens n'auraient pas réagi aux appels de détresse lancés par le navire. *Pour quelle raison ?* se demandait Hanah. Le gardien n'était pas censé dormir par un temps pareil, mais être à son poste.

Il était possible de contacter l'association par mail ou téléphone. 16 h 14 à New York. Six heures de moins en France. Elle devait à tout prix essayer de joindre un membre de cette association qui pourrait éventuellement l'éclairer. Finalement, le site distillait des informations sans se prononcer sur les véritables causes du naufrage. Mais Hanah pressentait que le bateau aurait pu s'en sortir malgré la tempête de neige qui réduisait la visibilité. Le naufrage était sans doute dû à une erreur humaine, une négligence ou pire… un acte délibéré. L'intuition de Baxter ne pouvait écarter cette dernière hypothèse.

Elle prit le combiné fixe et composa le numéro de l'association avec un petit nœud à la gorge. Cela lui faisait drôle d'appeler à Saint-Malo où elle n'avait plus aucun contact, hormis Marc Carlet. Et encore… si rarement…

Elle laissa sonner environ une minute puis raccrocha, jetant un coup d'œil à son agenda. On était dimanche. Rien d'étonnant à ce silence. En semaine, il devait y avoir des permanences. Les membres étant des bénévoles, sans doute retraités pour la plupart. Ceux qui, c'est bien connu, disposent de l'emploi du temps le plus chargé.

Elle imprima documents et photos du site relatifs au naufrage du *Hilda* et les fixa au mur à l'aide de fines punaises colorées. Puis elle y ajouta une carte de topographie marine sur laquelle elle entoura le phare et le récif des Portes contre lequel le navire s'était brisé avant de couler partiellement. Le même endroit d'où, dans la scène revécue sous hypnose, son père et son oncle avaient remonté la fameuse mallette à bord de leur bateau à moteur.

Elle consulta de nouveau la liste des passagers. Un banquier y figurait. Sir Adam Doyle. Elle établit aussitôt le lien avec la mallette. C'était évident. Les frères Kardec avaient dû apprendre l'existence de cette mallette et c'était la raison de leur sortie en mer ce jour-là. D'aucuns avaient même fait de la chasse au trésor leur activité principale, que ce soit des objets de valeur, de l'or contenu dans des épaves au fond des mers, des mines ou des météorites. L'homme avait toujours chassé tout ce qui pouvait lui rapporter de l'argent, du pouvoir et de l'adrénaline.

Mais autre chose titillait Baxter. Cette vision du naufrage, comme si elle l'avait vécu. Comme si elle avait été cette petite fille de cinq ans, perdue dans les ténèbres de l'océan. Joyce Rooke. Or tout ceci s'était passé en 1905.

Baxter poursuivit ses investigations sur le Net, moins épuisantes que le terrain — elle devait en convenir, se sentant malgré tout encore affaiblie —, mais presque tout aussi prenantes.

«Naufrages Saint-Malo», tapa-t-elle. Elle n'obtint que peu d'occurrences, le plus spectaculaire et meurtrier ayant été celui du *Hilda*. Tout à coup, cliquant sur un des liens proposés, elle tomba sur un blog rassemblant des articles sur des faits divers marquants dans le domaine maritime, qui s'étaient produits à Saint-Malo et dans la région.

Déroulant la page à l'aide de la souris, Hanah parcourut les encadrés un à un. Des pêches spectaculaires, une baleine égarée non loin du littoral breton, une marée noire. Rien de bien intéressant pour elle. Jusqu'à celui-ci, datant du 4 juin 1972, qui titrait : «Naufrage inexpliqué d'un voilier britannique au large de Saint-Malo.»

Son contenu intrigua Hanah. Un couple de trentenaires et ses trois enfants, un garçon de huit ans et deux fillettes de dix et deux ans et demi, accompagnés de deux membres d'équipage, étaient partis de Southampton en Angleterre pour se rendre en baie de Saint-Malo. Des appels de détresse auraient été lancés du voilier vers 23 heures pour cesser aussitôt. La police côtière n'avait pas envoyé d'équipe sur place. Pourtant, des témoins depuis la côte assuraient que, peu avant 23 heures, le phare du Grand Jardin aurait cessé d'émettre des signaux lumineux. Incident attribué à une panne mais qui fut fatal au voilier. À l'instar du *Hilda*, celui-ci s'était écrasé sur le récif des Portes avant de couler à pic.

Selon toute probabilité, le père, la mère et les trois

enfants n'auraient pas eu le temps d'enfiler leurs gilets de sauvetage, retrouvés sur le voilier. Tous avaient été portés disparus, y compris le skipper et son second.

Nulle mention de leurs noms. C'était du domaine privé, pas comme les passagers d'un paquebot, dont l'identité avait été rendue publique. Mais cette fois, il paraissait flagrant que le naufrage était dû au dysfonctionnement du phare et non aux intempéries. Et en 1972 il n'était pas encore automatisé.

Dans un troisième article publié dans un autre journal local le même mois, il était question du drame qui avait touché un homme d'affaires britannique et sa famille durant un périple en mer de Southampton à Saint-Malo à bord de leur voilier, le *Little Prince of Seas*. *Rien que ça*, nota Hanah.

L'homme, Jonathan Waters, un riche excentrique féru de voile, originaire de Douvres, avait déclaré à une chaîne télé nationale anglaise qu'il allait en personne mettre la main sur le supposé trésor du *Hilda* — ce paquebot anglais qui avait coulé un soir de novembre 1905 —, une mallette contenant des milliers de livres sterling en lingots d'or, et qu'il se rendait sur place pour rencontrer deux Français qui l'aideraient dans son entreprise. Il soulignait que cet or étant britannique, il était légitime qu'il revînt à l'Angleterre et qu'il allait tout faire pour le retrouver et dédommager les descendants des familles lésées. Une bravade rendue publique, qui lui avait coûté cher. Il s'agissait sans nul doute de cette même famille dont parlait l'article du 4 juin 1972. L'évocation de la mallette retint l'attention d'Hanah.

Téléchargeant aussitôt les éléments dans son

dossier, qu'elle imprima pour les ajouter à son panneau mural, elle surligna le nom du Britannique,
victime avec sa femme et ses enfants de sa folle entreprise. Pourquoi avoir entraîné sa famille dans cette
dangereuse aventure ? Souvent, Hanah s'interrogeait
sur l'inconscience ou l'irresponsabilité ou encore le
sentiment d'invulnérabilité de certains individus, qui
les poussaient à commettre des actes irréfléchis aux
conséquences parfois dramatiques pour eux-mêmes
ou leur entourage. *De la pure folie…*, soupira-t-elle.

Jonathan Waters, dans sa déclaration, évoquait
son lien avec deux Français. Hanah pensa à son
père et à son oncle. Ils étaient tous deux plongeurs
de haut niveau et connaissaient comme leur poche
les environs de Cézembre pour y pêcher et plonger
régulièrement. « Chaque homme né à Saint-Malo a
du sang de marin. » Hanah se souvenait précisément
de cette phrase que son père se plaisait à répéter.

Prise d'une soudaine fatigue, elle eut envie de
ressentir les effets tonifiants de la cocaïne. Elle ne
voulait plus avoir mal, elle ne voulait pas dormir.
De peur de ne pas se réveiller, de sombrer dans les
eaux obscures, noyée. Elle s'était débarrassée de tout
ce qui pouvait la relier à la poudre, et l'aider à s'en
procurer. Elle n'avait plus les coordonnées d'aucun
dealer et, si elle avait pu l'effacer de sa mémoire, elle
ne se souviendrait même plus de l'endroit à Brooklyn où elle pourrait se fournir.

Pour pallier ce manque dévorant, elle se dépêcha
de descendre chercher une nouvelle canette d'Asahi
dans le réfrigérateur qu'elle accompagnerait d'un
peu de vapotage.

Une fois servie, elle appela Bis qui, étrangement,

n'était pas monté lui rendre son habituelle visite. Mais il ne se manifesta pas davantage. Bizarre, se dit-elle sans trop s'y arrêter, il devait être endormi au fond d'un placard et viendrait la voir quand il se réveillerait.

Elle remonta, la canette à la main, et s'installa à son bureau, face au panneau mural. Tout s'éclair-cissait au fur et à mesure qu'elle déchiffrait la par-tition en plusieurs actes de son passé. Les éléments de l'histoire s'assemblaient, parfois d'eux-mêmes, parfois avec une aide extérieure. La vérité était tapie derrière ces dates, ces données, mais elle était encore invisible. Hanah savait qu'il lui faudrait aller la chercher sur place. Que sa terre natale la rappelait à elle dans un dessein précis. Lui rendre justice. La condamnation de son père à une peine maximale n'en avait été qu'une partie. Il lui fallait l'autre, pour qu'elle parvienne à vivre en paix avec elle-même et avec les autres.

Elle prit son portable, appela Eva. Il était presque 18 heures. Ce n'était pas ce dont elles étaient conve-nues, mais elle voulait lui dire la vérité sur son père. La détective devait tout connaître de son passé pour pouvoir mieux l'aider.

Hanah tomba directement sur la messagerie. S'il n'y avait pas eu urgence, elle en aurait souri. La jeune détective devait être en train de suivre ses conseils et de profiter de sa soirée de relâche à New York. Mais pour Baxter, cette nuit aurait un goût d'éternité.

26

Tout s'est passé comme dans un rêve. Sonné, Yvan a l'impression que les événements se déroulent sans lui. Et là, le rêve semble se poursuivre dans le regard enveloppant d'Eliade qui, assise en face de lui, porte sa tasse de café à ses lèvres sans rien dire.

Eliade est arrivée au domicile de Léon Maurice à peine une heure après l'appel d'Yvan lui annonçant le suicide de son père. Il savait qu'après la découverte du portrait-robot il n'aurait pas dû se rendre chez le vieux, mais attendre l'arrivée de Mira Eliade et de son équipe. Il avait craint cependant quelque chose de la part du vieux renard. Qu'il se fasse la malle ou qu'il aille achever ce qu'il avait commencé, malgré la protection policière autour d'Alexandre.

Si Eliade pouvait très bien le comprendre, en revanche, la présence d'Yvan sur les lieux faisait de lui un suspect en attendant que les analyses le lavent de tout soupçon. D'autant qu'il s'était bien gardé de remettre à Eliade la lettre de son père. C'était une pièce importante, qui l'aurait disculpé, mais c'était comme étaler sur la place publique sa relation avec le légiste de Rennes.

— Vous vous êtes mis tout seul dans cette situation, Yvan, lui a doucement dit Eliade aussitôt arrivée. Dès que vous avez su que l'agresseur était votre père, vous vous êtes rendu chez lui. Vous avez très bien pu le tuer et maquiller ensuite le meurtre en suicide par pendaison.

— Si j'avais pour principe de faire justice moi-même, je n'aurais pas choisi d'exercer ce métier, s'est contenté de répondre Yvan pour toute défense.

Au fond de lui, il sait qu'il aurait voulu tuer son père de ses propres mains, mais qu'il aurait résisté à la tentation. Il n'a pas à clamer son innocence, les indices parleront d'eux-mêmes.

— Les flics sont des humains avant tout, a commenté Eliade avant de lui proposer d'aller prendre un café.

Ils ont réussi à s'échapper du rush au domicile de Léon Maurice, envahi par une nuée de policiers scientifiques secondés d'un légiste, et ont échoué à la brasserie des Remparts, à l'abri d'une pluie fine aussi cinglante que des aiguilles qui commence à tomber sur Saint-Malo.

— Je sais que vous n'avez pas assassiné votre père, se décide enfin Eliade après un long silence aux odeurs d'expresso.

— Je n'avais pas l'intention de vous en convaincre, dit Yvan, les mains autour de sa tasse fumante.

— Avez-vous des nouvelles de votre ami?

— Je n'ai pas eu le temps d'aller le voir, avoue le jeune capitaine d'un air coupable. Il est encore trop faible, même pour tenir une conversation au téléphone.

— C'est sérieux, vous deux? demande Mira, sans détacher les yeux de ceux d'Yvan.

— Comme je vous l'ai dit, nous envisageons de nous installer ensemble. Un jour. Mais… dans nos professions respectives, ce type de relation n'est pas évident à vivre.

— Votre père n'a rien laissé? Pas de mot d'explication, pas de lettre?

— Non, rien. Il se sera douté qu'on ferait le lien entre son suicide et la découverte de l'identité du meurtrier d'Alexandre.

— Si c'est comme ça que vous mentiez à votre femme, il est étonnant qu'elle n'ait rien soupçonné de votre vie secrète, réplique Eliade un peu sèchement en jetant trois euros sur la table, à côté de la note. C'est moi qui vous invite.

— D'accord, il a laissé une lettre dans laquelle il me dit qu'il s'est donné la mort au lieu de me tuer. Il avait découvert ma relation avec Alexandre en même temps que mon homosexualité et ne l'a pas supporté. Avoir un fils pédé, c'est la honte et plus encore pour l'ancien capitaine de la BR de Saint-Malo.

— Vous l'avez, cette lettre?

— Je l'ai détruite. Je l'ai brûlée dans les toilettes avant de tirer la chasse. Je n'allais pas garder ce ramassis de haine.

— Capitaine, il me fallait cette lettre. Pourquoi ne pas mettre toutes les chances de votre côté?

— Vous savez que je n'ai pas tué mon père. Attendons les résultats ADN qui le prouveront. De toute façon, je n'ai plus la lettre et il serait difficile de la reconstituer.

À cette seconde, l'odeur lui revient. L'odeur de brûlé au fond des chiottes. En attendant l'arrivée d'Eliade, il s'est dirigé vers les toilettes, la lettre à la main. Il venait de récupérer un paquet d'allumettes dans la cuisine. Debout au-dessus de la cuvette, il en a craqué une qu'il a maintenue près d'un des coins du papier jusqu'à ce qu'elle lui brûle les doigts. La lettre s'est embrasée, puis consumée en petits copeaux noirs encore plus légers que des plumes, tournoyant sur eux-mêmes tandis qu'ils se déposaient un à un sur l'eau stagnante au fond de la cuvette. L'a-t-il réellement fait ou seulement rêvé, il ne sait pas bien, toujours est-il qu'il n'a pas la lettre et que ça, c'est vrai.

Alors qu'ils s'apprêtent à se lever et sortir, le smartphone d'Eliade se met à sonner.

— Oui? dit-elle. Oui… d'accord. Très bien. J'arrive. Ils ont découvert quelque chose chez votre père, ajoute-t-elle à l'adresse d'Yvan en enfilant son trench.

— Je dois retourner au bureau, si vous n'avez plus besoin de moi.

— Vous n'êtes pas curieux de savoir ce que c'est? s'étonne Eliade.

— Venant de mon père, je crois que je n'ai plus envie d'en savoir davantage. Grâce à lui, je viens d'apprendre ce que c'est que haïr quelqu'un. Mais haïr un mort n'apporte pas grand-chose.

— Haïr tout court n'apporte rien, corrige Eliade en sortant sous la pluie. Je vous tiendrai au courant.

— Merci pour tout, Mira, lâche Yvan avant de partir de son côté.

Un quart d'heure plus tard, il est de retour avenue Franklin-Roosevelt, où l'émotion est grande, même si les hommes ne laissent rien paraître devant leur supérieur. Ils ont déjà connaissance du suicide soudain de l'ancien capitaine Léon Maurice par Gorniak qu'Yvan a informé. Devant un acte aussi radical, l'incompréhension est totale. Aussi Yvan a-t-il rassemblé tout le monde en salle de réunion pour exposer les événements dans les grandes lignes, la bouche sèche et brûlante.

Ses mots font l'effet d'une bombe. Les gendarmes retiennent leur souffle en attendant la suite.

— Léon Maurice se trouvait dans mon bureau lorsque j'ai appris du commandant Eliade de la SRPJ de Rennes en charge de l'enquête que le docteur Le Dantec était en mesure d'identifier son agresseur. Il est aussitôt parti chez lui où il s'est donné la mort par pendaison, comme vous l'avez appris. Il n'a laissé aucune explication écrite, mais tout conduit à penser qu'il a préféré se soustraire de cette façon à la justice. Il est de notoriété publique que l'ancien capitaine de la BR était alcoolique et sujet à des accès de violence.

Yvan évoque son propre père avec le même détachement que s'il s'était agi d'un étranger, d'un criminel lambda. Un murmure parcourt l'auditoire.

— Et quelle raison le capitaine Maurice avait-il de s'en prendre au légiste ? intervient l'adjudant Le Fol.

Yvan n'a pas anticipé la question pourtant évidente. Son trouble est manifeste.

— Elle reste à déterminer, mais nous le saurons, j'y compte, dit-il dans un raclement de gorge. Le commandant Eliade de la SRPJ de Rennes est sur le coup.

— Ça pourrait avoir un lien avec vous, mon capitaine ? Il s'agit de votre père…

Le Fol revient à la charge, le regard rivé sur Yvan. Celui-ci note le ton irrévérencieux, malgré la marque hiérarchique.

— Je ne suis pas responsable des actes de mon père, Le Fol, réplique-t-il, sur la défensive.

— Peut-être, mais si vous nous cachez quelque chose, nous serons obligés d'en référer aux officiers supérieurs de la Départementale.

Le caractère procédurier des mots de l'adjudant ébranle Yvan, qui demeure malgré tout impassible.

— Parle pour toi, Le Fol, s'interpose Gorniak, resté jusque-là silencieux.

Les deux hommes se toisent dans une colère froide.

— Gardez votre calme, ordonne Maurice. Et vous, adjudant Le Fol, restez à votre place. Ici, la hiérarchie passe par moi. Je suis le plus haut gradé à la BR de Saint-Malo et…

La sonnerie de son portable l'interrompt net. Le nom d'Eliade qui s'affiche à l'écran n'annonce rien de bon. Cela fait à peine une demi-heure qu'ils se sont quittés.

— C'est Eliade à l'appareil. Sa voix émerge dans un grésillement. Ça se complique pour vous, Yvan. Un de mes hommes a retrouvé dans un dossier chez votre père des photos de vous et d'Alexandre Le Dantec, prises au zoom dans un restaurant, assis à une table, vous portant l'un à l'autre des regards sans équivoque.

La soirée à la crêperie… Le vieux les surveillait déjà. Yvan se sent blêmir. Sous ses pieds, le sol se met à tanguer. L'ordure a tout prévu pour détruire son fils sans avoir à le tuer.

— Nous en parlerons à un autre moment, si vous voulez bien. Je suis en pleine réunion et j'ai deux meurtres à élucider, parvient-il à dire avant de couper la communication.

Levant de nouveau les yeux sur son équipe, il perçoit un changement dans les regards. Une pointe de défiance et de perplexité a remplacé l'habituelle déférence à l'égard de leur supérieur. Ou bien son imagination lui joue-t-elle des tours. Il a besoin de se retrouver seul et d'aller vérifier un détail qui le taraude.

— La réunion est suspendue jusqu'à nouvel ordre, messieurs, souffle-t-il, je vous remercie.

— Mon capitaine, esquisse Gorniak d'un air embarrassé.

Le bleu turquoise de ses yeux s'est assombri.

— C'est bon, Gorniak, on se verra plus tard.

Tout le monde parti, Yvan regagne son bureau où il s'enferme avant de s'écrouler sur son fauteuil à roulettes dans un couinement acide.

Après une courte hésitation, il prend la clef du tiroir au fond de sa poche et l'introduit dans la serrure. Mais celle-ci tourne dans le vide. Yvan s'aperçoit à ce moment qu'elle a été forcée.

Le pouls rapide, il ouvre le tiroir et se met à le fouiller d'une main fébrile. Il retourne le tas de papiers, rien. La photo d'Alexandre n'est plus là.

Comme Yvan le pressentait, la fuite vient du vieux et ses hommes sont déjà au courant. Voilà l'héritage du capitaine Léon Maurice. Tous savent, pour Alexandre et lui. Tous savent désormais qu'ils sont sous les ordres d'une tante, d'une fiotte, d'une pédale. Et que pour lui, c'est terminé.

VENGER

27

Début avril 2014, rue de la Montre,
Saint-Malo

La maison a peu à peu retrouvé un aspect habitable et, dans le jardin, quelques fleurs commencent à ouvrir timidement leurs boutons sous un tiède soleil de printemps. Pour Kardec, le jardin est sacré. Il aime s'occuper de ses plants, de ses parterres de pensées, de ses arbres dont la présence l'apaise. Il a même organisé un petit coin de potager où il a semé des graines de laitue, des tomates, des concombres, des radis, des courges, quelques choux-fleurs et des herbes aromatiques. Le climat tempéré de ce bout de Bretagne aux rares gelées est propice aux cultures et les premiers résultats ne se font pas attendre.

Kardec a établi son potager à un endroit précis du jardin. Là même où il a enterré le corps d'Hélène, il y a trente ans. Puis, sur les indications de la petite garce, la dépouille a été exhumée trois ans plus tard.

La bêche à la main, penché sur la rangée de jeunes pousses de salade à l'arrière de la maison, il entend retentir la sonnerie. Deux hommes coiffés d'un képi piétinent derrière le portail. Des gendarmes. Son sang vire. Depuis la mort du vieux bouc, qu'il a apprise dans les journaux, il se croyait tranquille, à l'abri de ce genre de visites. L'autre ne viendrait plus à l'improviste le harceler de questions et de sous-entendus. Il allait enfin souffler.

À contrecœur, Kardec se dirige vers le portail. Ses bottes en caoutchouc s'enfoncent nerveusement dans la terre encore humide de la dernière ondée avec un bruit de succion.

— C'est pour quoi? lance-t-il aux intrus par-dessus la grille sans leur ouvrir.

— Vous êtes bien Erwan Kardec? s'enquiert Gorniak, ses yeux bleus rivés sur l'ancien taulard.

— Il n'y a que moi, ici. Qui voulez-vous que je sois?

— On a quelques questions à vous poser. On peut entrer?

— Je n'ai pas à vous faire entrer, c'est une propriété privée, riposte Kardec. Mais je peux vous répondre. Faites vite, j'ai du travail.

Les deux gendarmes se regardent un instant, puis Gorniak acquiesce. Rencontrer enfin Kardec l'impressionne. À trente-quatre ans, il est trop jeune pour l'avoir croisé à l'époque de son inculpation. Il n'avait alors que neuf ans, mais tout Saint-Malo résonnait du meurtre d'Hélène Kardec, tuée presque sous les yeux de sa fille.

En l'absence d'Yvan Maurice, en arrêt maladie depuis trois jours, c'est lui qui a été chargé de superviser l'enquête sur les deux meurtres récents, la jeune SDF et sœur Hortense. Mais il a aussi une nouvelle pour Kardec, qu'il garde pour la bonne bouche.

— Très bien, se décide-t-il. Où étiez-vous, mercredi 28 mars et que faisiez-vous ?

Mercredi 28 mars. Kardec se souviendra toute sa vie de ce jour à la grande plage du Sillon. La gorge offerte de la jeune liseuse, assise sur son rocher, les cheveux caressés par le petit vent du large. Son innocence. Son ignorance de ce qui l'attendait. La pureté de l'imprévoyance. La Belle du Seigneur entre les mains. Ses doigts autour de son cou, qui s'incrustaient dans la chair. Le craquement sec du cartilage broyé se fondant aux râles. Puis ce silence. Le même silence qui a suivi la chute d'Hélène au sol, dans la cuisine. Un silence libérateur avec lequel il vivra désormais. Lui et le silence. Un parfait duo.

Non, il n'a rien oublié. Jusqu'au moindre grain de sable logé dans les yeux grands ouverts et entre les dents de la religieuse. La blancheur de ses seins dénudés. Une blancheur laiteuse, presque obscène. Le crissement de la peau sous la lame. Les calottes mammaires se détachant si facilement sur deux plaies saignantes. Et puis, la suite, de retour chez lui.

Une séance de couture minutieuse sur un mannequin d'Hélène habillé de tissu, retrouvé au grenier. Les mamelons nettoyés à l'eau et au savon avant d'être cousus sur le mannequin à l'emplacement des seins. Ensuite, un trou pratiqué sous le buste pour simuler le vagin. Et ce plaisir incomparable, seul avec lui-même, à sucer et lécher les mamelons durcis et froids tout en pénétrant le mannequin jusqu'à l'orgasme. Celui qu'on lui a volé sur la plage. Des instants au grenier qui n'appartiennent qu'à lui. Coït ininterrompu, animal repu.

Depuis, les calottes organiques sont devenues une

carapace sèche qu'il doit asperger de parfum — un vieux reste de parfum d'Hélène datant de plus de vingt ans — contre l'odeur de pourriture qui s'en dégage. Il doit songer à les remplacer…

— J'ai fait un tour à VTT et me suis occupé de mon jardin, répond-il sans s'émouvoir.

— Et personne pour confirmer, j'imagine, dit Gorniak d'un air entendu.

— Un peu difficile, quand on vit seul. Et pourquoi voulez-vous savoir?

— Connaissiez-vous une jeune religieuse du couvent du Mont-Saint, sœur Hortense?

— Ça ne me dit rien. Pourquoi?

— Elle est morte, assassinée dans la journée du 28 mars, justement.

Gorniak sort de la poche intérieure de sa veste d'uniforme trois clichés couleur sur lesquels prédomine le rouge. Le premier montre le visage de la jeune femme, paupières closes, d'une pâleur cadavérique. Sur le deuxième on la voit entière, torse nu, des plaies béantes à la place des seins, et le troisième est un gros plan sur les os trachéens qui ont percé la peau au niveau du cou.

N'importe qui aurait un haut-le-cœur ou l'air horrifié, mais Kardec se contente d'examiner les photos une à une, sans réaction.

— On dirait qu'elle a fait une mauvaise rencontre. Pas avec Dieu, cette fois, grince l'ancien taulard en toisant tour à tour les deux gendarmes qui osent à peine regarder les clichés, mal à l'aise.

— C'est vous, Kardec, qui avez fait ça? lâche Gorniak.

— J'ai eu un geste malheureux sur ma femme

lors d'une dispute, mais je ne suis pas un boucher, répond-il avec une moue de mépris.

— Parce qu'il y a quelques similitudes avec le mode opératoire du meurtre d'une jeune SDF, quinze jours plus tôt. Elle aussi est morte étranglée. Plus exactement, d'un écrasement identique de la trachée, avec moins de dégâts. Comme si l'assassin avait été dérangé. Et il se trouve que cette fille fait partie du trio qui a squatté votre domicile et que vous avez chassé à votre arrivée.

— J'aurais dû les laisser tranquilles chez moi, c'est ça ? Et aller dormir à l'hôtel ? s'énerve Kardec.

— Non, mais cette fille a été assassinée peu de temps après.

— Pas par moi en tout cas, j'ai déjà répondu à cette question au capitaine Maurice père. Et la religieuse, elle a rien à voir avec ces dégénérés, rétorque Erwan. Alors expliquez-moi le rapport avec moi.

— Vous êtes allé au couvent, récemment, peu de temps avant le meurtre de sœur Hortense. C'est elle qui vous a accueilli et mené au bureau de la supérieure. Vous le confirmez ?

— Si vous le dites. Peut-être, c'est possible, avec leur voile, elles se ressemblent toutes.

— Sauf que c'est elle qu'on a assassinée. Et deux coïncidences à la suite ne sont plus considérées comme telles. Vous connaissiez les deux victimes, ça fait beaucoup.

— Connaître est un grand mot, lieutenant… ?

— Gorniak.

Kardec sait identifier les grades, il a eu tout le loisir de les apprendre par cœur, se dit Gorniak.

— Ce visage ne m'évoque rien, en tout cas.

— Vous êtes à la recherche de votre fille, semble-t-il, poursuit l'officier de gendarmerie. Que lui voulez-vous ?

Les quatre doigts de la main gauche de Kardec se resserrent sur le manche de la bêche. Aborder ce sujet le rend fébrile.

— Que peut bien vouloir un père à sa fille après plus de vingt ans de séparation ?

— Se venger, par exemple ? suggère l'acolyte de Gorniak qui ne s'est pas encore manifesté, observant attentivement l'échange.

De prime abord invisible, se mettant soudain à exister lorsqu'il ouvre la bouche. En quelques mots, il vient de frapper fort.

— Elle a témoigné contre vous, après vous avoir dénoncé.

— Prendre des nouvelles de sa fille n'est pas répréhensible, que je sache, rétorque Kardec.

— Et vous en avez eu ? continue le gendarme.

— Non. Je ne sais rien d'elle. Si vous pouvez me dire où la trouver, je vous serais très reconnaissant de…

— Ça suffit, Kardec, coupe Gorniak, soudain plus hargneux. Tu nous mènes en bateau. Pour l'instant, on n'a pas de preuves contre toi, mais on en trouvera, je te le promets.

L'ancien détenu note le passage au tutoiement. Ce qui, de la part d'un gendarme, est plutôt de mauvais augure.

— Dans ce cas, vous n'avez plus rien à faire ici. Et moi, mon potager m'attend, tranche Erwan, d'un regard haineux.

— Tu es sur un fil, Kardec. Un jour ou l'autre,

266

tu finiras par tomber. D'autres cadavres remontent. On a retrouvé les restes d'un plongeur vers le phare du Grand Jardin. Il a été blessé ou tué par du 9 mm. Vu l'endroit, le mobile serait le trésor du *Hilda* qui a coulé au niveau du récif des Portes en 1905 et que vous auriez cherché ensemble. Vous avez peut-être mis la main dessus, pas vrai? Sauf que toi, tu n'as pas vraiment le sens du partage…

— C'est ça et toi, tu as vu la Vierge, répond Kardec du tac au tac.

Vu son âge, le gendarme pourrait être son fils.

— Le plongeur a été identifié. C'est ton frère. Killian Kardec, disparu en juin 1975. C'est toi qui as signalé sa disparition à la BR. À l'époque, l'enquête était dirigée par le capitaine Léon Maurice.

— Ce vieux crevard, crache Kardec. Il a même pas été foutu de trouver ce qui était arrivé à mon frangin!

— Le «vieux crevard», comme tu dis, est mort, alors laisse-le tranquille. Il était convaincu de ta culpabilité là aussi. C'est toi qui as buté ton frère pour garder l'or.

Kardec secoue la tête en ricanant. Quelques nuages grisonnants viennent tamiser les rayons du soleil au même moment.

— Je ne connaissais même pas l'existence de ce «trésor». Tu viens de me l'apprendre, lieutenant.

— À t'entendre, tu ne sais rien. Ce n'est pas beaucoup, Kardec, vu tout ce que tu nous caches. Mais on ne va pas te lâcher.

— Si ça te chante. Au moins, ça vous occupera, à la BR. On saura où va notre fric de contribuables. Il faut bien leur donner des os à ronger, aux chiens.

— Fais attention, Kardec, très attention à ne pas aller trop loin. Le moindre faux pas et tu tombes de ton fil. Ça, tu le sais.

— Allez, bon vent, messieurs. J'ai plus rien à vous dire.

Sur ce, Kardec fait demi-tour sous le nez des gendarmes de l'autre côté de la clôture sans leur laisser le temps de répondre et disparaît derrière la maison. Il est bien content d'avoir lavé ses baskets du sable de la plage qui s'était logé dans les rainures de la semelle, au cas où l'idée leur viendrait de les lui saisir pour des analyses.

Arrivé au potager, il prend une profonde inspiration et abat sa houe de toutes ses forces dans la terre. Il frappe, frappe comme un forcené. Des mottes humides volent sous les coups. Le tranchant du fer blesse le sol, laissant des plaies ouvertes où se tortillent des morceaux de lombrics coupés en deux. Les coups pleuvent. Un sur le ventre, un sur la poitrine, un autre sur le crâne qui éclate comme une noix de coco.

Les yeux exorbités, en proie à sa vision, Kardec frappe encore. Le trou se creuse, s'élargit. C'est ici qu'il l'enterrera elle aussi. Par une nuit sans lune. Et sans témoin, cette fois. Ensuite, il plantera par-dessus deux rangées supplémentaires de salades et de tomates. Elles aiment ça, ce genre d'engrais. Bien plus nourrissant que du compost. Jamais elle ne retournera à New York. Il ne la laissera pas repartir.

Mais avant, il lui en faut encore une à étrangler et à baiser. Peu importe dans quel ordre. Il n'arrive plus à savoir exactement si le piège qu'il prépare à cette garce est la principale motivation ou bien s'il agit par pur plaisir.

Quant aux flics, même s'ils flirtent avec une vérité, la leur, ils sont bien loin de ce qui s'est réellement produit…, songe Kardec. Loin, tellement loin.

28

Mai 2014, Jay Street, Brooklyn.

C'est aux environs de 6 heures à son réveil digital qu'Hanah fut tirée de son sommeil par un miaulement rauque. Se demandant s'il provenait encore de son rêve ou plutôt des cauchemars auxquels elle était abonnée, elle ouvrit les yeux dans la pénombre et dressa l'oreille.

Hanah s'était endormie une première fois sur son bureau, vers 23 heures, épuisée, la tête sur le clavier du Mac, et s'était réveillée en sursaut, pour s'apercevoir dans la glace de la salle de bains que les touches étaient presque toutes gravées sur son front. QWERTY…

Une fois blottie sous la couette, ses pensées avaient voyagé jusqu'à Folley.

Elle avait enfin réussi à la joindre vers 21 heures. Au cours de leur échange qui avait rapidement pris une tournure plus intime, Virginia lui avait appris qu'elle était en train de divorcer. Mais que son mari se comportait avec elle comme s'ils étaient toujours ensemble. Néanmoins, dans l'esprit de Folley, il était clair qu'elle aspirait à se débarrasser le plus vite possible des dernières formalités pour vivre enfin sa nouvelle vie. Elle avait avoué à Hanah à demi-mot qu'elle espérait bien que celle-ci en fît partie.

La conversation avait pris fin sans que Baxter abordât les questions qui la démangeaient sur les souvenirs induits, de peur de redonner à son appel un caractère formel.

Un deuxième miaulement, distinct, plus proche d'un cri, se fit entendre du plateau inférieur. Hanah se dirigea vers l'escalier et se pencha.

— Bis? appela-t-elle. Qu'est-ce qu'il y a, mon gros? Bis?

Mais seul le silence lui répondit.

Sur ses gardes, des braises dans l'estomac, Hanah finit par descendre pieds nus, sans bruit. Son Glock se trouvait dans le coffre verrouillé.

En bas, les stores étaient levés sur le ciel matinal à peine rosé de Big Apple. À mesure qu'Hanah descendait, l'espace s'éclaircissait.

— Bis? Tu es là, mon chat? répéta-t-elle au pied du colimaçon en verre.

— Il est là, vous inquiétez pas, miss Baxter. Il est vraiment cool, Bis.

Comme si on lui avait planté une pointe dans le dos, Hanah se retourna vers la voix. Teddy, le technicien de la société d'ascenseurs, était installé sur le canapé et lui souriait. Il tenait Bis sur ses genoux, le plaquant d'une main contre lui. Ses yeux d'un bleu translucide renvoyaient une expression étrange qui contrastait avec son sourire. Elle sut tout de suite que quelque chose clochait. Teddy? fit-elle, sans cacher sa surprise. Que faites-vous ici à cette heure?

— J'avais trop envie de vous voir, miss Baxter, répondit le jeune d'un air narquois.

Teddy mentait. Une angoisse l'étreignit.

Elle avait laissé son smartphone sur sa table de nuit. Il ne lui aurait certes pas servi à grand-chose à cet instant, mais elle se sentit démunie. Elle s'en voulait surtout de lui avoir fait confiance. *Quelle cruche!* Ce n'était pas digne d'une pointure du profilage… Maintenant, il allait sans doute chercher à la dépouiller.

Parmi les objets de valeur qu'il pourrait embarquer, il y avait la Seamaster, un Mont-Blanc, sa petite collection de météorites, la Trinity de chez Cartier que lui avait offerte Karen et que, ne la portant plus, elle avait rangée dans un tiroir de la salle de bains et, bien sûr, Invictus, son précieux pendule. Le reste — toiles, sculptures, authentiques masques africains, idoles océaniennes — était aux murs ou sous vitrine, trop encombrant pour être emporté sur soi. De toute façon, il lui fallait comprendre ce qu'il voulait, le faire parler.

— Vous savez comme moi, Teddy, que même si je ne l'ai pas fermée à clef, il est impossible d'ouvrir cette porte de l'extérieur, commença-t-elle, fébrile. Vous n'avez pas à vous trouver ici à cette heure. Vous deviez venir en fin de matinée vous exercer sur les machines. Nous nous étions mis d'accord.

— Eh ben, j'ai changé d'avis, dit le jeune homme en décroisant les jambes, une main toujours appuyée sur le chat.

— Pourriez-vous lâcher Bis? Le contact prolongé avec des inconnus l'effraie, le pria Hanah prudemment.

— Je voudrais surtout pas lui faire peur, hein, mon chat-chat?

Sans un mot de plus, il se leva. Hanah qui ne le quittait pas des yeux s'aperçut à ce moment-là combien il était massif en réalité, une montagne de muscles dans son survêtement à capuche.

Portant Bis d'une main, il se dirigea vers la grille du monte-charge. Celui-ci, sans doute appelé par quelqu'un, stationnait plus bas, laissant un vide obscur.

Teddy fit coulisser la grille et, comme s'il jetait un vulgaire sac-poubelle dans le vide-ordures, lâcha l'animal dans le vide. Au cri de la pauvre bête se mêla, déchirant, celui d'Hanah qui, incrédule, n'avait pas eu le temps de réagir. Le hurlement du félin alla s'éteindre dans le noir, plus bas.

— Qu'est-ce qui vous prend, Teddy? cria Baxter tétanisée.

— C'est dingue ce que peut faire la force de gravitation, se contenta de répondre froidement le jeune en se retournant. Y a pas photo, quelque chose qu'on lâche dans le vide tombera toujours. J'aurais voulu faire l'expérience avec une pomme, mais j'en avais pas, désolé.

Il claqua la grille derrière lui. Hanah était désormais seule chez elle avec un type qui semblait assez dingue ou malade pour précipiter sans ciller un chat dans le vide de cette hauteur. Elle comprenait peu à peu qu'il n'était pas venu pour la braquer. Quelles étaient ses réelles motivations et qu'allait-il faire d'elle, maintenant? Les questions affluaient en même temps qu'une terreur incoercible dans laquelle la colère n'avait plus de place.

Teddy se tenait immobile, face à elle, le même sourire vague aux lèvres. Un sourire de fou, pensa-t-elle avec angoisse. Et tout d'un coup, de son visage émana quelque chose de familier. Il lui rappelait une expression qu'elle ne pouvait oublier. Une expression qui l'avait glacée et qui la poursuivait jusque dans son sommeil.

Sans cesser de penser à la fin atroce que venait de connaître Bis, son compagnon de vie, les larmes aux yeux, elle jeta un regard furtif au coffre où se trouvait enfermée son arme.

— C'est ça que vous cherchez, miss Baxter ?

À la seconde, Teddy sortit le pistolet d'Hanah, coincé dans la ceinture de son jean et l'agita sous son nez avant de le pointer sur elle. Décidément, ce gosse en a dans le carafon et dans les doigts, se dit Hanah.

— Ça doit faire sacrément drôle d'être tué par son propre flingue, non ? grinça le jeune dans une torsion de la bouche. Enfin, pas plus qu'être achevé comme un chien par injection, ajouta-t-il d'une voix acide.

Ces derniers mots eurent sur Hanah l'effet d'un mauvais shoot. Elle eut la désagréable impression que l'adrénaline avait remplacé le sang que son cœur pompait inlassablement depuis sa naissance, jusqu'à ce court-circuit qui l'avait fait échouer sur le billard. Rends-toi à l'évidence, même si c'est totalement incroyable, essayait-elle de se convaincre.

— Vous aussi, vous auriez pu y rester, sur une table, y a pas si longtemps, miss Baxter, reprit Teddy après une courte pause. Sauf que c'était une table d'opération. On dirait que vous commencez à saisir pourquoi je suis là. J'ai tellement attendu ce moment, Baxter…

— Vous êtes…

— Ted Nash. Son fils. Il m'appelait Mini Nash tellement on se ressemblait.

— Je ne savais pas que Jimmy Nash avait… un fils. Il ne m'en avait rien dit.

— Ça aurait changé quoi? Ça lui aurait évité l'exécution? Onze ans, Baxter, tu m'as volé onze années de ma putain de vie avec mon père. Et maintenant, c'est perpète.

Hanah sentit le rouge lui monter aux joues. Comment ce gamin issu d'un monstre avait-il l'affront de lui sortir une telle énormité de sang-froid?

— Et combien d'années a-t-il volées à tous ces bébés qu'il a sauvagement assassinés, sans parler de leurs parents? Toute une vie! s'indigna-t-elle.

— C'était pour leur bien. Personne a jamais rien compris.

— C'est ce qu'il t'a fait croire, Teddy? Ce qu'il te faisait, c'était pour ton bien aussi? Sauf que toi, il ne t'a pas tué, avec toi, il faisait durer le plaisir, c'est ça?

En voyant les mains de Teddy Nash se mettre à trembler, elle sut qu'elle venait de mettre dans le mille.

— Ta gueule, salope! Tu sais rien! cracha-t-il en serrant l'arme.

Le canon visait Baxter, qui évalua la situation. Le coup pouvait partir à tout moment. Par chance, si elle avait bien suivi le protocole, il n'était pas chargé. Elle ne savait plus exactement. Habituellement, elle le rangeait toujours dans le coffre de retour de mission sans son chargeur qu'elle gardait ailleurs. Teddy avait-il vérifié ce détail essentiel? En revanche, si elle avait commis par négligence l'erreur de laisser le chargeur dans le Glock, elle avait, sans le savoir à l'époque, signé son arrêt de mort.

Teddy se trouvait à environ 1,50 mètre, le pistolet braqué sur elle à la hauteur de sa poitrine. S'il tirait, et que le Glock était chargé, il l'aurait en plein cœur, à bout portant. À cette distance, la balle pouvait lui exploser le thorax. Elle n'aurait aucune chance de s'en sortir et personne n'entendrait le coup de feu, puisqu'elle occupait tout l'étage à elle seule. Mais ce court espace entre l'arme et elle lui laissait la possibilité d'utiliser les bases d'autodéfense qu'elle avait apprises. Dans ce contexte, gagner du temps ne servirait à rien, vu que personne n'était en chemin pour lui venir en aide.

À cet instant, elle regrettait amèrement d'avoir refusé la proposition d'un ami agent du FBI de lui fournir un bip directement relié aux services de police et à un centre de secours, qu'elle activerait en cas de danger. «Avec ton métier, un jour tu peux être menacée chez toi», lui avait-il dit. Détestant se sentir connectée à l'œil de Big Brother, elle avait gentiment décliné la proposition. Or ce jour était arrivé.

Consciente que chaque minute écoulée la rapprochait de la mort, Hanah voulait en savoir plus sur Teddy et, indirectement, sur Nash. Babies Killer avait occupé presque chacune des nuits qui avaient suivi son exécution. Son regard s'attacha aux mains du jeune homme. À l'épaisseur de ses doigts et à la puissance qui en émanait. C'était forcément lui.

— C'est toi qui m'as laissé ça en souvenir? demanda-t-elle en montrant les traces sur son cou.

Elles s'étaient bien estompées mais demeuraient

visibles sous forme d'empreintes rosées. Comme d'anciens suçons.

— Un joli petit collier, ouais. Tu aimes?

— Pourquoi ne pas m'avoir achevée alors? Tu n'avais qu'à serrer plus fort.

— Je suis pas une mauviette. J'aurais pu, ouais. Ça aurait été cool. Mais ce que je vais te faire, là, va être encore plus cool.

Sur ces mots, il sortit de sa poche — Hanah avait noté qu'il tenait l'arme de sa main gauche — un flacon et une seringue entourée d'un élastique. Elle chancela.

— Tu aimes les cocktails, Baxter, à ce qu'il paraît… Celui-ci te changera du whisky latte.

Hanah se sentit blêmir. Comment pouvait-il avoir connaissance d'un élément aussi personnel de ses goûts?

— Thiopental sodique associé au pentobarbital, bromure de pancuronium et chlorure de potassium. Mon père a reçu ces produits mortels en trois injections successives, mais pour toi, ce sera les trois en une seule. Tu présenteras les mêmes symptômes, et vu ton gabarit, ce sera plus rapide.

— Où t'es-tu procuré ça, Teddy? esquissa Hanah.

Il était très difficile, voire impossible pour un citoyen lambda d'obtenir ce genre de produits.

Elle s'efforçait de garder une voix posée, pour ne pas trahir une peur qui risquerait d'exciter le prédateur. Pourtant son angoisse était arrivée à son paroxysme et devait suinter par tous les pores de sa peau.

— Bosser dans un labo avec un doctorat en chimie, ça aide, ricana le jeune d'un air sinistre.

— Ça te sert aussi pour travailler sur les ascenseurs ?

— J'ai suivi une formation pour ça. Il fallait bien que je trouve un moyen de t'approcher, une fois que j'ai repéré où tu créchais.

Hanah pensa aussitôt à l'avocat de Nash. Lui seul avait pu renseigner le fils du tueur. Lui seul avait pu obtenir son adresse, malgré toutes ses précautions pour garder une confidentialité maximale.

— C'est Peterson, l'avocat de ton père, qui t'a donné mon adresse ?

— Pas eu besoin de ce connard. D'ailleurs, après toi, ce sera son tour. Il a même pas été foutu d'éviter l'exécution à mon père.

— Il a fait son travail, Teddy. On ne gagne pas à tous les coups. Surtout avec un passif comme celui de Jimmy Nash.

— Il devait gagner. Tant pis pour lui.

Au cours de leur échange, Hanah commençait à évaluer la personnalité de Teddy Nash. À la fois très immature et d'une intelligence supérieure à la moyenne. Une intelligence froide, des actes calculés et conscients, dénués d'affect, mais avec une tendance à l'impulsivité ou à des accès de violence. Toutes les caractéristiques de la psychopathie. Le détachement glaçant avec lequel il avait balancé le pauvre Bis dans le vide en était une. Quoi qu'elle lui dise, il suivrait son plan. À moins de trouver la faille. Il y en a toujours une, même dans un roc, plus ou moins visible, plus ou moins accessible.

— Ça te démange, hein, Baxter, de savoir comment j'ai fait pour arriver jusqu'à toi. Hanah Baxter, la pointure du profilage !

Tout en lui parlant, sans baisser son arme pointée sur elle, de sa main libre et s'aidant de ses incisives, Teddy Nash arracha l'embout de la seringue déjà remplie du produit létal, laissant apparaître l'aiguille.

Des gestes étonnamment précis exécutés d'une seule main, la droite, alors qu'il semblait aussi à l'aise de la gauche qui tenait le pistolet avec la même assurance. Hanah en déduisit qu'il était probablement ambidextre. À moins d'avoir été un gaucher contrarié, ce qui, pour sa génération, était peu vraisemblable.

Au cours de ses lectures, Baxter était tombée sur des études récentes qui détrônaient le mythe de l'ambidextrie, longtemps considérée comme un atout par méconnaissance. En réalité, les ambidextres, souffrant d'une latéralité mal définie, dite ambiguë, étaient sujets à des troubles de la personnalité tels que la schizophrénie, quand il ne s'agissait pas de simple dyslexie associée. Pourtant, elle ne classerait pas le comportement du jeune Nash dans la longue liste des psychoses, mais bien du côté des personnalités psychopathes, du fait d'une absence évidente de sentiment de culpabilité et d'empathie. Elle pressentait aussi que la moindre frustration pourrait déclencher une crise. Il fallait flatter son narcissisme, le placer au centre de la scène.

— J'aimerais savoir, bien sûr, dit-elle doucement. Je suis assez impressionnée, je dois dire.

Une lueur satisfaite éclaira les yeux de Teddy. La seringue était prête. Hanah ne disposait désormais que de peu de temps pour agir.

— Ça a été très simple. En t'écrivant pour te

demander de venir assister à son exécution car tu lui devais bien ça, mon père t'a juste attirée dans le piège qu'on avait mis au point. Je n'étais pas présent au moment de l'injection. Je voulais pas que tu me voies. Mais je t'attendais dehors. Dès que t'es sortie, je t'ai suivie jusqu'à l'aéroport. Mon père m'avait dit que tu venais de New York exprès pour lui. T'étais en avance sur ton heure de vol, ce qui m'a donné le temps de prendre un billet. On a fait le voyage ensemble, Baxter. J'étais assis trois rangées derrière, mais je te voyais en diagonale. C'était cool de te regarder lire le livre culte de Jimmy Nash.

Avant de sortir de l'avion, tu l'as balancé sur un siège, mais je l'ai récupéré et je t'ai demandé si tu ne l'avais pas oublié. Après, j'ai pris un taxi qui a suivi le tien jusque chez toi, contre une petite rallonge. Et le tour était joué. Avec ma formation de technicien en ascenseurs, j'ai pu donner le change et faire ta connaissance. La suite, tu l'as.

Le jeune homme brun au regard si bleu derrière ses lunettes, qui l'avait abordée dans l'avion! Sa façon de parler en la remerciant, «c'est cool»… Elle était déjà dans sa ligne de mire! Cette révélation la pétrifia mais elle tenta de garder son sang-froid.

— Très ingénieux, en effet, Teddy! s'exclama Hanah, feignant l'admiration dans un effort surhumain. Tu devrais mettre cette aptitude au service d'une plus noble cause que la vengeance. Parce que si tu me tues, tu risques la prison à vie, tu le sais. Ce serait du gâchis.

— Ouais, mais au moins, la mort de mon père et le vide qu'elle laisse dans ma vie auront été vengés.

— Le vol du petit tube contenant un fragment

métallique qu'on m'a extrait du corps et qui a réapparu chez moi, c'était toi aussi, n'est-ce pas? poursuivit Hanah pour maintenir le fil noué avec le jeune psychopathe.

Teddy acquiesça avec fierté.

— T'as flippé ta race, hein?

Le jeune Nash pouvait passer d'une expression orale recherchée à un langage presque adolescent. Comme si deux personnes en lui se renvoyaient la balle.

— Oui, parce que j'ai cru que tout cela venait de quelqu'un d'autre.

Teddy afficha brusquement une mine contrariée. Sa main gauche trembla.

— Ah ouais? Qui ça?

Qui, oui, qui lui aurait fait l'affront de lui voler la vedette? Hanah sentit qu'elle s'approchait de la faille.

— Mon père. Lui aussi a peut-être en tête de se venger.

— Tu lui as fait un sale coup, à lui aussi?

— Il a tué ma mère lors d'une dispute, et l'a enterrée dans le jardin. J'avais dix ans et j'ai été indirectement témoin de la scène. J'ai eu la force de le dénoncer grâce à un de mes profs de collège trois ans plus tard. Il a pris une peine de trente ans. Mais il a été libéré de manière anticipée. Je te laisse apprécier qui a fait le sale coup, lui ou moi.

— T'avais pas à le dénoncer, déclara Teddy d'un ton tranchant.

— Il a tué ma mère.

— Pour son bien, sans doute. Comme mon père avec les gnards.

C'était évident. Jimmy Nash avait élevé son fils dans cette croyance. On tuait autrui pour son bien.

— Allez, ça suffit comme ça. Allonge-toi sur le canapé et donne ton bras, Baxter. Tu bouges d'un poil et je te bute avec ton arme.

Les petits cheveux au garde-à-vous sur sa nuque, Hanah hésita. De toute façon, il allait la tuer. Son pied atteindrait-il la main gauche de Teddy avec assez de force pour le désarmer avant qu'il ne lui plante la seringue dans la chair ?... Pas sûr. Il lui fallait atteindre un autre endroit.

Inspirant profondément, Hanah s'exécuta. L'aiguille n'était plus qu'à quelques centimètres de son bras.

VAINCRE

29

Avril 2014, hôpital de Rennes,
service de chirurgie thoracique

En arrêt maladie depuis une semaine, Yvan a mis ce temps libre à profit pour aller voir Alex le plus souvent possible. Il se partage entre son amant et sa jument, Cézembre, qui lui offre de tout son cœur de cheval des sensations toujours aussi puissantes.

L'authenticité de la lettre manuscrite de Léon Maurice à son fils n'a pas pu être établie, les cendres de celle-ci ayant bel et bien fini dans la cuvette des w.-c. du vieux. Yvan a dû rester à disposition de la police de Rennes après une garde à vue d'une vingtaine d'heures jusqu'aux conclusions de la légiste qui a remplacé Alexandre, Martine Corbach, une femme d'une soixantaine d'années, dynamique, la peau basanée, des cheveux rouges et de la bouteille. Corbach a tranché sans équivoque en faveur du suicide par pendaison. Conclusions que doivent encore corroborer les résultats des analyses ADN qui tardent un peu à arriver sur le bureau du commandant Eliade.

Le visage crayeux d'Alexandre a repris quelques couleurs, mais il ne sortira que dans deux semaines. Il est avant tout affaibli par le choc post-traumatique et émotionnel subi. C'est Yvan qui, en accord avec Eliade, lui a annoncé que l'agresseur était l'ancien capitaine Léon Maurice, son père.

Les yeux creusés, Alexandre l'a regardé, incrédule, abasourdi. Alors Yvan lui a parlé de la lettre et de son contenu. Puis a enchaîné sur l'altercation avec Le Fol et ses propos homophobes et irrévérencieux à l'encontre de son supérieur, qui lui ont valu une mise à pied immédiate. Mais ensuite, Yvan a craqué, laissant déborder le vase, seul chez lui en descendant une bouteille de vodka. Le lendemain il n'est pas allé travailler. Son généraliste l'a arrêté quinze jours et lui a prescrit un antidépresseur léger à prendre pendant un mois.

— Ton arrêt maladie risque de sonner comme un aveu aux yeux de ton équipe, Yvan, a commenté le légiste, torse nu sous son bandage qui lui enveloppe les côtes et l'épaule droites.

— Mon père vient de se pendre après avoir tenté de tuer l'homme que j'aime. Suspecté de l'avoir assassiné en simulant un suicide, je suis resté vingt heures en garde à vue, a répondu Yvan. Visiblement il y a eu une fuite et tout le monde à la BR est au courant de notre relation. En même temps que le reste, mes gars ont appris qu'ils sont sous les ordres d'un capitaine de gendarmerie homosexuel, ce qui a autorisé l'un d'entre eux à contester ouvertement sa légitimité. Tu ne crois pas qu'à part toi, et Dieu merci tu es vivant, je n'ai plus rien à perdre ?

Alex lui a rendu son regard, où se mêlent tendresse et compassion.

— C'est drôle, tu te souviens, lors de notre dernière conversation ce fameux soir à la crêperie, on s'était demandé si on serait capables de tuer dans une situation exceptionnelle, a-t-il rappelé à son compagnon. Yvan… de toi à moi, tu ne l'as pas fait ?

Yvan en est resté bouche bée. Même si, venant d'Alexandre, la question n'a rien de malveillant ni de réprobateur, le seul fait qu'il puisse avoir le moindre soupçon le blesse.

— Je te demande pardon. Ma question est nulle, s'est aussitôt repris Alexandre, devant l'air froissé de son compagnon demeuré silencieux. Bien sûr que non, tu n'aurais pas pu le faire. Même pour me venger.

— Eh bien, détrompe-toi, Alex, j'aurais aimé pouvoir lui faire autant de mal qu'il nous en a fait, mais il a été plus rapide que moi. En me rendant chez lui, dès que j'ai reçu le portrait-robot qui ne laissait aucun doute, je ne savais pas ce que j'allais faire exactement. Le livrer à la justice ou le tuer de mes propres mains. Mais lui savait, je crois. Il n'a voulu ni se rendre ni se faire descendre par une pédale. Si je l'avais trouvé vivant, je t'assure que je ne sais pas si j'aurais pu répondre de moi.

— Se sachant découvert, il aurait aussi pu t'attendre chez lui, te tirer dessus et se suicider après.

À cette hypothèse, Yvan a souri.

— Je ne pense pas. Mon père croyait en une sorte de vie après la mort. Un genre de rédemption pour âmes damnées d'un côté et l'éternel repos de l'autre.

Il n'aurait surtout pas voulu qu'on se retrouve tous les deux face à lui pour l'éternité !

— On lui aurait mené la vie dure, au vieux renard ! s'est esclaffé Alex.

Ils ont tous les deux éclaté de rire. Un rire qui remonte de loin, de leurs tripes, du fond du tunnel. Le rire de la vie et de l'amour, un rempart contre les ravages de la bêtise et de l'ignorance. Car Yvan a bien cru ne jamais revivre ces instants de tendre complicité avec Alexandre.

Aujourd'hui, il a apporté un peu de distraction à son amant. Des comics dont il est fan. Des histoires de superhéros, comme Spider-Man, les Quatre Fantastiques et surtout les X-Men. Alex a maintenant la force de se redresser et de lire. Dans la chambre qu'il ne partage avec personne, les stores sont à moitié baissés et le chauffage fait monter la température à 25 °C. La tête du lit est inclinée à l'aide d'une télécommande. Sur la table de chevet repose une carafe dans laquelle stagne un fond d'eau plate et un verre de cantine. À côté, un bouquet de tulipes mauves dans un vase, apportées par la mère d'Alexandre, veuve et septuagénaire. Alex est l'aîné d'une fratrie de trois, deux fils et une fille. Son frère et sa sœur vivent tous les deux à Paris.

— C'est toi, mon superhéros, souffle tendrement Yvan à l'oreille d'Alex en lui tendant les comics. Tu réalises que tu as survécu à du 9 mm tiré à bout portant ?

Il sait qu'Alexandre n'aura pas besoin d'un suivi psychologique, étant lui-même en contact régulier avec la mort et assez armé pour faire face au choc. Il sait aussi que son travail manque à Alexandre, contrairement à lui. Et à ce propos, il a une annonce à lui faire.

— Je crois que je réalise beaucoup de choses en ce moment, répond Alex, les yeux humides. À commencer par la beauté de cette putain de vie.

— Tiens, tu t'exprimes aussi élégamment qu'un hétéro, le taquine Yvan.

— Ça fait du bien, putain! enchérit Alex. Et elle va être encore plus belle avec toi, mon chéri, poursuit-il en prenant la main d'Yvan. Tu sais que tu es ce qui m'est arrivé de mieux depuis longtemps?

— Pareil pour moi. Et j'ai même une demande à vous adresser, monsieur Le Dantec… Voulez-vous m'épouser? enchaîne-t-il après une courte pause, le temps de prendre son élan.

Yvan voit Alexandre se figer, le front plissé.

— Tu es sérieux?

— On ne peut plus sérieux… J'aurais voulu te faire ma demande ailleurs qu'à l'hôpital, mais…

— Oui, mille fois oui, dit Alexandre en essayant de se soulever un peu pour embrasser Yvan.

Leurs lèvres se soudent en un baiser avide.

— Et maintenant, je peux t'annoncer la nouvelle, mon cher docteur… Je donne ma démission.

— Quoi? Qu'est-ce que tu racontes? En pleine évolution professionnelle et en pleine enquête sur deux meurtres?

— C'est une réflexion que je mène depuis longtemps. Je crois que je ne suis pas fait pour ce métier. J'ai la nausée à la vue d'un cadavre, j'en fais des cauchemars toute la semaine qui suit, et les quatre derniers en date, dont celui de mon père, ont été la goutte d'eau.

— Tu es sûr que ce n'est pas plutôt lié à ce que t'a dit Le Fol?

— Il n'est sans doute pas totalement étranger à cette décision, quand je vois un type comme Gorniak, je ne l'imagine pas exerçant un autre métier. En revanche, moi, je me vois très bien ailleurs.

— Où ça?

— Gérant d'un petit Casino de quartier avec mon mari. Tu sais, ils ne prennent que des couples mariés, dit Yvan d'un air sérieux.

— À part aux antidépresseurs, tu te shootes à quoi? réagit Alexandre en secouant la tête.

Devant la mine que fait son amant, Yvan ne peut se retenir de rire.

— Tu as failli y croire, avoue! s'esclaffe-t-il.

— Plus rien ne m'étonne de ta part, c'est vrai. Alors c'est quoi?

— J'ai toujours rêvé d'avoir un centre équestre. Proposer des balades et des randonnées sur deux, trois jours dans la région. Des circuits culturels à cheval. La Boucanerie, celui où j'ai placé Cézembre, est à vendre…

Au même instant, on frappe à la porte qui s'ouvre sans qu'Yvan ait eu le temps de répondre. Eliade apparaît, une sacoche postier en bandoulière par-dessus son trench.

— Bonjour, messieurs, dit-elle d'une voix claire, note Yvan.

Les deux amants, dont les mains se descellent à contrecœur, lui rendent son salut sans grande conviction, agacés d'être dérangés dans leur intimité.

— Je me doutais que vous seriez là, Yvan. Je me

suis donc déplacée exprès pour vous annoncer la bonne nouvelle.

— Il ne fallait pas vous déranger, commandant. Vous pouviez m'appeler.

— Je voulais voir le sourire éclairer votre visage. J'ai eu les résultats des analyses ADN tout à l'heure. Ils vous disculpent entièrement et dissipent les derniers doutes. Votre père s'est bien suicidé en se pendant.

— Merci, mais je le savais déjà sans analyses, commandant, répond Yvan, acerbe.

— Je comprends votre amertume et suis sincèrement désolée d'avoir été contrainte de vous faire subir cette garde à vue, mais c'était la procédure. La dernière fois, au café, vous m'aviez appelée Mira. C'était mieux que «commandant».

— C'est votre grade, pourtant.

— Oui, bien sûr... Je ne vous dérange pas plus. Bon rétablissement, docteur Le Dantec. Quant à vous, Yvan, tâchez de vous reposer.

Tout en reculant de quelques pas vers la porte, Mira Eliade affiche un petit sourire gêné et sort après avoir salué les deux hommes d'un bref signe de tête.

30

Mai 2014, Jay Street, Brooklyn.

C'était elle ou lui. Vivre ou mourir. Savoir où frapper et frapper juste. Choisir vite. La main qui tenait le Glock pointé sur elle ou celle qui brandissait la seringue remplie d'un cocktail létal. Nash junior devait être aussi habile des deux mains, mais également tout aussi maladroit de l'une et de l'autre.

Tout se déroula comme une fulgurance dans le cerveau d'Hanah. La réflexion céda soudain à une violente pulsion de vie. Son pied droit tendu jaillit tel un ressort pour aller frapper l'adversaire, l'atteignant au poignet du même côté. Surpris, Nash junior lâcha la seringue qui roula par terre.

Le doigt de la main gauche sur la détente du Glock, il appuya aussitôt, le canon braqué sur la poitrine d'Hanah, mais aucun coup ne partit. Profitant de cette seconde de confusion, le pied de Baxter s'abattit sur sa main gauche. Le choc, inattendu, éjecta le Glock à un mètre. Même déchargé, le pistolet pouvait servir d'arme. À cet instant, tous deux surent que leur salut était dans la seringue, quelque part sur la moquette.

Un regard avait suffi à Hanah pour repérer où elle était tombée. Elle se précipitait déjà pour la ramasser, mais Teddy, plus rapide, se rua sur elle avec le Glock qu'il venait de récupérer et lui assena un coup de crosse entre les épaules. Le souffle coupé, Hanah s'écroula au sol, sur les genoux, pliée en deux. La crosse la heurta de nouveau, cette fois à la tête. Des mouches voletèrent un instant devant ses yeux, puis ce fut le noir complet.

Lorsqu'elle rouvrit les paupières, tournant la tête, elle vit Teddy, penché sur elle, prêt à lui enfoncer l'aiguille dans l'épaule. Non! Elle devait vivre. La tête sur le point d'imploser, rassemblant ses dernières forces avec quelques bases de sport de combat, Hanah roula sur le côté et parvint à esquiver la piqûre. Mais, la tirant en arrière par les cheveux, Teddy était de nouveau sur elle et lui écrasait les épaules sous ses genoux, la main gauche autour de sa gorge et la seringue levée dans son autre main.

— Tu te défends pas mal, pour une femme, mais c'est fini, Baxter. Je t'envoie à mon père. Ça va être ta fête, cracha-t-il entre ses dents serrées. Là, tout doux, tu vas t'endormir dans quelques minutes. Faut savoir lâcher prise…

Parfois, la vie parvient prématurément à son terme et s'arrête. Faut-il se résigner pour autant, lorsque la situation est incertaine? Lorsqu'on ne sait pas encore tout à fait de quel côté elle va basculer…

Lâcher prise… Deux mots qui se propageaient comme une douce drogue dans l'esprit d'Hanah et dans son corps affaibli. Une part d'elle-même était tentée de céder au chant des sirènes. Se libérer enfin du poids de cette vie organisée autour de morts violentes, de crimes, de choix orientés par un meurtre originel, par une absence trop lourde à porter pour une fillette. Elle se sentait proche, si proche de la fin et, étrangement, ce n'était pas désagréable.

Seulement, cette fois, ce fut l'enfant qui demanda de l'aide à l'adulte. «Bats-toi, Hanah! Tu dois te battre et vivre! Fais-le pour ta mère, pour Bis, pour moi. J'ai besoin que tu trouves ce qui s'est vraiment passé. Ne me laisse pas dans la tourmente de ce naufrage. Il faut qu'on sache.»

Une main tendue vers elle, la petite fille la regardait d'un air grave. *Fais-le pour moi. Ne me laisse pas toute seule.* Ses boucles blondes, ses yeux profonds et sombres, sa volonté de petit soldat. Elle, Hanah.

Dans un ultime cri de rage, le corps tendu à éclater, Baxter se cabra comme un cheval. Éjecté, Teddy fit un vol plané au-dessus d'elle, la tête la première. Cet effort presque surhumain anéantit les dernières forces d'Hanah qui retomba et resta étendue sur le dos, sans souffle, incapable de bouger, les yeux rivés au plafond, attendant le coup de grâce. Mais rien ne vint. Si elle n'avait pas été certaine que ses yeux voyaient encore, elle se serait crue morte ou en train de mourir, à cause de ce silence singulier qui s'était fait dans la pièce. Comme si elle était seule tout à coup.

Trouvant le courage de se redresser sur un coude, elle risqua un regard derrière elle, là où Teddy avait atterri. Ce qu'elle vit la laissa stupéfaite. Dans une posture improbable, presque grotesque, les fesses en l'air, tel un pantin désarticulé, Nash junior paraissait inconscient ou mort. En tout cas, il ne bougeait plus, comme figé dans une résine invisible.

Parvenant à se relever, Baxter s'approcha de lui avec prudence, sans le toucher. Il ne semblait même plus respirer. À la position de sa tête, renversée en arrière, elle put constater que, entraîné par son poids, il s'était brisé les cervicales dans sa chute. Un simple accident qui lui avait sauvé la vie.

Hanah retomba sur la moquette, assise à côté du cadavre et, pensant à Bis et à ce à quoi elle venait d'échapper, elle fondit en larmes.

Je l'ai fait, sanglotait-elle, *j'ai vaincu pour toi, pour elle. Je serai toujours là…*, disait-elle à la petite fille qui, debout près d'elle, lui souriait. Ses yeux n'étaient plus sombres, au contraire, ils paraissaient presque bleus et ses boucles dorées captaient la lumière du soleil. Puis la vision se dissipa dans la fragile clarté du jour, de l'autre côté de la baie vitrée.

Soudain, derrière la porte, elle crut entendre un cri de détresse. Comme celui d'un nourrisson perdu. Dressant l'oreille, demandant presque à son cœur de cesser de battre pour que le silence fût complet, elle attendit. De nouveau, le cri. Un miaulement, sans aucun doute. Celui de Bis, qu'elle reconnaîtrait entre tous. Elle n'osait pas y croire. Teddy l'avait lâché dans le vide, elle l'avait vu de ses propres yeux.

Elle bondit vers la porte qui donnait sur l'escalier de secours, sortit en la laissant ouverte et enfonça l'interrupteur à l'extérieur.

— Bis ? Tu m'entends, Bis ? Bis !

L'animal lui répondit aussitôt. Bis vivant ! C'était presque impossible. De combien d'étages était-il tombé ? Se penchant, elle vit que le monte-charge n'était arrêté que deux étages plus bas. Une chance incroyable! Une joie folle l'étreignit avant même qu'elle ne s'assure que le chat n'était pas blessé.

Continuant à appeler Bis et se guidant au son de ses pleurs, elle réussit enfin à le localiser. Il se trouvait assis au-dessus du monte-charge, la tête tournée vers sa maîtresse qu'il appelait désespérément.

— Ne bouge pas, Bis, je viens te chercher!

Elle lui parlait doucement, s'efforçant de ne pas lui communiquer son émotion. Elle prit l'escalier et commença à descendre, en priant pour que personne n'appelât l'ascenseur au même moment.

Arrivée à sa hauteur, elle appela Bis qui ne l'avait pas quittée des yeux tandis qu'elle descendait. Le chat, encore tout tremblant, rampa jusqu'à la main tendue de sa maîtresse. Au même moment, elle entendit une porte claquer dans la cage de l'immeuble. Oh non, c'est pas vrai… vite, haleta-t-elle en se hissant sur la pointe des pieds. Le monte-charge risquait à tout moment de descendre avec Bis encore dessus.

— Bis, viens, viens ici… oui, plus près, allez mon chat, c'est bien! lui répétait-elle avec douceur.

Réputés pour leur intelligence et leur extrême gentillesse, les sphynx en revanche ne possèdent pas d'agilité particulière. Bis était en équilibre incertain sur ses maigres pattes.

Soudain, le monte-charge s'ébranla dans un grincement qui fit frémir Hanah. Alors qu'elle croyait le perdre une seconde fois, sans savoir comment, elle se retrouva avec le chat dans les bras. Leurs deux cœurs affolés tapaient l'un contre l'autre à l'unisson.

Il était 9 heures passées. Eva devait s'inquiéter de ne pas avoir de nouvelles. Pour autant, Hanah ne l'appela pas tout de suite. Elle avait besoin de se retrouver seule pour un dialogue silencieux avec le mort. Besoin de réfléchir à ce qui venait de se passer. À ce qu'elle avait cru des semaines durant. Que c'était son père qui avait décidé de lui faire vivre un enfer, qu'il était là, quelque part, dans la ville, ayant retrouvé sa trace, dans l'unique but de se venger. Ses certitudes venaient de s'effondrer en même temps que ses craintes.

Si elle avait pu imaginer un seul instant que Nash avait un fils ! Lui, le tueur de bébés, l'ogre de Sacramento. Pourtant, avec son expérience des profils psychologiques et le dossier de Jimmy Nash auquel elle avait eu accès au cours de l'enquête jusqu'à son arrestation, elle aurait dû pouvoir l'envisager.

Combien de tueurs dont elle avait croisé la route s'étaient avérés des maris et des pères de famille exemplaires ? Teddy Nash semblait avoir adulé le sien, au point de vouloir faire payer son exécution.

À voir le cadavre de Teddy, une enveloppe désertée, désormais inoffensive, Hanah en éprouvait presque de la tristesse. Il avait voulu la tuer, mais n'y était pas parvenu. Peut-être ne le *voulait*-il pas assez ? Peut-être avait-il inconsciemment provoqué le destin pour rejoindre son père ? La nature de ce qui nous relie les uns aux autres, à nos parents, à nos frères, nos sœurs, notre famille élargie, nos animaux de compagnie, à nous-mêmes, est infinie. Nash voyait en son monstre de père un demi-dieu tandis qu'elle considérait le sien juste comme l'assassin de sa mère.

La mort emplissait l'espace de l'appartement

d'Hanah. Pour la première fois, elle s'était invitée dans son intimité. Elle qui avait mis tant de soin à la préserver… Ça devait arriver, à force de traquer ce genre de gibier. Un accident de chasse finit toujours par se produire. Elle n'allait cependant pas le déclarer à la police. Ne se sentait pas la force d'affronter une procédure judiciaire interminable avec des interrogatoires qui ne feraient que la retarder dans ses autres recherches. Elle allait devoir demander de l'aide à Eva pour transporter le corps. En admettant que la détective accepte.

Le quartier où habitait Baxter était une ancienne friche industrielle réaménagée en logements et en bureaux. Le maire avait tenu à conserver un incinérateur toujours en service pour y brûler les déchets d'une partie de l'arrondissement. La nuit, l'endroit était surveillé par une société de gardiennage privée. En plus de recevoir une décharge de Taser, les intrus risquaient de se faire mettre en pièces par les molosses qui secondaient les vigiles. Le meilleur moment pour éviter de se faire remarquer était donc en pleine journée. Il suffisait de déposer les objets encombrants à incinérer dans la benne prévue à cet effet. Et pour cela, il fallait emballer le corps au milieu de vieux vêtements dans un carton assez grand et solide pour tenir sous le poids d'un tel gaillard.

Aspirant une gorgée d'Asahi, les lèvres plaquées sur la canette qu'elle venait d'ouvrir pour la boire assise dans le canapé, et maintenant de l'autre main une poche de glace sur l'arrière de sa tête sans grand espoir de faire régresser la bosse qui avait eu le temps de se former, Hanah laissa échapper un rire nerveux.

— Tu te rends compte, Bis, s'adressa-t-elle à son chat blotti contre sa cuisse, je suis en train de planifier la façon de faire disparaître un cadavre, exactement comme le ferait un assassin !

Exactement comme l'avait sans doute fait son père avec le corps d'Hélène Kardec. Sauf qu'elle n'avait pas tué Teddy de ses propres mains. Mais elle avait conscience que l'argument ne tiendrait pas face aux enquêteurs. Elle serait suspectée d'avoir fait justice elle-même.

Alors que, sa décision prise, elle s'apprêtait à contacter Sportis de son portable prépayé, le téléphone fixe sonna.

C'est peut-être Eva qui n'arrive pas à me joindre sur le mobile, se dit Hanah en constatant que celui-ci était déchargé. Il fallait faire vite, le corps allait entrer en phase de décomposition. Voyant s'afficher la mention appel secret, elle hésita un instant avant de décrocher, fébrile.

— Allô ? Allô, qui est là ? Je ne vous entends pas…, répétait-elle, sentant la morsure de la peur sur sa nuque.

Ses mots lancés dans le vide, comme tant d'autres fois. Et toujours ces mêmes grésillements sur la ligne, mêlés à un souffle, à peine audible. Non, ce n'était pas fini. Le cauchemar continuait.

FERRER

31

Avril 2014, café du Port, Saint-Malo

Quel que soit le type de pêche, le moment le plus intense est celui où l'on ferre le poisson, se plaisait à répéter Kardec père à ses deux fils, Erwan et Killian. Les adolescents, que deux ans seulement séparaient, se regardaient en coin et ricanaient. Pour eux, le poisson n'était pas seulement une proie des mers. Et les propos pédagogues de leur père leur ouvraient bien d'autres horizons que celui de la pêche.

Leurs idoles n'étaient pas des rock stars, mais Mesrine et Spaggiari. Ils rêvaient d'une jeunesse de fugues, de braquages spectaculaires qui les rendraient célèbres, à l'instar de leurs modèles. Ils se voyaient au volant de décapotables de luxe, de superbes créatures à leur bras, à flamber dans tous les casinos et les boîtes de nuit de la Riviera méditerranéenne. Mais la mort brutale de leur père, décapité par le câble de la ligne lors d'une partie de pêche au gros, alors qu'ils allaient avoir quatorze et seize ans, les obligea à envisager la vie sous un autre angle.

Leur mère, sans travail, ne pouvant subvenir à

leurs besoins, ils furent contraints d'abandonner une scolarité pour laquelle ils n'étaient pas faits de toute façon, et de trouver des petits boulots tout en aidant à la maison. Malgré tout, leur mère leur avait toujours tout passé et continuait à en faire des princes.

Confronté très tôt à la mort, aussi soudaine et atroce que celle de son père, Erwan se renferma sur lui-même, tandis que Killian, plus insouciant, courait les filles. Des idées macabres s'emparèrent peu à peu de l'esprit tourmenté de l'aîné. Il se voyait décapiter ou étrangler à mains nues, surtout des femmes. Ce pouvoir de vie ou de mort, un pouvoir absolu, exerçait sur lui une fascination singulière. Seulement, il ne passerait pas à l'acte tout de suite. Il fallait que se présente une première opportunité. Il fallait que cette première expérience soit digne de ses attentes. Qu'elle lui donne envie de recommencer, comme dans un premier rapport sexuel.

Plus de quarante ans après, il a déjà tué nombre de fois. Débuté sa carrière d'assassin sous des mobiles divers, qui n'étaient au fond que des prétextes. Il aimait ça, c'est tout. Une carrière à part, qu'il entend poursuivre avec un seul but désormais.

Pour le moment, il se contente de sa voix sur la ligne téléphonique, lointaine et fragile. De la ferrer et la balader.

Hanah Kardec devenue Hanah Baxter. Sa petite fille devenue une adulte aussi étrangère que toutes celles qu'il regarde passer, installé à la terrasse du café du Port. Celle pour laquelle il s'était tant battu, pour laquelle il aurait donné sa vie. Ce qui rend encore plus impardonnable ce qu'elle lui a fait subir. La honte, l'humiliation et, pire que tout, l'enfermement.

Telle qu'il se la figure d'après les photos des articles, un peu floues en noir et blanc, la serveuse qui lui a apporté son petit noir sans sucre pourrait lui ressembler. Pas trop grande, plutôt sportive, le visage carré, les yeux couleur terre et les cheveux bien trop courts pour laisser s'épanouir la moindre once de féminité.

Depuis une semaine, il vient régulièrement prendre un café ici et lire le journal, face aux bateaux qui partent ou qui arrivent, quand ils ne sont pas amarrés, coque contre coque, leurs mâts transformés en perchoirs à goélands. C'est justement sur les pages de ce même quotidien qu'il a eu connaissance du cataclysme qui a récemment touché la BR de Saint-Malo.

Le capitaine Yvan Maurice, suspecté du meurtre de son père retrouvé pendu chez lui, puis blanchi par les résultats d'autopsie et d'analyse, contraint de démissionner après une fuite sur des éléments de sa vie privée ayant impacté l'équipe. L'enquête sur les deux meurtres encore frais de la jeune SDF et de sœur Hortense vient d'être confiée au lieutenant Gorniak qui remplace le capitaine en attendant la nomination du nouvel officier. Selon certaines rumeurs, il s'agirait d'une femme.

Interrogé, cette fois au poste, sur son éventuelle implication dans ce double meurtre, Kardec a répondu tranquillement que le véritable auteur de ces crimes voulait peut-être les faire justement coïncider avec sa libération et son retour à Saint-Malo. La récidive étant chose fréquente chez les criminels sortant de prison, Kardec serait forcément suspecté, ce qui arrangerait bien les affaires du véritable tueur.

Depuis, en l'absence d'éléments à charge, le père d'Hanah n'est plus inquiété. Les gendarmes, dont la perspicacité n'a rien de commun avec celle de Léon Maurice, semblent s'être tournés vers d'autres pistes possibles, dont celle d'un rôdeur que plusieurs témoins ont signalé dans les parages du port et sur la grande plage du Sillon.

La saison touristique se profile et, à partir de mai, se déversera le flot de Versaillais friands de la cité corsaire, il faut donc à tout prix servir un coupable aux élus locaux et calmer le jeu. Sinon, ce sera la panique et le tourisme risque de s'en ressentir.

Conscient d'avoir eu beaucoup de chance et que le moindre faux pas relancera les gendarmes à ses trousses, Kardec s'est tenu à carreau, s'occupant de son jardin, regardant la télé ou des vidéos porno, allant parier aux courses et gagnant souvent, ce qui lui permet de ne pas trop rogner sur ses économies et de continuer à retaper la maison.

La veille au soir, le feu de la douleur s'est emparé de lui, plus fort, le brutalisant à coups dans le bas-ventre comme lors d'un combat sur un ring. Elle irradie jusque dans les reins. Les analgésiques font de moins en moins effet. La maladie progresse à grands pas.

La petite garce arrivera-t-elle à temps pour qu'il puisse s'occuper d'elle? Cet espoir l'aide à tenir encore. Il a maigri ces dernières semaines et mange peu. Mais, grâce au jardinage et à l'entretien de la maison, sa force physique l'habite toujours. Il ne pourrait plus plonger avec des bouteilles sans risquer un malaise, en revanche, nager, faire du vélo sans forcer, un peu chaque jour, il y arrive. Lors de ses balades, il sort de la ville et, empruntant le chemin côtier sinueux, longe la corniche aux falaises ciselées par l'océan, qu'une herbe d'un vert frais recouvre par endroits comme un duvet. À un point d'horizon, le ciel semble se diluer dans la mer.

Avec ses jumelles, Kardec observe les bateaux qui tracent leur route sur les vagues et leur équipage. Pêcheurs, plaisanciers, plongeurs, touristes massés sur de véritables immeubles flottants.

Cette côte d'Émeraude, il en possède une connaissance parfaite. Pas celle qui se transmet dans les manuels ou les documentaires pour touristes, mais une perception et une compréhension intimes, comme d'un être à part entière, qui aurait une personnalité propre et une psychologie complexe, à son image. Avec Killian, ils avaient découvert un endroit des falaises où une formation calcaire évoque des orgues. Il leur semblait entendre un chant mélancolique lorsque le vent en jouait.

La côte et lui dialoguent dans le silence des roches et le murmure du sable, se reconnaissent et s'apprennent encore. Il est né ici, enfant de la mer et fils de pêcheur, il est né dans la douleur d'une femme, dans ses cris mêlés au ressac, d'une fusion tellement banale de deux êtres et se demande encore pourquoi. À quoi tout cela rime-t-il ? La vie, la mort, l'un découlant de l'autre, l'un conditionné par l'autre, se générant l'un l'autre. Le seul sens à ses yeux est d'avoir cette liberté et ce pouvoir de contrôle sur l'un et l'autre. Pour cette raison, seule sa mort l'arrêtera.

La serveuse s'active, un plateau en équilibre sur le plat de sa main, un chiffon mouillé d'une couleur non identifiable, ramassé en boule et posé dessus avec quelques verres vides. Ses seins roulent sous son pull moulant violet — attribut féminin qui contraste avec ses cheveux courts coiffés au gel et un piercing au sourcil droit. Ils ont la taille idéale pour remplacer ceux de la religieuse, tout desséchés sur le mannequin.

Il attend qu'elle ait fini son service, comme tous les jours, vers 16 heures. C'est ce qu'il a observé. Elle aussi se déplace à vélo, il est venu avec le sien et pourra la suivre, repérer la route qu'elle prend, si elle passe par une zone moins peuplée, si elle emprunte un petit chemin.

Il a remarqué son regard insistant quand elle lui a apporté son café. Elle paraît trop jeune — environ vingt-cinq ans — pour l'avoir reconnu d'après d'anciens articles dans la presse et, outre sa barbe, il a vieilli… Peut-être craque-t-elle pour les vieux. Mais elle revient et s'approche de Kardec, une page de journal pliée en quatre qu'elle ouvre et glisse sur la table, près de sa tasse. C'est lui qu'il voit en photo, stupéfait. Une photo anthropométrique, prise au moment de son incarcération, illustrant un article récent sur sa libération. Le titre est plus sobre que ceux de l'époque : *Kardec libéré après vingt-cinq ans de prison pour le meurtre de sa femme.*

Il se renverse en arrière sur sa chaise et la regarde durement.

— C'est quoi? demande-t-il d'une voix blanche.

— C'est vous, non? dit-elle en récupérant la photo qu'elle plie pour la ranger dans sa poche.

Elle mâche son chewing-gum en ouvrant la bouche comme une vache. Des mimiques vulgaires qui déplaisent à Kardec.

— Et alors ? lâche-t-il à contrecœur.

Tirant une chaise de la table voisine, elle s'assied à côté de lui. Au même moment un serveur déboule de l'intérieur.

— Qu'est-ce que tu fous, Chloé ?

— Seize heures. J'ai fini mon service.

— C'est pas une raison pour parler à n'importe qui, gronde le gars, un petit brun nerveux, les cheveux ras sur les côtés et formant une espèce de banane lissée sur le sommet du crâne.

— Occupe-toi de ton cul, Jereme.

Croisant le regard bleu tempête de Kardec, « Jereme » tourne le dos et s'en va dans un haussement d'épaules.

— On est sortis ensemble il y a un mois, dit-elle à Erwan. Mais c'est fini. Trop jeune pour moi, je me faisais ièche.

— Vous les aimez comment ? sort Kardec, les yeux fixés sur elle.

— Bien mûrs. Comme vous, par exemple.

— Des vieux gâteux ?

— T'as pas l'air trop gâteux, déclare-t-elle entre deux ruminations.

— Comment tu m'as reconnu ? C'est une vieille photo...

— T'as pas trop changé et je suis assez physio. Et puis, j'ai eu le temps de te détailler, depuis que tu viens boire ton petit noir.

Puis, se rapprochant assez de Kardec pour qu'il

puisse sentir l'haleine fruitée de chewing-gum qui lui donne aussitôt un haut-le-cœur :

— Ça fait quoi, de tuer quelqu'un ?

Kardec sourit intérieurement. Encore une que l'aura mystérieuse du criminel attire. Il en a eu, de ce genre, en prison. Elles se manifestaient par courrier, au départ voulant tout savoir de lui et de ce qui avait motivé son acte — à leurs yeux, sans doute le désespoir de ne pas avoir été assez aimé de celle qu'il a fini par tuer —, puis ne parlant que d'elles et de leur existence ennuyeuse ou vide, à laquelle il redonnait de la saveur et autres conneries. Il avait même eu deux propositions de mariage. Cherchaient-elles à mourir entre ses mains, ou à prouver au monde entier qu'on peut sauver l'âme d'un monstre grâce à l'amour ? Le mythe de la belle et la bête est bien présent dans l'humanité, jusque derrière les barreaux.

— Essaie, et tu verras, lui répond-il. Mais quinze ans à l'ombre, et encore si tu t'en tires bien, c'est trop de temps perdu. Surtout quand tu sais quel sens tu veux donner à ta vie.

— Tu me montres ?

Elle semble sérieuse dans ses propos. Audace et inconscience, l'empreinte de l'enfance encore palpable. Ou bien est-elle folle ?

Kardec enfonce une main dans la poche de son pantalon. Ses doigts rencontrent l'Higonokami, le caressent, pressés de s'en servir. *Je te montrerais bien, oui*, pense-t-il en la reluquant.

— Ça ne se montre pas, tranche-t-il. Ça se vit. On peut montrer un tour de magie, un endroit qu'on aime, des photos, un tableau. Pas ça. Tu t'emmerdes tant que ça dans ta vie ?

— Pourquoi, tu t'emmerdais dans la tienne, pour en être arrivé à tuer ?

— Je crois que je m'emmerdais beaucoup moins que ceux que les meurtriers fascinent. À croire que la vie d'un tueur est toujours plus intéressante, puisqu'on en fait toute une littérature et des films, voire des documentaires.

— L'enquête, aussi, c'est comme un jeu de piste, une énigme à résoudre. Trop mortel !

— L'enquête ne fait que montrer ce qui est. Ce n'est pas visible tout de suite, mais c'est déjà là.

Il se surprend à lui répondre, à entrer dans le jeu de cette conne sans cervelle, à discuter comme de vieilles connaissances. Il ne va plus pouvoir. Pas avec elle. Ce Jereme ferait un excellent témoin. Comme tous ceux qui les ont vus ensemble à cette terrasse.

Retrouvée morte étranglée, les seins découpés, après avoir parlé à Erwan Kardec. Dans le cerveau des gendarmes, ça ne ferait pas un pli.

Merde… Kardec est en rage, son programme s'écroule. Pourtant il continue à sourire à Chloé. Ce qu'elle lui ressemble… en plus jeune.

— Tu pourrais baiser avec moi ? lâche-t-elle tout à coup.

— Je ne me suis même pas posé la question.

Non, ce n'est pas ce qu'elle lui inspire.

— Et maintenant que je te la pose ?

— Pas plus qu'avant.

Elle esquisse une moue dépitée.

— Ça veut dire non alors ?

Erwan secoue la tête. Depuis combien de temps il ne l'a pas fait… Baiser. Une fois, en prison, avec une de ses adeptes, grâce à un arrangement financier avec un maton. La chose consommée, elle lui avait avoué que, voulant absolument un enfant de lui, elle n'avait pas pris la pilule. Puis il avait reçu un courrier d'insultes un mois plus tard, annonçant qu'elle n'était même pas tombée enceinte et que son sperme ne valait pas mieux que celui d'un mulet. À part ça, la plupart du temps, il se paluchait en pensant au cadavre encore chaud d'Hélène.

Et voilà que se présentait l'occasion sur un plateau. Une chatte de vingt-cinq ans. Le nombre d'années passées en cellule.

— Si on baisait, tu me tuerais après ? insiste-t-elle.

Ça se voyait donc tant que ça, qu'il était prêt à recommencer ? Ou bien avait-elle regardé trop de séries télé ?

— Assez entendu de conneries, je dois y aller, glisse Kardec en se levant.

Il fait mine de partir après avoir laissé quelques pièces sur la table et se retourne vers Chloé.

— Au fait, tu devrais faire attention à ne pas trop t'égarer sur des chemins déserts, à vélo, dit-il assez fort pour que les autres clients attablés entendent. Paraît qu'il y a un rôdeur dans le coin et, d'après les gendarmes, c'est fort possible qu'il ait assassiné la jeune SDF et la religieuse du couvent du Mont-Saint récemment.

Chloé le regarde s'éloigner, grand, amaigri et légèrement voûté.

— Un rôdeur, c'est ça ouais, et toi t'es le Père Noël, murmure la serveuse en se dirigeant vers son vélo.

32

Mai 2014, Jay Street, Brooklyn

Vidée au terme de cette journée à marquer d'une pierre noire, Hanah aurait apprécié le soutien, même illusoire, d'une bonne bouffée de poudre dans son organisme à bout de forces. Face à son ordinateur, tirant sur sa cigarette électronique, faute de mieux, une vapeur parfumée à la cannelle entre deux gorgées de bière, elle se remémora son tout premier shoot. Elle devait la découverte de la coke à Anton Vifkin, son mentor belge en profilage et plus tard associé, durant ses mois de stage à Bruxelles.

Il l'avait initiée à la criminologie, mais aussi à la meilleure façon de consommer la poudre pour en ressentir les bénéfices sans déchets. Il lui avait appris comment la choisir et auprès de qui. Il arrivait qu'elle fût coupée avec des saloperies et là, c'était le mauvais trip, les nausées, les saignements de nez et la tête dans un étau. Mais il savait où se procurer la meilleure, la plus pure. À l'époque, c'était encore une drogue de riches, circulant dans les soirées branchées des capitales et l'élite friquée des grandes villes.

Anton Vifkin lui avait également tout appris de son métier. Comment établir des profils, penser à la manière d'un criminel, ce mécanisme si mystérieux et complexe, malgré tous les décryptages psychologiques du passage à l'acte. Il lui avait enseigné les techniques de profilage et même de ferrage de ceux qui s'avéraient de véritables anguilles. Pourtant, un drame avait mis fin à leur collaboration. Le corps de Vifkin avait été retrouvé dévêtu au fond d'un parc, à l'extérieur de la ville, la gorge tranchée, sans que le meurtrier ait été identifié.

Outre cette mort tragique, dans la mémoire d'Hanah alors suspectée du meurtre par la police belge, le souvenir de son mentor était indissociable de ses premiers émois charnels avec un homme et de son expérience avec la drogue.

« Ne t'y trompe pas, chérie, l'avait avertie celui-là même qui l'avait entraînée là-dedans, à chaque shoot tu te sentiras invulnérable, tu seras une vraie pile, prête à durer des heures sans t'arrêter, tu auras l'impression de détenir toutes les vérités de ce monde, tu entreras en lévitation, mais ça reste une putain de drogue qui te fout les neurones en vrac et te tue lentement, pour peu que tu deviennes son esclave. Ce sera l'enfer après une courte virée au paradis. »

Mais l'enfer, elle l'avait aussi vécu sans coke, et ça continuait.

Ayant enfin réussi à joindre Eva aux alentours de 11 heures, sans entrer dans les détails, elle lui avait demandé de venir dès que possible. *Je ne peux rien te dire au téléphone.*

Arrivée une demi-heure plus tard, Eva avait

découvert le cadavre de Teddy sous un drap, en même temps que toute l'histoire.

— Tu dois prévenir la police sans tarder, Hanah, lui avait dit la jeune détective, pas du tout convaincue par son plan. Si on se fait pincer en train de jeter un macchabée dans la benne de l'incinérateur, on risque d'avoir de sérieux problèmes et ton histoire de légitime défense ne tiendra pas la route une seconde.

— Tu as raison, mais je suis bonne pour une garde à vue, avec un cadavre à la maison ! Et qu'est-ce que je fais de Bis ?

— Ne t'inquiète pas pour ça, Hanah, l'avait rassurée Sportis. Je ne suis pas encore partie.

— N'oublie pas que tu es détective et pas pet-sitter !

— Je préfère qu'on fasse ça plutôt que tu t'attires de gros ennuis. Et pour avoir élaboré un plan pareil, tu dois être très perturbée. Il faut que tu voies un médecin pour ce coup à la tête.

Sauf pour ce qui était de la consultation, Hanah s'était finalement rangée à l'avis d'Eva et avait contacté une connaissance au NYPD. Une équipe, dont trois techniciens scientifiques, avait aussitôt été envoyée chez elle. Au lieu de la garde à vue redoutée, elle eut presque droit à des remerciements.

Le lieutenant dépêché sur place lui apprit que Teddy Nash était recherché par les services de police californiens qui avaient lancé un mandat fédéral contre lui pour tentative de meurtre sur le directeur de la prison de Sacto. Il voulait régler leur compte à tous ceux qu'il jugeait impliqués dans la condamnation et l'exécution de son père. Le témoignage d'Hanah sur son agression chez elle vint donc à point nommé corroborer ces événements.

Le corps fut placé dans une housse mortuaire pour être transporté à l'IML en vue de l'autopsie réglementaire. Justice était faite sans procès. L'affaire serait sans doute classée.

Hanah avait proposé à Eva de l'héberger jusqu'au lendemain si elle ne trouvait pas de billet d'avion le jour même pour Chicago, mais la détective s'était dégotté un vol à 18 h 36 et était partie pour l'aéroport deux heures avant.

Une fois seule chez elle après cette effervescence policière et le départ d'Eva, le désespoir avait submergé Baxter.

En plus d'un antalgique pour la douleur à la tête, elle avait dû avaler un demi-Xanax qui avait tardé à agir, sans doute à cause des morphiniques dont on l'avait abreuvée à l'hôpital.

Hanah sentit un tiraillement sur la partie intérieure de son bras, à l'emplacement de son tatouage que les derniers événements lui avaient fait oublier.

Relevant avec précaution sa manche de sweat, elle vit l'ours barbouillé de sang séché.

— Zut! On t'a fait du mal, à toi aussi, dit-elle en tamponnant délicatement là où le tatouage avait saigné, sans doute à cause des chocs dans le corps-à-corps avec Teddy.

Malgré un esprit scientifique et cartésien, Hanah ne put s'empêcher d'attribuer à cet ours qu'elle garderait jusqu'à sa mort un pouvoir de protection. C'était sa force qui l'avait aidée à se battre et à se relever.

L'enduisant de pommade cicatrisante avec tendresse, elle l'embrassa. *Merci*, murmura-t-elle.

Retournant à son ordinateur, sa cigarette électronique à la bouche, elle se rappela le coup de fil qu'elle voulait passer à l'association de Saint-Malo au sujet du rôle du phare dans le naufrage. Il était 13 heures en France. Elle n'eut qu'à faire un rappel de numéro à partir de son fixe et attendit la première sonnerie.

— Oui ? fit une voix d'homme d'âge plutôt mûr.

— Bonjour, je suis journaliste et j'aurais voulu vous poser quelques questions sur le naufrage du *Hilda*, en vue de rédiger un article sur des naufrages autres que le *Titanic* qui ont marqué l'histoire maritime.

Un petit rire accueillit la demande d'Hanah.

— Celui-ci n'a rien à voir avec le *Titanic*. Il y a eu beaucoup moins de victimes, alors je ne sais pas vraiment s'il a marqué l'histoire maritime.

— Suffisamment en tout cas pour qu'une association lui soit dédiée, releva Hanah.

— Oui, à notre petit niveau, très localement. D'où êtes-vous ?

— Je… pour l'instant, je vous appelle de l'étranger. Existe-t-il une sorte de pendant de votre association en Angleterre ? Le bateau ayant desservi une voie entre Southampton et Saint-Malo et la plupart de ses passagers étant des Anglais…

— Pas à ma connaissance. Et s'il en existait une, je suppose que ses membres se seraient rapprochés de nous.

— J'imagine qu'il y a eu une enquête après le naufrage, enchaîna rapidement Hanah.

— En effet, mais étonnamment bâclée. À mon sens.

— C'est-à-dire?

— J'ai ma théorie, voyez-vous. Qui n'est pas celle du complot, mais qui dérange pas mal, ici.

« *Ici* », *à Saint-Malo*, se dit Hanah qui, peu à peu, intégrait qu'elle était en train de parler à une personne vivant dans sa ville natale. Que, vu son âge probable, la soixantaine, il avait certainement entendu parler du meurtre de sa mère, du « monstre de Saint-Malo » qui avait enterré sa femme dans le jardin de leur maison, presque sous les yeux de leur fillette de dix ans.

— Allô? fit le correspondant. Vous êtes toujours là?

— Oui, je vous écoute... Quelle est votre théorie si dérangeante?

— Le phare, cette nuit du 18 novembre 1905... ce n'est pas le grain qui l'a dérobé à la vue de l'équipage. Il avait cessé de fonctionner précisément à cette heure.

Hanah sentit un pincement au cœur. Elle n'était pas la seule à y avoir pensé. Mais elle endossa la robe d'avocat du diable.

— Qu'est-ce qui vous fait dire ça? demanda-t-elle.

— J'ai recoupé les témoignages de passagers survivants et ceux des équipages présents sur d'autres bateaux au large. Je peux vous dire que j'en ai avalé, des archives de gendarmerie avec des rapports et des procès-verbaux! Le phare fonctionnait en éclairage alternatif vert et rouge jusqu'au moment où le *Hilda* est arrivé à proximité du récif des Portes pour effectuer une manœuvre périlleuse. À cet instant, il a cessé d'émettre.

— Et les gardiens ? Vous avez pu prendre connaissance de leur témoignage ?

— Dans leur déposition, ils assurent que le phare fonctionnait bien quelques minutes avant le naufrage. D'après eux, le mauvais temps rendait la manœuvre trop dangereuse et le drame a relevé de la responsabilité du capitaine qui s'est entêté à poursuivre malgré la visibilité quasi nulle.

— Ce qui est possible, non ? commenta Hanah.

— Bien sûr... et que ma grand-mère ait été sur ce vapeur aussi...

— Mais pourquoi les gardiens auraient-ils volontairement aveuglé les lumières du phare ?

— Le *Hilda* transportait ce jour-là une petite fortune venant d'Angleterre...

— Dans la mallette d'un banquier, sir Adam Doyle.

— Vous êtes bien renseignée, vous !

— Je suis journaliste, lui rappela Hanah en souriant dans le combiné.

Au-dessus d'elle, dans le rectangle incliné du velux, pâlissait un bout de ciel crépusculaire. Après une demi-rotation vers la droite, le téléphone réglé sur haut-parleur, elle regarda la carte de topographie marine où elle avait entouré au feutre les lieux concernés par le naufrage.

— Et je vous avoue que je partage votre point de vue, ajouta-t-elle.

Ces mots tapèrent dans le mille.

— C'est vrai ? Vous ne me dites pas ça pour me faire plaisir ?

— Non. Je n'ai pas eu accès à la même documentation que vous, mais c'est l'intuition féminine, sans doute.

À l'évidence, son ralliement à sa cause ravissait son interlocuteur.

— Vous savez quoi, dit-il après un court silence, donnez-moi une adresse mail à laquelle je vous enverrai toutes les photocopies des documents que j'ai consultés, puisque le sujet vous intéresse. J'aime ça, les vrais passionnés. Aujourd'hui, ils se font rares. Surtout quand il s'agit de découvrir la vérité qu'on nous cache.

L'aubaine! Hanah exulta. Des documents exceptionnels, qu'elle n'aurait sans doute pas pu se procurer sans une aide extérieure. Mener son enquête sur le *Hilda* lui permettrait d'établir un parallèle avec le naufrage du voilier des Waters, provoqué peut-être lui aussi par un acte délibéré.

— Merci, c'est vraiment gentil à vous.

— Pas de quoi, je me sentais un peu seul dans mon délire.

— J'ai la même sensation, parfois... Les autres membres de votre association ne partagent pas votre théorie?

— Nous ne sommes plus que deux... alors c'est vite fait. L'événement date un peu, maintenant... et passionne de moins en moins de monde. Ce n'est pas comme le *Titanic*, on n'en fera pas un film...

— Sauf que là, en plus d'un drame humain, nous avons peut-être un dossier criminel.

— Ça fait longtemps que j'en suis persuadé. D'ailleurs, les fonds que transportait le banquier ont suscité quelques convoitises chez certains aventuriers.

On vient de découvrir l'un d'entre eux, un plongeur dont on a récemment remonté les ossements encore dans sa combinaison de plongée. Il s'agirait d'un certain Killian Kardec, porté disparu en juin 1975. Le frère de l'autre Kardec, celui qui a frappé à mort sa pauvre femme cinq ans plus tard. Et d'ailleurs, il a été libéré courant janvier, le Kardec.

Hanah sentit comme un trou dans le sternum. Ainsi, son oncle était mort sur le bateau à cause de cette mallette.

— Je ne comprends vraiment pas, poursuivit le type de l'association, comment on peut remettre ce genre de criminel en liberté. Il y a de tels risques de récidive… Et, comme par hasard, depuis sa libération, on a eu trois meurtres à Saint-Malo. Une SDF qui avait squatté dans la maison de Kardec, une religieuse du couvent du Mont-Saint à qui il avait eu affaire et la serveuse d'un café qu'il fréquente, le café du Port, les deux dernières ayant été retrouvées dans un état de mutilation particulièrement atroce. Elles n'ont pas été tuées, mais massacrées. Ça fait beaucoup de coïncidences. On raconte qu'il y aurait un rôdeur, sauf que les gendarmes ne lui ont pas mis la main dessus. De toute façon, ces types, ils ont ça dans le sang, on espère toujours une explication à leurs actes, sauf qu'il n'y en a pas. Ils tuent, ils aiment ça comme d'autres aiment le sport, et c'est tout.

Hanah eut l'impression qu'on lui pilait les os de la boîte crânienne. Trois meurtres… dont une victime appartenant au couvent où elle avait passé son adolescence. Non, en effet, ce n'était plus une coïncidence.

— Excusez-moi, souffla-t-elle, je dois vraiment y aller. Merci pour votre disponibilité, si j'ai d'autres questions, je me permettrai de vous recontacter.

Prise de tremblements, elle raccrocha après avoir donné son adresse mail. Un instant hésitante, elle rechercha via Internet les coordonnées du centre pénitencier de Rennes et appela en demandant à parler au directeur après s'être présentée comme étant la fille d'Erwan Kardec.

— Pourquoi mon père est-il sorti de façon anticipée ? dit-elle d'une voix palpitante au directeur adjoint qui avait pris la communication.

— Votre père était un prisonnier exemplaire, mais surtout, il est très malade. On lui a détecté un cancer de la prostate stade 4. Il n'en a plus pour longtemps. Mieux vaut qu'il passe les derniers jours qu'il lui reste à vivre chez lui.

Ce fut comme si le sol se dérobait sous ses pieds. Elle raccrocha.

À cette heure, Eva devait avoir atterri à Chicago. Hanah essaya de la joindre sur son portable. La détective se manifesta d'une voix inquiète.

— Tout va bien, Hanah ?

— Eva… Mon père… Il a un cancer en phase préterminale. C'est pour ça qu'ils l'ont libéré de façon anticipée. Sauf que maintenant il n'a plus rien à perdre et… il… il a recommencé, c'est certain. Trois femmes, cette fois. Mais les gendarmes n'ont aucune preuve. Je dois absolument l'empêcher de continuer.

33

Dernière semaine d'avril 2014,
crique des Orgues, côte de Saint-Malo

C'est elle, elle seule qui l'a poussé à le faire. Il était reparti du café sur son VTT, décidé à ne pas rentrer tout de suite. Il avait pris, comme à son habitude, le chemin tortueux des falaises. Le vent salé s'était levé et charriait d'épais nuages sombres. Quelques gouttes commençaient à tomber.

À l'approche de Kardec, les vagues gonflées se jetaient contre la roche, comme des fauves affamés sur leur proie. Des embruns atteignant le sommet de la falaise lui balayaient le visage, il sentait sourdre en lui le goût amer de la frustration. Il revoyait les seins rouler sous le pull si près du corps. Elle ressemblait à la garce. Ou bien désirait-il qu'elle lui ressemble.

Il aurait voulu le faire avant, venait depuis une semaine à cette terrasse dans cette idée-là. Mais la voix de la prudence l'en avait dissuadé. *Ne te lance pas, c'est trop risqué.* Ils penseraient tout de suite à lui, n'auraient pas de mal à trouver des témoins.

Alors il avait résisté. De toutes ses forces. Mais « ça »
l'avait rattrapé.

Elle l'avait rattrapé, à vélo, sur le chemin. L'avait
suivi depuis son départ du café. De loin, puis, dès
qu'il était sorti de la ville, elle avait accéléré, manquant tomber une fois, lorsque la roue avant de son
vélo avait heurté une pierre. Mais retrouvant l'équilibre, elle avait réussi à redresser le deux-roues et
avait poursuivi sa course. Sa course à la mort. Le
savait-elle? L'avait-elle senti? Avait-elle voulu le
défier? Retourner le cours des événements?

En le rattrapant, lui criant de s'arrêter, qu'avait-
elle cherché?

Il l'a emmenée aux orgues, là où le vent joue
sa musique sur la roche. Cette fois, il a joué son
requiem. Requiem pour une morte.

Il lui a dit qu'il allait lui montrer un endroit où il
venait avec son frère écouter la musique du vent sur
la pierre. Qu'elle n'avait jamais entendu ça.

On ne peut pas y parvenir à vélo. Ils ont laissé
les leurs couchés sur l'herbe en haut du petit sentier
escarpé et raide qui descend à la crique des Orgues.
Elle l'a suivi sans crainte. Elle savait qui il était, ce
qu'il avait fait. Qu'après sa femme, la SDF et la
nonne, c'était encore lui. Il puait la mort comme
d'autres le sexe. Mais elle pensait que ce serait différent avec elle. Qu'il renoncerait à ce qu'il était. Ou
croyait être. C'était elle qui allait lui montrer qu'une
autre option était possible. Elle, une gamine.

Ils étaient arrivés en bas, dans la crique. Elle portait un nom, la crique des Corsaires. Mais Erwan
et Killian l'avaient rebaptisée la crique des Orgues.

Leur chant lancinant lui donnait le vertige. Le corps en sueur, il sentait son âme s'éventer.

Il était revenu seul ici, après la disparition de Killian. Il s'était plaqué, nu, contre la pierre chauffée par le soleil pour en ressentir les vibrations sous le vent. Et son cri s'était perdu dans le chant des orgues, dans le martèlement des vagues contre les falaises. Il avait crié à n'en plus pouvoir, mais rien ne ramènerait son frère. Ça n'aurait pas dû se passer comme ça. Avec Hélène non plus. Ni avec la SDF et la serveuse. Elles l'ont cherché. Elles seules sont responsables de ce qui est arrivé. Comme Killian. Comme tous les autres. Comme la petite garce, de ce qui va lui arriver dès qu'elle sera là. La nonne, c'est différent, c'était un accident. Elle s'est trouvée sur son chemin par hasard.

En voyant les orgues, la pierre blanche calcaire de la falaise monter en colonnes serrées d'une dizaine de mètres de hauteur, la fille n'en crut pas ses yeux. Non, elle n'avait jamais vu ça. Et ce qui allait suivre non plus.

Il se taisait et la regardait s'extasier. Sa façon de lui coller aux basques et de mâcher ce chewing-gum comme une jeune vache était insupportable. Il fallait que ça cesse.

Le souffle des orgues a couvert le bruit de son pas lourd derrière elle. Il s'est approché sans qu'elle s'y attende, son écharpe à la main. Ou bien attendait-elle qu'il s'approche enfin. Sentir l'étreinte mortelle, le sentir s'emparer de son corps.

Elle a résisté, un peu, davantage par réflexe que par envie. Mais vite, s'est abandonnée à ses mains. Elles ont trouvé sans tarder le chemin vers sa gorge.

Enveloppés dans l'écharpe, ses neuf doigts se sont resserrés sur ses chairs avec la force d'un python, y laissant leurs marques à travers le tissu, tandis qu'elle gigotait comme un poisson au bout de la ligne.

La musique des falaises et du vent a couvert les râles et les craquements des os. Presque trop. Il aurait voulu les entendre plus nettement. Il l'a observée s'arrêter de respirer dans une dernière convulsion sous lui qui bandait dur. Il a vu s'échapper cette ultime étincelle de vie sous une forme éthérée, presque invisible, avant de jouir sur elle.

Qu'y a-t-il de plus fort, de plus puissant que ça? se demande Kardec, grisé.

Détenir ce pouvoir d'arrêter la vie, comme de la créer. Chaque être vivant le possède. Mais, le plus souvent, y renonce. Depuis qu'il existe, l'homme tue. Et en élaborant les techniques les plus sophistiquées pour exterminer massivement, pour survivre, par jalousie, par envie, pour voler, se défendre ou se venger. Autant de mobiles que d'individus. Pourtant, une poignée d'hommes tue seulement par pur plaisir ou dans une extase narcissique. Kardec est de ceux-là.

Elle est morte, maintenant il faut finir le travail. Le corps encore chaud, la lame de l'Higonokami découpe le contour des seins, lentement, avec précision. Il s'agit de ne pas rater le prélèvement. Pour ne pas laisser d'empreintes, il se protège les mains avec les gants de la fille qu'il lui a retirés. Comme ils sont trop étroits, trop petits pour ses pattes d'ours, il les a retaillés à la largeur de sa paume d'un coup de couteau, sans pouvoir les enfiler jusqu'au bout, mais ça suffira pour ce qu'il a à faire.

Le découpage achevé, il enlève les calottes de chair sanguinolente et les rince à l'eau de mer. Il n'a rien pour les transporter. Il n'avait pas prévu que ça arriverait si vite avec la serveuse.

Fouillant dans les poches de sa parka, il trouve un sac plastique de courses qui fera l'affaire. Le risque est énorme, de les garder comme ça sur lui. Il peut être arrêté pour un contrôle d'identité, ou bien avoir un accident à vélo et se retrouver aux urgences, inconscient. Si on découvrait ces éléments organiques sur lui, on ferait aussitôt le rapprochement avec le mode opératoire dans le meurtre de la religieuse.

Humant l'air, il regarde partout autour pour s'assurer que personne ne l'a observé ou surpris. Non, personne, pas âme qui vive. La solitude sauvage de la crique fait écho à la sienne. Et toujours, le chant de la pierre, qui s'est mué en messe des morts. De la morte. Elle s'appelle Chloé, a vingt-cinq ans et s'est arrêtée de vivre ce mercredi d'avril 2014 dans la crique des Corsaires.

Après avoir traîné le corps à l'abri d'un rocher qui s'avance sur l'eau, formant une excavation, Kardec remonte en soufflant le raidillon jusqu'aux vélos qui n'ont pas bougé et prend celui de Chloé sur son épaule. Heureusement, c'est un course léger qu'il peut porter sans trop de difficulté.

Dans la descente, surpris par une violente bourrasque, il trébuche, manque glisser à trois reprises sur les talons et, retenant le vélo de justesse, parvient à la crique où l'attend le cadavre de la fille, le pull remonté sur le torse, deux plaies à vif à la place des seins.

Puis, arrachant les câbles des freins du vélo, il attache solidement la fille au cadre, bras et jambes écartés et, prenant de l'élan, pousse le tout dans l'eau. Même léger, le vélo de course ne flottera pas longtemps. Ainsi lesté, le corps de la serveuse sombrera rapidement au fond.

— Bon voyage, ma belle! lui lance Kardec avec un sourire de fauve, en voyant s'éloigner dans les remous le corps crucifié jusqu'à ce qu'il disparaisse au milieu des vagues, comme aspiré.

34

1er mai 2014,
au large de la crique des Corsaires

Les pêcheurs sont partis du port à l'aube ce matin. La mer est calme, pas un brin de vent. Ils sont quatre à bord et se relaient à la barre et au filet. Ils pêchent du gros. Un banc de thons a été signalé qui se déplace en remontant vers le nord-est.

Sur la coque blanche aux bandes rouges est inscrit le nom du bateau, *Le Sauveur*. Un nom bien grandiloquent pour un modeste chalutier si son histoire ne le justifiait. Ses propriétaires l'ont en effet rebaptisé ainsi après le sauvetage de trois touristes perdus en pleine mer agitée après que leur zodiac, soulevé par la houle, avait chaviré.

L'océan dans le levant a des allures de grenadine. À l'horizon, le ciel se fragmente en violets orangés et rouges, alors que le soleil émerge des ondes.

Jorge, le plus jeune des frères Bello, n'a jamais vu pareille lumière sur l'eau devenue une aquarelle géante dans laquelle se déversent les encres célestes. Mario vient de jeter le filet qu'aidé de Julio, son jumeau, il ramène vers le bateau. Ils font tout ensemble comme un seul homme. Leurs gestes sont synchrones depuis leur naissance. L'un est l'autre. Deux en un. Ils sont entre Jorge, le benjamin, et Manuele, l'aîné. À eux deux, ils sont le cadet, le deuxième frère. En revanche, même s'ils respirent ensemble, il n'est pas question de s'habiller pareil, ni de finir les phrases de l'autre.

Manuele, occupé aux commandes dans la cabine, se charge de communiquer par radio avec d'autres bateaux de pêche et avec le centre météo. Rien à signaler de ce côté-là.

Ils ont suivi le banc de thons, à bonne distance, pour le dépasser et le prendre à contre-courant. Une navigation qui les a menés au large de la crique des Corsaires.

Le filet se tend subitement à quelques mètres sous l'eau. Déséquilibré, Mario manque passer par-dessus le bastingage, se retenant de justesse au rebord. Julio se précipite aussitôt pour aider son frère.

C'est une grosse prise et ils pêchent à l'ancienne, sans treuil ni moulinette. À la seule force de leurs bras. Parfois, si ça ne suffit pas, Manuele et Jorge s'y mettent aussi.

— On est dessus! hurle Manuele. On est sur le banc! Le filet va pas tenir! Ralentis, Jorge! Ralentis, bordel!

— Doucement, dit Mario, on tire doucement mais on lâche pas.

Leurs doigts hâlés s'agrippent à la corde malgré la brûlure. Les chairs sont à vif mais ils continuent à remonter, les biceps dilatés, le regard scrutant les profondeurs, juste sous eux.

Soudain, elle apparaît, sirène d'épouvante, dans un bain d'écume au creux du filet où s'agitent des centaines de poissons de toutes tailles. Cette chose terrible, effrayante, qui glace le sang des quatre frères pourtant pas faciles à émouvoir.

Seul le torse, avec les bras et la tête, est resté arrimé à ce qui ressemble à un vélo de course. Le reste du corps a disparu, coupé en deux au niveau du bassin, les jambes arrachées ou dévorées par quelque monstre marin carnivore. Le visage d'un bleu aubergine, boursouflé, est méconnaissable. Les yeux et le nez sont difficilement localisables, quant à la bouche, elle a disparu dans les chairs putréfiées, formant une sorte de béance noire. Dominant celle du poisson, une forte odeur de décomposition se dégage par vagues. La scène est d'une horreur indescriptible.

— C'est quoi, ce truc ? dit l'aîné des frères.

— Un meurtre, répond Claudio.

— Bon sang, quel est le malade qui a pu faire ça ? s'écrie son jumeau.

Jorge n'a pas le temps de courir à la cuvette, il rend tout le contenu de son estomac dans le filet.

— Merde, Jorge ! Notre pêche, bordel ! crie Manuele. Tu peux pas te retenir ? T'es qu'une fillette, retourne chez maman !

— Parce que tu comptes garder ce poisson, avec le macchabée qui macère dedans ? demande Mario, une main devant son nez.

Il n'est pas loin d'imiter Jorge.

— Qu'est-ce qu'on va faire ? demande Claudio.

— Avertir la gendarmerie maritime, suggère Mario. On rigole plus, là.

Manuele regarde autour d'eux. Ils sont les seuls pêcheurs dans les parages.

— Non, on a qu'à balancer ce truc dans l'eau, ni vu ni connu, et on continue plus loin, dit-il.

Claudio et Mario le reluquent avec la même mine consternée. Dans l'estomac de Jorge, ça tangue encore.

— T'es sérieux, Manu? lance Claudio. On peut pas faire ça!

— Et comment qu'on va le faire! Jorge, aide-moi à le remettre à l'eau, au lieu de faire ta femmelette!

Mais Mario tient d'un air menaçant le filet refermé sur le corps crucifié. Il est plus grand et plus costaud que Claudio, comme si l'un en avait davantage profité que l'autre dans la matrice. Avec Manuele l'entente n'est pas toujours idéale. Souvent, les jumeaux font front, alors que Jorge est sous l'influence de l'aîné.

— Claudio, appelle la gendarmerie, tranche Mario, le regard fixé sur Manuele qu'il dépasse d'une tête. Un monstre a massacré cette pauvre fille, on doit mettre la main dessus, sinon un jour ce sera nos femmes et nos gamines.

— Une fille? À quoi tu vois ça? ricane Manuele, qui réalise qu'il n'aura pas le dernier mot.

— Regarde ses nibards. Ou plutôt là où ils étaient. Ils ont été découpés au couteau. Comme sur la nonne.

Jorge se penche par-dessus bord pour vomir encore pendant que Claudio court à la cabine passer l'appel.

— Tu sais quoi? grince Manuele. T'aurais dû être flic, marin de mes deux!

La vedette de la gendarmerie maritime est arrivée environ une heure après l'appel du jumeau Bello. Le corps toujours attaché au vélo est chargé sur le pont où une bâche a été étalée. Les quatre pêcheurs vont être convoqués pour être entendus à la BR de Saint-Malo. Simple formalité, car il est évident que les frères Bello ne sont pour rien dans cette horreur.

Ensuite, la dépouille a été transportée à la morgue de la gendarmerie, dans l'attente d'une autopsie qui sera pratiquée le jour même par Alexandre Le Dantec, secondé par le docteur Martine Corbach, la légiste aux cheveux rouges qui l'avait remplacé le temps de son séjour à l'hôpital.

Après deux semaines de convalescence, Le Dantec a jugé qu'il pouvait reprendre son activité. La nouvelle de sa relation avec Yvan s'est également répandue à l'IML de Rennes où il travaille depuis peu, mais les conséquences n'ont pas été les mêmes que pour Yvan.

C'est le lieutenant Gorniak qui assiste à l'autopsie en compagnie de Mallet, le gendarme taiseux. L'officier pressenti à la succession d'Yvan Maurice à la tête de la BR n'est pas encore nommé officiellement. Les choses semblent traîner.

Le corps de la serveuse, détaché du cadre du vélo, repose sur la table en acier aussi froide que la mort. Lorsqu'il l'a vue sortie du tiroir frigorifique, Alexandre, pourtant rompu aux pires visions, a tressailli. L'état de la pauvre fille dépasse tout ce qu'il a connu.

Les lunettes d'autopsie en plexiglas lui donnent l'impression d'une distance grâce à laquelle il parvient à oublier ses émotions. Gorniak et Mallet attendent dans un silence éloquent. Au bord du malaise, ils ne peuvent proférer le moindre mot.

L'examen commence avec un bruit mouillé de pointe de métal plongeant dans les chairs nécrosées jusqu'aux os de façon chirurgicale. Du baume mentholé autour des narines, les deux gendarmes retiennent leur souffle.

— La victime est de sexe féminin, commente Alexandre au-dessus du morceau de viande.

Dans ce corps-à-corps particulier avec la mort, il éprouve un respect infini pour cette machine la plupart du temps malmenée et meurtrie qui a cessé de fonctionner, libérant dans les limbes une âme qui ne pourra plus penser, aimer, haïr.

En face de lui, stoïque, Martine Corbach récupère des échantillons organiques qu'elle passe ensuite au microscope.

— Et elle est morte par strangulation, ajoute le légiste.

— Les dégâts au cou et à la trachée sont identiques à ceux qui ont été relevés sur la jeune religieuse que j'ai autopsiée, constate Corbach. Ça ne m'étonnerait pas que ce soit le même auteur.

— Elle ne s'est pas défendue, poursuit Alexandre, il n'y a aucune autre marque d'agression ni de défense, seules des meurtrissures *post mortem* au cours de sa station en mer et, bien sûr, au point d'attache, sur les poignets et le cou. Mais elle a été ligotée à ce vélo après avoir été étranglée.

— On note aussi que les mamelons ont été méticuleusement tranchés et prélevés, également à l'identique de ceux de la sœur Hortense, sans doute à l'aide d'un couteau très affûté, ajoute Corbach. Ce deuxième trait commun entre les deux victimes renforce ma conviction à propos d'un même tueur. Alors qu'il a laissé l'autre victime sur la plage avec des mutilations semblables, il a voulu effacer toute trace de celle-ci sur le lieu du meurtre. Cela peut laisser supposer que, dans le cas de la sœur Hortense, il a été interrompu par quelque chose ou l'arrivée de quelqu'un.

À cet instant, Alexandre sent son cœur se mettre sur pause. Il sait qu'Yvan a découvert le corps de la religieuse lors de son galop à cheval sur la grande plage du Sillon, en recevant au même moment sur son portable le portrait-robot de son père. Oui, c'est l'arrivée de son amant qui a sans doute surpris le tueur, alors contraint d'abandonner le corps.

— En revanche, les jambes ont été arrachées et non coupées, enchérit-il rapidement. Une conséquence du séjour prolongé dans l'océan. La chair a été déchiquetée, mordue, les os broyés et rongés. Aux différentes marques de dents visibles, la malheureuse a dû nourrir des poissons d'un gros calibre et de plusieurs espèces. Peut-être des requins, ou même des thons. Cela reste à vérifier. En général, les requins vont plutôt arracher les membres. Dans ce cas, ils ont pris ce qui dépassait. Le reste du corps étant fixé au cadre du vélo, ça s'avérait plus compliqué. Martine, vous m'aidez à la retourner, s'il vous plaît ? Là… maintenant. On la repose, doucement. Merci.

Même avec précaution, la manipulation est rude pour un corps qui a séjourné dans l'eau salée une semaine ou plus. La tête est sur le point de se détacher.

Les yeux d'Alex, qui remontent du bas du dos, là où ce n'est plus qu'un amas de chairs déchiquetées, à la racine du cou, subitement se figent. Le tatouage, baveux, est encore visible à cet endroit. Un tatouage unique, au motif singulier pour un dessin permanent sur la peau. Ses mains se mettent à trembler. Impossible de continuer.

— Alexandre, tout va bien ? s'inquiète Martine Corbach devant la pâleur soudaine du légiste.

— Je vous prie de m'excuser, j'ai… j'ai un coup de fil à passer, dit-il en retirant ses lunettes.

En deux minutes il est dans son bureau et compose le numéro d'Yvan. Celui-ci décroche sans tarder.

— Yvan, il faut que tu viennes, je suis en plein dans une autopsie et je dois te montrer quelque chose.

— Quoi, qu'est-ce qui se passe, Alex ? Tu as l'air stressé… Tu ne peux pas me le dire au téléphone ? Je suis dans les papiers du compromis de vente de la maison de Léon, j'ai rendez-vous demain avec le notaire.

— Non, je t'assure, Yvan.

— Qui assiste à l'autopsie ?

— Gorniak et Mallet. Ils sont dans un état second.

— Et tu veux me faire venir pour voir ça ? Franchement Alex… J'ai démissionné et…

— Viens, Yvan, s'il te plaît.

Au bout d'une interminable demi-heure durant laquelle Mallet et Gorniak sont allés fumer une cigarette dehors, Yvan arrive enfin, l'air contrarié. Les deux gendarmes devant le bâtiment lui adressent un bref salut de la tête, un peu gênés. Alex l'accueille à l'entrée de la salle d'autopsie. Il a demandé à être seul avec lui quelques minutes. Gorniak y a consenti, par sympathie pour son ancien supérieur.

— Prépare-toi au pire, Yvan, ça va être très dur, lui dit Alexandre en chemin, la main sur son épaule.

En quelques mots, il lui résume la découverte du corps et dans quelles conditions il a séjourné dans l'eau.

— Tu commences sérieusement à m'affoler, là…

— Ce n'est pas le but, mais je ne sais pas comment te…

À la vue de cette moitié de corps tourné face contre table, Yvan croit défaillir. C'est entre autres pour cela qu'il a voulu abandonner. Et voilà qu'on l'y replonge. Que son amant l'y replonge. Ou bien le destin.

— Viens, approche-toi, glisse doucement Alex à son oreille. Je suis là, Yvan. Regarde, ici, ce tatouage. Le symbole de radioactivité et des DASRI (déchets d'activités de soins à risques infectieux). Tu… tu m'en avais parlé…

Yvan reste immobile, incapable de détacher son regard du motif tatoué à l'encre noire à la base de la nuque.

— Tu m'avais dit qu'à cause de sa séropositivité elle se considérait comme un déchet à haut risque infectieux, poursuit Alex, la gorge nouée.

— C'est bien elle, Alex, répond Yvan, comme anesthésié, d'une voix monocorde. C'est Chloé, ma petite sœur.

TRAQUER

35

Mai 2014, Saint-Malo

«On aura le monstre qui a fait ça, mon capitaine, je m'y engage. Toutes mes condoléances», tels ont été les mots de Gorniak quand Yvan est sorti de la morgue et leur a annoncé la terrible nouvelle.

L'autopsie terminée, Martine Corbach est partie elle aussi, laissant Yvan et Alexandre seuls et sonnés.

— Tu veux que je reste, ce soir? a demandé le légiste à Yvan. J'ai une autopsie demain à 10 heures à Rennes, je devrai partir tôt, mais au moins je serai près de toi cette nuit.

Yvan a préféré refuser pour ne pas créer de fatigue supplémentaire à Alex, à peine remis de sa blessure par balle.

Les jours qui suivent, les événements prennent un tour inattendu pour l'ancien gendarme. Le même Gorniak qui lui a exprimé tout son soutien pour la mort atroce de sa jeune sœur ainsi que son engagement à retrouver le tueur adopte à présent une tout autre attitude vis-à-vis de son supérieur démissionnaire. Une attitude de défiance et de suspicion. Mais au fond, pas si soudaine que cela.

Le premier suspect a été l'homme qui se trouve, depuis sa libération, dans la ligne de mire des enquêteurs. Erwan Kardec. Le collègue de Chloé au café du Port, un certain Jérémy, en a d'ailleurs donné une description assez détaillée, précisant que le client avec lequel Chloé parlait en terrasse, qui venait régulièrement depuis une semaine, est reparti à vélo et qu'elle a quitté le travail à son tour peu de temps après, sur son vélo de course, comme d'habitude. À partir de ce jour, elle n'a plus donné signe de vie.

De lourdes charges pèsent sur Kardec. Il a été en contact avec chacune des trois victimes. La SDF qui faisait partie du trio de zonards chassé de chez lui, la jeune religieuse du couvent voisin où il a demandé des renseignements sur sa fille et la serveuse du café qu'il s'est tout à coup mis à fréquenter assidûment. Et où il n'est pas revenu depuis.

Gorniak a aussitôt demandé une perquise au domicile d'Erwan Kardec. Neuf jours après le meurtre dans la crique des Corsaires, une équipe de cinq gendarmes, dont le lieutenant, s'est pointée à 7 heures, tirant de son lit un Kardec souffrant et mal en point. Sa maigreur a frappé Gorniak et Mallet venu l'interroger chez lui trois semaines auparavant.

Ils ont tout retourné, sans rien trouver. Kardec est resté très calme, acceptant sans broncher cette nouvelle violation de son domicile.

Cette apparente sérénité aurait pu mettre la puce à l'oreille de Gorniak, mais, ce jour-là, il l'a attribuée à l'affaiblissement manifeste de Kardec qu'il savait très malade et probablement condamné. En réalité, si le suspect gardait son calme et une inhabituelle réserve alors qu'on mettait le chaos chez lui, c'était parce qu'il était sûr que ces connards ne trouveraient rien.

Le Sig Sauer et la carte ont été remis avec l'Higonokami à l'intérieur du coffre encastré dans le mur du sous-sol que Kardec s'est ensuite appliqué à enduire de chaux et à repeindre. Personne n'a trouvé anormal que l'homme ait effectué quelques travaux dans sa demeure dévastée par des squatters. Et les mamelons tranchés de la petite serveuse étaient déjà cousus sur le mannequin au grenier, cette fois conservés grâce à une méthode d'embaumement artisanal dénichée sur le Net. Le mannequin de couturier a été ensuite «habillé» d'un vieux tailleur d'Hélène retrouvé dans un placard et par miracle intact. Aucun des gendarmes n'a prêté attention à une antiquité.

La perquisition n'ayant rien donné, aucun élément à charge ne permet de placer Kardec en garde à vue, malgré de fortes présomptions de culpabilité. De plus, il a réponse à tout quant à son emploi du temps et son état de santé, se prétendant trop affaibli pour réussir à maîtriser une fille de vingt-cinq ans à l'allure sportive, et l'étrangler avant de la balancer à la mer, attachée à son vélo.

Et à propos de sa conversation avec Chloé que le collègue a surprise, il a raconté lors de son interrogatoire qu'il a justement prévenu la jeune fille de faire attention où elle allait parce que des rumeurs couraient sur la présence d'un rôdeur dans les environs de Saint-Malo, peut-être même le tueur, et que d'autres clients du café pouvaient en témoigner.

Le lieutenant et son équipe en ont conclu qu'il serait en effet peu probable que la serveuse ait d'elle-même suivi un inconnu à vélo en le rattrapant quelque part plus loin. Et que dans le cas où Kardec l'aurait attendue sur son parcours, encore aurait-il fallu qu'il parvienne à la persuader de le suivre dans un endroit désert proche de l'océan, puisque c'est là que son corps a été jeté, puis retrouvé. Mallet a même émis l'hypothèse que ça aurait pu être fait depuis un bateau. Or Kardec n'a pas de bateau enregistré au port. Il leur fallait donc creuser d'autres pistes, quitte à revenir sur celle-ci si ça ne donnait rien.

C'est pourquoi trois jours seulement après la perquise chez Erwan Kardec, alors que les analyses ADN viennent de confirmer la parenté entre Yvan et la victime, désormais officiellement identifiée comme étant Chloé Maurice, serveuse au café du Port, Yvan est convoqué sans ménagement à la gendarmerie où il doit répondre à un véritable interrogatoire mené par Gorniak lui-même.

Au départ plutôt embarrassé, le lieutenant se laisse peu à peu prendre au jeu sans complexe, traitant Yvan comme n'importe quel suspect.

— Si vous êtes ici aujourd'hui, attaque-t-il, son regard céruléen fixé sur l'ancien capitaine, c'est parce que vous êtes suspecté de double homicide, Yvan Maurice, sur les personnes de sœur Hortense et Chloé Maurice, qui se trouve être votre propre sœur.

Accablé et stupéfait, Yvan ne décroche pas un mot. Ses yeux fuient vers l'extérieur, de l'autre côté de cette pièce vide et impersonnelle qu'il connaît si bien, au-delà des quatre murs dressés autour de lui comme les parois d'une boîte.

— Vous auriez fait la même chose que moi, à l'inverse, se justifie Gorniak. Je suis sincèrement désolé, mais des éléments vous désignent maintenant comme principal suspect. Juste avant d'avertir la gendarmerie, vous vous trouviez sur la plage du Sillon, seul avec la victime, au moment où elle a été tuée. Ses plaies saignaient encore. Quant à Chloé Maurice, c'est votre sœur, vous êtes donc censés être en contact. Était-ce le cas ?

Tournant le visage vers son interlocuteur, Yvan le scrute quelques secondes d'un air absent.

— Pourquoi aurais-je tué ma sœur ? Et une religieuse ?

— C'est à vous que je le demande. Vous savez aussi bien que moi que certains tueurs tuent sans véritable mobile. Par plaisir, pulsion, pour jouir d'un sentiment narcissique de toute-puissance, de la souffrance d'autrui.

— Outre le fait d'être ma sœur, Chloé était séropositive, Gorniak, ses années étaient comptées… pourquoi je m'en serais pris à elle ?

Le regard du lieutenant s'assombrit. Il met la feuille qu'il tient à la main sous le nez d'Yvan. Un compte rendu rédigé par le docteur Corbach.

— Il se trouve que sœur Hortense était atteinte de mucoviscidose. Nous avons reçu un complément de rapport d'autopsie il y a quelques jours qui en fait état. Elle était entrée au couvent pour cette raison, selon la supérieure. Vous avez très bien pu le savoir de son vivant. Être condamnée par une maladie incurable est un point commun à ces deux jeunes femmes. Entendiez-vous abréger leurs souffrances ?

Yvan jette un œil atterré à Gorniak.

— Je vous croyais plus perspicace et meilleur enquêteur, Ronan, dit-il, en appelant délibérément Gorniak par son prénom. Et surtout, moins influençable. Car cette idée folle, justement, elle vient de Le Fol, n'est-ce pas ?

Pris au dépourvu, le lieutenant garde le silence. Oui, c'est bien Le Fol qui a attiré son attention sur des coïncidences susceptibles de plomber Yvan Maurice et, surtout, sur le rôle de son homosexualité dans le choix de ses victimes. Toutes des femmes qu'il mutile dans leur féminité. La réduisant à néant. Les privant de leurs attributs. Mais comment aborder le sujet sous cet angle avec celui qui fut son supérieur et qu'il respecte encore malgré tout ?

— Et la squatteuse, quelle était sa maladie, à part avoir les cheveux rose fuchsia ? Dans ce cas, Martine Corbach aussi est atteinte et ne va pas tarder à y passer…, enchérit Yvan, profitant du mutisme embarrassé du lieutenant.

— Admettons que ce soit pour d'autres raisons, consent Gorniak qui retrouve enfin la parole, plus… obscures, plus inhérentes à votre personnalité ou votre… orientation… sexuelle.

Ça y est, c'est lâché. Il souffle imperceptiblement et attend la réaction d'Yvan, le corps tendu.

— Dites-le, Ronan, à cause de mon homosexualité, c'est ça ? C'est pour ça que je m'en prendrais à des femmes en leur tranchant la poitrine, sauf pour la squatteuse. Quelqu'un m'aurait peut-être dérangé alors que je m'apprêtais à le faire… Si vous vous référez aux tueurs en série dont l'homosexualité a été en effet un catalyseur, le plus souvent une homosexualité mal vécue ou refoulée d'ailleurs, vous oubliez que leurs victimes sont masculines et elles-mêmes homosexuelles. Parce qu'elles leur renvoient précisément ce qu'ils refusent de toutes leurs forces d'assumer. Ce qui n'est pas mon cas. Ce n'est pas parce que j'ai été discret à ce sujet, et pour cause, que ça fait de moi un tueur homosexuel psychopathe. Alors si vous n'avez rien d'autre à ma charge, vous permettrez que je rentre chez moi.

Gorniak est contraint de se rendre à l'argumentaire d'Yvan. Il ne possède rien d'autre contre lui que quelques coïncidences géographiques et familiales, mais aucune preuve matérielle de son implication dans les meurtres. Yvan a très bien pu découvrir le corps de la religieuse, tout comme il a pu faire semblant de l'avoir découvert juste avant d'avertir ses collègues.

C'est donc avec un sentiment d'échec que Gorniak laisse Yvan repartir. En sortant de la salle d'interrogatoire, suivi du lieutenant, celui-ci croise, hasard ou non, Le Fol qui remonte le couloir dans leur direction. Gorniak secoue furtivement la tête à l'attention de l'adjudant.

— Ne me dis pas que tu laisses cette tantouze repartir, crache Le Fol en s'arrêtant devant Yvan, bras croisés sur le torse.

— On n'a rien contre lui, Yvan Maurice est libre, et surveille ton langage dans ces locaux, répond Ronan Gorniak sèchement.

— Je trouverai, moi, tu peux en être sûr, je trouverai et c'est avec les pinces aux poignets que tu reviendras ici, Maurice.

— En attendant d'avoir une démonstration éclatante de vos lumières, laissez-moi passer, Le Fol, et écoutez votre supérieur à propos de votre langage, avertit Yvan qui se sent bouillir.

Au lieu de s'écarter, Le Fol fait mine de poursuivre son chemin et heurte l'épaule d'Yvan. Celui-ci se raidit, poings serrés. Prend sur lui. Qu'il réagisse à la provocation est exactement ce que cherche cette ordure.

Yvan se contente donc de le frôler tout en l'ignorant, et d'avancer vers la sortie.

— Le Fol! entend-il derrière lui sans se retourner.

C'est à Gorniak, désormais, de faire le sale boulot.

36

Mai 2014, couvent du Mont-Saint

À son arrivée au Mont-Saint, Hanah est accueillie à bras ouverts par les sœurs présentes à l'époque où, pratiquement orpheline, elle avait été placée dans cet établissement. Parmi elles, son ancienne protectrice, la sœur Anne au regard bancal, et la mère supérieure, que Kardec a rencontrées. Mais toutes ne sont pas là, vaquant encore à leurs activités journalières.

Avant son départ de New York pour Paris en avion, Hanah a pris contact avec sœur Anne. Après un bref résumé de sa vie américaine, sans entrer dans les détails intimes, et de son métier, elle lui a révélé les raisons de son retour ainsi que sa profonde conviction sur l'identité du tueur qui sévit à Saint-Malo. La vieille religieuse lui a fait part à son tour de ses soupçons sur Erwan Kardec qui, lorsqu'il est venu la voir, s'est montré plutôt agressif et déterminé à retrouver la trace de sa fille.

La religieuse a dit à Hanah qu'elle serait la bienvenue au couvent où elle pourrait loger le temps de son séjour. Baxter, que la proposition touche au plus haut point, a accepté. Ce sera toujours mieux qu'une chambre d'hôtel impersonnelle et elle jouira d'un excellent poste d'observation. Elle prévoit aussi de faire la surprise de son retour à son ancien professeur Marc Carlet.

Pour la garde de Bismarck, n'ayant plus de contact avec Karen, Hanah a dû s'arranger avec Dantz qui, trop heureux de lui être agréable et de voir qu'elle va mieux, a tout de suite accepté de s'occuper du chat.

Hésitant à appeler Virginia pour lui annoncer son départ précipité en France, elle a finalement décidé de le faire depuis Saint-Malo. Elle brûle d'envie de la revoir, mais son esprit est mobilisé par l'urgence de retrouver son père et de mettre fin à tout ça.

S'il s'avère qu'il est bien le tueur de Saint-Malo, elle est prête à collaborer avec les enquêteurs sur place et à le leur livrer une nouvelle fois.

Son intuition et l'intime connaissance qu'elle a du personnage la portent à penser qu'il a tout à fait le profil de l'auteur de ces actes. Elle va même plus loin. Son père s'étant lancé à sa recherche — sa visite au couvent le lui a confirmé —, il a très bien pu trouver sa nouvelle identité — elle n'a changé que de nom de famille et sait qu'Internet est un outil très efficace — et, outre les coups de fil anonymes sur son fixe, dont il est l'auteur présumé, il est capable, s'il a également eu connaissance de la profession qu'elle exerce, d'avoir commis ces meurtres pour la faire réagir et l'attirer ici.

La nuit précédant son départ, Hanah a eu en rêve une étrange vision de Karen qui, depuis, ne la quitte plus. Son ex s'avançait vers elle, pâle et décharnée, son corps, sa poitrine et ses muscles semblaient avoir fondu, sa peau gondolait sur ses côtes. Ses lèvres bougeaient comme si elle voulait lui dire quelque chose.

Encore sous le coup du réalisme frappant de ce rêve et malgré sa décision de garder ses distances, Hanah a fini par appeler Karen, mais est tombée sur le répondeur. Elle a réessayé depuis l'aéroport, sans succès.

Les neuf heures de vol se sont passées en mode Xanax et bière. *Exit* le whisky cette fois, pour ne pas être trop assommée à l'arrivée. Elle en a profité pour consulter les documents que le type de l'association du *Hilda* lui a mailés dans la foulée de leur conversation téléphonique. Il y a des photos de l'épave et du phare, des articles de journaux qui n'ont pas été publiés sur le site, mais surtout des procès-verbaux établis par la gendarmerie maritime.

Les gardiens du phare sur l'île de Cézembre y donnent leur version des faits. Selon eux, l'entière responsabilité du naufrage repose sur l'inconscience du capitaine William Gregory qui a voulu effectuer coûte que coûte la manœuvre périlleuse par cette tempête pour pénétrer dans la passe. Eux ont fait leur travail en lançant des signaux visuels à répétition, voyant le paquebot soulevé par les vagues apparaître dans les éclairs rouges et verts du phare, puis, piquant de l'avant, disparaître de nouveau dans les ténèbres.

Rien de plus que ce qu'Hanah a déjà recueilli. Pourtant, la lecture d'un troisième PV attire fortement son attention. Il y est fait mention de la possibilité que les gardiens, impliqués dans le naufrage en provoquant l'arrêt des signaux lumineux du phare, aient bénéficié d'une complicité à bord du *Hilda*.

En réalité, le capitaine William Gregory, dont le torse porte des traces de coups de couteau d'après le légiste, serait mort avant le naufrage, sans doute tué par une personne qui se trouvait sur le bateau, l'un des Johnnies survivants, qui aurait déjoué la vigilance des deux gardes du corps. L'objectif étant de faire main basse sur le butin que transportait le banquier sir Adam Doyle. Le naufrage aurait servi à maquiller le crime. Or le plan, mis au point à la va-vite par des amateurs, aurait échoué, à cause de la tempête. La mallette et son porteur avaient coulé avec la partie avant du bateau avant de disparaître dans les profondeurs de l'océan.

Pas loin d'un siècle plus tard, un autre bateau, plus petit, de type voilier, le *Little Prince of Seas*, avait connu un sort identique pratiquement au même endroit, par une nuit de mer calme, alors qu'il s'apprêtait à entrer dans la passe. Le voilier qui transportait le Britannique Jonathan Waters et sa famille, ainsi que le skipper et son second, dont les corps n'avaient jamais refait surface.

Lors de ce deuxième naufrage aux environs du phare de Cézembre, les conditions climatiques étaient plutôt propices à la navigation. Le voilier, manœuvré par des professionnels, n'aurait jamais dû heurter le récif des Portes, se dit Hanah. Et le fait que les corps n'aient jamais été retrouvés lui laisse envisager le pire.

Elle tentera d'en savoir plus une fois sur place. D'obtenir les noms des gardiens du phare à l'époque ainsi que des deux skippers et de fouiller dans leur histoire pour tenter d'éclaircir le mystère de leur disparition.

La suite du voyage, sur terre, plus rassurante, s'est déroulée le front collé à la vitre de la voiture 7 du TGV Paris-Saint-Malo, à regarder le paysage changer sous une petite pluie fine alternant avec des éclaircies qui lui caressaient le visage à travers la fenêtre.

Elle a vu les premières vaches, puis des troupeaux de moutons, boules claires dans le vert frais des pâturages. Tout lui paraît si petit depuis son arrivée en France. Un décor miniature, comparé aux villes et aux paysages américains. Puis elle s'est imaginée se retrouvant de nouveau face au meurtrier de sa mère. Comment va-t-elle réagir ? Arrivera-t-elle à supporter le face-à-face ? Quoi qu'il en soit, Kardec doit cesser de nuire et de lui pourrir l'existence.

Depuis ses années passées en Belgique avec son associé Vifkin, au cours desquelles elle s'était rendue en France pour dresser le profil de trois tueurs du côté de Lille, Metz et Nancy, elle n'est jamais revenue ici. Une page qu'elle a voulu tourner en changeant de nom.

Elle a pris un taxi depuis la gare pour le Mont-Saint et demandé au chauffeur de lui faire faire un tour de la vieille ville. Ici, rien n'a vraiment changé, excepté les boutiques et les restaurants, fruits d'un essor commercial et touristique passant par le port, l'un des plus importants de Bretagne, devenu régional en 2007.

Pour le reste, les siècles semblent s'être figés dans la pierre claire des remparts et des édifices portant l'empreinte de Vauban et d'un autre illustre architecte. Une marque de fabrique et une situation face à l'océan qui attirent les touristes de France et du monde entier. La circulation en voiture intra muros devient un calvaire dans les ruelles, le plus souvent piétonnes, où, enfant, Hanah aimait se perdre avec sa mère, avant d'aller humer le vent du large en contemplant les oiseaux marins tournoyer au-dessus de l'eau d'un bleu translucide. Elle s'imaginait alors en chevalier terrassant l'ennemi à la pointe de son épée pour courir libérer sa princesse captive d'un donjon. Elle se sentait taillée dans cette pierre dorée, façonnée dans un bloc, aussi forte et inviolable que ces remparts.

Et, juste au pied des mêmes remparts, sur l'îlot de roches noires du Grand Bé, tourné vers la mer à sa demande, le tombeau de Chateaubriand, dont les *Mémoires d'outre-tombe* que lui avait fait découvrir sœur Anne furent la bible d'Hanah à l'adolescence.

Selon le désir de l'écrivain, sa tombe, construite dix ans avant sa mort et sur laquelle ne figure aucune inscription, ne comporte que trois côtés, afin de poursuivre son dialogue avec la mer. Cette mer, dont *le bruit berça son premier sommeil*.

De Saint-Malo, Hanah n'a de souvenirs précis qu'une vision qui s'est évaporée dans le temps. Demeuré seul avec elle, son père avait changé. Il évitait de l'emmener en ville et s'arrangeait pour qu'elle reste à la maison les week-ends. Plus tard, recueillie par les sœurs, elle ne sortait pas beaucoup plus.

Après le tour de ville, le taxi l'a déposée à destination, au Mont-Saint, vers la fin de l'après-midi. Dans le soleil déclinant, les ombres du couvent s'allongent sur la falaise, au-dessus de la mer. Devant ce lieu où elle a passé ses années d'adolescence et de solitude, une émotion sans nom l'étreint avant que sœur Anne ne vienne à sa rencontre la serrer dans ses bras.

— Hanah! Oh, je suis si heureuse d'avoir ce privilège de te revoir avant de quitter ce monde, souffle-t-elle, un œil tourné vers l'extérieur, l'autre fixé sur la nouvelle venue.

Ses larmes en équilibre au coin des yeux, prêtes à couler en minces ruisseaux dans le lit asséché de ses rides. Elle est vieille, quatre-vingts ans, peut-être plus, mais une force surprenante se dégage de son étreinte. Peut-être toute la force de l'amour. Celui qu'elle portait à la fillette qu'un jour l'assistante sociale est venue leur confier.

— On a tant de choses à se dire que des années n'y suffiraient pas, ma petite Hanah! Tu permets que je t'appelle encore ainsi? Car tu seras toujours ma petite Hanah… Et parce que tu n'as pas vraiment changé. Je vois toujours briller dans ton regard cette flamme volontaire. Celle qui me disait que cette petite, notre petite, irait loin. C'est bien ce qui s'est passé, tu es allée à des milliers de kilomètres, de l'autre côté de cet océan.

Hanah, tout aussi émue, peine à trouver les mots. Elle n'imaginait pas un jour revenir ici, parmi celles qu'on appelle les ombres. Celles qui, pour se rapprocher de Dieu et d'elles-mêmes, renoncent à la vie du commun des mortels. Sœur Anne lui a expliqué que ce n'était pas renoncer à la vie, mais bien au contraire, s'en rapprocher. Aller au plus près de son essence divine. Trouver son sens véritable. Sans leurres, sans fuite, sans ces illusions dont on se laisse bercer, gagné par une paresse qui éloigne de la vraie réflexion.

Hanah a conservé ces mots quelque part au fond d'elle sans en avoir saisi la justesse et la vérité à l'époque. Mais ils ont fait leur chemin, contribuant sans doute à faire d'elle la personne qu'elle est devenue. Quelqu'un dont le principal but est d'aller à l'essentiel de l'être, d'en extraire la substance, le plus souvent le poison, sans oublier de comprendre et d'expliquer ce qui pousse au meurtre.

— Tu dois être bien fatiguée, remettons à plus tard les effusions et les conversations, dit sœur Anne en reculant pour mieux contempler son ancienne protégée. Je te conduis à ta chambre où tu pourras te reposer un peu avant une petite soirée organisée en ton honneur. Tu y reconnaîtras peut-être quelques visages. Certaines ont fait leur temps et ont rejoint le Seigneur, d'autres sont allées dans d'autres couvents.

— Merci, sœur Anne. Je ne sais pas quoi dire. Revenir ici me paraît tellement irréel…

— Tu as gardé ton pendule? demande tout à coup la religieuse, comme si elle se rappelait quelque chose d'important.

— Bien sûr, le voici, je vous présente Invictus. Il travaille avec moi et m'est d'une aide précieuse sur le terrain et les scènes de crime, dit Hanah en montrant l'objet qu'elle vient de sortir de son étui.

— Alors j'avais vu juste. C'était à toi qu'il revenait. Tu lui as trouvé une place et lui as donné le rôle que tu as estimé bon pour lui.

Hanah se contente de sourire en marchant. Elle retrouve, comme figée dans l'éternité des siècles, la même atmosphère de paix et de recueillement, le même silence chargé de sens, les frémissements des robes et des voiles, le frottement des sandales sur la pierre des allées, les mêmes sourires bienveillants. Tout sauf du vide.

Sœur Anne ouvre la porte d'une chambre et s'efface pour laisser entrer Hanah.

— C'est modeste et moins confortable que les chambres d'hôtel où tu séjournes sans doute lors de tes déplacements, mais j'espère que cela t'apportera un peu de repos et de paix. Par cette fenêtre, tu verras seulement le soleil se lever. J'ai pensé que ça t'aiderait à prendre le rythme. Se lever est plus difficile que se coucher, ici. Tu verras, c'est très calme et tu n'entendras qu'une prière, celle de la mer à tes pieds. Je viendrai te chercher dans une heure et demie. Tu ne dois plus avoir l'habitude de faire ta toilette au lavabo, mais c'est comme le vélo, ça revient vite. Et il y a de l'eau chaude. C'est presque un trois-étoiles. Tu trouveras aussi ce qu'il faut pour te changer sur le lit, ajoute-t-elle avec un petit sourire mystérieux.

Hanah a toujours aimé l'humour de la religieuse, un éclat de vie dans un univers austère et dépouillé.

Sœur Anne à peine repartie en refermant la porte sur elle, Hanah s'avance vers l'unique fenêtre de la cellule, réduite elle aussi à l'essentiel : un lit une place, une petite table, un tabouret, une penderie, un lavabo et, dans un coin, un pot de chambre. Pas de miroir ni de douche.

Mais en regardant par la fenêtre que protègent des barreaux rouillés, Hanah a le souffle coupé. À la rumeur des vagues en dessous d'elle, elle devine, elle sent le vide qui les sépare et en même temps les rapproche dangereusement. La présence des barreaux la rassure sans qu'elle sache pourquoi ni de quoi.

Elle ne peut pas se pencher pour regarder. Est-ce étudié pour contraindre le regard, donc l'esprit ou l'âme, à se porter au loin, droit devant soi? Hanah parierait que oui. C'est ce qu'elle fait, profitant sans restriction de la vue qui s'offre à elle avec une générosité divine. Quand le ciel embrasse l'eau. Tableau mouvant dans lequel des mouettes et des cormorans dansent, dessinant des figures de haute voltige. Des flèches propulsées par la corde d'un arc invisible. Ça fuse de partout. Certains volatiles plongent dans un piqué époustouflant, pour disparaître sous l'eau quelques secondes avant de réapparaître en gerbes d'écume. D'autres se contentent de raser la surface.

Hanah se rend compte que le ballet aviaire est déclenché par la présence de bateaux de pêche qui remontent à bord des filets pleins. La dernière prise de la journée profite à tout le monde.

Sœur Anne lui a fait comprendre qu'elle sera au centre de la soirée. Ce dont elle a horreur. Mais elle le fera pour elles. Pour ces années passées à se construire avec leur aide désintéressée. Personne, ici, n'a voulu la convertir ni la retenir. Elle a été libre de rester ou de partir.

Sur le couvre-lit est étalée une tenue de nonne. Les sandales sont posées au pied du sommier métallique. C'est ce qui a été convenu, d'après une idée de sœur Anne.

— Comme ça, tu seras à l'abri, incognito comme on dit. Si tu le croises, il sera loin d'imaginer que sous cet habit se trouve sa propre fille, lui a-t-elle suggéré.

Une heure plus tard, après avoir effectué une toilette intégrale au-dessus du lavabo et s'être un peu reposée sans vraiment dormir, Hanah a revêtu sa nouvelle tenue. Pour un temps, elle sera sœur Claire. Il n'est pas nécessaire que celles qui ne l'ont jamais vue connaissent son identité. Quant aux anciennes de l'époque de la jeune Hanah, sœur Anne exigera de leur part la plus grande discrétion.

Elle ne peut pas se regarder dans une glace, mais imagine la tête que ferait Karen en la voyant. Pourquoi ne pense-t-elle pas à celle que ferait Virginia? Sans doute parce que, quoi qu'elle fasse ou décide, Karen fera toujours partie d'elle.

Debout face à la porte sous son voile de nonne, Hanah perçoit un bruit de pas qui se rapprochent.

— Oui, dit-elle au moment où elle entend frapper à la porte.

— Tu es prête? demande sœur Anne. Elles t'attendent.

Sœur Claire acquiesce en silence et sort, déjà gagnée par la profondeur des lieux.

37

Mai 2014, domicile de Léon Maurice

En attendant les déménageurs qui ne vont pas tarder, Yvan fait une dernière vérification des cartons fermés au rouleau adhésif, où sont rangées les affaires de son père. Peu de vêtements, quelques vieilles fripes, un uniforme de l'armée qu'il n'avait pas restitué, son trench en cuir, ses casquettes de marin, des livres, des San Antonio et des SAS, des guides sur la pêche, la navigation et le jardinage, des vinyles de Lama, Sardou, Maurice Chevalier, Gilbert Bécaud. D'autres cartons remplis de matériel de pêche, filets, bottes, cuissardes, des caisses d'outils et, dans une grande malle sous cadenas, un fusil de chasse, une carabine à plomb, des balles et de la chevrotine. Étonnamment, la malle et son contenu n'ont pas été saisis lors de la perquisition. Sans doute parce qu'il n'y avait pas de preuves ni d'indices à chercher pour un suicide par pendaison.

Au fond d'une armoire, Yvan a trouvé deux albums photo de jeunesse de Léon Maurice. Photos en noir et blanc de classe du lycée, de parties de pêche avec les copains, les week-ends avec les scouts — on y voyait Léon, environ treize ans, dans une pause de petit soldat, tout droit, le regard clair sous son chapeau avec son foulard et sa chemise bien repassée —, plus tard les vacances au soleil, sur la plage aux côtés de jolies filles en maillot de bain, et une série de clichés du service militaire, puis de l'école de gendarmerie.

Yvan n'a aucun souvenir dans cette maison qui fait partie d'une autre vie de son père, dont sa sœur Chloé et lui ont été exclus. Ils étaient restés avec leur mère dans la maison familiale. Léon s'était acheté celle-ci plus tard et Yvan n'éprouve donc aucune émotion à aller de pièce en pièce, et à voir la maison vidée. Pas plus qu'à devoir la vendre. De même que, sans l'ombre d'un remords, il a revendu quelques meubles, la machine à laver et le frigo sur Internet, et donné les autres à l'association Emmaüs qui doit passer ce matin les récupérer devant la maison, avec un vieux poêle à bois qui n'a pas dû fonctionner depuis un moment ainsi qu'un fauteuil en cuir usé et le tourne-disque. Il a également réussi à monnayer la vieille DS noire, une antiquité qui faisait la fierté de son père lorsqu'il la sortait.

La crasse était tellement incrustée partout dans la maison, moisissures, taches alimentaires, graisse, traces diverses, poussière, qu'Yvan a préféré faire appel à une entreprise de nettoyage et de dératisation avant les visites. Finalement, dès la deuxième, la maison a été vendue deux cent quatre-vingt mille euros. Moins que ce qu'en espérait Yvan, mais Alexandre lui a conseillé de garder les pieds sur terre vu le marché de l'immobilier. C'était malgré tout un bon prix.

Profitant du temps qu'il lui reste avant l'arrivée du camion, il s'est assis sur une marche de l'escalier qui mène à l'étage pour regarder les photos des albums. Quelques-unes l'intriguent particulièrement, sur lesquelles on voit Léon au milieu d'un petit groupe d'adolescents, sans doute des copains, à côté d'un jeune homme qui paraît plus âgé et plus mûr physiquement, grand, d'une carrure déjà imposante, les cheveux longs et bruns. Ils sont pieds nus devant un petit ensemble de rochers. Yvan est frappé par son air sombre et fermé. Sur chaque photo de cette série où il apparaît, il ne sourit jamais.

Imaginant que seraient inscrits une date, un lieu ou des noms au dos des photos, Yvan décolle doucement la pellicule transparente sous laquelle sont disposés les clichés. En retournant l'un d'eux, c'est comme s'il recevait une décharge.

Griffonnés d'une écriture juvénile au stylo-plume, ces quelques mots : «Île du Fort National, avec Erwan Kardec.»

Yvan connaît bien cet îlot accessible à pied par marée basse, où la construction du fort de Vauban commença en 1689 sur le rocher de l'Islet. L'excursion au parfum de piraterie attire les touristes et les jeunes gens de la région. Un long banc de sable en bordure de rochers habillés de mousse, recouverts par marée haute, mène à l'île du Fort depuis la grande plage du Sillon. Il arrive que des retardataires se fassent surprendre par la rapide montée de l'eau et, coincés sur l'île, soient obligés d'attendre la prochaine marée basse.

D'une main fébrile, Yvan détache une deuxième photo de la série et voit la même légende au dos. Il savait que son père et Kardec, qui avaient quelques années d'écart, avaient fréquenté les mêmes collège et lycée, mais il ignorait qu'ils avaient été proches au point de partager des loisirs en dehors de l'école.

Ce qui interpelle Yvan à cet instant est l'expression du regard de son père attaché à Kardec. Un regard où se côtoient admiration et dépit. De l'envie, peut-être, avec une pointe d'anxiété. À côté de lui, encore frêle et empoté, Kardec est un beau gaillard au corps d'athlète et au visage ténébreux. Tout ce qui peut affoler les filles à cet âge.

Par son acharnement sur Kardec, en partie justifié, Léon Maurice n'aurait-il pas voulu régler des comptes de jeunesse? Une histoire de fille, une humiliation, une rivalité? s'interroge Yvan. Pourtant, quel événement pourrait relier un collégien et un lycéen que quelques années séparent? À ces âges, les uns ne prêtent pas attention aux autres. Chacun a son cercle, ses fréquentations.

L'équipe d'Eliade est-elle tombée sur ces photos, lors de la perquise? À croire que non, puisque les albums sont toujours là. Peut-être n'y ont-ils vu que des souvenirs de jeunesse et n'ont pas pris la peine de creuser davantage dans le passé du suicidé.

Une sonnerie aussi stridente qu'une alarme retentit soudain dans toute la maison. Celle de la porte d'entrée. Yvan se lève et va voir par la fenêtre. Il reconnaît le camion d'Emmaüs d'où descendent deux gars. Une armoire à glace et un type au teint basané, aussi sec qu'un haricot, qui lui font signe.

Les muscles et le cerveau, se dit Yvan en sortant.

Une fine pluie le cueille, la pluie bretonne de mai au goût salé qui perle sur l'herbe des prés.

— Tout ce qu'il y a devant la porte est pour vous, leur dit-il en signant leur formulaire avant de rentrer.

Une bonne chose de faite, pense-t-il en revenant à l'intérieur s'asseoir sur l'escalier. Reprenant l'album, il décolle une troisième, puis une quatrième photo du Fort National sur lesquelles il voit encore son père en compagnie de Kardec et les retourne. Même légende. Sauf sur la quatrième. À côté de la légende dont l'encre s'est nettement estompée avec le temps, a été ajouté ceci : « Dans le vieux poêle. »

Des mots beaucoup plus lisibles, écrits au stylo-bille bleu et non à la plume. De la même écriture penchée mais plus assurée, l'annotation est à l'évidence très récente.

Dans le vieux poêle… Yvan bondit comme un ressort et se précipite dehors. Le plus costaud des gars d'Emmaüs vient de refermer le haillon arrière du camion et remonte déjà sur son siège.

— Attendez ! hurle Yvan en courant après le véhicule qui démarre.

Les feux stop s'allument, le camion freine.

— Attendez ! souffle Yvan au conducteur par la fenêtre de la camionnette. Il y a erreur sur le poêle, je dois le récupérer. Des amis sont finalement intéressés pour le reprendre.

— Comme vous voulez, fait le sec d'une voix aigre. Tu t'en charges, Rémy ?

Sans un mot, le gros costaud sort et décharge le poêle qu'il laisse là où il l'a trouvé, devant l'entrée.

Attendant que la fourgonnette s'éloigne, Yvan s'approche du poêle et l'ouvre. Il n'a pas à chercher beaucoup. Une grande enveloppe kraft à soufflet dépasse d'un petit tas de bois. Le cœur à cent à l'heure, le fils Maurice tire l'enveloppe et la sort du poêle. En grosses lettres figure son prénom. Visiblement, son père s'est dit que l'instinct d'enquêteur de son fils l'inciterait à fouiner un peu partout et que, tombant sur les deux albums, intrigué par les photos du Fort National, il ne manquerait pas de regarder à l'intérieur. Une chance sur deux.

Serrant l'enveloppe contre lui, Yvan regagne le salon. Reprenant sa place sur les marches, il regarde, hésitant, l'enveloppe posée sur ses genoux, et finit par déchirer le rabat. Les mains tremblantes, il en sort un carnet à la couverture rigide un peu gondolée, comme attaquée par l'humidité. Les pages ont le même aspect sur la tranche jaunie.

Yvan feuillette deux ou trois pages vierges, piquées de mouchetures brunes, avant de tomber sur un titre manuscrit qui lui fait l'effet d'un coup de poing au ventre. *Confessions d'un môme*. La même écriture penchée, mais encore enfantine, qu'au dos des photos. Celle de Léon Maurice.

La curiosité à vif, doublée d'appréhension, Yvan tourne la page de titre et commence la lecture. *15 mars 1960, Saint-Malo, Bretagne*. Une date qui l'arrête. Son père s'est pendu cinquante-quatre ans après, jour pour jour, le 15 mars 2014.

Lorsqu'il referme le carnet, la dernière page lue, il ne sait plus où il est ni combien de temps s'est écoulé depuis le début de sa lecture. Il a relu certains passages au moins dix fois pour pénétrer leur sordide réalité. Il est revenu en arrière, s'est arrêté pour regarder ailleurs, par la fenêtre, au plafond, dans la pièce vide. Partout, sauf les lettres qui s'enchaînent pour former des mots auxquels il ne peut pas croire. Pourtant tout est vrai. C'était ça, que son père voulait qu'il trouve. Cette vérité. Pas une autre.

Il comprend maintenant. Il comprend tout. Mais il comprend aussi qu'à partir d'aujourd'hui, pour lui, plus rien ne sera jamais comme avant.

38

Mai 2014, grande plage du Sillon,
Saint-Malo

C'était sur cette immense plage que son père l'emmenait jouer et se baigner. Hélène les accompagnait rarement, elle n'aimait pas l'eau. Hanah a toujours vu sa mère manifester une distance avec l'océan, malgré ses origines bretonnes. Pourtant, sur les photos d'elle enfant, puis jeune fille, elle paraît heureuse de se baigner, nageant comme un poisson. D'où lui est venue cette répulsion, Hanah s'est souvent posé la question, mais n'a pas eu le temps d'en parler avec elle. Dix ans, ça passe vite, trop vite pour tout savoir de quelqu'un et des changements qui s'opèrent en lui. Et elle n'a eu sa mère à ses côtés que ce court laps de temps.

Retourner sur ces lieux lui procure une étrange sensation. Il y a bien longtemps que tout cela ne fait plus partie d'elle. Qu'elle a évacué une bonne part de ce passé terrible. Y compris les bons souvenirs. Et pourtant, ils lui reviennent, clairs et familiers, de rares moments d'harmonie, d'abandon, de rires et même de tendresse. Mais tout ça, c'était avant. Avant le drame. Avant cette nuit irréelle, troublée par ces cris, ces heurts, ce choc, puis le silence soudain, long et glaçant, et enfin le bruit d'un objet lourd qu'on traîne sur le sol.

Elles sont arrivées à pied depuis le Mont-Saint. Sœur Anne, encore vaillante pour son âge, est une bonne marcheuse et en remontre à sœur Claire, la novice venue de loin.

Dans sa tenue monacale, elle se sent à l'abri des regards du cru, qui auraient aussitôt repéré l'étrangère, et en particulier d'un regard qu'elle craint de croiser depuis son arrivée. Pourtant elle sait que, tôt ou tard, la rencontre sera inévitable. C'est pourquoi elle se lance déjà sur le terrain. Celui des meurtres récents, avant de retourner sur l'autre scène de crime, rue de la Montre. Il doit avoir réintégré le pavillon. À moins qu'il ne l'ait vendu pour s'assurer de quoi vivre. Elle préfère ne pas trop y penser.

La soirée de bienvenue la veille a été émouvante. Hanah y a revu des visages familiers, bien que vieillis et froissés par les années. Sœur Angélique, sœur Marielle, sœur Béatrice sont toujours de ce monde. Elle a appris avec tristesse la mort de sœur Émilienne et de sœur Berthe, déjà âgées à l'époque. Les autres ont quitté le couvent pour d'autres retraites, dans le Massif central et les Pyrénées-Orientales.

La vie au couvent commençant à 3 heures par des psaumes, la première nuit dans la cellule monacale a été courte. Hanah, qui a mis du temps à s'endormir, est restée allongée sur le matelas rêche du lit, à écouter le fracas des vagues se jetant sur les rochers, une quarantaine de mètres plus bas. Une plainte envoûtante, hypnotique. Que serait-il arrivé s'il n'y avait pas eu les barreaux à l'unique fenêtre, de la taille d'une lucarne mais suffisamment large et haute pour qu'un corps d'adulte puisse passer ?

Elle imaginait se pencher, captivée par une dangereuse transe, au-dessus du vide noir, et se laisser tomber dans une chute interminable. Mais la lumière orangée de l'aube l'a réveillée et elle a assisté à une débauche de rouges, de mauves et de parmes qui a accouché d'un soleil naissant.

Parvenue à un endroit de la plage où des roches noires semblent stagner à la surface de l'océan telles des carapaces de tortues marines, sœur Anne s'arrête, tournée vers le large. Un œil regarde au loin, tandis que l'autre fixe Hanah, immobile à ses côtés. Sous son voile, Hanah se sent bien, en compagnie de cette femme d'un autre âge qui, d'une certaine façon, s'est substituée à sa mère durant les années les plus critiques de sa construction personnelle. L'adolescence. Même si ce qu'elle a vécu, devoir témoigner devant un tribunal, le substitut du procureur, des juges, des avocats et un jury populaire contre son propre père pour le meurtre de sa mère, lui a forgé le caractère plus tôt que les autres jeunes.

Être dans la peau d'une servante de Dieu pour un temps l'apaise. Elle n'a jamais vraiment connu de crise mystique, son approche du bouddhisme étant plutôt un mode de vie qu'une religion, pourtant, dans l'atmosphère tamisée de silence et de recueillement des lieux de culte, les églises, les temples, dans la chaude clarté des cierges, elle se sent en paix avec le monde, protégée par l'épaisseur de ces murs séculaires. Étrangement, ce n'est pas au cours d'une messe qu'elle sent vibrer la foi des hommes, mais bien plus dans ces moments de vacuité où, venu pour visiter et découvrir, gagné par la puissance du lieu sacré, même le profane s'abandonne à une prière, une foi peut-être éphémère mais sincère à cet instant.

— Nous y sommes, c'est ici que ça s'est passé, dit sœur Anna. — Sa voix vibre, plus haute. — Une vraie horreur. Je veux dire… ce qu'il a fait à sœur Hortense. La malheureuse. Paix à son âme. Elle a rejoint le Seigneur trop tôt. Même si elle était condamnée.

— Condamnée ? sursaute Hanah.

— Oui, elle était atteinte d'une maladie respiratoire à l'issue fatale. La mucoviscidose. Elle serait morte d'étouffement. Mais c'est justement cette mort qu'elle a connue entre des mains meurtrières.

— Elle a été étranglée ?

Sœur Anne hoche gravement la tête.

— En effet. Mais pas seulement. Si elle en est morte, en revanche son corps a subi d'horribles mutilations que j'aimerais ne pas avoir à te décrire, ma petite.

— Je dois savoir, sœur Anne.

Pour l'encourager, Hanah pose une main sur le bras tout maigre de la religieuse.

— J'imagine ce que ces détails ont dû produire sur vous. Mais les policiers ne l'ont pas encore arrêté. Sans doute n'ont-ils pas assez d'éléments à charge. Il a déjà failli s'en tirer pour ma mère, si mon professeur, M. Carlet, ne m'avait pas aidée à tout dire.

— Ainsi, tu es convaincue que le tueur de sœur Hortense est bien ton père ? questionne sœur Anne.

— Je ne suis pas convaincue, je le sais. Pour les deux autres meurtres aussi. Je suis venue pour confirmer sa culpabilité.

— Mais il n'a pas mutilé ta mère ?

— Non. C'est un élément nouveau dans son mode opératoire. Celui-ci peut évoluer, chez un tueur récidiviste, pour différentes raisons. En fonction de son état d'esprit, des fluctuations de sa personnalité, d'une instabilité psychique. Dans le cas d'Erwan Kardec, je pense que tout est très calculé. Il poursuit un but précis…

— Te retrouver, termine la religieuse dont les lèvres tremblent légèrement.

— Il ne m'a pas pardonnée et ne me pardonnera jamais de lui avoir fait passer toutes ces années en prison.

— C'est ce que j'ai senti dans son regard, même si ses mots exprimaient le contraire.

— C'est-à-dire ?

— Il voulait que je lui donne tes coordonnées, au cas où nous serions restées en contact. Il disait vouloir te retrouver pour te demander pardon de t'avoir privée de ta mère.

— Ce que j'aimerais surtout savoir, c'est pourquoi il l'a fait, dit Hanah, qui sent sa vue se brouiller sous des larmes incoercibles.

Elles coulent malgré elle, mais le vent les sèche aussitôt.

— Comme je n'ai pas cru à ses bonnes intentions, reprend sœur Anne, il m'a agressée verbalement, en me traitant de vieille corneille et en me jurant entre ses dents qu'il allait te retrouver, avec ou sans mon aide. À cet instant, j'ai eu la confirmation de ses réelles motivations.

— Et pour y arriver, il est capable de tout. Quelque temps après sa libération, j'ai commencé à recevoir des coups de fil anonymes sur ma ligne fixe. Ce n'est sans doute pas une coïncidence. Il a très bien pu obtenir mon numéro personnel.

— Par qui ? réagit sœur Anne. Je lui ai dit qu'étant persuadée qu'il reviendrait un jour demander des comptes et chercherait à te retrouver, je n'ai même pas voulu garder contact avec toi, malgré le déchirement, à ton départ du Mont-Saint.

— Kardec ne pouvait pas me localiser à partir de mon nom, puisque j'en ai changé, ni être au courant de ma profession. Une seule personne avait mon téléphone. Mon ancien prof. Nous étions en contact régulier, c'est lui qui m'a appris la libération de Kardec.

— Mais il n'a quand même pas pu lui donner ton numéro comme ça ! proteste la nonne.

Hanah sent son cœur se rétrécir. Une pensée sournoise s'insinue en elle. Dire qu'elle regarde sœur Anne au fond des yeux serait inexact, du moins la regarde-t-elle dans la seule pupille qu'elle peut capter.

— À moins que Kardec ait réussi à le tromper en se faisant passer pour quelqu'un d'autre.

— Je ne vois pas cet homme, qui a pris de si grands risques pour toi, exposant même sa famille, faire ça.

— Moi non plus, en convint Hanah. Il faut que je l'appelle au plus tôt afin d'éclaircir cette histoire. Quel genre de mutilations a subies sœur Hortense ?

— On nous a dit que... la pauvre fille a eu les seins

tranchés. Elle a été retrouvée ici, près de ce rocher où elle venait lire. On nous a rendu son livre, *Belle du Seigneur*, une histoire d'amour. Elle avait besoin de rêver un peu, à son âge. Je suis bien placée pour savoir que se donner à Dieu n'est pas la chose la plus folichonne qui existe, et demande beaucoup de force et d'abnégation. Bien plus que de s'abandonner aux baisers d'un charmant jeune homme. En revanche, les peines de cœur n'existent pas, avec Dieu.

Mais Hanah n'entend plus. Le vent s'est levé et s'engouffre sous leur voile gris ardoise qui claque comme un drap séchant au soleil. Elle se tait, le regard rivé là où le corps de la jeune nonne a été retrouvé.

Elle n'a pas de mal à imaginer l'horreur. Elle la connaît, la côtoie. L'agression par surprise, l'acharnement méthodique, le sang qui rougit le sable humide, avant de se dissoudre dans l'eau.

Les recherches de Kardec l'ont mené au Mont-Saint, où il a certainement repéré la jeune femme comme une proie potentielle. Ensuite, il a dû l'observer quelque temps, noter ses habitudes, ses allées et venues, avant d'attaquer.

Tu es là, dans cette ville, derrière ces remparts, ou bien tu es retourné rue de la Montre, sur le théâtre de ton crime, et tu te terres dans l'ombre, attendant le bon moment, pense-t-elle, les poings serrés. *M'attendant, moi.*

39

Mai 2014, aux abords de la plage du Sillon

La nouvelle est tombée dans le journal de ce matin. Un nouveau meurtre frappe la ville de Saint-Malo. La victime, une jeune serveuse de vingt-cinq ans au café du Port, se trouve être Chloé Maurice, la sœur du capitaine Yvan Maurice de la BR de Saint-Malo qui vient de démissionner de son poste. Deux suspects dans l'affaire, Yvan Maurice et Erwan Kardec, dit «le monstre de Saint-Malo» pour avoir tué sa femme en 1983 pratiquement sous les yeux de leur fille.

À la lecture de ces lignes, Kardec ne sait pas vraiment s'il doit se féliciter d'avoir eu en une seule fois la sœur du gendarme et la fille de son ennemi juré, ou bien craindre maintenant le pire pour lui.

Il a eu l'aplomb de revenir à la terrasse du café du Port prendre une noisette et un verre de calvados en lisant le canard. Après tout, il est un client comme un autre. Mais le patron du café, un pied-noir originaire d'Oran, ne l'entend pas ainsi.

— Tu prends tes cliques et tes claques et tu te tires

de mon établissement, Kardec, sinon…, le menace-t-il, penché sur lui.

— Sinon quoi? demande l'ancien détenu sans bouger de sa chaise, d'un ton très calme.

— Sinon, c'est moi qui vais t'aider à le faire.

— Je ne vois pas pourquoi je serais traité autrement que n'importe quel client. Je viens régulièrement, votre serveur, Jérémy, je crois, peut en témoigner.

— Ouais, comme il peut témoigner que t'as parlé à Chloé une heure seulement avant qu'elle disparaisse.

— Je n'y suis pour rien, si cette pauvre fille a fait une mauvaise rencontre. Et je ne suis pas le seul suspect dans ce meurtre. Lisez le journal, rétorque-t-il en tendant le canard au patron du café. L'autre suspect est le capitaine de la BR, le frère de votre serveuse.

Là, l'homme écarquille les yeux, comme s'il venait de voir la Vierge. Il n'a pas encore eu le temps de lire les nouvelles. Ce qu'il sait sur la possible implication de Kardec, il le tient des enquêteurs venus l'interroger et de son serveur qui a vu Erwan et Chloé en pleine discussion.

Arrachant le canard des mains de Kardec, il parcourt l'article en apnée à coups de « Nom de Dieu, nom de Dieu ».

Kardec assiste d'un air narquois au changement d'expression du restaurateur.

— Vous ne saviez pas qu'elle était la sœur du capitaine de la BR?

— Elle m'avait pas dit. Mais ça change rien.

— Non, c'est sûr. Tenez, pour le café, le calva et ça, c'est pour vous, lance Kardec qui vient de se lever en jetant sur la table un surplus de monnaie.

C'est à lui, et à personne d'autre, de choisir le moment où il s'en ira.

Il vient de décider de se rendre au cimetière pour une petite visite à une vieille connaissance. Il a préféré prendre son vélo — le chemin, agréable et facile, longe la plage du Sillon. Il n'y est pas retourné depuis le 28 mars. Il peine de plus en plus à accomplir des efforts physiques trop importants et ses douleurs s'intensifient. Il sait qu'il n'en a plus pour longtemps. Il ne mange que pour survivre. Et ne survit que pour elle. Sa haine. Sa compagne de tous les jours. Elle l'aide à tenir et le détruit autant que le cancer. Elle l'aidera encore à accomplir son devoir.

Alors qu'il roule dans le sable et le vent, sous un ciel duveteux, arrivé à hauteur des rochers où il a surpris la jeune nonne, il aperçoit au même endroit deux silhouettes grises, debout à côté des pierres. Deux religieuses. Une grande maigre et une plus petite, et plutôt mince.

— Qu'est-ce qu'elles foutent là ? lâche-t-il en s'arrêtant pour les observer.

Il n'a pas pris ses jumelles cette fois et ne parvient pas à distinguer leurs visages. La plus grande, un bras tendu vers le sol, semble montrer quelque chose qu'il ne voit pas. Là même où il a étranglé la jeune religieuse. Intrigué par leur manège, il a bien envie d'aller voir de plus près et de les aborder. Mais il préfère s'abstenir, au cas où il aurait été placé sous surveillance.

Sur le point de poursuivre sa route, il aperçoit un cavalier sur son cheval, lancé au grand galop, qui arrive à leur hauteur en ralentissant, et finit par s'arrêter devant les deux femmes.

Kardec frémit. C'est le même cavalier sur le même cheval, il en donnerait sa main à couper, qui l'a dérangé, l'autre jour, lorsqu'il était en train de s'occuper de la nonne, en surgissant au loin, sur la plage. Celui qui a appelé les secours après sa macabre découverte.

À présent il s'adresse à la plus grande. Tout à coup, il descend de cheval et s'approche de la petite en lui tendant la main. Les présentations sont faites, on dirait, observe Kardec avec un sourire féroce. C'est Yvan Maurice, l'ancien capitaine de la BR qui a découvert le cadavre de la sœur Hortense. Il l'a appris du lieutenant Gorniak lors de son interrogatoire.

Au terme d'un bref échange, il voit le cavalier remonter à cheval, saluer les deux femmes d'un signe de tête et s'éloigner au petit trot. À son tour, donnant un coup de pédale, il repart en direction du cimetière.

Parvenu devant la grille rouillée, il descend de vélo, le laisse contre le mur d'enceinte et entre.

Une liste de noms en face desquels apparaît un numéro qu'on reporte sur un plan lui permet de situer la tombe qui l'intéresse. Il n'apporte pas de fleurs, rien d'autre qu'une nouvelle.

Au bout de quelques minutes de marche dans les allées, il s'arrête devant le monticule de terre où est plantée une croix sur laquelle sont gravés un nom et deux dates, sans gerbe ni couronne.

— Salut, Léon. Finalement, je te préfère six pieds sous terre, souffle Kardec, les yeux fixés sur les dates fraîchement ajoutées.

Léon Maurice repose seul, exclu du caveau familial que son fils n'a pas jugé digne qu'il occupe.

L'ancien capitaine n'a pas non plus eu droit aux honneurs dus à son grade. Il est mort en criminel.

— Je suis venu t'annoncer quelque chose, vieux salopard. Chloé, ta fille, est morte. C'est moi qui l'ai tuée, comme les deux autres, la squatteuse et la nonne. Et ce n'est pas tout. Tu avais raison sur toute la ligne, Léon, à un détail près. J'ai la mort dans la peau. Tu le savais, toi. Tu me connaissais mieux que personne. On s'est juste un peu perdus de vue. Quelques années. Et puis le destin s'est chargé de nous réunir de nouveau. Pas pour long-temps sur cette terre, mais j'arrive bientôt. On va rôtir ensemble en enfer. Tu ne peux plus te souvenir, maintenant, mais moi, je m'en souviens très bien. Comme si c'était hier. Et je ne regrette rien. Pas plus que je ne regretterai ce que je vais faire, bientôt, je l'espère.

Kardec reste immobile quelques instants devant la dalle puis, d'un geste lent, descend sa braguette. Le jet d'urine rougeâtre lui arrache une grimace de dou-leur, mais il continue, jusqu'à se vider la vessie. La terre fraîche de la tombe de Léon Maurice absorbe aussitôt l'urine.

— Désolé, vieux, j'ai eu comme une soudaine envie de pisser et j'ai pas pu me retenir. La prostate…

Erwan secoue la dernière goutte, referme son pan-talon et se dirige vers la sortie avec le sentiment d'un devoir accompli.

Pendant ce temps, Yvan a regagné la Boucanerie, le centre équestre dont il est désormais propriétaire et, après avoir dessellé Cézembre, lui avoir curé les pieds, l'avoir soigneusement bouchonnée avec de la paille sèche et parfumée, et l'avoir enfermée dans son box, il peut enfin prendre son portable pour appeler Alexandre. Il a eu besoin de ce galop effréné sur la plage, sentir les muscles de sa jument rouler contre ses mollets, ivre de vent et de vitesse.

— Tu as de la chance de me joindre entre deux autopsies, lui dit le légiste.

— Ce ne sera pas long, mais il fallait que je t'en parle. Mon père m'a laissé quelque chose dans sa maison. Des photos de lui gamin et un journal qu'il a commencé à douze ans. Sur les photos, il était avec d'autres adolescents, dont Kardec. Il s'est passé quelque chose à l'époque, Alex, quelque chose de très grave. Ils ont tué un de leurs camarades, lors d'une escapade sur l'île de Cézembre. Ils l'ont noyé et c'est passé pour un accident.

40

Sous le choc de la nouvelle, Hanah reste prostrée sur le lit de sa cellule, incapable de se lever.

Après une demi-heure de marche, elles ont fini par rentrer au couvent avec sœur Anne. Sur tout le chemin du retour, elles ont discuté de leur rencontre avec le cavalier sur la plage. Le capitaine Yvan Maurice. Sœur Anne ignorait qu'il avait démissionné de son poste, il venait de le lui apprendre en lui précisant que, dans l'attente du successeur, le lieutenant Gorniak assurait l'intérim, prenant le relais dans les dossiers du triple homicide qui avait récemment frappé l'ancienne cité corsaire.

La vieille religieuse avait présenté Hanah sous le nom de sœur Claire, venue prendre la suite de sœur Hortense à la trésorerie du Mont-Saint. Hanah préfère que son retour à Saint-Malo ne s'ébruite pas tant qu'elle n'a pas retrouvé son père. Mais elle connaît à présent le nom du gradé en charge de l'enquête sur les trois meurtres et, en cas d'urgence, elle pourra toujours se manifester sous sa véritable identité et lui expliquer les raisons de sa présence ici.

En rentrant, Hanah s'est excusée, précisant qu'elle

avait un coup de fil à passer. Un appel à son ancien professeur. En prenant son portable resté à charger dans la cellule, elle trouve un SMS de Virginia qui s'inquiète de ne pas avoir de ses nouvelles. Malgré les picotements de satisfaction qu'elle ressent jusque dans le ventre, Hanah a laissé la réponse pour plus tard.

En essayant de joindre Marc Carlet, elle est tombée sur une annonce automatique qui l'a laissée perplexe, affirmant qu'il n'y avait plus d'abonné à ce numéro. Carlet avait gardé le même toutes ces années. Peut-être avait-il demandé à changer, se sentant menacé… Hanah sentit des frissons la parcourir. Cela correspondait avec la libération de son père.

Pour en avoir le cœur net, elle a appelé l'administration du collège où Carlet avait enseigné et où elle avait été élève. Une secrétaire lui a annoncé avec une indifférence blessante la mort récente par AVC de son ancien professeur. Le choc a été terrible. Elle a raccroché sans pouvoir répondre quoi que ce soit.

Depuis qu'elle l'avait eu au téléphone au sujet de la libération de son père en janvier, au moment où elle allait partir en mission près de Chicago, à Crystal Lake, ils ne s'étaient plus reparlés. Ayant très vite compris qu'elle allait devoir revenir à Saint-Malo, elle s'était dit qu'elle en profiterait pour rendre visite à celui qui lui avait donné la force de dénoncer son père et de témoigner contre lui. C'est aussi grâce à lui qu'elle avait été prise en charge au couvent. Il était venu la voir plusieurs fois jusqu'à son départ. Ils étaient restés en contact. Carlet, comme Karen, était un des piliers de son existence. Elle les avait perdus tous les deux.

Ses larmes coulent doucement sur ses joues. Elle pleure sur Marc, sur Karen, sur sa mère qu'elle a si peu connue, sur ces pauvres filles mortes de la pire des façons, sur toutes les victimes de ces hommes et parfois de ces femmes dont les pulsions les poussent à tuer.

Mais elle ne peut plus perdre de temps à s'apitoyer. Il va recommencer, bientôt, c'est certain. Sœur Anne lui a dit qu'elle trouverait à la bibliothèque la documentation qu'elle souhaite sur les meurtres. La sœur bibliothécaire met un point d'honneur à découper les articles sur les faits importants se déroulant dans la commune de Saint-Malo. Hanah espère trouver des archives supplémentaires sur les deux naufrages qui l'intéressent.

Elle descend donc à la bibliothèque, qui se trouve en sous-sol. C'est une vaste salle aux murs entièrement tapissés de livres et d'ouvrages œcuméniques. Hanah est impressionnée par leur nombre. Entre dix et vingt mille à la louche. Au centre, une seule table, immense, d'environ dix mètres de long comme si le tronc d'un chêne avait été taillé d'un bloc, dotée de deux bancs de même longueur de chaque côté. Quelques religieuses y sont assises, statues de cire, absorbées derrière leurs lunettes par une lecture ou l'écriture d'un texte. Trois d'entre elles ont fait vœu d'un silence qui les enveloppe comme une ouate.

Prévenue par sœur Anne, sœur Armelle, dont la bouille ronde et rougeaude, sertie d'un voile beige, ressemble à un Pokemon, l'accueille gentiment. Elle est jeune, la petite trentaine, et était donc à peine née quand Hanah a été recueillie par les sœurs du couvent. À elle, Hanah se présente en tant que sœur Claire.

La bibliothécaire lui sort un classeur de l'année 2014, commencée de cinq mois et pourtant déjà bien chargée en faits divers.

Sœur Armelle n'a pas fait vœu de silence et cela s'entend. D'une voix semblable à un pépiement de canari, elle abreuve Hanah de commentaires sur la qualité, trop souvent moyenne à son goût, des articles de presse locale. Mais ce qui intéresse la profileuse n'est pas tant le niveau d'écriture que le contenu. Elle remercie donc poliment et, le classeur sous le bras, s'installe à l'écart de la bavarde, tout au bout de la table.

Au fil de sa lecture, elle prend des notes sur son carnet. La date, les circonstances du premier meurtre, celui de la squatteuse, Julie Marango, dont l'identité a été confirmée sur la base d'analyses ADN et dentaires, l'endroit où elle a été retrouvée, qui correspond à la scène de crime. Hanah devra s'y rendre sans tarder.

Dans un autre article, elle trouve les renseignements relatifs à l'homicide de sœur Hortense, mais elle a déjà connaissance des grandes lignes grâce à sœur Anne et est allée à l'endroit précis où la jeune femme a trouvé la mort. Enfin, dans une troisième coupure, elle découvre les détails du dernier meurtre, celui de Chloé Maurice, dont le corps crucifié sur le cadre d'un vélo de course a été repêché par un chalutier. La scène de crime demeure inconnue. En l'absence de témoins, les enquêteurs pencheraient pour une de ces criques sauvages et désertes en cette saison, bordant le littoral, d'où le tueur, après avoir achevé sa victime en la mutilant *post mortem*, l'aurait attachée au vélo dans le but de lester son corps et l'aurait poussée dans l'eau depuis le bord.

Hanah a son idée sur l'endroit où cela a pu se produire. Mais pour le moment, le pire est de constater qu'ils n'ont rien contre le tueur, alors qu'il est là, dans la ville, prêt à remettre ça. La question, désormais, n'est pas de savoir qui a tué ces malheureuses, mais de réussir à prouver sa culpabilité.

Seulement, via ses recherches relatives au triple homicide, ce qu'elle découvre la laisse pantoise. On dirait que le Mal s'est réveillé dans la cité corsaire, pour une fin d'hiver et un début de printemps meurtriers.

Dans la série des articles récents minutieusement classés par la bibliothécaire, il est question du suicide de Léon Maurice, l'ancien capitaine de la BR de Saint-Malo, l'homme qui avait mis les pinces aux poignets de Kardec, ce sombre matin d'octobre 1989, rue de la Montre. Hanah apprend ausi avec consternation qu'il s'est pendu après avoir tenté de tuer le légiste de Rennes qui collabore avec la BR de Saint-Malo. Sans que la nature de la relation entre Yvan Maurice et Alexandre Le Dantec apparaisse dans l'article de presse, la profileuse comprend mieux ce qui a poussé le fils de l'officier retraité à démissionner de la Brigade.

En même temps qu'ils la glacent, ce qui attire particulièrement l'attention de la profileuse sont ces mots entre deux virgules au sujet de Léon Maurice : «convaincu de la culpabilité d'Erwan Kardec dans le meurtre de la jeune sans-abri Julie Marango et de celui de son frère Killian Kardec dont les restes viennent d'être retrouvés en mer, à proximité du récif des Portes ».

Autrement dit, si Léon Maurice était toujours en vie, il aurait probablement été persuadé aussi de l'implication de Kardec dans les deux meurtres qui ont suivi, se dit Hanah.

Après avoir soigneusement reporté sur le carnet tout ce qui l'intéresse, Hanah s'empresse de demander à sœur Armelle les classeurs des années 1972 et 1975 et retourne s'asseoir. Elle est comme un chien de chasse à la croisée de plusieurs pistes, ou comme une fileuse sur son écheveau. Il lui faut tout démêler et suivre le bon fil.

En retrouvant le bateau des Kardec, elle pourrait demander à un laboratoire d'établir la correspondance avec l'éclat métallique qu'elle avait reçu en pleine poitrine. Ce qui démontrerait que le surbau avait forcément éclaté sous l'effet d'une balle de pistolet. De là, il pourrait y avoir une étude balistique, peut-être même retrouverait-on une douille ou des impacts de balle sur des éléments du bateau.

Dans les quotidiens de juin 1975, parus aux dates qui ont suivi la disparition de Killian Kardec et de sa fiancée, elle n'apprend rien de plus. À l'époque, les deux corps n'avaient pas été retrouvés, à l'instar de ceux de la famille Waters en 1972, dont les noms sont cette fois donnés dans une des coupures du journal local de l'époque, *La Vilaine* : les parents, Jonathan et Janet Waters, et les trois enfants, un garçon et deux filles dont la plus jeune de deux ans et demi, Scott, Fanny et Jesse. Y figurent également les noms du skipper et de son second, John Weight et Kevin Thompson.

Hanah y apprend que Scotland Yard a pris part à l'enquête, sans plus de succès, et que le drame a failli causer un incident diplomatique entre les polices française et anglaise, la seconde accusant la première d'inertie, sans doute pour garder tout l'or contenu dans la mallette.

Ses yeux s'attardent sur ces noms. Une famille décimée par l'inconscience d'un homme, le père et mari. Noyés, selon toute vraisemblance. *Comment se fait-il qu'ils n'aient pas eu le temps de mettre leurs gilets de sauvetage?* se demande Hanah. Ont-ils été surpris dans leur sommeil par le choc contre les récifs? Après tout, ça a dû se passer très vite... Et que faisaient le skipper et son second, également disparus? Dormaient-ils, à 23 heures environ, alors que le voilier amorçait un virage critique en direction de la passe? Et le gardien du phare à cette époque? Quelle a été sa part de responsabilité dans le naufrage du *Little Prince of Seas*?

S'il avait moins de cinquante ans en 1975, il y a de fortes chances qu'il soit encore de ce monde, sauf maladie ou accident, et elle devrait tenter de le retrouver.

41

Mai 2014, entre Cézembre et Saint-Malo

La coque bleu ciel fend l'eau entre deux gerbes blanches sous le frais soleil matinal, cerné de quelques nuages. Propulsé par le moteur, le petit bateau glisse sur les vagues comme sur un tapis, Kardec aux commandes. C'est le bateau sur lequel ils ont fait cette excursion, une journée de juin 1975.

Ce jour-là, en fin d'après-midi, il avait ramené Hélène et la petite qui, blessée aux côtes, avait perdu connaissance, à la maison où on la soignerait — il n'était pas question de la conduire à l'hôpital et d'avoir à tout expliquer —, puis était retourné au bateau pour se rendre sur l'île de Cézembre terminer ce qu'il avait à faire.

Il avait ensuite navigué jusqu'à la crique des Corsaires, là où il écoutait avec son frère la musique du vent sur les rochers, là où, une quarantaine d'années plus tard, il a confié à l'immensité de la mer le corps de Chloé Maurice attaché sur son vélo. Une fois à la crique, il avait tiré le bateau sur le sable et avait nettoyé à l'eau de mer le sang qui avait coulé, avant de repartir à la nuit tombante.

De retour au port, il avait laissé le bateau à l'écart quelques jours sous une bâche, le temps d'acheter à bon prix un garage où le ranger.

Par chance, à l'inverse de sa maison, le garage n'avait pas été vandalisé ni squatté et le bateau était là, intact, prêt à reprendre la mer après une petite révision du moteur.

Kardec se dirige maintenant vers l'endroit où Killian est tombé. Le père d'Hanah sait quels risques il court. Mais il veut faire ce pèlerinage avant de mourir. Tout est parti d'ici, d'une épave, d'un naufrage. Celui de sa vie. Un projet fou, un pacte signé du sang de son frère.

La petite avait cinq ans et quelques mois. Une petite bonne femme potelée et bouclée, des cheveux hésitant entre le blond et le châtain. Ils avaient vite foncé, au fil des ans. Hélène et elle étaient assises à l'arrière, il les revoit encore, la gamine dans son gilet de sauvetage confectionné à sa taille, insouciante et heureuse dans les bras de sa mère.

Hanah. Ils lui avaient donné ce prénom palindrome en mémoire d'Hannah, la grand-mère d'Hélène, déportée en 1942 à Treblinka II, d'où elle n'est jamais revenue. Mais comme Kardec ne souhaitait pas que la petite écope du nom d'une parente morte dans des conditions aussi atroces, par amour pour sa femme, il y avait consenti, à condition qu'on enlève un «n» à Hannah.

Si cela n'avait tenu qu'à lui, il l'aurait appelée Anaël, une contraction de Hannah, qui veut dire la grâce en hébreu, et de «ael», ange en breton. Parce que, enfant, elle était la grâce et que ses cheveux en tire-bouchons dorés rappelaient ceux des chérubins ou des angelots. Et parce qu'elle était arrivée sur les ailes d'un ange, au moment où Hélène et lui n'y croyaient plus.

Les contours de Cézembre se dessinent bientôt dans son champ de vision. L'île n'est qu'à quatre kilomètres de Saint-Malo. Plus longue que large, elle fait environ sept cents mètres par deux cent cinquante. Sur le littoral sud, face au continent, s'étend une plage de sable flanquée d'un embarcadère, et de l'autre côté, tournée vers le large, une petite corniche borde la rive occidentale.

Cézembre est différente des autres îles. Autrefois reliée au continent, elle en aurait été coupée par un raz de marée en 709. Mais des cicatrices plus récentes sont profondes et encore visibles.

En août 1944, les bombardements intensifs de l'armée américaine venant du ciel, de la terre et de la mer contre les fortifications allemandes implantées par les nazis ont laissé au moins deux mille impacts sous forme de cratères, polluant la faune et la flore de métaux lourds. Partiellement déminée, l'île demeure interdite sur une grande partie, sauf la plage. Peu dérangés par la présence humaine, hormis quelques visiteurs et clients de l'unique restaurant, Le Repaire des corsaires, des oiseaux de mer, goélands, mouettes, cormorans et même quelques pingouins y ont élu domicile pour se reproduire.

Kardec préfère tenter d'accoster sur la partie rocheuse. La manœuvre est plus délicate qu'à l'embarcadère, mais il y a moins de risques qu'il soit vu, la plage étant à découvert.

Mais avant, parvenu au récif des Portes, là où le *Hilda* a sombré et où, des années plus tard, Killian a perdu la vie, il ralentit et coupe le moteur.

Le bateau azur flotte mollement sur le grand bleu, à plusieurs mètres au-dessus des restes du *Hilda*, tapi dans les profondeurs, telle la carcasse d'un monstre marin. Le regard perdu dans les eaux rendues plus sombres par les rochers à cet endroit, il se rappelle…

Ils étaient deux à avoir plongé jusqu'à l'épave. Lui et Killian. C'étaient d'excellents plongeurs, ayant fait leurs armes par la plongée en apnée. Ils avaient effectué plusieurs repérages des fonds marins à cet endroit et ils en connaissaient la topographie sur le bout des doigts. En outre, ils disposaient d'une carte marine où ils avaient, sur de précieux renseignements, localisé le *Hilda*.

Le bateau s'était disloqué en deux parties principales. Mais en coulant, il était entré en collision avec des roches sous-marines avant de se stabiliser sur le fond, en plusieurs morceaux.

Personne n'avait retrouvé la mallette. Les chasseurs les plus chevronnés de la région, mais aussi de la France entière et même de Belgique, d'Italie et du Portugal, avaient échoué. Si bien que les recherches s'étaient espacées, puis avaient été abandonnées. D'autant que les autorités locales, voyant d'un mauvais œil cette chasse au trésor, avaient pondu des arrêtés interdisant de plonger à cet endroit. Les contrevenants étaient sanctionnés d'une amende et les récidivistes d'une peine de trois mois de prison avec sursis.

Personne n'avait mis la main sur le trésor sans doute aussi faute de moyens. Or, les frères Kardec les avaient obtenus, ces moyens, dont deux détecteurs à métaux sans doute plus performants que les autres, un modèle étanche et résistant à la pression de l'eau jusqu'à une profondeur de cent à cent cinquante mètres.

Grâce à ce qu'ils avaient appris, ils savaient que la fameuse mallette avait voyagé à l'époque attachée au poignet du banquier sir Adam Doyle par une chaîne. Un genre de menottes plus discrètes que celles qui entravent les prévenus mais tout aussi solides. Il fallait donc rechercher un squelette dans l'obscurité de l'épave, équipé de lampes assez puissantes. Trouver le bon squelette revenait à trouver la mallette de lingots.

Killian explorait d'un côté et Erwan de l'autre. Ils durent remonter trois fois au bateau. Soudain, à la quatrième plongée, Kardec n'oublierait jamais ce moment, Killian était réapparu du fond de l'épave dans le faisceau de la lampe en tenant quelque chose d'assez lourd à la main.

Sous l'eau, à cette profondeur, le moindre geste semble tourné à la caméra au ralenti, comme en apesanteur. Voyant son frère traîner ce qui pouvait ressembler à une petite valise, Kardec l'avait rejoint en quelques battements de palmes, la lampe ronde braquée sur l'objet.

Cinq minutes plus tard, les deux frères laissaient exploser leur joie au fond de l'eau à coups d'acrobaties. C'était bien elle, c'était bien la mallette, reconnaissable à un détail que Kardec n'oublierait jamais.

Accrochée à son anse, la chaîne, attaquée par la rouille mais entière, avec, à l'autre extrémité, une main à l'état de squelette que Killian avait pris un malin plaisir à rapporter en même temps que le trésor. Sans nul doute celle de sir Adam Doyle. Après avoir joué avec quelques minutes, ils l'avaient jetée dans l'épave.

— On aurait dû la ramener en souvenir, avait ri Killian une fois à la surface.

— C'est ça, et sir Adam Doyle serait venu te chatouiller la nuit pour te la réclamer ! avait répondu Kardec en nageant vers le bateau.

Ils étaient remontés pour la dernière fois, la bonne, avec leur présumé butin, et, là, les ennuis avaient commencé.

T'as bien fait de t'occuper d'elle avant de venir ici, frangin, lâche Erwan entre ses dents, debout contre le bastingage, abandonné au rythme des vagues. *Si tu ne l'avais pas fait, je m'en serais chargé. Elle nous aurait gênés plutôt qu'autre chose. Mais le reste, on l'avait pas prévu. Encore désolé de ce qui t'est arrivé, petit frère.*

Après quelques minutes de recueillement, Kardec redémarre en direction de l'île où il réussit à accoster sans trop de peine. Le vent s'est levé et, à l'horizon, le ciel s'est subitement obscurci. Aura-t-il le temps d'arriver avant le grain…

Il récupère au fond de la petite cabine de commandes son sac à dos dans lequel il a mis ses jumelles, une casquette, un K-Way, une boussole, une bouteille d'eau, des cigarettes avec un briquet tempête, une boîte d'antalgiques et un paquet de biscuits bio aux céréales. S'il devait rester bloqué sur l'île à cause du temps, très variable en mer, ça l'aiderait à tenir quelques heures avant de pouvoir repartir. La saison n'étant pas encore commencée, le seul restaurant de l'île était sûrement fermé. De toute façon, il aurait évité le plus possible d'y aller pour ne pas attirer l'attention sur lui.

Équipé cette fois de bonnes chaussures de marche, après avoir attaché le bateau à l'anneau qu'il avait autrefois fixé dans l'un des rochers, il prend la direction de la partie la plus sauvage de Cézembre, au nord-ouest.

Parvenu à une cinquantaine de mètres du bateau à l'intérieur de l'île, il s'arrête et, sortant la boussole du sac, la pose à plat sur sa paume et attend que les aiguilles se stabilisent. Elles lui indiquent qu'il doit se diriger sur la gauche, vers l'est.

Gardant la boussole à la main, il avance sur un sol où se mêlent sable et cailloux dans une végétation rare. Sur sa droite, un panneau d'interdiction pour les randonneurs, tout bosselé et criblé de taches de rouille, rappelle le danger de mort encouru sur cette partie minée. Kardec sait que chaque pas compte et peut être fatal. Mais il y a longtemps, il avait parcouru ce même chemin, lesté de sacs plastique au contenu lourd, sans rencontrer une seule mine. Il s'était aidé d'une boussole et avait noté ses indications tous les vingt mètres. Il les connaissait par cœur.

À partir du panneau, le relief commence à se transformer en paysage lunaire. Partout, de véritables cratères, anciens impacts de bombes, s'ouvrent sur le ciel. Une herbe rare les recouvre, rendant leur aspect plus naturel. Certains, plus profonds que d'autres, creusent le sol sur presque deux mètres.

Sentant les premières gouttes sur son crâne ras,

Kardec met sa casquette et continue. Il est bientôt arrivé. Un dernier coup d'œil à la boussole le rassure sur la direction qu'il a prise.

Un peu plus loin, il débouche là où trois cratères un peu à l'écart des autres forment un triangle. Toujours prudent, il s'approche de celui qui figure le sommet. Profond d'environ un mètre cinquante, il est comblé d'une végétation sauvage à laquelle se mêlent quelques pierres et branchages, comme charriés là par la main de l'homme.

Immobile au bord de la fosse, Kardec sourit. Tout est tel qu'il l'avait laissé autrefois. Personne ne trouvera jamais les restes. Tout simplement parce que tant que le terrain ne sera pas entièrement déminé, personne, pas même les gendarmes, ne s'y aventurera, et personne ne supposera que des restes humains ont été enterrés au fond d'un des cratères de bombe sur la petite île de Cézembre.

Après avoir découpé le corps en tronçons, il avait réparti ceux-ci dans des sacs-poubelle pour que ce soit moins lourd et les avait balancés dans le nouveau trou qu'il avait creusé au fond du cratère. Il avait dû faire deux voyages depuis le bateau amarré au rocher, à l'anneau qu'il venait de fixer.

Cette fois, il avait dû s'y atteler seul. Ajouter ces restes aux autres, disséminés dans les trois cratères du triangle. Le triangle de Cézembre. Leur secret, à tous les deux.

42

Mai 2014, port de plaisance de Saint-Malo

Les huîtres bretonnes. Les huîtres de sa mer natale. Hanah en rêve depuis son départ de New York. Dans l'avion, déjà, elle se figurait s'en gaver, s'en rassasier. Alors cette fois, les morts attendront quelques heures. Le temps de cette pause au café du Port, sur le port de plaisance Vauban, réputé pour servir les meilleures huîtres, selon sœur Anne.

Baxter a voulu ce moment à elle. Prétextant une course à faire, elle est partie tôt ce matin du Mont-Saint, sur le vélo que sœur Béatrice lui a prêté. En réalité, elle avait prévu de se rendre à la Capitainerie du port pour essayer d'y glaner quelques renseignements sur le gardiennage du phare du Grand Jardin en 1972 et sur l'enregistrement d'un bateau de plaisance.

Pédaler en tenue de nonne n'est pas une sinécure pour une novice. Hanah a failli tomber trois fois, le bas de la robe se prenant dans les rayons à chaque virage.

Situés sur les bords du petit chenal qui mène à

l'écluse du Naye, par laquelle les bateaux de plaisance regagnent le bassin à flot Vauban, à proximité des remparts, les bureaux de la Capitainerie de Saint-Malo ont vue sur l'eau et les allées et venues des bateaux.

Si pour ses employés voir passer tous les modèles de bateaux est chose courante, en revanche, la visite d'une religieuse l'est nettement moins.

— J'aurais voulu savoir s'il est possible d'entrer en contact avec le gardien du phare qui officiait en 1972, à titre personnel, demande-t-elle à l'accueil.

La femme la toise avec des yeux de chouette, que l'étonnement rend encore plus ronds. À côté de son PC à écran plat, un paquet de chewing-gums mentholés et la photo sous verre d'une espèce de chien tout blanc qui lui ressemble, les poils ramassés au sommet de la tête dans un nœud rose.

— Je… je vais voir, ne quittez pas. Pardon… Un instant, je vous prie, répond-elle, troublée par l'apparition et la question.

Prenant le téléphone, elle appelle une ligne interne en posant la même question.

— Loïc va vous recevoir, madame… euh ma sœur, bredouille la standardiste.

Le prénommé Loïc, un homme d'une taille impressionnante, pas moins de 1,90 mètre, d'une maigreur de lévrier et aussi noir qu'un bâton de vanille, se présente sans tarder devant Hanah, l'invitant à le suivre dans un bureau exigu qu'il partage avec une jeune femme à lunettes et à nattes rousses.

— Je ne peux vous donner que son nom, rien de plus, souffle-t-il d'une voix douce, les mains courant sur son clavier d'ordinateur.

Hanah remarque tout de suite leur finesse, qui va de pair avec la courbure prononcée de ses pouces.

— Désolé, dit-il au bout de quelques recherches sur l'écran, mais ce gardien s'est, semble-t-il, volatilisé. Il a été déclaré disparu en 1975.

Puis il ajoute :

— J'ai une sœur en Martinique, qui est entrée dans les ordres. Parfois, je me demande si ce n'est pas elle qui a raison. Vous venez du Mont-Saint ?

— C'est ça, oui, je remplace l'ancienne trésorière.

Le gardien du phare disparu en 1975… Le dossier s'épaissit.

— Auriez-vous le nom du gardien ?

— Deux petites secondes… Là… Milio Ebran, en poste au phare du Grand Jardin de 1965 à 1975. Souhaitiez-vous un autre renseignement ?

— Oui… Savoir si un bateau de plaisance du nom d'Erwan Kardec est enregistré au port.

— Attendez… Je regarde…

Rapide tapotement sur le clavier.

— En effet… il l'est depuis peu et je peux même vous dire qu'en dépit des prévisions météo plutôt mauvaises, il est sorti il y a à peine une heure. Mais Kardec… ça me parle, ce nom… Erwan Kardec…

— C'est un nom breton, pas mal répandu dans la région, je suppose que vous en avez déjà rencontré, des Kardec, s'empresse de répondre Hanah.

— Oui, sans doute. C'est tout ce qu'il vous fallait ?

Baxter remercie Loïc en se levant avant de sortir un peu chancelante dans sa robe. Elle sait dans quel ordre il faut poser les questions pour être sûre d'obtenir au moins une réponse. Surtout lorsque l'une des deux porte sur l'homme que les journaux avaient surnommé «le monstre de Saint-Malo».

La religieuse à peine partie, Loïc décroche son téléphone et compose le numéro de la gendarmerie.

— Ici Loïc, de la Capitainerie du port, une religieuse du Mont-Saint sort à l'instant du bureau. Elle m'a demandé si Erwan Kardec avait un bateau enregistré.

— Tiens, tiens… Après la mort d'une des leurs, les sœurs mèneraient-elles une enquête parallèle sur l'un des suspects? Ça vaudrait le coup d'aller y faire un tour. Merci, Loïc, répond le lieutenant Gorniak avant de raccrocher.

Partout où il s'est rendu dans le cadre de l'enquête sur les trois homicides et sur la disparition de Killian Kardec, il a demandé à ce qu'on le tienne informé du moindre événement qui pourrait paraître en lien avec ces affaires, ne serait-ce que l'évocation du nom d'un des suspects.

Hanah ressort de la Capitainerie dans un état second. Le seul témoin potentiel dans les deux affaires qui l'intéressent n'est plus apte à la renseigner. Mais l'autre est là… et a même récupéré son bateau. Il est le seul à pouvoir lui dire ce qui s'est passé, et comment ça s'est passé.

Il est sorti du port il y a à peine une heure, selon Loïc. Et, pour rentrer, il doit passer l'écluse du Naye en sens inverse. Ce qui va lui prendre au moins une demi-heure de plus. Une idée délirante germe alors dans l'esprit de la profileuse. Un plan aussi inconscient que de se lancer en pleine mer la nuit sur une barque sans éclairage.

Remettant à plus tard le doux projet de manger

des huîtres sur le port, Hanah enfourche le vélo de sœur Béatrice et prend le chemin de la maison. Son ancienne maison, rue de la Montre, là où elle a passé trois ans à se taire. Trois années de sa vie emmurée dans le silence. À pleurer, à espérer le retour de sa mère alors que son inconscient «savait», à respirer et vivre sous le même toit que le crime, que le meurtrier. À regarder son père s'affairer dans le jardin, à la belle saison, et planter des légumes et des fleurs là où était enfoui son terrible secret.

Elle met un peu plus d'un quart d'heure à atteindre la rue de la Montre, par la route des Sablons, s'aidant quand même du GPS sur son portable. Elle ne se souvient pas précisément du chemin qu'il faut prendre.

Elle y est à présent, sur le point de pousser la grille et d'entrer. Mais elle est paralysée. Tout ce qu'elle a vu durant sa carrière dans le crime ne suffit pas à l'armer contre ça. Contre cette angoisse qui lui retourne les tripes comme dans une essoreuse. Elle est revenue et n'y croit pas encore. Elle est revenue dans cette rue, s'apprête à entrer dans cette maison où elle n'a pas mis les pieds depuis trente ans.

Elle ne pensait pas faire ça un jour, jusqu'à ce qu'elle apprenne *sa* libération. Elle a compris alors que le passé l'attirerait de nouveau, l'aspirerait de toutes ses forces au fond de l'abîme.

Alors que son bras se tend vers la grille, une chanson de Salif Keita, le chanteur noir albinos, lui revient. Ses paroles en bambara qu'elle a apprises, leur traduction en français, leur sens qui l'a aidée à tenir, les nuits de cauchemar. Elle l'a écoutée en boucle, la voix de Keita la réchauffait, comme s'il lui prenait le cœur entre ses mains pour le caresser.

Folon, e te ninika… Autrefois, on ne te prêtait pas attention

Folon ne te ninika… Autrefois, on ne te considérait pas

Folon, a tun be ke ten de… Autrefois, c'est ainsi que cela se passait

Folon, mogo mako te… Autrefois, cela n'intéressait pas les gens

Folon, ko o ko tun b'i la… Autrefois, toute chose qui t'arrivait

Folon, e tun te se k'o fo… Autrefois, tu ne pouvais pas le dire.

Non, tu ne pouvais rien dire, petite fille. Seulement te taire et subir. Mais aujourd'hui tu peux enfin parler à l'homme qui a assassiné ta mère, avoir la réponse à cette question qui te tue lentement. *Pourquoi, que s'est-il réellement passé?*

Comme en rêve, Hanah arrive sur le perron, devant la porte fermée. Il est temps de s'extraire de cette tétanie, il est temps d'agir. Elle sait comment forcer une porte dont le système de verrou est simple. Vifkin le lui a appris avec une radiographie. Sa Mastercard suffira.

Après un regard rapide derrière elle, Baxter la passe lentement dans l'interstice jusqu'au verrou qui s'ouvre au bout de deux tentatives. Rapide, elle se glisse à l'intérieur et referme vite, tournant une seule fois le verrou. Il peut revenir à tout moment. Dans ce cas, elle lui fera face et exigera des explications.

Il a vieilli, il est malade et va mourir, peut-être éprouve-t-il une once de regret après toutes ces années en prison. Peut-être cherchait-il à entrer en contact avec elle, par ces coups de fil anonymes. Mais elle ne doit pas oublier que c'est avant tout un tueur. Et que ses réactions ne sont pas celles du commun des mortels. Il a tué par plaisir, mais il a tué aussi pour se débarrasser de personnes qui pouvaient le gêner ou contrarier ses plans. Ainsi a-t-il tué sa femme et son frère, parce qu'ils se sont opposés à lui.

Hanah s'est rendue à l'évidence il y a longtemps. Son père présente toutes les caractéristiques d'un sociopathe, à l'instar de Teddy Nash. Et se savoir condamné doit attiser sa haine du monde. À ses yeux, sa fille qui l'a livré à la justice représente ce qu'il hait le plus : l'ordre et la morale. La censure et la sanction.

Une odeur de peinture fraîche la prend tout de suite à la gorge. Avançant un peu plus dans l'entrée, elle voit avec un pincement au ventre l'escalier en bois qui mène aux chambres à l'étage et, à sa droite, la cuisine. Refaite, elle aussi.

Hanah continue dans le salon. La plupart des meubles ont disparu, comme si des déménageurs étaient venus faire le vide. Seuls restent une table basse devant un fauteuil où est posé un ordinateur portable en veille, et, sur un meuble à roulettes contre le mur, un petit téléviseur à écran plat avec quelques DVD, dont certains présentent une couverture X. Le vieux se tape du porno.

Contournant la table, Baxter s'assied tout au bord du fauteuil, comme si elle craignait de se brûler, et appuie au hasard sur une touche du clavier. L'écran se rallume aussitôt. Balayant le bureau du PC d'un rapide regard, elle voit un dossier intitulé HB. Ses initiales.

Elle sent les poils de ses avant-bras se dresser. Vite, elle clique sur le dossier pour l'ouvrir. Apparaissent, alignées dans la fenêtre, les vignettes de quelques photos JPEG et de fichiers PDF. Six au total. Après avoir tout sélectionné, nouveau clic. Les fichiers s'ouvrent successivement.

S'affiche alors une première photo d'elle avec Vifkin illustrant un vieil article du temps où elle était encore Hanah Kardec, portait une coupe au carré et vivait en Belgique. Une deuxième photo en haut d'un bref article, les cheveux courts en pétard, la montre, des années plus tard, à Nairobi, avec un groupe d'enfants albinos, à la fin de sa mission au Kenya. Le tout en PDF. Sur quatre autres photos au format JPEG, d'une faible définition, sans doute chargées sur le Net elles aussi, depuis Google images, on la voit seule, lors de conférences.

Rien à faire, on n'échappe plus à l'œil de Big Brother et son archivage numérique, quand bien même on n'est pas inscrit sur les réseaux sociaux, se dit Hanah pour qui il est exclu d'avoir un compte Facebook, Twitter ou autre, contrairement à Karen qui, outre la page de sa galerie, a créé son profil « perso » il y a presque cinq ans, où elle compte plus de quatre mille « amis ». Un terme qui, en langage virtuel, a toujours fait rire Hanah quand elle conseillait à son ex de faire une grande soirée Facebook où elle inviterait toute sa liste. *Il te faudrait privatiser au moins le Garden Square*, lui disait-elle.

Mais l'humeur de Baxter n'est pas à la raillerie. Elle vient d'avoir la confirmation que son père connaît sa nouvelle identité. Ce qu'elle avait supposé. Il n'a pu obtenir le renseignement que de Marc Carlet, or celui-ci est mort peu après sa libération. Quelqu'un d'autre, un proche du professeur, lui a certainement donné l'information. Carlet se serait méfié, même si Kardec s'était fait passer pour un autre.

Cherchant d'autres éléments dans les dossiers, Hanah constate que ceux-ci sont vides. Elle clique sur l'historique web des recherches et voit avec effroi qu'elles portent presque toutes sur elle. Mais également sur des armes de poing, des sites de prostitution (aucune opération de paiement n'apparaît, il a dû se contenter de regarder) et un site de taxidermiste qui d'instinct la glace.

L'heure tourne, Hanah se lève et poursuit son exploration de la maison. En sortant du salon, elle voit au mur un portrait noir et blanc de sa mère jeune. Si belle et souriante, les cheveux longs et bruns, avec un air de Jacqueline Bisset. Kardec n'a aucun état d'âme, pense-t-elle, il est capable de regarder tous les jours dans les yeux celle qu'il a tuée.

Monter à l'étage lui semble au-dessus de ses forces, pourtant, un mélange de curiosité et de peur l'y pousse. Aucune nostalgie.

Arrivée en haut, elle s'arrête pour souffler. Ce n'est pas le manque d'entraînement. Ses jambes ont du mal à la porter plus loin. Sa main s'est posée exactement là, sur la rambarde, où celle de la petite Hanah était agrippée, lorsque, retenant sa respiration, elle écoutait avec angoisse les échos de la dispute qui remontaient du bas. *Vas-y, ne t'arrête pas…*

Au fond du couloir, la porte derrière laquelle se

trouve l'étroit escalier qui mène au grenier. Peut-être devrait-elle commencer par là. Elle redoute ce qu'elle pourrait découvrir derrière celle de sa chambre. Toute la haine paternelle concentrée. *Ne t'arrête pas...*

Au grenier, au-delà d'un parfum de poussière, l'accueille un autre relent, fétide et nauséabond. Elle sent l'odeur jusque sous sa langue, collée à son palais, sur sa peau. Elle a peur de continuer. Peur de ce qu'elle risque d'y trouver.

Des piles de cartons et de magazines féminins dont Hélène était friande, dans le rai de lumière voilée que laisse filtrer un œil-de-bœuf, dépasse un vieux mannequin de couture qui attire l'attention d'Hanah. Celui que sa mère utilisait.

Alors que les toiles d'araignées recouvrent tout le reste, ce buste semble épargné. Mais ce qui intrigue le plus Baxter sont les vêtements qu'elle reconnaît avec un coup au cœur. Le tailleur vert qu'Hélène mettait pour des occasions. Il faisait ressortir ses yeux de la même couleur.

Il lui suffit de tendre les bras pour soulever le mannequin et le rapprocher d'elle. Tout en le déplaçant, Hanah réalise que l'odeur vient de là. Presque insoutenable.

Une souris a dû y faire son nid et crever à l'intérieur, suppose Baxter en déboutonnant le tailleur. Mais tandis qu'elle en écarte les pans de chaque côté, l'indicible se dévoile à ses yeux.

Effarée, Hanah regarde le buste rembourré sans pouvoir esquisser un geste. À l'emplacement de la poitrine sont cousus des seins de femme. Ils ont été visiblement traités pour une meilleure conservation, mais la méthode, sans doute artisanale, n'a pas évité la prolifération de larves blanches et de vers. Libérés du poids du tissu, ceux-ci commencent à sortir par de minuscules trous dans la peau desséchée.

Prise de haut-le-cœur et de frissons, Hanah parvient à se contenir et à maîtriser sa respiration par une technique de yoga. Elle réussit ainsi à ralentir son pouls et à éviter de trop trembler en prenant des photos de cette horreur avec son smartphone, qu'elle s'envoie aussitôt par mail avec une note. Le courriel parviendra aussi sur son ordinateur à New York, au cas où il lui arriverait quelque chose.

Une fois les photos expédiées, sans s'attarder, elle redescend au premier et emprunte le couloir en sens inverse. S'arrête un instant devant la porte de sa chambre, hésite, puis attaque l'escalier jusqu'au rez-de-chaussée.

Revoir son lit, ses jeux, ses livres d'enfant à l'abandon, recevoir toute cette solitude en pleine face lui demande trop d'efforts. Et cette fenêtre qui donne sur le jardin… Là où était enterrée la dépouille de sa mère. Cette terre remuée que la petite fille regardait par la fenêtre de sa chambre, tandis que mille questions se bousculaient dans sa tête. «Je vais planter des fleurs, celles que ta salope de mère aimait, des pensées. Tu vois, elle n'avait pas des goûts de luxe, pour une femme», lui disait son père. Un autre enfant aurait demandé où était sa mère, pourquoi elle était partie. Mais pas Hanah. Son inconscient savait ce que ses yeux s'étaient refusés à voir. Et elle n'était pas arrivée à la haïr de les avoir *abandonnés*, elle et son père.

Jetant un coup d'œil à sa montre, elle décide de

continuer son exploration au sous-sol. Ça fait trente minutes qu'elle s'est introduite dans la maison de son père. Mais peut-être trouvera-t-elle ici ce qu'elle cherche depuis le début. Un pistolet. L'arme qui a tué son oncle Killian et qui avait provoqué cet éclat venu se loger dans son corps.

En bas, il fait noir. À tâtons, elle trouve enfin l'interrupteur au-dessus des cinq marches qui conduisent au sous-sol. Dans la lumière du néon apparaissent une tondeuse, une tronçonneuse, des boîtes à outils, une pelle, un râteau, une bêche, une pioche, des sacs de terreau, de la corde, du fil de fer, un meuble bas à tiroirs contre le mur du fond, au-dessus duquel est fixée l'affiche du film *Apocalypse Now* taguée de ces mots à la bombe blanche, juste au-dessus du titre : ENCULÉ DE MILITARISTE.

Quelqu'un se sera introduit ici durant les années d'absence de son père, peut-être y a-t-il eu d'autres dégradations, d'où les travaux de peinture... en déduit Hanah qui a aussitôt reconnu l'affiche du film culte de Kardec, achetée dans une brocante un an après le meurtre de sa femme. Il restait des heures au sous-sol assis devant ce soleil rouge grenade, énorme, dévorant, sur lequel se détachait, telle une nuée de libellules, un groupe d'hélicoptères au-dessus d'une épaisse fumée anthracite en suspension dans les airs.

Hanah remarque que deux coins de l'affiche ont été déchirés. Elle a visiblement été enlevée et remise. Sans doute pour les travaux sur les murs qui semblent repeints récemment ici aussi. La maison devait être assez délabrée après toutes ces années, se dit-elle. Mais ce mur en partie recouvert l'intrigue.

Sortant son pendule de son étui, elle le tient immobile au bout de sa chaîne, devant l'affiche, juste au-dessus du meuble à tiroirs, après en avoir extrait tout ce qui est métallique, deux marteaux, une petite scie à métaux, des clous, des vis, des crochets, des punaises et… une boîte de balles toute neuve. Du 9 mm. Elle sent qu'elle brûle. Invictus chauffe, lui aussi.

La larme de cristal se met à bouger très légèrement, puis à tournoyer plus vite, tirant très nettement vers l'affiche.

— Il y a bien quelque chose derrière, murmure Hanah en immobilisant le pendule. Bon boulot, Invictus.

Elle décroche l'affiche en commençant par le bas, montant sur le meuble pour la rouler jusqu'en haut, la robe de nonne retroussée sur ses hanches. Au premier regard elle ne voit qu'un mur blanc dont la peinture à l'eau laisse encore quelques traces poudreuses sur les doigts.

Mais en l'examinant de plus près, elle remarque un léger renflement qui suit une trajectoire bien précise en forme de rectangle. L'index replié, elle donne quelques petits coups de phalange au milieu, puis à l'extérieur du rectangle. Le son n'est pas le même. Plus mat en dehors et creux au milieu.

Il y a une excavation à cet endroit, conclut Hanah. On a caché quelque chose dans ce mur. Peut-être l'arme qui va avec les balles.

Redescendant du meuble aussi vite que le lui permet sa tenue, elle ramasse l'un des deux marteaux sortis du tiroir et commence à taper de grands coups au centre du supposé rectangle.

Le mur, une fine paroi de plâtre, cède à la troisième estocade, laissant entrevoir à Hanah un renfoncement dans lequel est encastré un coffre-fort. Zut! s'exclame-t-elle, il y a certainement un code…

Mais soudain, elle perçoit, trop tard, le bruit derrière elle qui précède le choc à la tête. Elle n'a le temps que d'entendre une voix d'homme chuchoter à son oreille : «Ce n'est pas bien, ça, ma sœur, de venir fouiller chez les gens», avant de s'écrouler dans le noir complet.

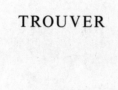

TROUVER

43

Fin mai 2014, couvent du Mont-Saint

L'ombre d'une inquiétude extrême creuse davantage encore les sillons sur le visage de sœur Anne. Gorniak vient d'arriver avec trois gendarmes, dont Mallet et Savioli. Tous les cinq se retrouvent dans le bureau de la mère supérieure où chaque silence se fait plus pesant.

— Si vous n'étiez pas venus, nous aurions fini par vous contacter, quoi qu'il en soit, dit la mère supérieure.

— Depuis combien de temps a-t-elle disparu?

— Plus de vingt-quatre heures, ce n'est pas normal, répond sœur Anne d'une voix où pointe l'anxiété.

Suite à un entretien téléphonique décisif avec Yvan Maurice, le lieutenant Gorniak a réuni quatre de ses hommes pour se rendre au Mont-Saint.

Au départ, il comptait simplement demander aux religieuses pourquoi l'une des leurs menait des recherches sur Kardec en parallèle de l'enquête officielle, tout en comprenant que la mort de leur trésorière dans des conditions particulièrement atroces ait pu les ébranler au point de les décider à poursuivre elles-mêmes des investigations sur les suspects. Or Yvan Maurice en fait partie. C'est pourquoi Gorniak l'a appelé avant de partir pour le couvent. Mais également afin d'obtenir un éclairage sur une question précise.

— J'ai eu un appel de la Capitainerie m'informant qu'une sœur du Mont-Saint est venue demander des renseignements sur un bateau dont Erwan Kardec serait le propriétaire, a-t-il précisé à son ancien supérieur. Mais aussi sur le gardien du phare en poste entre 1972 et 1975. Lorsque les restes de son frère Killian ont été découverts près du récif des Portes, celui-ci était en tenue de plongée. Ça pourrait avoir un lien avec ce bateau ? L'employé de la Capitainerie m'a dit aussi que le bateau n'avait pas fait de sortie en mer depuis 1975. Et c'est justement cette année-là que Kardec a signalé la disparition de son frère. En revanche, pourquoi prendre des renseignements sur le gardien du phare ?

Yvan a réfléchi quelques instants avant de répondre.

— Si Kardec, comme en était convaincu Léon Maurice, est tout aussi impliqué dans le meurtre de son frère que dans ceux plus récents des trois femmes, il n'y a qu'une seule personne susceptible d'enquêter sur lui. Surtout si elle a appris sa libération. Sa fille Hanah. Elle a été recueillie au Mont-Saint, au moment de l'incarcération de son père. Qui sait si elle n'y est pas restée jusqu'à aujourd'hui ? Elle sait de quoi il est capable. Et Léon Maurice le savait aussi.

— Ça voudrait dire que cette bonne sœur, la quarantaine environ, selon l'employé qui l'a reçue, serait la fille d'Erwan Kardec?

— Son âge colle, en tout cas, avait acquiescé Yvan. Plus personne n'a entendu parler d'elle ici, d'après le vieux, depuis son entrée au couvent à l'âge de treize ans. Elle y a suivi un enseignement religieux. Il est tout à fait probable qu'à sa majorité, ne sachant pas où aller, elle ait prononcé ses vœux. Et depuis le couvent, elle a suivi l'actualité récente dans la presse. La découverte des restes de son oncle, les trois meurtres.

— Elles lisent les journaux, les bonnes sœurs? avait plaisanté Gorniak.

— Elles surfent même sur le Net depuis que ça existe.

— Et elle aurait donc appris que son père, aussitôt libéré, s'est mis à sa recherche en se pointant au couvent pour essayer d'avoir ses coordonnées, avait enchéri Gorniak. Sauf que là-bas, elles se sont bien gardées de lui dire que sa fille s'y trouve toujours.

— En effet, Gorniak. Ça se tient.

— La fille d'Erwan Kardec, Hanah, est-elle ici?

C'est la première question que le lieutenant a posée à la mère supérieure et à la sœur Anne en arrivant au Mont-Saint. En revanche, il ne s'attendait pas tout à fait à la réponse.

— Oui, elle est ici, a fini par avouer sœur Anne, tendue. Mais elle est partie faire une course et n'est pas rentrée. Sœur Béatrice lui avait prêté son vélo.

Apprenant qu'elle n'a pas donné signe de vie depuis plus de vingt-quatre heures, Gorniak décide d'en apprendre davantage sur cette Hanah Kardec.

Il a une idée dont il n'a pas fait part à Yvan. Une idée peut-être fantasque, peut-être pas.

Avoir pratiquement assisté au meurtre de sa mère par son propre père laisse des traces sur un enfant. Garder le secret, si jeune, pendant plusieurs années, aussi. Durant tout ce temps, Hanah est restée seule avec son père. Avec un homme dont le mobile n'était pas clair. Qui sait quel virus ou quel mal il a pu transmettre à sa fille, dans quel sens il a pu l'influencer…

Gorniak vient d'avoir la confirmation qu'Hanah Kardec était bien au couvent. Elle a très bien pu avoir assassiné ces trois filles pour revivre son traumatisme d'enfance. Il a déjà vu ça au cours de ses lectures sur les tueurs en série ou récidivistes.

— Dites-moi, ma sœur, Hanah n'est jamais partie du couvent, n'est-ce pas ? s'enquiert-il.

Il a vite saisi que sœur Anne est la plus proche de la fille de Kardec et que c'est elle qui en sait le plus.

— Nous ne l'avons jamais ébruité, par peur que son père ne l'apprenne, même s'il était en prison, mais Hanah nous a quittées dès sa majorité. Elle a fait son chemin qui l'a menée loin, je l'ai su de sa propre bouche récemment. Elle ne porte même plus le nom de son père. À la nouvelle de sa libération, elle est revenue ici dans un objectif précis. Elle a compris qu'il la recherchait, il s'était même mis à la harceler de coups de fil anonymes. Je ne sais pas comment il a retrouvé sa trace. En tout cas, pas par nous. Nous nous sommes bien gardées de rester en contact avec elle, pour cette raison précisément. Mais je crois que ce qui a ébranlé Hanah est le meurtre sauvage de notre pauvre jeune sœur Hortense, qu'elle a appris fortuitement. Dieu nous l'a ramenée.

D'un coup, l'hypothèse de Gorniak vient de s'écrouler.

— Que voulez-vous dire, ma sœur, par «menée loin»? enchaîne-t-il. Et quel nom porte-t-elle?

— Aux États-Unis, à New York. Notre petite Hanah dans une aussi grande ville, j'en ai des frissons… Son nom d'emprunt est Baxter.

— Baxter… Comme le chien…

— Le chien?

— Rien, rien… Vous a-t-elle dit ce qu'elle y fait?

— Quelque chose comme du… du profil, je crois. Elle aide la police à trouver les criminels.

— Oui, je vois… du profilage, sourit Gorniak. C'est une technique très répandue aux États-Unis. Ah, ainsi, la fille de Kardec est profileuse… Je comprends mieux les raisons de sa présence ici. Son père pourrait-il être au courant?

Sœur Anne secoue la tête dans un haussement d'épaules.

— Je ne pense pas… j'espère que non…, se reprend-elle.

— Quand il a appris où elle vivait, peut-être a-t-il voulu la faire venir… attirer son attention sur lui. Auriez-vous une photo d'elle adulte?

— Vous pouvez en trouver sur Internet, j'ai déjà regardé. Il y en a une récente. Lieutenant, elle est en danger, je le pressens.

Gorniak incline le menton en signe d'assentiment. Lui aussi a une mauvaise intuition. Il sort son portable et clique sur son répertoire.

— On y va, dit-il aux quatre gendarmes présents. Direction 17, rue de la Montre, chez Kardec. Il se peut que sa fille y soit, avec lui. On ne sait pas quelles sont ses intentions vis-à-vis d'elle, mais son silence n'annonce rien de bon. J'appelle mon interlocuteur de la Capitainerie pour une précision. Suivez-moi.

Après avoir salué les deux sœurs, les cinq gendarmes sortent à pas pressés du bureau de la mère supérieure, Gorniak pendu au téléphone. Une rafale de vent les cueille dehors.

— Lieutenant Gorniak à l'appareil. Le bateau de Kardec est-il sorti ce matin?

— Attendez… Non, pas à ma connaissance… Sandra, tu peux vérifier sur les vidéos de surveillance si le bateau de Kardec, coque bleu ciel, est sorti? fait Loïc au bout du fil.

— Non, il est là où il l'a déposé hier en fin d'après-midi, répond Sandra.

Gorniak remercie et raccroche tout en courant vers la voiture de fonction pour contacter la BR par radio. C'est Le Fol qui se manifeste après quelques secondes d'attente.

— Le Fol, tu prends deux gars avec toi et vous allez au port Vauban me saisir le bateau de Kardec, un bateau de plaisance taille moyenne, bleu ciel, ordonne Gorniak. Pas de nom sur la coque. Il faut empêcher Kardec de le récupérer.

— On a rien, on a pas la commission, mon lieut…

— Fais le nécessaire, Le Fol. Dis que le bateau est impliqué dans la disparition et le meurtre de Killian Kardec. C'est peut-être la scène de crime. Je file chez Erwan Kardec avec Mallet et Savioli. Il se peut que sa fille y soit et comme c'est elle qui l'a envoyé en prison, je crains qu'il y ait du grabuge.

Savioli, au volant de la Megane bleue à bandes jaune fluo de la gendarmerie, démarre du parking du couvent sur les chapeaux de roue dans une odeur de gomme chaude. Le moteur est puissant, la voiture réactive. Il a de la belle came entre les mains. Ce n'est pas souvent que le gendarme peut se lâcher et il adore ça. Son loisir favori est la vitesse sur circuit sur Ferrari et Porsche. Sa conduite est sportive mais sûre. Il aimerait plus de courses-poursuites dans les rues de Saint-Malo ou sur les petites routes, le pied au plancher.

À peine garés devant le 17, les cinq hommes sautent de la voiture et se précipitent vers les marches du perron. Gorniak note au passage que le Kangoo de Kardec n'est pas là, mais qu'un vélo noir de femme est appuyé contre la façade.

— Attendez, les gars, lance-t-il à ses hommes avant de sonner. La caisse de Kardec n'est pas là. C'est un Kangoo bleu pétrole. Et là, on dirait bien un vélo de bonne sœur. Ça doit être celui que la fille Kardec a emprunté au couvent.

— Il a peut-être laissé sa voiture plus loin, pour qu'on croie à son absence, suggère Mallet.

— Possible, on sonne.

Au bout de quatre sonneries sans réponse, Gorniak décide d'entrer de force.

— Ducet, le bélier, dit-il à l'un des gendarmes.

— Mais… si je peux me permettre, mon lieutenant, intervient Savioli, le regard inquiet.

— On n'a pas de temps à perdre en formalités ! Il y va de la vie d'une femme. On peut la sauver, cette fois !

Le gendarme revenu avec le bélier, deux de chaque côté, les hommes s'élancent à plusieurs reprises contre la porte d'entrée avant qu'elle ne cède enfin.

— Mallet avec moi, on fait l'étage et le grenier s'il y en a un, dit Gorniak avant d'entrer. Savioli, Ducet et Bellock, vous vous occupez du rez-de-chaussée et du sous-sol. On fouille partout. Soyez prudents, Kardec est un tueur. On se retrouve ici quand on a fini.

En un clin d'œil, les gendarmes pénètrent à l'intérieur, la main sur le holster, prêts à sortir leur SP 2022, et se répartissent dans la maison selon les instructions de leur supérieur.

Sans le savoir, ils refont le parcours d'Hanah, passant là où elle est passée la veille. Sans le savoir aussi, ils reproduisent presque les mêmes gestes, jusqu'à ce que les trois gendarmes chargés du rez-de-chaussée et du sous-sol tombent sur une scène alarmante.

Une affiche du film *Apocalypse Now* détachée du mur traîne par terre dans la salle du sous-sol devant un meuble à tiroirs au-dessus duquel un pan de mur est défoncé, laissant apparaître un coffre-fort grand ouvert, encastré dans le mur.

À l'intérieur, Gorniak ne trouve rien d'autre qu'une carte d'identité et un vieux passeport au nom d'Hélène Kardec, dont le portrait noir et blanc est collé à côté d'une autre photo, celle d'une petite fille aux cheveux clairs et bouclés, sa fille Hanah.

De son côté, Mallet découvre, parmi les objets épars qui jonchent le sol comme après une lutte, un marteau blanc de plâtre — sans doute celui qui a servi à casser le mur —, un rouleau d'adhésif toilé noir, une boîte de munitions vide ayant contenu des balles de calibre 9 mm et un bout de Serflex pris dans du sang coagulé. Un peu plus loin, contre un mur, un matelas et un sac de couchage.

— Le sang, là… Kardec a dû surprendre sa fille ici, et il l'a emmenée ailleurs avec l'intention de l'achever et de se supprimer dans la foulée. Sinon, il n'aurait pas laissé toutes ces pièces à conviction derrière lui, dit Gorniak quand Mallet lui désigne ses trouvailles. Avec un cancer au dernier stade, il n'a plus rien à perdre. Il faut lancer tout de suite un avis de recherche sur les personnes d'Erwan et d'Hanah Kardec dans un Kangoo bleu pétrole. Je demanderai une recherche en immat et ADN. Et les balles, du 9 mm, sont du même calibre que celle qui a été retrouvée dans la combinaison de plongée de Killian Kardec.

— Elle a sûrement dormi là, enfermée, déduit Mallet en montrant le matelas à son supérieur.

Mais lorsque Savioli et Ducet redescendent une quinzaine de minutes plus tard, l'effroi se lit sur leur visage. Ducet porte une sorte de buste, un mannequin de couturier habillé d'un tailleur vert.

— Vous avez trouvé quelque chose? dit aussitôt Gorniak.

Sans un mot, le gendarme, en apnée, exhibe la poitrine du mannequin. Sur celle-ci sont cousus ce qui semble être deux morceaux de peau circulaires. Des asticots rampent autour de chaque mamelon séché. Gorniak sent son estomac se retourner. Ne pas flancher devant ses hommes.

— Nom de Dieu… Où est passé Bellock?

— Il… il est aux toilettes, il a eu un petit souci, répond Savioli.

— Nom de Dieu… C'est pas possible, répète Gorniak en proie à une suée.

Son front se met à ruisseler sous son képi.

— Les seins d'une des victimes…

— C'est bon, Savioli, j'avais deviné. Quelle horreur. Il y a du sang au sous-sol, avec de l'adhésif toilé et du Serflex. Kardec a sans doute emmené sa fille quelque part. Il faut les retrouver avant qu'il lui fasse subir la même torture et qu'il se donne la mort ! J'appelle la Brigade scientifique pour les prélèvements. Je fais envoyer un hélicoptère pour survoler la périphérie. À mon avis, il a quitté la ville pour se diriger vers une zone forestière. J'espère qu'on le serrera à temps.

44

La Boucanerie, environs de Saint-Malo.
Même jour, plus tôt le matin

Sentir frémir le pelage fauve et chaud sous ses doigts le rassure. Les naseaux palpitants soufflent leur chaleur sur sa paume ouverte. Le front contre celui de sa jument, il ne cesse d'y penser. *Dis-moi ce que je dois faire, ma belle… Que ferais-tu à ma place?*

Il parle doucement à son oreille dressée dans une attitude d'écoute. Du bout de son sabot, elle donne de petits coups timides contre la porte de son box. *On va sortir, dis?* Pour elle, seul son maître et cavalier existe. Il l'a sauvée de l'abattoir et elle le sait.

Désormais loin de l'horreur qui ébranle son ancien lieu de travail, tout à sa passion, enfin, Yvan ne parvient pourtant pas à trouver la paix à laquelle il aspire. Ce qu'il a découvert dans le journal de son père le hante toutes les nuits et la journée aussi. Il est seul face à cela. Il serait seul de toutes les façons, même en le confiant à Alexandre. Mais il partagerait au moins ce poids avec celui qu'il aime. Peut-être Alex pourrait-il le conseiller. Remettre le journal à la BR ou le garder ? Garder ce qui serait susceptible d'apporter une explication sur les agissements de deux hommes. Sur leurs choix et leurs doutes. Sur leur fuite en avant aussi.

Il n'est que 7 h 15, mais Alexandre se lève tôt pour être au travail vers 8 heures. Au tout début de leur relation, Yvan s'était demandé si, dans la durée, partager la vie avec quelqu'un qui est en contact quotidien avec la mort, dont les cheveux et la peau risquent d'en porter l'odeur, le gênerait. Finalement, il s'était dit qu'il la côtoyait d'une autre façon et que l'une et l'autre se complétaient. Sauf qu'à présent, il s'est affranchi d'un métier qui le maintenait dans ce voisinage parfois macabre, et qu'il aspire à s'en éloigner définitivement.

La Boucanerie est déserte à cette heure. La propriétaire a laissé beaucoup de dettes et Yvan a racheté le club pour tenter de le sauver, ainsi que les quinze chevaux. Il gardera les trois moniteurs déjà en poste, en revanche, outre deux des quatre lads, un garçon et une fille dont le travail laisse à désirer, il peut-être se séparer de cinq bêtes et ça lui crève le cœur. Il s'emploiera au moins à les placer chez des particuliers ou dans d'autres clubs qui pourront lui garantir qu'ils seront bien traités.

Le vétérinaire doit passer dans la matinée. C'est un jeune homme d'une trentaine d'années environ sorti de l'école un an auparavant, qui, grâce à ses compétences, commence déjà à se faire une clientèle sur la région. Il a passé, en plus de son diplôme de vétérinaire, celui d'ostéopathe, savoir-faire très demandé par les propriétaires de chevaux. Yvan va le rencontrer pour la première fois et l'ancienne propriétaire ne lui en a dit que du bien.

— Alors ma belle, tu ne veux pas m'aider? lui glisse Yvan en caressant les naseaux de Cézembre, là où la peau nue est d'une douceur de velours.

Dans les autres boxes autour, des coups réguliers commencent à retentir, signe que tout ce petit monde est réveillé et a faim.

— D'accord, d'accord, j'arrive, soupire Yvan.

Au menu, granules et foin qu'il distribue tour à tour en portions calculées au gramme près. Il s'agit de faire des économies sur tout. Un temps. En attendant que le club se refasse une santé financière.

Le quotidien d'Yvan se déroule désormais dans les effluves de paille, de crottin, de cuir et de graisse à sabots. Des odeurs qui lui sont familières depuis longtemps et qu'il aime. En particulier celle, forte et musquée, qui se dégage des selles une fois retirées des montures après une séance ou une balade. Une odeur de crin et de sueur.

Parmi les objectifs qu'il s'est fixés, remettre la sellerie en état, réparer les cuirs usés et faire du clubhouse un lieu de détente agréable et propre au lieu de ce taudis où traînent pendant plusieurs jours déchets et vaisselle sale dans des relents de vieille chaussette.

Une nouvelle vie l'attend et il n'a pas l'intention de passer à côté. *Exit* les apparences, *exit* les exigences et l'influence paternelle toute-puissante, fini de se cacher pour épargner une famille qu'il n'a jamais vraiment eue à ses côtés, pour ne pas risquer de choquer une société à laquelle il ne doit rien.

Après la distribution du petit déjeuner aux pensionnaires, qui lui a pris presque une heure, accueilli par des hennissements de joie, Yvan peut enfin s'occuper du sien, un bon café au club-house, savouré dans un des fauteuils en cuir achetés aux puces pour fêter la reprise de la Boucanerie.

Fixant machinalement une araignée progressant sur le mur crasseux, Yvan hésite encore à appeler Alex. Il n'a pas l'intention de lui lire le journal du vieux au téléphone, mais de lui demander s'il peut venir ce soir, le lui lire de vive voix et lui demander ce qu'il en pense.

Il en est à ce point de ses réflexions quand son portable sonne. Gorniak. Il n'a pas envie de répondre. Tout ça est derrière lui, maintenant. Mais le jeune lieutenant est le seul des gradés de la BR à l'avoir soutenu, à lui avoir manifesté une sincère sympathie au moment où sa vie basculait. Après, en l'ajoutant à la courte liste des suspects dans le triple homicide, il n'a fait que son travail.

En raccrochant, Yvan est pris dans un écheveau de pensées qui fusent dans tous les sens. La fille de Kardec serait donc à Saint-Malo... Peut-être même depuis des années, bonne sœur au couvent du Mont-Saint. Pourrait-elle être impliquée dans le triple meurtre? Les trois victimes étaient des femmes encore jeunes. Père et fille seraient-ils complices? Cette hypothèse lui paraît peu vraisemblable. Cela voudrait dire qu'ils se seraient retrouvés à la libération de Kardec, qu'ils auraient même communiqué alors qu'il était encore en prison. La visite menaçante de Kardec au couvent pour se renseigner sur l'endroit où pourrait se trouver sa fille n'aurait été que simulacre. Non, cette version restait improbable.

Selon ses calculs, elle devait avoir quarante-quatre

ans. Elle et lui auraient un peu plus d'années de différence que leurs pères. Il se sent, malgré cette différence et bien qu'il ne la connaisse pas, lié à elle. Ils ont, chacun, souffert à cause de leur père. Une enfance troublée, une adolescence tourmentée pour finir par se construire et devenir des adultes résilients.

Une nouvelle fois, son portable posé sur la table en verre sonne et vibre en même temps. Le commandant Eliade. Il n'y pensait plus. Son premier réflexe est de ne pas décrocher. Si c'est important, elle rappellera ou laissera un message. Mais la curiosité l'emporte et, après encore quelques notes de piano, il répond *in extremis*.

— Yvan? C'est Mira Eliade. J'ai su pour votre sœur. C'est terrible. Je suis désolée. Les condoléances ne sont pas mon fort, mais je voulais vous dire que si vous avez besoin…

— Ça me touche, Mira. En fait, beaucoup de choses m'occupent et c'est mieux comme ça. J'ai racheté un club équestre en faillite à trois kilomètres de la vieille ville et à peine un du littoral, le remettre à flot me prend tout mon temps.

— Cela vous évite de trop gamberger. Combien de chevaux avez-vous?

— Une quinzaine. Mais, pour des raisons économiques, je vais devoir me défaire de cinq d'entre eux. Un vrai crève-cœur.

— Oh, j'imagine. J'ai fait un peu d'équitation, dans mes jeunes années. C'est une grande tradition chez nous. Certains naissent cavaliers, comme en Hongrie ou en Mongolie. J'aimerais m'y remettre, durant le peu de temps libre dont je dispose.

— Je vous enverrai le tableau des reprises par mail, si vous voulez. Vous trouverez toutes les informations, avec le nom des moniteurs en face des cours correspondants. Et quand vous vous sentirez prête, je pourrai vous emmener en balade. Je connais des coins splendides qu'on perçoit autrement, à cheval.

— Avec plaisir, je serais ravie de les découvrir avec vous, dit la jeune femme d'un ton enjoué.

— À bientôt, alors, répond Yvan avant de raccrocher.

L'araignée n'est plus là. Elle a dû regagner un trou dans le plafond. Ou bien elle s'est réfugiée dans un coin plus sombre pour tisser sa toile.

Peu importe, Yvan se sent bien. L'espace de quelques minutes, il a oublié les tourments et les atrocités de ces derniers jours, la mort de sa sœur, des deux autres victimes, le suicide de son père, ce que contient son journal. Il a déjà remarqué cet effet apaisant qu'Eliade produit sur lui. Seulement, emporté dans la tempête des événements, il n'avait pas pu en prendre la pleine mesure.

45

Même jour, entre terre et mer

Les vagues tapent contre les boudins du pneumatique qui rebondit à chaque secousse. Il est 8 heures.
Le soleil semble avoir oublié de se lever, ce matin.
Toute luminosité a déserté le ciel tapissé de gris et
de violets. Un vent du large hérisse la mer de vaguelettes écumantes. Il ne pleut pas encore à verse, mais
déjà quelques gouttes s'écrasent sur le zodiac lancé
à fond.

Couchée au centre du pneumatique dans sa tenue
de nonne, Hanah ne peut pas bouger. Du Serflex
bleu lui entrave les mains et les pieds. Elle a l'impression d'avoir un essaim d'abeilles dans la tête.

Kardec lui a promis un petit voyage en mer, avant
le dernier. Elle le voit, assis à l'arrière, tenant le gou-
vernail, silhouette noire se détachant sur l'immensité
bouillonnante, flotter dans un K-Way bleu orage qui
fait ressortir ses yeux, le teint plus jaunâtre que hâlé,
les joues creuses et les pommettes saillantes sous la
peau trop fine. Il n'est plus que l'ombre de lui-même,
pourtant il tient encore debout.

Lorsqu'il l'a surprise la veille dans son sous-sol en train de casser le mur au marteau, il a vraiment cru qu'il était la cible d'une bonne sœur du couvent venue fouiner chez lui pour trouver des pièces compromettantes et le confondre.

Mais quand il a découvert son visage encadré par le voile, c'est lui qui a reçu le deuxième choc. La garce était de retour… dans cet accoutrement.

Salope! s'est-il écrié, penché sur elle. S'il avait écouté sa colère, il l'aurait étranglée tout de suite. Mais avant, il lui réservait un mets plus savoureux. La vérité. Qui, à l'instar de la vengeance, est un plat qui se mange froid.

Sortant aussitôt son pistolet du coffre, il l'a chargé, a fourré dans sa poche le reste de munitions en jetant la boîte par terre et attendu tranquillement en grillant une cigarette qu'elle se réveille.

Assommée d'un coup de cendrier en pierre, elle saignait à l'arrière de la tête. Un peu de sang avait coulé sur le béton. Il n'a pas pris la peine de nettoyer ni d'effacer ce qui pouvait constituer des indices. Lorsqu'ils s'apercevront de leur disparition, ils seront déjà loin. À cette idée, il a souri.

Une fois revenue à elle, la première chose qu'Hanah a découverte en ouvrant les yeux, ce fut le canon en acier braqué sur son front. Puis le visage derrière. *Son* visage. Celui qu'elle redoutait tant de revoir, trente ans après. Le plus angoissant, c'est qu'il n'a pas changé, juste vieilli, avec tout le poids de la rancœur. Un masque de haine au-dessus d'elle.

— Content de te revoir, ma fille!

Il lui a presque craché ce dernier mot à la face.

— Tu vas gentiment te lever, on va passer à la salle

de bains soigner cette vilaine plaie, je te donnerai un cachet et ensuite je te ramènerai ici pour cette nuit. Tu verras, tu seras bien. Je t'apporterai un matelas et un duvet. Je tiens à ce que ma fille chérie soit bien installée, pour sa première et dernière nuit à la maison, après tant d'années. On va laisser les explications pour plus tard. C'est prévu. Mais pas ici.

À ce moment-là, Hanah a trop mal au crâne pour réagir. Se défendre ou même parler. Et elle ne doit pas sous-estimer la force de cet homme, même âgé et malade.

Une fois que Kardec l'a reconduite au sous-sol qu'il a fermé à double tour, il est ressorti de la maison.

— Si tu cherches à te faire la malle, je te tuerai, furent les mots sans équivoque qu'il lui a lancés avant de partir.

Quand bien même elle aurait été en possession de ses moyens, le sous-sol n'a pas de fenêtre et la porte est équipée d'un verrou antieffraction. Avec tous les outils qu'elle a à portée de main, elle aurait pu l'attendre derrière la porte avec une pelle ou la pioche, mais Kardec est armé et, face à un Sig Sauer et toute la détermination de son père, elle ne ferait pas le poids. En outre, elle veut cette vérité plus que tout. Il la tient ainsi et il sait qu'elle n'entreprendra rien contre lui tant qu'elle n'aura pas ce qu'elle est venue chercher. Les raisons du meurtre de sa mère. Mais ce qu'il ignore encore, c'est qu'elle veut bien plus que ça. Elle veut savoir ce qui s'est passé sur le bateau, ce fameux jour, et pourquoi il a tiré sur son oncle.

Le lendemain, à la première heure, il l'emmènera

sur l'île. Mais il a décidé de ne pas reprendre son bateau. Il risque moins d'être repéré en louant un zodiac. Ce qu'il a pu faire juste avant la fermeture le soir même en s'y rendant à vélo. Puis il a chargé le vélo sur le zodiac, qui part d'un autre endroit du port Vauban, et a pris la direction de la crique aux Corsaires. Celle des orgues, où il a laissé le pneumatique après l'avoir poussé sur le sable. Par précaution il l'a attaché à un piquet, pour éviter que la marée montante ne l'emporte.

Il a repris le vélo sur son épaule et est remonté par le chemin escarpé en s'arrêtant plusieurs fois pour reprendre son souffle.

Il est rentré à la nuit tombée, lessivé. Sans même descendre au sous-sol, il s'est jeté sur son lit et a dormi d'une traite jusqu'au lendemain, 6 heures.

Muni de son pistolet chargé, il est descendu avec une tasse de café tiédasse chercher Hanah encore endormie.

Sous la menace du Sig, la tête encore endolorie malgré l'antalgique que Kardec lui a donné, elle est remontée au rez-de-chaussée, suivie de son père, avant de s'installer au volant du Kangoo.

Le jour se levait à peine. Une lune spectrale, escortée de quelques étoiles retardataires, s'estompait peu à peu dans la grisaille.

Il lui a fait troquer le voile contre une casquette.

— Ça te va mieux, quand même, a-t-il décrété dans un rire grinçant.

Il s'est glissé sur la banquette arrière, juste derrière elle, se baissant de façon à ne pas être vu de l'extérieur, son arme pointée sur la nuque d'Hanah.

— Tu sais ce qu'il risque de t'arriver au moindre

écart, l'a-t-il menacée en plaquant le canon froid sur son cou.

Oh oui, elle le sait. A toujours su de quoi il était capable. C'est justement ce qu'il n'avait pas supporté.

En route, Hanah a tout envisagé. Donner un coup de volant qui les enverrait dans le décor, se mettre à klaxonner comme une folle à un feu rouge, freiner brutalement. Mais elle n'a rien tenté de tout cela. Car elle sait qu'il n'hésiterait pas une seconde à tirer.

Qu'elle entreprenne ou non quelque chose, elle mourra quoi qu'il en soit. Là où il l'emmène, il n'y aura pas de retour, ni pour elle ni pour lui. C'est logique, cohérent. Il est déjà aux portes de la mort. Les franchir ne sera qu'une formalité. Alors elle a décidé de se donner, de leur donner encore un peu de temps. À eux et à cette vérité pour laquelle elle a vécu toutes ces années. Ou plutôt survécu.

Ils ont roulé jusqu'aux abords des falaises, puis, laissant le Kangoo en pleine nature, ils ont fait le reste à pied jusqu'au chemin de la crique, Hanah dans sa robe de nonne, la tête sous une casquette. N'importe qui les croisant aurait tout de suite compris que quelque chose ne collait pas dans ce déguisement.

Mais il n'y a pas âme qui vive à cette heure, à cet endroit déjà peu fréquenté.

Parvenus en bas, ils ont trouvé le zodiac flottant sur cinquante centimètres d'eau, mais toujours attaché au piquet.

— Monte ! a soufflé Kardec en lui envoyant un coup de pistolet dans les reins.

La douleur a arraché à Hanah une grimace, mais elle n'a rien dit.

Une fois dans le pneumatique, il lui a lancé du Ser-flex pour qu'elle s'attache les deux chevilles, puis lui a serré les poignets ensemble avec un autre bracelet.

— Ce n'est pas la peine, tu sais, lui a dit Hanah.

C'étaient les premiers mots qu'elle prononçait.

Gardant le silence, il s'est contenté de la pous-ser pour qu'elle s'allonge et l'a à moitié recouverte d'une bâche. Il s'est installé à l'arrière, près du gou-vernail et a allumé le moteur. Ce jour-là, le soleil ne brillerait pas.

46

Le matin, sur l'île de Cézembre

Un ciel plombé en travelling au-dessus d'elle. Le regard perdu dans les nuages serrés, elle a cessé de penser. Elle n'est plus que douleur et attente. De la lumière et des ténèbres qui lui succéderont. Elle ne reverra pas Bis ni son loft où elle s'était si bien accoutumée à la verticalité et à la vie new-yorkaise. Elle ne reverra pas Karen ni Virginia. Les aurait-elle revues si tout s'était passé différemment? Rien n'est moins sûr.

Chaque rebond du pneumatique sur l'eau devenue aussi dure que du béton avec la vitesse réveille son mal de crâne. C'est comme si on lui perçait la boîte crânienne au foret. Sa tête ballotte d'un côté à l'autre. En peu de temps, elle a frôlé la mort à plusieurs reprises. Terrassée par une embolie, puis au cours d'une agression chez elle. Elle s'en est sortie de justesse, mais là, elle sait que ce ne sera pas le cas. La mort frappe plusieurs fois à la porte avant d'entrer, jusqu'au jour où elle décide de s'inviter sans prévenir. Pour de bon.

— On est arrivés à la première étape, tu es prête ?

La voix de Kardec lui parvient comme du fond d'un puits. Prête à quoi ? À écouter ? À se lever ? À mourir ?

Le zodiac s'est arrêté, moteur coupé. Il tangue fortement dans la houle.

— Lève-toi, lui dit son père toujours assis.

Après quelques contorsions, Hanah réussit à se redresser, mais ne peut pas rester debout sur le fond du bateau qui monte et descend. Droit devant eux se dresse un phare rouge et blanc. Le même que dans sa vision sous hypnose ! Le phare du Grand Jardin, d'où part un faisceau rond lumineux. Mais aux commandes, il n'y a plus personne, à part des machines.

Hanah comprend alors où ils se trouvent. Là où «ça» s'est passé.

— Écoute bien, ma fille, parce que je ne vais pas répéter ce que tu vas entendre, commence Kardec d'une voix assez forte pour être audible dans les bourrasques. Voilà, c'est ici que la vie m'a apporté ce qui aurait dû faire mon bonheur mais qui n'a finalement engendré que de la souffrance et des regrets. C'est ici aussi que ma petite fille, toi, a été blessée par un éclat de métal provenant du bateau qui nous appartenait, à Killian et à moi. Killian, mon frère, qui a été tué le même jour.

Hanah retient son souffle en même temps qu'une envie de crier : «C'est toi qui l'as tué, j'ai revécu la scène !»

— Son corps est remonté à la surface, ils l'ont repêché en pleine tempête en février dernier. Ayant signalé sa disparition à l'époque, j'ai été soupçonné bien sûr, notamment par ce vieux con de Léon

Maurice, le capitaine de gendarmerie, celui qui était venu me chercher, rue de la Montre, après que…

Mâchoires serrées, Kardec s'interrompt, comme sous le coup d'une forte crampe dans le bas-ventre.

— Mais laissons ça pour plus tard, reprend-il. J'ai moi-même lesté le corps de Killian pour qu'il ne remonte pas et l'ai jeté ici, à l'endroit du récif des Portes, mais ce n'est pas moi qui ai tué ton oncle. Si j'ai signalé sa disparition, au lieu d'aller tout déballer aux flics, c'est pour une raison précise. C'était pour vous protéger, toi et Hélène.

«Tu mens! Tu n'as jamais protégé que toi!» voudrait encore crier Hanah. Mais elle se tait, le corps raidi par l'attente et la douleur à la tête.

— On avait monté un plan avec Killian. Une sorte de chasse au trésor. Le trésor du *Hilda*, un paquebot parti d'Angleterre le 18 novembre 1905. Il a coulé ici même, aux alentours de 23 heures. Son épave s'y trouve toujours. À bord voyageait un banquier qui effectuait un transport de fonds avec deux gardes du corps armés. Une mallette bourrée de lingots d'or attachée à son poignet. Un million d'euros en or. Ça aurait fait rêver n'importe qui. Ça en a fait rêver! Mais personne n'a jamais retrouvé la mallette, même pas les plongeurs chevronnés. Question de moyens et de chance, sans doute. L'intérêt pour ce trésor s'est peu à peu émoussé, à tel point qu'on avait commencé à douter de son existence. Jusqu'à ce qu'un Britannique un peu fêlé mais riche, un certain Jonathan Waters, se la joue Robin des Bois en déclarant à la télé vouloir mettre la main sur l'or qui devait revenir aux descendants des clients du banquier. Ben voyons! Il n'y a qu'à se servir… Il cherchait des plongeurs du coin. Des types qui connaissaient les fonds marins, à l'endroit de l'épave. Tu parles, on s'est tout de suite proposés avec Killian. Il se trouve que son futur beauf, le frère de sa fiancée, Milio Ebran, était l'un des gardiens du phare à l'époque. Malgré mes réticences, Killian a tenu à le mettre dans le coup. «On aura besoin de lui», assurait-il.

Une vague plus haute soulève brusquement l'avant du zodiac, manquant faire passer Kardec par-dessus bord. Il parvient à se retenir à temps au cordage des boudins. La pluie commence à tomber dru. Mais il tient à poursuivre. Se faire tremper jusqu'aux os n'a plus trop d'importance.

— Il nous avait promis une belle somme si on lui remontait la mallette. Dix mille livres chacun. On a accepté, à condition d'avoir une moitié avant et l'autre après. Il avait deux détecteurs à métaux ultra-performants. Mais nous, les yeux plus gros que le cerveau, on a voulu le doubler et tout garder pour nous. La prime et la mallette. Comme il avait décidé de refaire le trajet du *Hilda* en voilier et en famille, le mieux était donc de faire boire la tasse à tout ce petit monde. Le naufrage du vapeur nous a inspirés. Le plan était de couper la lumière du phare au moment où le voilier de la famille Waters passerait à côté du récif des Portes. Ebran, seul au phare ce soir-là, devait s'en charger. Killian et moi étions en embuscade, avec notre bateau, à proximité du récif, tous feux éteints. C'était dangereux pour nous, mais le jeu en valait la chandelle. Vingt mille livres, plus les lingots, même à partager en trois, on était les rois du pétrole !

En même temps qu'il raconte son histoire, Kardec

semble la revivre, le regard brillant d'une lumière étrange. Peut-être celle du phare… ou celle de la convoitise.

— Une chance sur deux que le plan marche, poursuit-il, le visage ruisselant. Et il a marché… Dès que le voilier a lancé les feux de détresse, on a su qu'il était en difficulté, alors on est arrivés sur lui. Il était en train de couler. On s'est d'abord occupés des deux skippers qui voulaient sauver leur peau en prenant le canot de sauvetage pour eux. Jonathan et sa femme étaient d'excellents nageurs, mais ils n'auraient pas pu atteindre la terre ferme de nuit dans l'eau glacée, surtout après avoir reçu des coups de rame sur le crâne. Le plus dur, ça a été les gosses…

Hanah secoue la tête. Ses larmes, qui coulent depuis un moment, se mêlent à la pluie.

— Non, hurle-t-elle, non! Vous n'avez pas pu faire ça… Dis-moi que tu inventes… pour me faire du mal…

— Je ne t'ai pas amenée ici pour te raconter une histoire à dormir debout. À quoi ça me servirait? Je reverrai toujours les enfants… leur regard… Longtemps, leurs cris, leurs appels à l'aide ont résonné dans ma tête, entre les murs de ma cage. Mais on ne pouvait pas faire autrement, la machine était lancée.

— On peut toujours faire autrement, Kardec! crie Hanah. Il n'y a pas de fatalité! Tu aurais pu ne pas tuer ma mère! Retenir ces pulsions qui t'habitent… Pourquoi? Pourquoi tu l'as tuée? Pour la faire taire, c'est ça?

Les yeux de Kardec ont pris les teintes des nuages que le vent charrie.

437

— Couche-toi, on repart, dit-il simplement.

— Alors, c'est bien ça, continue Hanah sans l'écouter… Tu as eu peur de ce qu'elle voulait me dire. J'ai tout entendu, Kardec, ce soir-là! Je t'ai entendu traîner son corps enveloppé d'une bâche comme… comme celle-ci! Tu as simplement voulu la faire disparaître, parce qu'elle contrariait tes plans! Et cette famille, qu'est-ce que tu as fait de leurs corps?

Il ne répond plus. Il s'est renfermé, à l'intérieur, là où personne ne peut accéder.

— Qui a tué Killian, si ce n'est pas toi? insiste Hanah.

Une secousse la fait basculer en arrière. Sa tête manque de peu le rebord d'un des sièges du zodiac. La pluie, froide et serrée, cingle les visages, comme des lanières de cuir.

L'île de Cézembre dont le zodiac, ralenti par les vagues, se rapproche tant bien que mal semble en suspension dans la brume. Le pneumatique, malmené, avance sur des montagnes russes. Basculant d'avant en arrière, se soulevant de gauche à droite, de droite à gauche. Kardec lutte pour maintenir le cap.

Pieds et poings liés, Hanah perd l'équilibre et roule sur le fond du bateau. Elle voit le ciel apparaître et disparaître par intermittence. Des gerbes d'eau s'abattent sur elle, lui coupant le souffle.

Ses lèvres s'ouvrent et se referment sur une prière étouffée.

J'ai peur… mon Dieu… je ne veux pas me noyer… pas cette fois encore… sentir l'eau glacée dans ma gorge, mon nez, partout dans mon corps... Protège-moi... Au secours ! Ne me laissez pas ! Mum ! Mummy !

Ce sont ses derniers cris avant d'être avalée par la nuit.

47

Même jour, fin de matinée,
port Vauban, Saint-Malo

Alors que l'hélicoptère survole les zones fores-
tières et les champs de la région proche, dans le
triangle Saint-Malo, Saint-Jouan-des-Guérets et,
plus avant dans les terres, Saint-Méloir-des-Ondes,
puis jusqu'à Le Tronchet, Ronan Gorniak a rejoint
Le Fol et le reste de l'équipe au port de plaisance
Vauban où, secondé de Mallet, Savioli et Ducet, il
a entrepris l'examen du bateau de Kardec ramené
à terre.

À la lumière de la recherche en immat sur la voiture de Kardec, les gendarmes viennent d'apprendre
qu'il n'a pas de carte grise à son nom. Faute de
contrôle policier, il a réussi à rouler sans papiers. La
nouvelle rend Gorniak nerveux, et les recherches
plus compliquées. Ce n'est pas le seul Kangoo de
cette couleur dans le coin. Il faut donc arrêter tous
les véhicules répondant au signalement, conduits
par des hommes.

Contactée par Mallet, la Brigade scientifique vient

d'arriver sur place et commence les prélèvements sur le bateau. Il n'est pas loin de 13 heures. Personne ne déjeunera, cette fois.

— Quelques anciennes traces de sang apparaissent au Blue Star sur le pont, commente une technicienne, et ici, ça ressemble à un ancien impact de balle, ajoute-t-elle en désignant un endroit du surbau avant de prendre quelques photos. Ça a chauffé, on dirait, sur ce bateau.

— On a découvert en février les restes du frère de Kardec avec une balle de 9 mm dans la combinaison de plongée. Ça pourrait correspondre, confirme Gorniak. Les deux frères devaient se trouver à bord ensemble. Mais là, l'urgence, c'est de retrouver sa fille qu'il a sans doute emmenée quelque part. J'ai demandé à Fred de vérifier toutes les locations de bateau, au cas où. J'imagine plutôt qu'ils sont partis en voiture, mais on ne sait jamais.

Les bateaux amarrés au port dansent sur place, leurs mâts s'entrechoquant comme une forêt de bambous dans le vent. Le temps commence à tourner. Les cols se relèvent.

Gorniak sent vibrer son portable dans sa poche. C'est Fred.

— Mon lieutenant, fait-elle d'une voix essoufflée, un zodiac a été loué hier soir, juste avant la fermeture. Au nom de Killian Kardec.

Le lieutenant sent une sueur froide lui parcourir le dos. Pourquoi donner ce nom alors que la mort de son frère est connue ? Par provocation ? Bravade ? Ou pour une autre raison ?

— Merci, Fred, c'est du bon boulot.

S'il a loué le zodiac hier soir, se dit-il en remettant

son téléphone dans sa poche, il a dû partir tôt ce matin avec sa fille. Était-elle encore en vie au moment où il l'a embarquée ? Où a-t-il pu aller ?

Jetant un coup d'œil au ciel noir sur la baie, il appelle le capitaine Kernel de la gendarmerie maritime à qui il explique en quelques mots l'urgence de dépêcher une vedette à la recherche d'un zodiac au large de Saint-Malo.

— Désolé, lieutenant, mais un avis de tempête vient de tomber, nous ne pouvons pas prendre la mer. Les recherches devront attendre.

— Deux vies sont en jeu, mon capitaine, risque Gorniak.

— Eh bien, il s'agit qu'il n'y en ait pas davantage.

Le jeune lieutenant raccroche, agacé. Dans la foulée, il tente de contacter l'hélicoptère de gendarmerie parti un peu plus tôt pour leur demander d'effectuer un survol en zone maritime.

— Négatif, répond le pilote. Trop dangereux, avec la tempête qui se prépare. Nous rentrons à la base. Par ailleurs, rien de suspect à signaler sur les zones explorées.

Rien ne se déroule comme il le faudrait, regrette Gorniak dans un soupir. Son estomac lui envoie des signaux de faim qu'il tente d'ignorer, mais qui parasitent son esprit. Il n'a rien avalé depuis la veille, à part un café et une petite bouteille d'eau minérale. Toute l'équipe ou presque est à la même enseigne.

Nouvelle vibration dans sa poche. Sur l'écran de son portable s'affiche le premier numéro qu'il vient d'appeler.

— Lieutenant, capitaine Kernel. Un bateau de pêche qui rentre au port vient d'intercepter un zodiac noir à la dérive au large de Cézembre, sans personne à bord.

— Cézembre, dites-vous… Merci, mon capitaine.

Bon sang… Kardec a voulu emmener sa fille sur l'île et ils ont dû chavirer. Peu de chance qu'ils aient survécu. La tempête s'est concentrée sur la mer. Et dans ce cas, les vagues peuvent atteindre cinq mètres. Même de très bons nageurs n'ont aucune chance de s'en sortir.

Le cerveau de Gorniak est en ébullition avec toutes ces informations qui se succèdent. Il lui faut réfléchir vite, prendre les bonnes décisions. Il aime ces montées d'adrénaline, mais parfois, il se dit que c'est peut-être Yvan Maurice qui a eu raison, en arrêtant ce boulot. D'autant que son entrée dans la gendarmerie lui a coûté ses fiançailles.

Les recherches sont donc suspendues en attendant la prochaine accalmie, prévue, selon la météo, pour le début d'après-midi.

Une pluie froide arrose maintenant le port. Il est temps de se mettre à l'abri.

— Tous en position de repli, annonce Gorniak, on ne peut rien faire pour le moment. On attend que ça se calme en se réchauffant au café du Port, tournée générale aux frais de la BR, pour une fois ! N'oubliez pas de manger, pour éponger un peu !

La terrasse du café, trempée, a été désertée et les clients se sont réfugiés à l'intérieur où l'atmosphère est à la fête, comme si cette promiscuité de circonstance déliait les langues et désinhibait les esprits. Tout le monde cause avec tout le monde, politique, société, surtout de ce qui ne va pas, à commencer par le gouvernement, la crise de la pêche sauf celle des sardines et des anchois et, avec plus de retenue et de pudeur, surtout en présence d'autant de gendarmes d'un coup venus se mêler aux consommateurs, sont évoqués les trois meurtres qui ont secoué la ville corsaire depuis quelques semaines. Chacun y va de son hypothèse, de sa théorie sur l'identité du tueur. Certains osent même lâcher que le meurtrier pourrait être une femme.

Un verre de calvados à la main, Gorniak laisse traîner ses oreilles en regardant son équipe qui a retrouvé le sourire. C'est avec eux qu'il passe la plus grande partie de son temps, comme beaucoup de salariés ou de fonctionnaires sur un même lieu de travail. Cela tisse des liens, parfois au détriment de la vie privée. Depuis ses fiançailles rompues, Ronan Gorniak n'a pas fait de nouvelle rencontre marquante. Pour cela, il faut avoir le temps et la disponibilité d'esprit. Peut-être vieillit-il, mais les conquêtes d'un soir ou même de quelques jours l'intéressent moins, alors il se rabat sur le sport, le foot en club, pendant les week-ends libres. Sa vie est simple, aussi droite et sans surprises qu'un I, entre son travail, ses parents, plus rarement ses neveux et nièces. Il se demande comment il aurait supporté une vie aussi lisse si son travail n'était pas source d'imprévus, d'accidents et de sensations fortes.

C'est dans ce café que travaillait la sœur d'Yvan Maurice, pense-t-il à cet instant. Une fille pleine de vie, de projets, même s'ils pouvaient paraître un peu décousus ou saugrenus, selon son patron. Il n'était pas au courant de sa séropositivité, en revanche de son passé récent d'accro à l'héroïne, oui, et il voulait justement lui donner une seconde chance. Et tout d'un coup, en l'espace de quelques heures, quelques minutes, cette vie s'arrête, avec tout ce qu'elle contient de vibrations, d'émotions, d'espoirs et de sentiments. Le rideau tombe, et plus rien. Comment peut-on faire ça à quelqu'un ? Comment peut-on tuer, enlever la vie ? Cette question à laquelle personne ne peut répondre, Gorniak préférerait ne pas se la poser.

Tout à son observation des lieux et des gens, chaque lampée d'alcool répandant une agréable chaleur dans sa gorge, il longe le comptoir où se pressent les buveurs, pour aller s'asseoir plus loin dans la salle équipée d'un billard et d'un baby-foot sur lesquels se disputent des parties mémorables entre les jaunes et les rouges.

C'est alors qu'il la voit, seule, assise à une table en vitrine, tête nue, les yeux vides, devant un tas de coquilles d'huîtres empilées sur un plateau. Il sort son smartphone et regarde tour à tour la photo et la femme. C'est elle, c'est bien elle, Hanah Baxter, la fille de Kardec.

48

Même jour, plus tôt dans la matinée,
île de Cézembre

Après avoir failli chavirer à deux reprises, ayant enfin atteint la côte escarpée de l'île, Kardec réitère la manœuvre effectuée deux jours plus tôt, à bord du bateau bleu. Mais cette fois, il ne prend pas la peine d'amarrer le zodiac qu'il laisse partir à la dérive après lui avoir donné une impulsion. Il se tourne vers Hanah, qu'il a au préalable libérée de ses liens, le Sig Sauer de nouveau pointé sur elle.

— Ne me regarde pas avec cet air effaré, ma fille. Comme si tu ne savais pas qu'on n'allait pas revenir… Allez, en route ! Il y a encore un peu de marche. Passe devant, et fais attention, c'est miné, ici, un souvenir des Allemands, je t'indiquerai le chemin. La vérité est au bout.

Elle a bien cru ne jamais atteindre la terre ferme, mais Kardec sait piloter un bateau à moteur. Glacée jusqu'aux os dans sa robe et ses tennis en toile, pleine de courbatures, encore affaiblie par son embolie et son opération, elle arrive à peine à mettre un pied devant l'autre.

— On croirait que c'est toi, la vieille ! La liberté réussit moins que la cage, dis donc…

La voix hargneuse de Kardec derrière elle lui donne le sentiment d'être talonnée par une hyène.

Où m'emmènes-tu ? Si c'est pour m'achever, ça peut être là, n'importe où…

Le vent les gifle sans faiblir, par rafales. Il suffirait de peu pour que l'une d'elles la fasse tomber. Ce sera donc ça, ses derniers instants ? Elle les avait imaginés autrement. Pas tout de suite. Au terme d'une soixantaine d'années, peut-être davantage, mais pas moins. Tant qu'elle aurait toute sa tête…

La vérité est au bout… Les mots de son père tapent contre ses tempes. Ce qu'il lui a déjà raconté est à peine croyable et pourtant, il ne lui a pas menti. Et elle veut connaître l'autre part de vérité. Qui a tué son oncle, si ce n'est pas lui ? Pour quelle raison voulait-il faire taire sa mère ? Et… que sont devenus les corps des Waters ? Trois enfants… Comment lui et son oncle ont-ils pu ? Et ce Milio Ebran ? Qu'est-il devenu ?

Ils arrivent enfin, courbés dans le vent et la pluie, aux trois cratères.

— Arrête-toi, c'est ici.

Hanah se retourne vers son père, les yeux plissés sous les gouttes qui l'aveuglent.

— Qu'est-ce qu'il y a, ici ? Ma future tombe ?

— La nôtre, ma fille. Quand j'en aurai fini avec mon histoire.

— Pourquoi à cet endroit ?

— Parce que c'est déjà un cimetière. Là, au fond,

sous ces pierres et ces branches. La famille Waters.
Ta vraie famille.

Tout se met subitement à tourner autour d'Hanah
qui manque perdre l'équilibre. *Il délire, il est devenu
fou*, se dit-elle.

— Qu'est-ce que tu racontes, Kardec? hurle-t-elle
plus fort que la houle.

On dirait que les démons de l'île sont tous sortis
de terre et dansent autour d'elle une danse macabre.

— Tu vois, toi-même tu m'appelles par mon nom.
Parce que je n'ai jamais été ton père, Hanah. Ton
père, il est là, avec ta mère, ton frère et ta sœur aînée.

Le regard incrédule au fond du cratère, Hanah
porte sa main à sa bouche et la mord jusqu'au sang.
Cette vision de noyade qui la hantait, c'était ça… Le
naufrage du *Little Prince of Seas*…

— Tu mens! Ce n'est pas vrai! Tu cherches à te
venger… Tu n'as vécu toutes ces années que pour ça.
Sortir de prison et me retrouver.

— Tu as raison. Je n'avais qu'une idée en tête, te
tuer. Mais avant, te dire ce que ta mère voulait te
révéler. C'est pour ça qu'on s'est disputés et que je
lui ai fracassé la tête. Je ne voulais pas que tu saches.
Tu étais notre fille malgré tout. Peu de temps avant
d'avoir monté ce plan avec Killian, j'avais appris que
j'étais stérile. Que je ne pourrais jamais avoir d'enfant! J'ai eu peur qu'Hélène me quitte. En voulant
te dire la vérité, elle me trahissait. Elle trahissait ce
pacte. On a tué une famille entière pour de l'or, mais
ce qu'ils nous ont laissé était encore plus précieux…
Toi…

La voix de Kardec s'étrangle un instant, pour se reprendre aussitôt.

— Toi, qui m'as trahi aussi... À partir de ce jour, ce n'était plus toi, ma raison de vivre, mais ce que j'éprouvais pour toi. De la haine, rien que de la haine. J'ai tant espéré, attendu ce moment. Tu mérites la même chose qu'Hélène. Mourir.

— Et Killian ? Il avait mérité de mourir, lui aussi ? crie Hanah entre ses larmes.

Le récit de son père lui parvient par bribes dans le mugissement du vent.

— Après avoir... éliminé les Waters, on... devait chercher la mallette... dans l'épave du *Hilda*. La concurrence écartée, on allait être... tranquilles et riches. Mais... ce petit con de Killian n'a pas trouvé mieux à faire que d'avoir un accident de moto. Tu ne t'en souviens pas... parce que tu ne le voyais pas souvent. Il partait une ou deux fois par an faire des saisons dans des restaurants et des bars, à l'étranger. Il est resté six mois en fauteuil roulant. Et puis... tu nous occupais bien, ta mère et moi... C'était un vrai bonheur. On avait fini par ne plus voir la différence avec un enfant... qui aurait vraiment... été le nôtre. Tout ça a reporté les recherches. Mais Ebran a menacé Killian... de tout dire si on ne faisait rien. Il voulait sa part aussi, pour son rôle... dans le naufrage du voilier des Waters. Sa frangine, la fiancée de Killian, s'y est mise aussi. Alors il s'est chargé de la faire disparaître lors d'une sortie en mer en amoureux. L'océan est plein de poissons... mais de cadavres aussi. Elle est allée les rejoindre au fond. Ebran a eu des soupçons et le jour où, trois ans après le naufrage de ta famille, on a fait cette sortie avec Hélène et toi… pour remonter la mallette de l'épave… il est venu armé… il était avec nous sur le bateau. Quand Killian et moi sommes remontés à bord avec la mallette… il a attendu qu'on l'ouvre… Ce qu'on a fait et… tu me croiras ou pas… il y avait pas un lingot, dans cette foutue mallette… mais des poids, de simples poids! Du plomb! Ebran a piqué une crise, nous accusant d'avoir organisé cette mise en scène alors qu'on avait déjà remonté les lingots pour les planquer sans avoir à les partager. Il a accusé Killian d'avoir tué sa sœur et voulait nous faire chanter pour qu'on crache le morceau. Comme on ne savait rien de plus que lui, il a tiré sur ton oncle. La première balle l'a blessé à l'épaule… alors qu'il allait tirer la deuxième, Killian a foncé sur lui et il a retourné le flingue contre Ebran… mais, trop tard, la balle est partie et a explosé le surbau. Tu as reçu un éclat… Sans ton gilet, tu serais sans doute morte… Tu as perdu connaissance et Killian s'est écroulé, la balle avait touché une artère. C'était comme un geyser. Il n'a pas survécu. Tout s'est passé en quelques secondes… Quand j'ai compris qu'Ebran allait tous nous tuer, j'ai pris cette même arme que je tiens maintenant et j'ai tiré. Il est mort sur le coup. Je vous ai déposées, ta mère et toi, à la maison et me suis occupé des corps de ton oncle et de cette… ordure de gardien. Après l'avoir lesté, j'ai descendu Killian à l'épave, où je l'ai attaché. Il est remonté seulement maintenant, après tout ce temps… Pour le contenu de la mallette, j'ai jamais compris… peut-être que quelqu'un l'avait trouvée avant nous et avait pris l'or et mis du plomb à la place… en imaginant la tête que ferait celui qui découvrirait la mallette... remplie de poids... Tu imagines bien que si on avait vraiment trouvé l'or, on se serait tirés vite fait à l'étranger...

— Tu arranges la réalité, Kardec ! Pour ne pas avouer que c'est toi qui as tué ton frère, mais moi, je m'en souviens et... il n'y avait pas de troisième homme sur le bateau...

— Je peux te jurer que si, Hanah ! Et il est là, au fond d'un de ces cratères.

— Vous... vous avez tué sept personnes pour une mallette remplie de plomb ! Tu réalises ce que tu as fait ? Et tu ne t'es pas arrêté là...

— On croyait les avoir, ces lingots... Et t'avoir, toi, c'était ce qui comptait le plus...

— Jamais ma mère n'aurait été d'accord avec ça ! pleure Hanah. Elle ne peut pas avoir été complice d'un massacre, même pour moi !

— Ta mère... Hélène... était folle de moi à l'époque... elle se serait jetée de la falaise si je lui avais demandé... Mais elle n'était pas au courant de tout ce qui s'est passé, cette nuit-là... Simplement qu'avec Killian, on avait sauvé une petite fille d'un naufrage, et qu'il fallait inventer une histoire pour la faire passer pour notre fille adoptive, parce qu'elle était orpheline maintenant... Mais je vais t'avouer une chose... si tu ne l'as jamais fait... tu ne peux pas comprendre ce qu'on éprouve... au moment où on voit, où on sent la vie quitter un corps... Personne ne les trouvera ici. À cause des mines. Et toi, sur le chemin du retour, fais bien attention où tu mets les pieds, gamine !

Le chemin du retour...

Hanah voit au même moment Kardec coller le

pistolet contre sa tempe et appuyer sur la détente en relâchant le chien. La détonation se perd dans le fracas de la tempête. La tempe déchiquetée par l'impact à bout touchant, Kardec s'affaisse et roule au fond d'un des cratères où l'eau s'est accumulée.

Non, non... NON !!

Hébétée, Hanah regarde le bourbier qui se teinte de rouge et d'où émergent, telles des îles flottantes, des parties du corps de Kardec, le bout de ses chaussures, ses genoux, son torse, ses épaules décharnées et son visage. Ses yeux grands ouverts, que la mort voile d'une fine membrane opaque, ne fixent plus que l'immensité du ciel.

Les bourrasques et la pluie ont diminué d'intensité, les nuages s'éclaircissent progressivement. Encore un peu et le gris ardoise se dissoudra dans le bleu immense.

Pourquoi ne l'a-t-il pas tuée ? Elle est venue avec la certitude de mourir et voilà qu'elle est en vie.

Mais pourquoi tient-elle le Sig Sauer encore fumant à la main ? Le jetant dans l'eau boueuse à côté du corps de Kardec, elle recule de quelques pas sans y croire. Comment le pistolet s'est-il retrouvé dans sa main ?

Par chance, Kardec a oublié — ou non — de lui prendre son smartphone et celui-ci, qu'elle sort en tremblant de la grande poche de sa robe, dispose d'un peu de charge. Mais il n'y a pas de réseau. Elle voit à l'écran un appel manqué de Karen, à 4 heures. New York lui semble si loin... si différent.

Comment regagner le continent, sans bateau et sans pouvoir appeler ? Il lui faut retourner sur ses pas, à l'endroit où ils sont arrivés. C'est miné...

L'avertissement est resté dans un coin de sa tête endolorie. Elle devra mettre les pieds dans ses propres traces.

Avant de quitter le charnier, elle jette un dernier regard aux cratères où elle a bien cru terminer à son tour. Ses parents, Jonathan et Janet Waters, son frère Scott et sa sœur Fanny, tous morts, sauf elle, sauvée à deux ans et demi de la noyade par celui qui deviendrait son père.

Mummy! Mummy! C'étaient les cris qu'elle avait entendus dans cette nuit mortelle, les cris de Fanny et de Scott. Les seuls souvenirs que son cerveau ait enregistrés pour les enfouir dans ses strates. Le choc avait été trop fort pour qu'elle conserve ceux liés à ses deux premières années de vie. Les enfants ne commencent à retenir des images de leur vie qu'à partir de trois, quatre ans. Avant, ce ne sont que des sensations, des bruits, des odeurs, des voix.

Jesse. Elle revoit ce nom dans l'article de presse. Elle l'avait lu avec émotion, tellement loin de se douter qu'il s'agissait d'elle. Hélène et Erwan Kardec l'avaient rebaptisée Hanah. Kardec avait dû faire établir de faux papiers d'adoption. En tout cas, il avait réussi. Sa vie contre celle de sa famille. Comment appeler les Kardec, désormais? Ses parents adoptifs? Ses parents tout court? C'est pourtant ce qu'ils ont été. Ce qu'a été Erwan Kardec, jusqu'à ce terrible soir.

Son père imposteur vient de rejoindre sa vraie famille au fond de ce trou. Orpheline une deuxième fois. A-t-elle encore des parents là-bas, en Angleterre? Des Waters? Que pourrait-elle leur dire? Que sa famille a été massacrée par celui qui l'a ensuite élevée avant de tuer sa femme, la mère adoptive de la petite Jesse ? Une enfant volée... Tout ça pour de l'or...

Sa vie a commencé par un naufrage. Sans savoir pourquoi, elle a toujours eu la sensation d'être une rescapée. Jesse. Hanah. Hanah est Jesse. Jesse Waters, disparue le 2 juin 1972 et retrouvée le 28 mai 2014. Hanah Kardec, née le 2 juin 1972 à l'âge de deux ans et demi et morte le 28 mai 2014 à quarante-quatre ans.

La semelle en caoutchouc de ses tennis grince sur le sol mouillé du chemin. La tempête s'est calmée, le vent est retombé. L'air semble vidé de ses tensions. Alors qu'elle arrive à l'endroit de la corniche où ils ont accosté presque une heure plus tôt, elle voit passer, tout proche, un bateau à moteur traçant un sillon bien propre sur la mer apaisée.

Hé ! Ohé ! crie-t-elle, tout en sautant sur place, les mains en porte-voix, et en faisant de grands signes des bras.

Cinq minutes plus tard, elle est à bord. Ça tombe bien, le garçon et la fille reviennent aussi de l'île, un peu plus loin, où ils ont attendu que la tempête cesse, en espérant que leur bateau ne se fracasse pas contre les rochers. Ils ne lui posent pas de questions, même si une bonne sœur sans sa coiffe, toute seule à cet endroit et trempée jusqu'aux os est plutôt insolite, et se contentent de lui proposer une bière.

Avant de retourner au Mont-Saint, il y a une chose qu'elle veut faire et qu'elle attend depuis longtemps. Se jeter enfin sur un plateau d'huîtres et sentir l'iode couler dans sa bouche. Car Jesse a faim, maintenant, très faim.

49

Le même jour, café du Port
et Brigades de recherches, 13 h 31

— Elle est arrivée tout à l'heure, vers midi et quelque, trempée, sans rien sur la tête. Avec sa tenue, je me suis dit qu'elle appartenait peut-être à une secte, mais j'ai reconnu la croix du Mont-Saint. J'en ai déjà croisé, des bonnes sœurs de ce couvent. Elle voulait des huîtres et un verre de blanc. Je l'ai servie, mais elle a pas l'air dans son assiette, la nonne, glisse tout bas à Gorniak le patron du café, qui a vu le lieutenant s'approcher de la table. Je ne sais même pas si elle a de l'argent, mais on refuse pas le couvert à une bonne sœur…

— Ne vous inquiétez pas pour ça. Si c'est le cas, je vous payerai. Merci, répond Gorniak sur un petit signe de tête.

— Bonjour, vous êtes bien Hanah Baxter? demande-t-il à la femme seule.

Sans répondre, celle-ci lève vers lui un visage blême, défait. Le sang a quitté ses lèvres fendues. Elle frissonne et claque des dents.

— Oui…, acquiesce-t-elle après quelques secondes d'hésitation.

Les gendarmes sont déjà au courant, elles ont dû les alerter de mon absence, au couvent, se dit-elle.

— Si vous avez fini, je vais vous demander de me suivre, lui lance Gorniak sur un ton où se mêlent compassion et autorité.

Dans un mouvement d'automate, Hanah se lève sans contester. Pourquoi le ferait-elle…

— Avant de vous entendre à la Brigade, on va passer par le port, annonce Gorniak.

Du regard, Hanah le jauge sans un mot. On est loin de la police kenyane ou new-yorkaise, ou même de la PJ. Les formes y sont, la raideur militaire aussi. Ça fait un bail qu'elle n'a pas vu de gendarme.

Au passage, Gorniak récupère Mallet et Le Fol, suivis des autres. Tout le monde se dirige vers la jetée où se trouve le bateau de Kardec, prêt à être tracté jusqu'au dépôt par le camion qui doit arriver. C'est désormais une scène de crime et une pièce à conviction.

À sa vue, les yeux d'Hanah se brouillent et elle chancelle légèrement. Les nuages dispersés, le soleil est revenu avec plus d'intensité encore. Des taches de lumière dansent sur l'eau verte du port dans un rendu impressionniste.

— Vous reconnaissez ce bateau ? questionne Gorniak.

— C'était celui de mon père et de mon oncle. Ils allaient pêcher ensemble. Que fait-il ici ?

— La Scientifique y a trouvé d'anciennes traces de sang. Même s'il a été nettoyé, rien ne résiste au révélateur. Également sans doute des impacts de balles. Les restes de votre oncle ont été retrouvés en février dernier. C'est votre père qui avait signalé sa disparition…

Mais Hanah n'est plus là. Elle entend comme à travers une brume. Écoute distraitement. Elle connaît déjà toute l'histoire. La vraie. Et ne va pas la leur livrer. Ce qui s'est passé n'appartient qu'à elle. Kardec est mort. Sa mère est vengée. Définitivement. Ses parents biologiques aussi, ainsi que sa sœur et son frère. C'est lui qui voulait la vengeance, pourtant c'est à elle qu'il l'a offerte. Sur un plateau d'huîtres.

Elle le revoit s'écrouler au bord du cratère et tomber, atteint à la tête. Mais impossible de dire lequel des deux a tiré. Est-ce lui qui a appuyé sur la détente du Sig Sauer ou elle? Dans cette seconde hypothèse, comment s'est-elle retrouvée l'arme à la main? La lui a-t-il donnée en lui disant de tirer? Aurait-elle pu faire une telle chose aussi facilement? Non, impossible. Il ne l'a pas contaminée. Jesse Waters y a veillé. Il n'y a pas qu'Hanah Kardec en elle.

Une demi-heure plus tard, l'interrogatoire d'Hanah se poursuit dans une des salles de la BR, rue Franklin-Roosevelt. Gorniak lui a fait apporter un café et un verre d'eau. Pour le moment, elle est interrogée sur des faits précis, comme un témoin, et non comme une suspecte. Pas encore.

En arrivant, Gorniak lui avait proposé de retirer sa robe mouillée et de mettre des vêtements secs que Fred, à peu près du même gabarit, lui a gentiment prêtés. Un bas de treillis bleu marine, un polo à manches longues et une fine polaire. Au sec dans sa nouvelle tenue, Hanah a senti la chaleur regagner son corps frigorifié.

— Vous êtes allée chez votre père, rue de la Montre, il vous y a surprise et vous a porté un coup, commente Gorniak tandis que Le Fol tape la déposition. Sans doute à la tête. Notre légiste vous examinera. Que cherchiez-vous là-bas ? Quelles preuves ?

— Je voulais juste récupérer des affaires personnelles de ma mère.

Gorniak la toise d'un air sceptique. Il n'y croit pas vraiment.

— Quelque chose de précis ? Après toutes ces années ?

— Des photos, un médaillon qui lui appartenait.

— Pourquoi être entrée par effraction alors ? En l'absence de votre père ?

— Il ne m'aurait jamais laissée entrer. Il me cherchait pour… se venger de ce qu'il considérait comme une trahison.

Tout lui semble si petit, ici… Si artisanal.

— Ensuite, que s'est-il passé ?

— J'ai reçu un coup à la tête. Il était arrivé sans que je l'entende. Après, il est reparti, me laissant enfermée au sous-sol où j'ai passé la nuit sur un matelas sans manger. Ce matin, il est venu me réveiller — je l'étais déjà, ayant peu dormi — pour qu'on se rende ensemble sur l'île de Cézembre.

— Par quel moyen y êtes-vous allés ?

— En zodiac. Je crois qu'il venait de le louer. Il allait plus vite que son bateau.

— Pourquoi sur l'île, précisément ?

— Parce que… il voulait me tuer et se donner la mort ensuite. Il m'a conduite sur la partie minée de l'île. Là où le moindre pas peut être mortel.

Comme ça, disait-il, on ne viendrait pas chercher nos corps ici.

— J'imagine que vous ne l'avez pas suivi de votre plein gré. Vous menaçait-il d'une arme ?

Baxter hoche la tête.

— Un pistolet. Un ancien modèle de Sig Sauer.

— Et ensuite ? Une fois là-bas, que s'est-il passé ? Comment se fait-il que vous soyez revenue seule ? Avez-vous repris le zodiac ?

Hanah hésite une fraction de seconde avant de répondre. Elle connaît par cœur les stratégies d'interrogatoire, leur façon d'y aller au bluff.

— Non, finit-elle par répondre. Il n'y avait plus de zodiac. Mon… père l'a laissé dériver volontairement. J'ai réussi à interpeller un bateau qui rentrait.

— Pourquoi vous avez hésité avant de répondre ? dit Gorniak, méfiant.

Baxter se mord l'intérieur des joues.

— Parce que ce sont des moments de peur, où vous croyez votre dernière heure arrivée.

— Et votre père, justement ? Vous avez réussi à vous enfuir ? À lui échapper ? Où est-il ?

Hanah prend le verre d'eau et en aspire une longue gorgée pour se laisser le temps de répondre.

— Il… Je ne sais pas ce qui lui a pris, mais… il m'a dit de l'attendre à un endroit. Il s'est éloigné d'une centaine de mètres, le pistolet à la main, je ne le distinguais plus trop dans la tempête. Et tout à coup, j'ai entendu une déflagration et l'ai vu s'écrouler. J'ai alors compris. Mon… père venait de se tirer une balle dans la tête en me laissant la vie sauve.

Les paroles d'Hanah sont chargées d'une telle vérité que cette fois, Gorniak paraît convaincu.

— Où est l'arme?

— Là où il est tombé. Je n'ai pas cherché à la récupérer.

— Vous a-t-il dit pourquoi il a frappé votre mère à mort?

— Non, il a emporté ça avec lui.

— Et vous n'en avez pas la moindre idée?

Perspicace, le jeune loup, se dit-elle.

— Un accident, sans doute. À l'époque, je n'y ai pas cru, à cause de sa volonté de dissimuler son crime en enterrant le corps de ma mère dans le jardin. Mais, depuis que j'exerce le métier de profilage, j'ai réalisé que tous les actes extrêmes, dont les meurtres, ne répondent pas forcément à une logique implacable. Aujourd'hui, je pense qu'il a très bien pu paniquer en voyant ce qu'il avait fait. Et vouloir malgré tout échapper à la justice. Peut-être pour ne pas me laisser seule. C'est humain. Si vous prenez l'exemple de l'affaire Cantat, le chanteur, après avoir tué Marie Trintignant en lui portant un coup fatal, l'a laissée pour morte sans rien faire, disant ensuite aux enquêteurs qu'il la croyait endormie. Le déni ou la dissimulation du crime sont hélas courants, dans les meurtres passionnels ou irréfléchis.

— Vous semblez lui avoir pardonné, dit Gorniak avec douceur.

— Peut-être, oui, au fond de moi. Quand je l'ai vu, si maigre, ayant lutté de toutes ses forces contre la maladie dans le seul but de me retrouver pour se venger et, au bout du compte, en finir avec lui-même en me laissant en vie, j'ai su qu'il m'aimait à sa façon. Il m'aimait comme il m'avait haïe. Son amour l'a emporté sur le ressentiment.

Si elle a en partie menti au gendarme, en revanche, ses derniers mots sont sincères. Mais elle ne parlera jamais ni du plan diabolique des frères Kardec, à l'origine de tant de vies détruites, ni de ce qu'elle vient d'apprendre sur sa véritable identité. De toute façon, il n'y aurait pas eu de procès pour ça, le principal suspect et meurtrier étant mort. Et en ce qui concerne le triple homicide, à quoi cela aurait-il servi d'envoyer en prison un homme qui allait mourir…

— Lors de notre inspection chez lui, lâche Gorniak en avalant sa salive, nous avons trouvé un mannequin de couture sur lequel était cousue de la peau humaine, ce que nous avons identifié comme étant la partie supérieure de seins de femme. C'est un élément accablant dans les meurtres de deux des dernières victimes, qui ont été mutilées précisément à la poitrine. Les analyses ADN confirmeront à laquelle des deux victimes appartiennent ces échantillons organiques. Sans doute à la dernière, Chloé Maurice.

— C'est terrible, mais il n'est plus là pour en répondre, dit Hanah en guise de conclusion. J'ai peu dormi, j'aimerais me reposer, maintenant, et rentrer au couvent où je suis hébergée. Les sœurs doivent être mortes d'inquiétude.

— Je vais les prévenir que vous êtes saine et sauve. Voulez-vous qu'une voiture vous ramène ?

— Volontiers, jusqu'à la rue de la Montre, j'ai laissé un vélo qu'on m'a prêté et je dois le rendre.

— Quand pensez-vous repartir à New York ?

— Après m'être un peu reposée en tout cas.

— Alors si j'ai d'autres questions…

— Ne vous privez pas, je connais la musique, dit Hanah en se levant avec effort.

— Avant qu'on vous reconduise, la légiste va juste vous examiner pour…

— Voir si je n'ai pas également subi de sévices sexuels… Et s'il n'y a pas de traces de poudre sur mes mains. Eh bien ce n'est pas le cas.

— C'est juste la procédure. Encore merci pour votre courage, Hanah.

En entendant son prénom, celui que lui ont donné les Kardec, elle reste sans réaction. Saura-t-elle un jour qui elle est vraiment ?

50

Juin 2014, bord de mer et crique des Corsaires

La lumière est façonnée par les ombres et l'ombre n'existe pas sans la lumière. Ainsi, le jeu des nuages avec le soleil projette-t-il sur la terre un panorama de contrastes étonnants. Infinis. Il en va de même pour l'âme humaine. Aussi noire que lumineuse, avec, entre les deux, quantité de nuances de gris.

C'est dans un tel panorama, auquel s'ajoute la palette marine de verts, de turquoise, de bleus, du plus clair au plus profond, de teintes mercuriennes, parfois de mauves et d'orangés, que les deux cavaliers et leurs montures, lancées au galop, puis repassant au petit trot ou au pas, savourent cette sensation d'évasion et de liberté hors du temps que seule peut procurer une chevauchée.

Yvan a assigné à Eliade un magnifique hongre de cinq ans, à la robe blanche mouchetée de gris. Sa longue crinière claire se soulève au rythme des foulées dans un parfum boisé. Hercule est un cheval réactif, mais doux et maniable. Mira n'a pas eu besoin de beaucoup d'heures de remise en selle.

Ses réflexes lui reviennent naturellement, en même temps que son assiette. Ses hanches modelées ondulent en parfaite harmonie avec les mouvements du cheval. Elle a ramassé ses cheveux dans un catogan, boule dorée qui dépasse sous la bombe. Yvan a tenu à ce qu'elle se couvre la tête et à ce qu'elle porte une protection dorsale.

Ils sont partis de la Boucanerie au nord de Saint-Malo pour redescendre vers le sud en longeant le front de mer.

Le club a enregistré en quelques semaines des inscriptions de plus en plus nombreuses à des stages et des randonnées. Finalement, Yvan va essayer de garder trois chevaux sur les cinq dont il devait se séparer et d'en confier deux à une maison de retraite pour chevaux que lui a indiquée le jeune vétérinaire avec lequel le premier contact a été plutôt bon. Yvan sent même qu'avec Alexandre ils pourraient s'en faire un ami, bien qu'il n'ait jamais voulu de confusion entre univers professionnel et personnel.

L'ex-capitaine de gendarmerie se sent libéré par la décision qu'il a prise seul. Remettre le journal de Léon Maurice à Hanah, en mains propres, après avoir appris de Gorniak ce qui s'est passé entre Kardec et sa fille. Car ce qui se trouve dans le journal la concerne en premier lieu.

« Vous avez eu raison, Ronan, de ne pas creuser davantage, a dit Yvan au jeune lieutenant. La série de meurtres va s'arrêter avec la mort de Kardec. Car le nœud de l'histoire est ailleurs, entre Erwan Kardec et sa fille. Quoi exactement, on ne le saura jamais. »

Pourtant, tout est là, dans le journal de Léon Maurice. L'origine du mal. « Je pense qu'en lisant ce que mon père a écrit, vous en saurez plus sur le vôtre et trouverez un éclairage sur ses actes et sa personnalité », lui a dit Yvan au téléphone.

C'est le but de la balade. Se rendre à cheval au couvent et confier le journal à Hanah. Yvan a pu prendre contact avec elle pour fixer rendez-vous ce même jour, la veille de son départ pour les États-Unis.

Les sabots frappent le sable en soulevant de fins nuages pailletés d'or. Yvan et Mira descendent la plage du Sillon au galop. Ils remonteront ensuite vers les falaises par des sentes caillouteuses pour continuer en direction du Mont-Saint.

— Votre père n'aurait pas arrêté, Hanah. Il avait ça en lui. La mort, dit Yvan à Baxter en lui tendant le carnet de Léon Maurice une heure plus tard.

— Je sais. On l'a tous en nous. Mais tout le monde ne passe pas à l'acte, heureusement.

Dans le cas d'Erwan Kardec, le sens même de ses meurtres se perdait dans leur répétition.

— Les mobiles varient, sauf qu'à vrai dire, trouver un mobile à un crime revient d'une certaine façon à le justifier. Or rien ne justifie de donner la mort. Votre mère et ma sœur ont été tuées pour des mobiles différents. Mais le meurtre qui, peut-être, se rapproche le plus de la personnalité de Kardec est celui de Chloé. Inexplicable. Inexpliqué.

— Je pense que ces trois meurtres étaient une sorte de répétition générale avant de me tuer. Il avait tout prévu. Il a voulu se convaincre qu'il en serait capable.

Sans compter tous ceux qu'il a commis bien avant…,

se dit Hanah en saluant Yvan et Mira, dont elle a tout de suite remarqué la beauté particulière. Pensive, elle les suit du regard jusqu'à ce que cavaliers et montures disparaissent dans le brasier du couchant.

Elle partira demain, mais pas pour New York, comme elle l'a laissé entendre aux gendarmes et à ses bienveillantes protectrices du couvent. Ses billets sont pris depuis la veille pour le ferry qui relie Saint-Malo à Portsmouth, sur la même trajectoire que le *Hilda* parti de Southampton, au nord-ouest de Portsmouth. Elle prendra ensuite le train pour Douvres. Là où est née la petite Jesse Waters.

Si elle ne fait pas ce voyage, elle ne cessera d'y penser. D'imaginer les rues, les parcs, les places, tous ces lieux où Jesse Waters a pu se trouver avec ses parents et ses frère et sœur. Là où, avant de mourir, ce 2 juin 1972, quelque part entre la Manche et la mer Celtique, elle a fait ses premiers pas, joué, ri, pleuré, vécu deux années et demie heureuses avec les siens.

Si elle ne fait pas ce pèlerinage, elle se demandera toujours ce que serait devenue une Jesse Waters qui aurait grandi là-bas dans sa famille comme n'importe quel enfant, la jeune fille puis la jeune femme qu'elle aurait été, quelles études elle aurait faites, si elle se serait mariée, aurait eu des enfants… Ces questions la hanteront, si elle renonce à ce voyage.

Au bout de ce périple, elle enterrera Jesse Waters à jamais. Car Jesse n'a vécu que deux ans et demi. Et elle lui est tellement étrangère. Tellement loin d'Hanah Baxter.

51

Juin 2014, sur le ferry pour Portsmouth

Sertie de ses remparts en pierre claire habillés d'un dépôt noirâtre d'algues putréfiées là où les vagues les baignent, Saint-Malo et ses tourelles fortifiées s'éloignent dans son champ de vision à la vitesse du ferry qui l'emporte vers les rivages de l'Angleterre. Les reflets du soleil sur l'eau forment à perte de vue des milliers de miroirs flottants à la surface hérissée de vaguelettes. La cité corsaire a été conçue pour que, l'embrassant d'un seul regard, on puisse la voir dans son ensemble. Un joyau sur le sable.

Elle n'y reviendra plus. Avant de partir, ayant rencontré le notaire en urgence, elle a confié la maison à une agence immobilière avec qui elle sera en contact régulier pour les nouvelles de la vente. Le changement d'expression de la commerciale ne lui a pas échappé lorsqu'elle a donné le nom de son père. Kardec est revenu souvent ces derniers temps dans la presse locale, comme principal suspect dans les homicides dont la petite cité ne s'est pas encore remise.

«Je sais que ce nom est marqué, a dit Hanah, mais ce n'est pas le même. Des Kardec, il y en a pas mal, par ici.» La fille l'a dévisagée sans répondre. La croyait-elle ou non, peu importe, Hanah voulait que cette maison disparaisse de sa vie. Dût-elle la brûler pour finir.

Debout sur le pont, appuyée au bastingage, simple touriste parmi tous les passagers, derrière ses lunettes vintage à monture orange, Hanah regarde Saint-Malo se réduire à un vague amas rocheux sur la côte de sable.

Ses cheveux ont poussé, elle n'arrive plus à les dresser au gel, alors elle les a séchés en arrière, pêle-mêle. Le choc à la tête lui a laissé un bel hématome couronné d'une croûte. Mais la plaie saignante est à l'intérieur, dans son âme.

Apatride, sans véritable identité, née et morte deux fois. «Le plus dur est de vivre avec soi-même, lui a dit un jour Karen. Avec cette personne qui se lève et se couche en même temps que toi, envahissante et épuisante. Qui surgit devant toi chaque fois que tu te regardes dans une glace, qui s'impose sans te demander ton avis. Toujours la même, sauf qu'elle te rappelle tous les jours que tu vieillis.»

Lorsque le continent n'est plus qu'une bande sur la mer, lorsque celle-ci est le seul élément qui s'offre à la vue, Hanah regagne son siège sur le pont, se sentant mieux à l'air libre, et sort de sa sacoche le carnet que lui a donné Yvan.

Elle n'est pas certaine d'avoir envie d'en savoir plus sur le vrai Kardec. Sa jeunesse, son adolescence dont il ne lui a livré que les échos. Lui et Léon

Maurice se connaissaient donc depuis le collège, ce qu'elle ignorait. Dans ce qu'il a écrit à cet âge, le père d'Yvan a pu modeler la réalité. Ce sera sa version des choses, son interprétation.

Hésitant entre jeter le carnet à la mer pour ensevelir définitivement ce passé et se tourner vers l'avenir, ou se plonger dans une lecture qui risque de l'ébranler à tout jamais, Hanah finit par s'en remettre au hasard.

Sortant une pièce d'un euro, elle la jette en l'air, sous les yeux amusés de ses voisins et, refermant les doigts dessus, elle la plaque sur le dos de sa main. Pile je le jette et face je le lis, se dit-elle avant de découvrir la pièce.

Soulevant doucement la main, elle entrevoit la miniature en relief de *L'Homme de Vitruve* de Léonard de Vinci. Pile.

Sans une hésitation, sous l'œil cette fois médusé des passagers voisins, elle prend le carnet et le lance loin, loin vers le large.

REMERCIEMENTS

Mon éternelle reconnaissance à mes éditrices, Béatrice Duval et Caroline Lépée, pour leur foi sans crise en mes histoires à rester éveillé debout, assis ou allongé, et pour ce travail d'une année qui fait d'un livre un objet unique.

Cécile, Judith, Dana, Christine, Célia et toute la Denoël team, c'est tellement bon de vous avoir!
Tout comme vous, lecteurs, Mordus, Readers, Addicts et anonymes, toujours plus nombreux, toujours plus fous.

Un hug à ma première fan de mère.
Un poke à mes amis de partout et de nulle part.

Orson, ton amour canin est un douillet refuge à mes doutes.

Merci à la ville de Saint-Malo de prêter son charme et ses murs à de nouvelles aventures. Toutes mes excuses et mes pensées aux victimes du *Hilda* dont j'ai emprunté l'identité pour en faire des héros de roman.

Merci à toi qui as bu ce récit jusqu'à la dernière goutte.

COLLECTION FOLIO POLICIER

Dernières parutions

Composition Nord Compo
Impression Maury Imprimeur
45330 Malesherbes
le 16 février 2021
Dépôt légal : février 2021
1er dépôt légal dans la collection : février 2018
Numéro d'imprimeur : 252074

ISBN 978-2-07-278254-1 / Imprimé en France.

379790